Petits Classiques

LAROUSSE

Collection fondée par Félix Guirand,
Agrégé des Lettres

Jacques
le Fataliste
et
son maître

Diderot

Roman

D0012509

Édition présentée,
annotée et commentée
par Violaine GÉRAUD,
agrégée de lettres modernes,
professeur à l'université Lyon-III Jean-Moulin

SOMMAIRE

Avant d'aborder l'œuvre

Jacques le Fataliste et son maître

Pour approfondir

AVANT D'ABORDER
L'ŒUVRE

Fiche d'identité de l'auteur

Diderot

Nom : Denis Diderot

Naissance : le 5 octobre 1713, à Langres.

Famille : fils d'un maître coutelier et d'Angélique Vigneron. Trois frère et sœurs. En 1741, il rencontre sa femme, Anne-Antoinette.

Formation : de 1723 à 1726, élève chez les jésuites ; en 1732, reçu maître ès arts de l'université de Paris ; de 1733 à 1736, vie de bohème ; études de droit ou de théologie ; il travaille chez un procureur, il est précepteur. Il traduit Shaftesbury. Rousseau lui présente Condillac.

Premiers succès : traduction de l'*Essai sur le mérite et la vertu* de Shaftesbury (1745). S'engage dans l'*Encyclopédie* (1746). *La Promenade du sceptique* (1747). 1748 : *Les Bijoux indiscrets*, *L'Oiseau blanc, conte bleu* (publié en 1798), *Mémoires sur différents sujets de mathématiques* puis *Lettre d'un citoyen zélé*.

Tournants de sa carrière : en 1749, dans la *Lettre sur les aveugles à l'usage de ceux qui voient*, il confesse son athéisme, ce qui lui vaut un emprisonnement à Vincennes. En 1751, *Lettre sur les sourds et muets à l'usage de ceux qui entendent et qui parlent* ; le 28 juin, premier tome de l'*Encyclopédie*. En 1752, le Conseil du roi ordonne la suppression des deux premiers volumes de l'*Encyclopédie*. L'arrêt est tacitement reporté. La publication se poursuit jusqu'en 1756. En 1765, l'impératrice Catherine II de Russie devient sa protectrice attitrée. En 1769, il achève *Le Rêve de d'Alembert* (publié en 1782). En 1771, ébauche de *Jacques le Fataliste*.

Derniers travaux : Gœthe lit *Jacques le Fataliste* (1780). Diderot achève *La Religieuse* (1782) et apporte les dernières corrections à *Jacques le Fataliste* en 1783.

Mort : le 31 juillet 1784.

Portrait de Diderot.
Gravure anonyme.

Repères chronologiques

Vie et œuvre de Diderot	Événements politiques et culturels
1713 Naissance à Langres.	**1710** Leibniz, *Essais de théodicée*.
1723-1728 Études chez les Jésuites au collège de Langres.	**1715** **Mort de Louis XIV, et début de la régence du duc d'Orléans.**
1728 Renonce au canonicat, poursuit ses études à Paris.	**1720** **Banqueroute de Law.**
1743 Mariage avec Anne-Antoinette Champion.	**1721** Montesquieu, *Lettres persanes*.
1746 Projet de l'*Encyclopédie* avec d'Alembert.	**1723** Début du règne de Louis XV.
1749 **Emprisonné à Vincennes. *Lettre sur les aveugles à l'usage de ceux qui voient.***	**1740** Guerre de la Succession d'Autriche.
1751 *Lettre sur les sourds et muets à l'usage de ceux qui entendent et qui parlent.*	**1742** Crébillon, *Le Sopha*.
1753 Naissance de sa fille Marie-Angélique.	**1745** Victoire des troupes françaises à Fontenoy.
1755 Début de la liaison avec Sophie Volland.	**1748** Fin de la guerre de la Succession d'Autriche. Montesquieu, *De l'Esprit des lois*.
1757 *Le Fils naturel. Le Père de famille.*	**1751** **Premier volume de l'*Encyclopédie*.**
1759 Premier *Salon*.	**1753** Volume III de l'*Encyclopédie*.
1760 *La Religieuse.*	**1754** Rousseau, *Discours sur l'origine et les fondements de l'inégalité parmi les hommes*.
1761 Deuxième *Salon*.	**1755** Tremblement de terre de Lisbonne.

Vie et œuvre de Diderot	Événements politiques et culturels
1762 Sterne lui fait parvenir les premiers tomes de *Tristram Shandy*. *Le Neveu de Rameau*.	**1756** Début de la guerre de Sept Ans.
1763 Troisième *Salon*.	**1758** D'Alembert renonce à diriger l'*Encyclopédie*.
1765 Diderot est le protégé de Catherine de Suède. Quatrième *Salon*.	**1762** Affaire Calas. Expulsion des jésuites.
1767 Cinquième *Salon*.	**1763** Fin de la guerre de Sept Ans.
1769 *Le Rêve de D'Alembert*.	**1764** Dissolution de l'ordre des Jésuites.
1771 Première version de *Jacques le Fataliste*.	**1765** Volumes VIII à XVII de l'*Encyclopédie*.
1772 *Supplément au Voyage de Bougainville*.	**1772** *Supplément au Voyage de Bougainville*.
1773-1774 Séjour à La Haye, à Saint-Pétersbourg.	**1774** **Début du règne de Louis XVI.**
1775 Huitième *Salon*.	**1775** Début de la guerre de l'Indépendance américaine.
1777 *Est-il bon ? Est-il méchant ?*	**1777** La France soutient la guerre de l'Indépendance américaine.
1778 **Première publication de *Jacques*.**	**1778** Mort de Voltaire et de Rousseau.
1781 Dernier *Salon*.	**1782** Laclos, *Les Liaisons dangereuses*.
1784 Mort de Sophie Volland, puis de Diderot le 31 juillet.	**1783** Traité de Versailles.
	1784 Beaumarchais, *Le Mariage de Figaro*.
	1789 **Réunion des États généraux. Prise de la Bastille.**

Fiche d'identité de l'œuvre

Jacques le Fataliste

Auteur : Denis Diderot.

Registres : comique, pathétique, ironique.

Objets d'étude : un mouvement d'histoire littéraire, les Lumières ; la délibération, le dialogue ; le roman et ses personnages : visions de l'homme et du monde ; l'argumentation : convaincre, persuader et délibérer.

Genre : dialogue, conte ou roman ? Œuvre inclassable, *Jacques le Fataliste et son maître* raccroche des récits à la trame d'un dialogue capricieux et spirituel entre un maître qui écoute et un valet conteur. Ce dialogue se rattache à son tour à un autre dialogue entre l'auteur et son lecteur.

Sujet : le fatalisme, inspiré par Spinoza et Leibniz. Cette doctrine philosophique donne son sous-titre à l'œuvre. Diderot veut sans doute écrire un anti-*Candide* et s'opposer aux thèses de Voltaire.

Structure : le décousu. Diderot aime l'improvisation, le jaillissement des idées. L'auteur intervient, nous interpelle, sollicite notre avis, nous abandonne ; la narration s'adapte ainsi à une pensée qui refuse la contrainte comme elle dépasse toute idée reçue.

Publication : posthume. Probablement achevé en 1772, *Jacques le Fataliste* circule d'abord sous forme de copie, et il est lu en Allemagne de 1778 à 1780. En 1785, Schiller traduit l'épisode de Mme de La Pommeraye, œuvre retraduite en français en 1792, date à laquelle *Jacob und sein Herr* paraît en Allemagne. Il ne paraît en français chez le libraire Buisson qu'en 1796.

JACQUES

LE FATALISTE

ET SON MAITRE.

PAR DIDEROT.

TOME PREMIER.

A PARIS,

Chez BUISSON, Imprimeur - Libraire, rue
Haute-Feuille, n°. 20.

AN CINQUIÈME DE LA RÉPUBLIQUE.

Page de titre de l'édition originale (1797).

Philosophe en méditation.
Peinture à l'huile de Rembrandt, 1632.

Séance de lecture chez Diderot.
Peinture de Meissonnier, 1859.

L'œuvre dans son siècle

L'effervescence culturelle

LE TEMPS des écrivains pensionnés du roi est révolu. Le mouvement des idées échappe à la cour, mais pas à la mondanité et s'épanouit dans les salons, les cafés *(la Régence, le Procope, le Gradot)* et les clubs venus d'Angleterre, cénacles littéraires et philosophiques.

DE 9 ACADÉMIES provinciales, on passe à 32, et on estime à 6 000 le nombre des académiciens : des nobles, des parlementaires, des prêtres érudits, des médecins, des avocats, des savants de toutes sortes qui se font mutuellement part de leurs découvertes scientifiques, techniques, éthiques, philosophiques. Les académies organisent des concours : Rousseau écrivit son *Discours sur les sciences et les arts* (1750) et son *Discours sur l'origine et les fondements de l'inégalité parmi les hommes* (1754) pour celle de Dijon.

L'Encyclopédie et sa bataille

EN 1745, le libraire Le Breton a l'idée de publier une traduction de la *Cyclopaedia* de l'Anglais Chambers, dictionnaire contenant des articles et des planches sur les arts mécaniques. Il confie l'entreprise à Diderot qui va élargir le projet : il s'agira de rendre compte de toutes les connaissances contemporaines. Avec l'aide de D'Alembert, il contacte des spécialistes. En 1750, il attire 2 000 souscripteurs. L'*Encyclopédie* est attaquée par les Jésuites et les Jansénistes puis interdite par le Conseil d'État. Mais les publications se poursuivent en cachette. En 1765, les tomes VIII à XVII sont terminés, et distribués clandestinement aux souscripteurs début 1766.

LE PROJET de l'*Encyclopédie* est porté par la volonté de traquer les préjugés en diffusant des connaissances. Ses détracteurs l'accusaient « d'élever les fondements de l'irréligion et de l'incrédulité ». Il est vrai que certains articles contenaient des idées audacieuses, car les Encyclopédistes y combattaient le fanatisme. Si la plupart d'entre eux sont déistes, certains, dont Diderot, sont presque athées.

La censure

LA « LIBRAIRIE » est sous le contrôle de l'administration royale. L'Église ne peut exprimer sa « réprobation » qu'une fois les livres publiés, car elle ne contrôle que les livres de théologie et de piété. En

1660, il y avait une dizaine de censeurs, un siècle plus tard, ils sont 120 et 178 à la veille de la Révolution. L'éditeur demande l'autorisation d'imprimer et reçoit un « privilège du roi » (censure préalable) qui lui donne le monopole de l'édition. La censure s'exerce aussi a posteriori : elle menace de saisie les livres non autorisés et pourchasse ceux qui les éditent et les vendent. On a donc trois sortes de livres : ceux qui sont autorisés, ceux qui sont contrefaits (car ne respectant pas le monopole), et ceux qui sont interdits (ils n'ont pas été soumis à la censure, ou ont été refusés par elle), imprimés en Hollande ou en Suisse et vendus sous le manteau. Entre 1689 et 1789, on dénombre 942 condamnations à la Bastille pour faits de librairie.

La figure du philosophe

Aux antipodes de l'image qu'en donnait Rembrandt, le philosophe des Lumières vit dans la bonne compagnie, au milieu des autres penseurs de son temps, et refuse, comme Voltaire, d'agiter des questions vaines, comme celles de la métaphysique. Il refuse les systèmes, renonce aux problèmes insolubles pour s'occuper du sort des hommes. Il cherche, par la diffusion des connaissances, par la traque des préjugés et des superstitions, à conduire les hommes à penser librement en se laissant guider par la raison.

L'homme sensible et le drame sérieux

Il ne faudrait pas pour autant imaginer que la raison soit toute-puissante au siècle des Lumières. À l'honnête homme du XVIIe siècle succède en effet l'homme sensible. C'est vers le milieu du siècle que la sensibilité envahit la littérature et les mœurs, portée sur les ailes de la philosophie sensualiste. Pour mieux faire comprendre ce qu'est cette philosophie, Condillac imagine une statue organisée intérieurement comme nous et animée d'un esprit privé de toute espèce d'idées. À cet homme-statue, il donne peu à peu les cinq sens, puis les sensations produisent de l'expérience, de la connaissance, des sentiments, et par des combinaisons de plus en plus complexes et subtiles naissent enfin l'intellection, la réflexion, la rationalité. Mais le siècle des Lumières est aussi celui des larmes, le siècle du drame sérieux, qui donne libre cours aux émotions et aux bons sentiments, qui cherche à émouvoir pour édifier. Beaumarchais, Diderot et L.S. Mercier s'illustrèrent dans ce nouveau genre contestant l'aristo-

Avant d'aborder l'œuvre

cratique tragédie. Diderot prit la défense du drame bourgeois dans son *Discours sur la poésie dramatique* à la suite de sa pièce *Le Père de famille*.

La fausse « crise » du roman

Le XVIIIᵉ SIÈCLE méprise le roman, accusé d'être inutile et invraisemblable. Le roman-mémoire et le roman épistolaire sont de ce fait particulièrement à la mode. Renonçant à s'avouer tel, et sous un masque qui ne trompe personne, les romans prolifèrent. Et leur écriture intègre souvent à son développement sa propre mise en question, une interrogation sur ce qui la légitime. Sont particulièrement à la mode les romans picaresques, comme *Gil Blas de Santillane* de Lesage (1715-1735), les romans « réalistes » comme *Les Illustres Françaises* de R. Challes (1713) qui peint des gens ordinaires, le roman libertin, comme ceux de Crébillon-fils (Diderot a écrit *Les Bijoux indiscrets* en 1748, roman dans lequel les bijoux sont des sexes doués de parole !). Les romans d'analyse dans la lignée de *La Princesse de Clèves* ont aussi du succès : *Les Égarements du cœur et de l'esprit* de Crébillon fils (1736). Le roman sentimental sera surtout à la mode à la fin du siècle. Enfin, le XVIIIᵉ siècle aime les contes, qu'ils soient moraux, orientaux ou philosophiques. Des formes nouvelles témoignent de l'importance de la conversation : les dialogues, érotiques sous la plume de Crébillon fils (*La Nuit et le Moment*, 1755), plus philosophiques, sous celle de Diderot.

Écriture et conversation

Diderot manie la langue et les figures de pensée à la mode. L'art de ne pas ennuyer, d'être subtil, spirituel, de saisir la balle au bond, d'amuser envahit la littérature. C'est la langue des honnêtes gens que les écrivains se doivent d'utiliser dans leurs œuvres. Les romans épistolaires, notamment, reproduisent les rites linguistiques propres à la mondanité. La conversation envahit les romans comme ceux de Crébillon fils. Elle prend une place majeure dans l'œuvre de Diderot. Rousseau, en revanche, qui n'aimait pas le monde et ne fréquentait guère les salons, qui prétendait ne pas avoir le sens de la repartie, s'est engagé dans une autre voie : son style est très différent de celui de Voltaire et de Diderot. Ses phrases, plus amples, peuvent être reliées à son goût profond pour la solitude.

Un tableau sociologique contrasté

LE XVIIIᵉ SIÈCLE conteste de plus en plus la monarchie et les classes sociales évoluent profondément. Cette évolution a été brutalement accélérée par la banqueroute de Law, un financier écossais qui avait eu l'idée de créer en France la première banque d'État, assortie d'un papier-monnaie. Cette tentative, qui témoigne de la naissance d'une économie de marché, va précipiter les transformations sociales. Les techniques progressent en France, cependant qu'a lieu en Angleterre la révolution industrielle. La classe bourgeoise se développe, s'enrichit, monte en puissance et impose sa morale, son souci de la probité, de l'honnêteté, du respect d'autrui. Elle fait face à une aristocratie corrompue, souvent débauchée qu'incarne Almaviva dans *Le Mariage de Figaro* de Beaumarchais et dont témoignent *Les Liaisons dangereuses* de Choderlos de Laclos et le marquis de Sade. Le drame bourgeois qu'affectionnait particulièrement Diderot met en scène les meilleurs sentiments alliés à la volonté de profit. Les classes sociales évoluent au XVIIIᵉ siècle, et la bourgeoisie méritante s'oppose de plus en plus vivement à l'aristocratie décadente, qui se crispe sur ses prérogatives et ses préjugés. Bien des abus de l'Ancien Régime sont contestés. La justice est particulièrement décriée.

LES GRANDES RÉVOLTES paysannes datent du XVIIᵉ siècle mais le sort des paysans tend à s'améliorer au XVIIIᵉ siècle, même si leur condition diffère selon les régions (les zones heureuses sont le Nord, l'Est, le Bassin parisien et les zones viticoles) ; dans les années 1660-1670, des disettes se succèdent. Lors de son voyage de 1770 à Langres, Diderot constate les conséquences de la famine due aux lourdes impositions pesant sur les paysans. Mais la volonté de libéraliser le commerce des blés que préconisaient les physiocrates et à leur suite les philosophes ont eu aussi pour effet en 1763 et en 1764 de provoquer des famines, le peuple ayant attaqué les réserves de blé pour qu'il ne soit pas vendu ailleurs à un moindre prix. Diderot revient par conséquent sur l'idée d'une totale liberté du commerce des grains dans son *Apologie de l'abbé Galiani* (1770) : l'État doit répartir au mieux les récoltes en période de disette. Le prénom que Diderot a donné à son héros entre en résonance avec les injustices que subissent les petits paysans : un Jacques est un paysan, une jacquerie est une révolte de paysans.

Lire l'œuvre aujourd'hui

Une œuvre moderne

Si l'œuvre de Diderot nous est contemporaine, c'est parce qu'elle est porteuse de questionnements qui n'en finissent pas d'être actuels. Diderot ne cherche pas à asséner des vérités comme beaucoup d'hommes de son temps. Il s'interroge, à partir des connaissances qu'il a acquises dans des domaines scientifiques divers. Il en arrive à poser les grandes questions philosophiques qui hantent l'humanité, dès lors qu'on ne se contente pas des réponses toutes faites que donne la religion. Diderot est matérialiste et athée. Pour lui, il devient urgent de donner du sens à l'existence humaine.

Questionnement, dialogisme et éclectisme

Dans les structures narratives qui fondent son style, Diderot privilégie le dialogue. Son œuvre est comme une immense conversation où tous les points de vue s'expriment librement et s'entrechoquent. La modernité de Diderot est liée à cette structuration libérante autant que dynamisante de la pensée. Une pensée qui n'est jamais arrêtée, jamais contenue par les limites du monde auquel elle appartient. C'est une pensée qui se veut universelle et qui par sa hauteur de vues et sa complexité devient intemporelle. Il ne craint jamais de mêler ni de confronter sa parole à celle d'autrui. De la sorte, il invente une poétique de la conversation, toujours actuelle parce que mobile, adaptable à toutes les époques et à toutes les civilisations. Au travers de cette œuvre polyphonique, le sujet qu'avait consacré Descartes par le *cogito ergo sum* perd sa prééminence pour se mouvoir dans la libre circulation des idées.

Le matérialisme et le fatalisme

Diderot ne croit ni en Dieu ni en l'âme. Nos idées, nos sentiments, et même notre morale nous viennent de nos sens et dépendent de l'état de nos organes. Matière et esprit ne doivent pas être séparées : telle est la thèse soutenue dans *Le Rêve de D'Alembert*. On passe de l'être sensible à l'être pensant par des processus purement mécaniques. Diderot essaie de trouver dans la médecine, la biologie et la chimie de son temps la preuve d'un continuum entre la matière inerte et la matière sensible. Le destin de l'homme se perd dans le déterminisme universel.

De ce matérialisme que les sciences actuelles peuvent confirmer procède le déterminisme ou fatalisme : nous sommes pris dans des chaînes de nécessité qui nous font ce que nous sommes. Ces déterminismes sont multiples et complexes et on ne peut tous les appréhender, d'autant que le hasard intervient pour changer la donne. Diderot adhère-t-il vraiment au fatalisme de Jacques ? Sans doute pas. Jacques et son maître extériorisent un débat intérieur à Diderot : il se sent à la fois libre et déterminé. La psychanalyse et le matérialisme historique de Marx ont confirmé cette dualité entre notre liberté et tout ce qui au demeurant nous détermine : l'histoire de notre psyché, la catégorie sociale à laquelle nous appartenons…

L'esthétique de Diderot

Après l'abbé Du Bos et l'abbé Batteux, Diderot essaie de donner sa définition du Beau : « J'appelle beau hors de moi tout ce qui contient en soi de quoi éveiller dans mon entendement l'idée de rapports ; et beau par rapport à moi tout ce qui réveille cette idée. » (Article « Beau » de l'*Encyclopédie* rédigé par Diderot). Cette définition est très abstraite. L'originalité de la pensée esthétique de Diderot tiendra dans ses *Salons* à l'équilibre entre émotion et raison. Diderot mesure la valeur d'une œuvre d'art à l'intensité de l'émotion qu'elle produit. Il veut être bouleversé. Il cherche en même temps un critère rationnel et creuse son idée de « rapports » : l'œuvre doit être adaptée à son objet.

L'importance accordée au corps et à ses plaisirs

C'est sous le patronage de Rabelais qu'il faut placer la truculence de Diderot. Ce n'est pas seulement l'érotisme qui est glorifié par Jacques, mais tous les plaisirs de la vie, notamment ceux que prodiguent la nourriture et le vin. Diderot choisit Rabelais pour figure tutélaire. Et il est, en effet, son digne continuateur par la paillardise de certains passages, et surtout par l'exploitation de la dimension ludique du langage, par la liberté qu'il se donne de parler vrai sans souci d'obscénité. Le passage sur la prophétie de la gourde rend visiblement hommage à Rabelais. Diderot y fait allusion à son *Cinquième Livre*, dans lequel Panurge et Pantagruel, au terme de leur voyage initiatique, arrivent enfin au temple de la Dive Bouteille pour entendre son oracle. Diderot reprend le nom Bacbuc, qui signifie « bouteille » en hébreu et que l'on trouve dans les invocations à la dive bouteille à la fin du *Cinquième Livre*.

Lire l'œuvre aujourd'hui

Libéralisation de la morale sexuelle

C'est au nom de son matérialisme philosophique que Diderot refuse de donner des limites à la sexualité, qui est pour lui d'abord une pulsion de vie qui échappe aux catégories du bien et du mal que la religion chrétienne cherche à lui imposer.

Diderot, athée, place le bonheur sur la terre et accorde une grande importance à la quête des plaisirs. Jacques aime faire bonne chère, bien boire, et le plaisir qu'il prend avec Justine, avec dame Marguerite et avec dame Suzanne n'a pas besoin de l'alibi des sentiments. La scène entre le paysan et sa femme alors que Jacques est blessé parle aussi sans vergogne de ce plaisir que les plus pauvres peuvent se donner, et qui met un fugitif brin de paradis sur la terre. *Jacques le Fataliste* peut se lire comme un roman érotique : toutes les histoires de tromperie sont autant liées au goût du plaisir qu'à l'intérêt. On pourra évoquer le sérail que se compose le père Hudson, ou les dévotes que dévoie le père Ange, pour observer que les hommes d'église ne sont pas toujours ceux qui attendent patiemment d'être comblés dans l'autre monde. Diderot, parce qu'il pense que l'infidélité est naturelle, ne semble pas croire au bonheur conjugal, même s'il en donne un exemple avec le couple formé par le marquis des Arcis et l'ancienne Mlle d'Aisnon devenue sa bienheureuse femme.

Toute une série d'auteurs sont convoqués dans l'œuvre pour défendre la cause de « l'insipide rhapsodie », périphrase par laquelle Diderot désigne ironiquement son *Jacques*. Sont énumérés Suétone, Tibère, Catulle, Martial, Horace, Juvénal, Pétrone, La Fontaine, qui ont en commun d'avoir écrit des textes licencieux. Diderot est bien conscient que l'érotisme est très présent dans son œuvre et il sait qu'il heurte les bienséances, transgresse allègrement les tabous. Il revendique son franc-parler, et déculpabilise « l'action génitale » : « Vilains hypocrites, laissez-moi en repos. F...tez comme des ânes débâtés ; mais permettez-moi que je dise f...tre ; je vous passe l'action, passez-moi le mot [...] Et que vous a fait l'action génitale, si naturelle, si nécessaire, et si juste, pour en exclure le signe de vos entretiens, et pour imaginer que votre bouche, vos yeux, vos oreilles en seraient souillés. »

Le tempérament de Diderot

L'œuvre de Diderot reflète en fait la vitalité hors du commun de son auteur. Elle a l'incohérence apparente et le foisonnement dynamique de la vie même. Grand mangeur, grand buveur, le corps tient une grande place chez ce philosophe matérialiste. Il est avide de sensations comme de connaissances de toutes sortes. Il manie les idées les plus contradictoires, porté qu'il est par les lumières de la raison comme par sa sensibilité exacerbée. Il est excessif en tout, instable. Cette vigueur de tempérament distingue le génie du talent. Elle produit une œuvre originale, hétéroclite, mobile, sans plan d'ensemble. Chaque texte nous laisse saisir la pensée à l'état naissant, spontané, jaillissant. L'œuvre est d'une étourdissante modernité.

Frontispice du tome II de *Jacques le Fataliste*, édition 1797.

Jacques le Fataliste et son maître

Diderot

*Roman publié en allemand
en feuilleton en 1778-1780,
puis en 1796 en français
(édition posthume)*

Comment s'étaient-ils rencontrés ? Par hasard, comme tout le monde. Comment s'appelaient-ils ? Que vous importe ? D'où venaient-ils ? Du lieu le plus prochain. Où allaient-ils ? Est-ce que l'on sait où l'on va ? Que disaient-ils ? Le maître ne disait rien ; et Jacques disait que son capitaine disait que tout ce qui nous arrive de bien et de mal ici-bas était écrit là-haut.

LE MAÎTRE. C'est un grand mot que cela.

JACQUES. Mon capitaine ajoutait que chaque balle qui partait d'un fusil avait son billet[1].

LE MAÎTRE. Et il avait raison…

Après une courte pause, Jacques s'écria : Que le diable emporte le cabaretier et son cabaret !

LE MAÎTRE. Pourquoi donner au diable son prochain ? Cela n'est pas chrétien.

JACQUES. C'est que, tandis que je m'enivre de son mauvais vin, j'oublie de mener nos chevaux à l'abreuvoir. Mon père s'en aperçoit ; il se fâche. Je hoche de la tête ; il prend un bâton et m'en frotte un peu durement les épaules. Un régiment passait pour aller au camp devant Fontenoy[2] ; de dépit je m'enrôle. Nous arrivons ; la bataille se donne.

LE MAÎTRE. Et tu reçois la balle à ton adresse.

JACQUES. Vous l'avez deviné ; un coup de feu au genou ; et Dieu sait les bonnes et mauvaises aventures amenées par ce coup de feu. Elles se tiennent ni plus ni moins que les chaînons d'une gourmette[3]. Sans ce coup de feu, par exemple, je crois que je n'aurais été amoureux de ma vie, ni boiteux.

LE MAÎTRE. Tu as donc été amoureux ?

JACQUES. Si je l'ai été !

---

1. **Chaque balle [...] avait son billet :** citation du *Tristram Shandy* de Sterne, IV, chap. 18. C'est le roi Guillaume qui disait souvent à ses soldats que : « chaque balle avait son billet. »

2. **Fontenoy :** ville de Belgique où se déroula une bataille, le 11 mai 1745, qui fit 21 000 morts dont 7 000 Français.

3. **Gourmette :** chaîne qui fixe le mors dans la bouche du cheval.

LE MAÎTRE. Et cela par un coup de feu ?

30 **JACQUES.** Par un coup de feu.

LE MAÎTRE. Tu ne m'en as jamais dit un mot.

JACQUES. Je le crois bien.

LE MAÎTRE. Et pourquoi cela ?

JACQUES. C'est que cela ne pouvait être dit ni plus tôt ni plus tard.

35 **LE MAÎTRE.** Et le moment d'apprendre ces amours est-il venu ?

JACQUES. Qui le sait ?

LE MAÎTRE. À tout hasard, commence toujours…

Jacques commença l'histoire de ses amours. C'était l'après-dîner[1] :
il faisait un temps lourd ; son maître s'endormit. La nuit les surprit
40 au milieu des champs ; les voilà fourvoyés[2]. Voilà le maître dans
une colère terrible et tombant à grands coups de fouet sur son
valet, et le pauvre diable disant à chaque coup : « Celui-là était
apparemment encore écrit là-haut… »

Vous voyez, lecteur, que je suis en beau chemin, et qu'il ne tien-
45 drait qu'à moi de vous faire attendre un an, deux ans, trois ans, le
récit des amours de Jacques, en le séparant de son maître et en leur
faisant courir à chacun tous les hasards qu'il me plairait. Qu'est-ce
qui m'empêcherait de marier le maître et de le faire cocu ? d'embarquer Jacques pour les îles ? d'y conduire son maître ? de les rame-
50 ner tous les deux en France sur le même vaisseau ? Qu'il est facile
de faire des contes ! Mais ils en seront quittes l'un et l'autre pour
une mauvaise nuit, et vous pour ce délai.

L'aube du jour parut. Les voilà remontés sur leurs bêtes et poursuivant leur chemin. – Et où allaient-ils ? – Voilà la seconde fois
55 que vous me faites cette question, et la seconde fois que je vous
réponds : Qu'est-ce que cela vous fait ? Si j'entame le sujet de leur
voyage, adieu les amours de Jacques… Ils allèrent quelque temps
en silence. Lorsque chacun fut un peu remis de son chagrin, le
maître dit à son valet : – Eh bien, Jacques, où en étions-nous de tes
60 amours ?

---

1. **Dîner :** le dîner est le repas de la mi-journée.
2. **Fourvoyés :** perdus.

JACQUES. Nous en étions, je crois, à la déroute de l'armée enne-
mie. On se sauve, on est poursuivi, chacun pense à soi. Je reste
sur le champ de bataille, enseveli sous le nombre des morts et des
blessés, qui fut prodigieux. Le lendemain on me jeta, avec une
65 douzaine d'autres, sur une charrette, pour être conduit à un de nos
hôpitaux. Ah ! monsieur, je ne crois pas qu'il y ait de blessures plus
cruelles que celle du genou.

LE MAÎTRE. Allons donc, Jacques, tu te moques.

JACQUES. Non, pardieu, monsieur, je ne me moque pas ! Il y a là je
70 ne sais combien d'os, de tendons, et d'autres choses qu'ils appellent
je ne sais comment …

Une espèce de paysan qui les suivait avec une fille qu'il portait en
croupe et qui les avait écoutés, prit la parole et dit : « Monsieur a
raison… »
75 On ne savait à qui ce *monsieur* était adressé, mais il fut mal pris par
Jacques et par son maître ; et Jacques dit à cet interlocuteur indis-
cret : « De quoi te mêles-tu ?
– Je me mêle de mon métier ; je suis chirurgien à votre service, et
je vais vous démontrer…
80 La femme qu'il portait en croupe lui disait : « Monsieur le docteur,
passons notre chemin et laissons ces messieurs qui n'aiment pas
qu'on leur démontre.
– Non, lui répondit le chirurgien, je veux leur démontrer, et je leur
démontrerai… »
85 Et, tout en se retournant pour démontrer, il pousse sa compagne,
lui fait perdre l'équilibre et la jette à terre, un pied pris dans la
basque de son habit et les cotillons renversés sur sa tête. Jacques
descend, dégage le pied de cette pauvre créature et lui rabaisse
ses jupons. Je ne sais s'il commença par rabaisser les jupons ou par
90 dégager le pied ; mais à juger de l'état de cette femme par ses cris,
elle s'était grièvement blessée. Et le maître de Jacques disait au
chirurgien : « Voilà ce que c'est que de démontrer. »
Et le chirurgien : « Voilà ce que c'est que de ne vouloir pas qu'on
démontre !… »
95 Et Jacques à la femme tombée ou ramassée : « Consolez-vous, ma
bonne, il n'y a ni de votre faute, ni de la faute de M. le docteur,
ni de la mienne, ni de celle de mon maître : c'est qu'il était écrit

là-haut qu'aujourd'hui, sur ce chemin, à l'heure qu'il est, M. le docteur serait un bavard, que mon maître et moi nous serions deux
100 bourrus, que vous auriez une contusion à la tête et qu'on vous
verrait le cul… »

Que cette aventure ne deviendrait-elle pas entre mes mains, s'il me
prenait en fantaisie de vous désespérer ! Je donnerais de l'importance à cette femme ; j'en ferais la nièce d'un curé du village voi-
105 sin ; j'ameuterais les paysans de ce village ; je me préparerais des
combats et des amours ; car enfin cette paysanne était belle sous
le linge. Jacques et son maître s'en étaient aperçus ; l'amour n'a pas
toujours attendu une occasion aussi séduisante. Pourquoi Jacques
ne deviendrait-il pas amoureux une seconde fois ? pourquoi ne
110 serait-il pas une seconde fois le rival et même le rival préféré de
son maître ? – Est-ce que le cas lui était déjà arrivé ? – Toujours des
questions. Vous ne voulez donc pas que Jacques continue le récit
de ses amours ? Une bonne fois pour toutes, expliquez-vous ; cela
vous fera-t-il, cela ne vous fera-t-il pas plaisir ? Si cela vous fera
115 plaisir, remettons la paysanne en croupe derrière son conducteur,
laissons-les aller et revenons à nos deux voyageurs. Cette fois-ci ce
fut Jacques qui prit la parole et qui dit à son maître :

Voilà le train du monde ; vous qui n'avez été blessé de votre vie
et qui ne savez ce que c'est qu'un coup de feu au genou, vous me
120 soutenez, à moi qui ai eu le genou fracassé et qui boite depuis
vingt ans…

LE MAÎTRE. Tu pourrais avoir raison. Mais ce chirurgien impertinent est cause que te voilà encore sur une charrette avec tes
camarades, loin de l'hôpital, loin de ta guérison et loin de devenir
125 amoureux.

JACQUES. Quoi qu'il vous plaise d'en penser, la douleur de mon
genou était excessive ; elle s'accroissait encore par la dureté de la
voiture, par l'inégalité des chemins, et à chaque cahot je poussais
un cri aigu.

130 LE MAÎTRE. Parce qu'il était écrit là-haut que tu crierais ?

JACQUES. Assurément ! Je perdais tout mon sang, et j'étais un
homme mort si notre charrette, la dernière de la ligne, ne se fût
arrêtée devant une chaumière. Là, je demande à descendre ; on
me met à terre. Une jeune femme, qui était debout à la porte de la

135 chaumière, rentra chez elle et en sortit presque aussitôt avec un verre et une bouteille de vin. J'en bus un ou deux coups à la hâte. Les charrettes qui précédaient la nôtre défilèrent. On se disposait à me rejeter parmi mes camarades, lorsque, m'attachant fortement aux vêtements de cette femme et à tout ce qui était autour de moi,
140 je protestai que je ne remonterais pas et que, mourir pour mourir, j'aimais mieux que ce fût à l'endroit où j'étais qu'à deux lieues plus loin. En achevant ces derniers mots, je tombai en défaillance[1]. Au sortir de cet état, je me trouvai déshabillé et couché dans un lit qui occupait un des coins de la chaumière, ayant autour de moi un
145 paysan, le maître du lieu, sa femme, la même qui m'avait secouru, et quelques petits enfants. La femme avait trempé le coin de son tablier dans du vinaigre et m'en frottait le nez et les tempes.

LE MAÎTRE. Ah ! malheureux ! ah ! coquin… Infâme, je te vois arriver.

150 **JACQUES.** Mon maître, je crois que vous ne voyez rien.

LE MAÎTRE. N'est-ce pas de cette femme que tu vas devenir amoureux ?

JACQUES. Et quand je serais devenu amoureux d'elle, qu'est-ce qu'il y aurait à dire ? Est-ce qu'on est maître de devenir ou de ne
155 pas devenir amoureux ? Et quand on l'est, est-on maître d'agir comme si on ne l'était pas ? Si cela eût été écrit là-haut, tout ce que vous vous disposez à me dire, je me le serais dit ; je me serais souffleté ; je me serais cogné la tête contre le mur ; je me serais arraché les cheveux ; il n'en aurait été ni plus ni moins, et mon bienfaiteur
160 eût été cocu.

LE MAÎTRE. Mais en raisonnant à ta façon, il n'y a point de crime qu'on ne commît sans remords.

JACQUES. Ce que vous m'objectez là m'a plus d'une fois chiffonné la cervelle ; mais avec tout cela, malgré que j'en aie[2], j'en reviens
165 toujours au mot de mon capitaine : Tout ce qui nous arrive de bien et de mal ici-bas est écrit là-haut. Savez-vous, monsieur, quelque moyen d'effacer cette écriture ? Puis-je n'être pas moi ? Et

---

1. **Je tombai en défaillance :** je m'évanouis.
2. **Malgré que j'en aie :** malgré mes réticences.

étant moi, puis-je faire autrement que moi ? Puis-je être moi et un
autre ? Et depuis que je suis au monde, y a-t-il eu un seul instant
où cela n'ait été vrai ? Prêchez tant qu'il vous plaira, vos raisons
seront peut-être bonnes ; mais s'il est écrit en moi ou là-haut que
je les trouverai mauvaises, que voulez-vous que j'y fasse ?

LE MAÎTRE. Je rêve[1] à une chose : c'est si ton bienfaiteur eût été
cocu parce qu'il était écrit là-haut ; ou si cela était écrit là-haut
parce que tu ferais cocu ton bienfaiteur ?

JACQUES. Tous les deux étaient écrits l'un à côté de l'autre. Tout
a été écrit à la fois. C'est comme un grand rouleau qui se déploie
petit à petit...

Vous concevez, lecteur, jusqu'où je pourrais pousser cette conversation sur un sujet dont on a tant parlé, tant écrit depuis deux
mille ans, sans en être d'un pas plus avancé. Si vous me savez peu
de gré de ce que je vous dis, sachez-m'en beaucoup de ce que je
ne vous dis pas.

Tandis que nos deux théologiens disputaient sans s'entendre,
comme il peut arriver en théologie, la nuit s'approchait. Ils tra-
versaient une contrée peu sûre en tout temps, et qui l'était bien
moins encore alors que la mauvaise administration et la misère
avaient multiplié sans fin le nombre des malfaiteurs. Ils s'arrêtèrent
dans la plus misérable des auberges. On leur dressa deux lits de
sangle dans une chambre fermée de cloisons entr'ouvertes de tous
les côtés. Ils demandèrent à souper. On leur apporta de l'eau de
mare, du pain noir et du vin tourné. L'hôte, l'hôtesse, les enfants,
les valets, tout avait l'air sinistre. Ils entendaient à côté d'eux les
ris immodérés et la joie tumultueuse d'une douzaine de brigands
qui les avaient précédés et qui s'étaient emparés de toutes les
provisions. Jacques était assez tranquille ; il s'en fallait beaucoup
que son maître le fût autant. Celui-ci promenait son souci en long
et en large, tandis que son valet dévorait quelques morceaux de
pain noir, et avalait en grimaçant quelques verres de mauvais vin.
Ils en étaient là, lorsqu'ils entendirent frapper à leur porte ; c'était
un valet que ces insolents et dangereux voisins avaient contraint

---

1. **Je rêve** : je réfléchis.

d'apporter à nos deux voyageurs, sur une de leurs assiettes, tous les os d'une volaille qu'ils avaient mangée. Jacques, indigné, prend les pistolets de son maître.

205 « Où vas-tu ?

– Laissez-moi faire.

– Où vas-tu ? te dis-je.

– Mettre à la raison[1] cette canaille.

– Sais-tu qu'ils sont une douzaine ?

210 – Fussent-ils cent, le nombre n'y fait rien, s'il est écrit là-haut qu'ils ne sont pas assez.

– Que le diable t'emporte avec ton impertinent dicton !...

Jacques s'échappe des mains de son maître, entre dans la chambre de ces coupe-jarrets, un pistolet armé dans chaque main. « Vite,

215 qu'on se couche, leur dit-il, le premier qui remue je lui brûle la cervelle... » Jacques avait l'air et le ton si vrais, que ces coquins, qui prisaient autant la vie que d'honnêtes gens, se lèvent de table sans souffler le mot, se déshabillent et se couchent. Son maître, incertain sur la manière dont cette aventure finirait, l'attendait en trem-

220 blant. Jacques rentra chargé des dépouilles[2] de ces gens ; il s'en était emparé pour qu'ils ne fussent pas tentés de se relever ; il avait éteint leur lumière et fermé à double tour leur porte, dont il tenait la clef avec un de ses pistolets. « À présent, monsieur, dit-il à son maître, nous n'avons plus qu'à nous barricader en poussant nos

225 lits contre cette porte, et à dormir paisiblement... » Et il se mit en devoir de pousser les lits, racontant froidement et succinctement à son maître le détail de cette expédition.

LE MAÎTRE. Jacques, quel diable d'homme es-tu ! Tu crois donc...

JACQUES. Je ne crois ni ne décrois[3].

230 **LE MAÎTRE.** S'ils avaient refusé de se coucher ?

JACQUES. Cela était impossible.

LE MAÎTRE. Pourquoi ?

---

1. **Mettre à la raison :** réduire par la force.
2. **Dépouilles :** vêtements et autres objets pris sur le corps de l'ennemi.
3. **Je décrois :** jeu de mots avec la première personne du verbe « décroître », antonyme de « croître » : pousser, grandir.

JACQUES. Parce qu'ils ne l'ont pas fait.

LE MAÎTRE. S'ils se relevaient ?

235 **JACQUES.** Tant pis ou tant mieux.

LE MAÎTRE. Si… si… si…. et…

JACQUES. Si, si la mer bouillait, il y aurait, comme on dit, bien des poissons de cuits. Que diable, monsieur, tout à l'heure vous avez cru que je courais un grand danger et rien n'était plus faux ; à 240 présent, vous vous croyez en grand danger, et rien peut-être n'est encore plus faux. Tous, dans cette maison, nous avons peur les uns des autres ; ce qui prouve que nous sommes tous des sots…

Et, tout en discourant ainsi, le voilà déshabillé, couché et endormi. Son maître, en mangeant à son tour un morceau de pain noir, 245 et buvant un coup de mauvais vin, prêtait l'oreille autour de lui, regardait Jacques qui ronflait et disait : « Quel diable d'homme est-ce là !… » À l'exemple de son valet, le maître s'étendit aussi sur son grabat, mais n'y dormit pas de même. Dès la pointe du jour, Jacques sentit une main qui le poussait ; c'était celle de son maître 250 qui l'appelait à voix basse : Jacques ! Jacques !

JACQUES. Qu'est-ce ?

LE MAÎTRE. Il fait jour.

JACQUES. Cela se peut.

LE MAÎTRE. Lève-toi donc.

255 **JACQUES.** Pourquoi ?

LE MAÎTRE. Pour sortir d'ici au plus vite.

JACQUES. Pourquoi ?

LE MAÎTRE. Parce que nous y sommes mal.

JACQUES. Qui le sait, et si nous serons mieux ailleurs ?

260 **LE MAÎTRE.** Jacques ?

JACQUES. Eh bien, Jacques ! Jacques ! quel diable d'homme êtes-vous ?

LE MAÎTRE. Quel diable d'homme es-tu ? Jacques, mon ami, je t'en prie.

265 Jacques se frotta les yeux, bâilla à plusieurs reprises, étendit les bras, se leva, s'habilla sans se presser, repoussa les lits, sortit de la chambre, descendit, alla à l'écurie, sella et brida les chevaux, éveilla l'hôte qui dormait encore, paya la dépense, garda les clefs des deux chambres ; et voilà nos gens partis.

270 Le maître voulait s'éloigner au grand trot ; Jacques voulait aller le pas, et toujours d'après son système. Lorsqu'ils furent à une assez grande distance de leur triste gîte, le maître, entendant quelque chose qui résonnait dans la poche de Jacques, lui demanda ce que c'était : Jacques lui dit que c'étaient les deux clefs des chambres.

275 LE MAÎTRE. Et pourquoi ne les avoir pas rendues ?

JACQUES. C'est qu'il faudra enfoncer deux portes ; celle de nos voisins pour les tirer de leur prison, la nôtre pour leur délivrer leurs vêtements ; et que cela nous donnera du temps.

LE MAÎTRE. Fort bien, Jacques ! mais pourquoi gagner du temps ?

280 JACQUES. Pourquoi ? Ma foi, je n'en sais rien.

LE MAÎTRE. Et si tu veux gagner du temps, pourquoi aller au petit pas comme tu fais ?

JACQUES. C'est que, faute de savoir ce qui est écrit là-haut, on ne sait ni ce qu'on veut ni ce qu'on fait, et qu'on suit sa fantaisie qu'on 285 appelle raison, ou sa raison qui n'est souvent qu'une dangereuse fantaisie qui tourne tantôt bien, tantôt mal.

LE MAÎTRE. Pourrais-tu me dire ce que c'est qu'un fou, ce que c'est qu'un sage ?

JACQUES. Pourquoi pas ?... un fou... attendez... c'est un homme 290 malheureux ; et par conséquent un homme heureux est sage.

LE MAÎTRE. Et qu'est-ce qu'un homme heureux ou malheureux ?

JACQUES. Pour celui-ci, il est aisé. Un homme heureux est celui dont le bonheur est écrit là-haut ; et par conséquent celui dont le malheur est écrit là-haut, est un homme malheureux.

295 LE MAÎTRE. Et qui est-ce qui a écrit là-haut le bonheur et le malheur ?

JACQUES. Et qui est-ce qui a fait le grand rouleau, où tout est écrit ? Un capitaine, ami de mon capitaine, aurait bien donné un petit écu pour le savoir ; lui, n'aurait pas donné une obole, ni moi

300 non plus ; car à quoi cela me servirait-il ? En éviterais-je pour cela le trou où je dois m'aller casser le cou ?

LE MAÎTRE. Je crois que oui.

JACQUES. Moi, je crois que non ; car il faudrait qu'il y eût une ligne fausse sur le grand rouleau qui contient vérité, qui ne 305 contient que vérité, et qui contient toute vérité. Il serait écrit sur le grand rouleau : « Jacques se cassera le cou tel jour », et Jacques ne se casserait pas le cou ? Concevez-vous que cela se puisse, quel que soit l'auteur du grand rouleau ?

LE MAÎTRE. Il y a beaucoup de choses à dire là-dessus…

310 **JACQUES.** Mon capitaine croyait que la prudence est une supposition, dans laquelle l'expérience nous autorise à regarder les circonstances où nous nous trouvons comme causes de certains effets à espérer ou à craindre pour l'avenir.

LE MAÎTRE. Et tu entendais quelque chose à cela ?

315 **JACQUES.** Assurément, peu à peu je m'étais fait à sa langue. Mais, disait-il, qui peut se vanter d'avoir assez d'expérience ? Celui qui s'est flatté d'en être le mieux pourvu, n'a-t-il jamais été dupe ? Et puis, y a-t-il un homme capable d'apprécier juste les circonstances où il se trouve ? Le calcul qui se fait dans nos têtes, et celui qui est arrêté sur 320 le registre d'en haut, sont deux calculs bien différents. Est-ce nous qui menons le destin, ou bien est-ce le destin qui nous mène ? Combien de projets sagement concertés ont manqué, et combien manqueront ! Combien de projets insensés ont réussi, et combien réussiront ! C'est ce que mon capitaine me répétait, après la prise de Berg-op-Zoom[1] et 325 celle du Port-Mahon[2] ; et il ajoutait que la prudence ne nous assurait point un bon succès, mais qu'elle nous consolait et nous excusait d'un mauvais : aussi dormait-il la veille d'une action sous sa tente comme dans sa garnison et allait-il au feu comme au bal. C'est bien de lui que vous vous seriez écrié : « Quel diable d'homme !… »

330 Comme ils en étaient là, ils entendirent à quelque distance derrière eux du bruit et des cris ; ils retournèrent la tête, et virent une

---

1. **Berg-op-Zoom :** ville forte de Hollande.
2. **Port-Mahon :** capitale de Minorque que le duc de Richelieu prit aux Anglais en 1756. Cette prise marqua le début de la guerre de Sept Ans (1756-1763).

troupe d'hommes armés de gaules et de fourches qui s'avançaient vers eux à toutes jambes. Vous allez croire que c'étaient les gens de l'auberge, leurs valets et les brigands dont nous avons parlé.

335 Vous allez croire que le matin on avait enfoncé leur porte faute de clefs, et que ces brigands s'étaient imaginé que nos deux voyageurs avaient décampé avec leurs dépouilles. Jacques le crut, et il disait entre ses dents : « Maudites soient les clefs et la fantaisie ou la raison qui me les fit emporter ! Maudite soit la prudence !

340 etc. etc. » Vous allez croire que cette petite armée tombera sur Jacques et son maître, qu'il y aura une action sanglante, des coups de bâton donnés, des coups de pistolet tirés ; et il ne tiendrait qu'à moi que tout cela n'arrivât ; mais adieu la vérité de l'histoire, adieu le récit des amours de Jacques. Nos deux voyageurs n'étaient point

345 suivis : j'ignore ce qui se passa dans l'auberge après leur départ. Ils continuèrent leur route, allant toujours sans savoir où ils allaient, quoiqu'ils sussent à peu près où ils voulaient aller ; trompant l'ennui et la fatigue par le silence et le bavardage, comme c'est l'usage de ceux qui marchent, et quelquefois de ceux qui sont assis.

350 Il est bien évident que je ne fais pas un roman, puisque je néglige ce qu'un romancier ne manquerait pas d'employer. Celui qui prendrait ce que j'écris pour la vérité, serait peut-être moins dans l'erreur que celui qui le prendrait pour une fable.

Cette fois-ci ce fut le maître qui parla le premier et qui débuta par

355 le refrain accoutumé. Eh bien ! Jacques, l'histoire de tes amours ?

JACQUES. Je ne sais où j'en étais. J'ai été si souvent interrompu, que je ferais tout aussi bien de recommencer.

LE MAÎTRE. Non, non. Revenu de ta défaillance à la porte de la chaumière, tu te trouvas dans un lit, entouré des gens qui l'habitaient.

360 **JACQUES.** Fort bien ! La chose la plus pressée était d'avoir un chirurgien, et il n'y en avait pas à plus d'une lieue à la ronde. Le bonhomme fit monter à cheval un de ses enfants, et l'envoya au lieu le moins éloigné. Cependant la bonne femme avait fait chauffer du gros vin, déchiré une vieille chemise de son mari ; et mon

365 genou fut étuvé[1], couvert de compresses et enveloppé de linges.

---

1. **Étuvé :** humecté délicatement avec de l'eau tiède.

On mit quelques morceaux de sucre, enlevés aux fourmis, dans une portion du vin qui avait servi à mon pansement, et je l'avalai ; ensuite on m'exhorta à prendre patience. Il était tard ; ces gens se mirent à table et soupèrent. Voilà le souper fini. Cependant l'enfant
370 ne revenait pas, et point de chirurgien. Le père prit de l'humeur. C'était un homme naturellement chagrin ; il boudait sa femme, il ne trouvait rien à son gré. Il envoya durement coucher ses autres enfants. Sa femme s'assit sur un banc et prit sa quenouille. Lui, allait et venait ; et en allant et venant, il lui cherchait querelle sur
375 tout. « Si tu avais été au moulin comme je te l'avais dit... » et il achevait la phrase en hochant de la tête du côté de mon lit.

« On ira demain.

– C'est aujourd'hui qu'il fallait y aller, comme je te l'avais dit... Et ces restes de paille qui sont encore sur la grange, qu'attends-tu
380 pour les relever ?

– On les relèvera demain.

– Ce que nous en avons tire à sa fin ; et tu aurais beaucoup mieux fait de les relever aujourd'hui, comme je te l'avais dit... Et ce tas d'orge qui se gâte sur le grenier, je gage que tu n'as pas songé à le
385 remuer.

– Les enfants l'ont fait.

– Il fallait le faire toi-même. Si tu avais été sur ton grenier, tu n'aurais pas été à la porte... »

Cependant il arriva un chirurgien, puis un second, puis un troi-
390 sième, avec le petit garçon de la chaumière.

LE MAÎTRE. Te voilà en chirurgiens comme saint Roch en chapeaux[1].

JACQUES. Le premier était absent, lorsque le petit garçon était arrivé chez lui ; mais sa femme avait fait avertir le second, et le troisième avait accompagné le petit garçon. « Eh ! bonsoir, compères ;
395 vous voilà ? » dit le premier aux deux autres... Ils avaient fait le plus de diligence[2] possible, ils avaient chaud, ils étaient altérés. Ils s'asseyent autour de la table dont la nappe n'était pas encore ôtée.

---

1. **Comme saint Roch en chapeaux** : expression proverbiale utilisée lorsque quelqu'un possède des choses en trop grand nombre. Saint Roch avait trois chapeaux et donc deux d'inutiles.
2. **Ils avaient fait le plus de diligence possible** : ils avaient été le plus vite possible.

La femme descend à la cave, et en remonte avec une bouteille. Le mari grommelait entre ses dents : « Eh ! que diable faisait-elle à sa porte ? » On boit, on parle des maladies du canton ; on entame l'énumération de ses pratiques. Je me plains ; on me dit : « Dans un moment nous serons à vous. » Après cette bouteille, on en demande une seconde, à compte sur mon traitement ; puis une troisième, une quatrième, toujours à compte sur mon traitement ; et à chaque bouteille, le mari revenait à sa première exclamation : « Eh ! que diable faisait-elle à sa porte ? »

Quel parti un autre n'aurait-il pas tiré de ces trois chirurgiens, de leur conversation à la quatrième bouteille, de la multitude de leurs cures, merveilleuses, de l'impatience de Jacques, de la mauvaise humeur de l'hôte, des propos de nos Esculapes[1] de campagne autour du genou de Jacques, de leurs différents avis, l'un prétendant que Jacques était mort si l'on ne se hâtait de lui couper la jambe, l'autre qu'il fallait extraire la balle et la portion du vêtement qui l'avait suivie, et conserver la jambe à ce pauvre diable. Cependant on aurait vu Jacques assis sur son lit, regardant sa jambe en pitié, et lui faisant ses derniers adieux, comme on vit un de nos généraux entre Dufouart et Louis[2]. Le troisième chirurgien aurait gobemouché[3] jusqu'à ce que la querelle se fût élevée entre eux et que des invectives on en fût venu aux gestes.

Je vous fais grâce de toutes ces choses, que vous trouverez dans les romans, dans la comédie ancienne et dans la société. Lorsque j'entendis l'hôte s'écrier de sa femme « que diable faisait-elle à sa porte ! » je me rappelai l'Harpagon de Molière, lorsqu'il dit de son fils : *Qu'allait-il faire dans cette galère ?* Et je conçus qu'il ne s'agissait pas seulement d'être vrai, mais qu'il fallait encore être plaisant ; et que c'était la raison pour laquelle on dirait à jamais : *Qu'allait-il faire dans cette galère ?* et que le mot de mon paysan, *Que faisait-elle à sa porte ?* ne passerait pas en proverbe.

Jacques n'en usa pas envers son maître avec la même réserve que je garde avec vous ; il n'omit pas la moindre circonstance,

---

1. **Esculape :** dieu de la Médecine chez les Romains et les Grecs.
2. **Dufouart et Louis :** deux chirurgiens célèbres à l'époque de Diderot.
3. **Gobemouché :** d'après l'expression « gober les mouches », c'est-à-dire « perdre son temps », « ne pas réussir à se décider ».

au hasard de l'endormir une seconde fois. Si ce ne fut pas le plus habile, ce fut au moins le plus vigoureux des trois chirurgiens qui resta maître du patient.

N'allez-vous pas, me direz-vous, tirer des bistouris à nos yeux, cou-
435 per des chairs, faire couler du sang, et nous montrer une opération chirurgicale ? À votre avis, cela ne sera-t-il pas de bon goût ?... Allons, passons encore l'opération chirurgicale ; mais vous permettrez au moins à Jacques de dire à son maître, comme il le fit : « Ah ! monsieur, c'est une terrible affaire que de r'arranger un genou
440 fracassé ! » Et à son maître de lui répondre comme auparavant : « Allons donc, Jacques, tu te moques... » Mais ce que je ne vous laisserais pas ignorer pour tout l'or du monde, c'est qu'à peine le maître de Jacques lui eut-il fait cette impertinente réponse, que son cheval bronche et s'abat, que son genou va s'appuyer rude-
445 ment sur un caillou pointu, et que le voilà criant à tue-tête : « Je suis mort ! j'ai le genou cassé... ! »

Quoique Jacques, la meilleure pâte d'homme qu'on puisse imaginer, fût tendrement attaché à son maître, je voudrais bien savoir ce qui se passa au fond de son âme, sinon dans le premier moment,
450 du moins lorsqu'il fut bien assuré que cette chute n'aurait point de suite fâcheuse, et s'il put se refuser à un léger mouvement de joie secrète d'un accident qui apprendrait à son maître ce que c'était qu'une blessure au genou. Une autre chose, lecteur, que je voudrais bien que vous me dissiez, c'est si son maître n'eût pas mieux
455 aimé être blessé, même un peu plus grièvement, ailleurs qu'au genou, ou s'il ne fut pas plus sensible à la honte qu'à la douleur.

Lorsque le maître fut un peu revenu de sa chute et de son angoisse, il se remit en selle et appuya cinq ou six coups d'éperon à son cheval, qui partit comme un éclair ; autant en fit la monture
460 de Jacques, car il y avait entre ces deux animaux la même intimité qu'entre leurs cavaliers ; c'étaient deux paires d'amis.

Lorsque les deux chevaux essoufflés reprirent leur pas ordinaire, Jacques dit à son maître : Eh bien, monsieur, qu'en pensez-vous ?

LE MAÎTRE. De quoi ?

465 **JACQUES.** De la blessure au genou.

LE MAÎTRE. Je suis de ton avis ; c'est une des plus cruelles.

JACQUES. Au vôtre ?

LE MAÎTRE. Non, non, au tien, au mien, à tous les genoux du monde.

470 **JACQUES.** Mon maître, mon maître, vous n'y avez pas bien regardé ; croyez que nous ne plaignons jamais que nous.

LE MAÎTRE. Quelle folie !

JACQUES. Ah ! si je savais dire comme je sais penser ! Mais il était écrit là-haut que j'aurais les choses dans ma tête, et que les mots 475 ne me viendraient pas.

Ici Jacques s'embarrassa dans une métaphysique très subtile et peut-être très vraie. Il cherchait à faire concevoir à son maître que le mot douleur était sans idée, et qu'il ne commençait à signifier quelque chose qu'au moment où il rappelait à notre mémoire une 480 sensation que nous avions éprouvée. Son maître lui demanda s'il avait déjà accouché.

– Non, lui répondit Jacques.

– Et crois-tu que ce soit une grande douleur que d'accoucher ?

– Assurément !

485 – Plains-tu les femmes en mal d'enfant ?

– Beaucoup.

– Tu plains donc quelquefois un autre que toi ?

– Je plains ceux ou celles qui se tordent les bras, qui s'arrachent les cheveux, qui poussent des cris, parce que je sais par expérience 490 qu'on ne fait pas cela sans souffrir ; mais pour le mal propre à la femme qui accouche, je ne le plains pas : je ne sais ce que c'est. Dieu merci ! Mais pour en revenir à une peine que nous connaissons tous deux, l'histoire de mon genou, qui est devenu le vôtre par votre chute…

495 **LE MAÎTRE.** Non, Jacques ; l'histoire de tes amours qui sont devenues miennes par mes chagrins passés.

JACQUES. Me voilà pansé, un peu soulagé, le chirurgien parti, et mes hôtes retirés et couchés. Leur chambre n'était séparée de la mienne que par des planches à claire-voie sur lesquelles on avait 500 collé du papier gris, et sur ce papier quelques images enluminées. Je ne dormais pas, et j'entendis la femme qui disait à son mari : « Laissez-moi, je n'ai pas envie de rire. Un pauvre malheureux qui se meurt à notre porte !…

– Femme, tu me diras tout cela après.

505 – Non, cela ne sera pas. Si vous ne finissez, je me lève. Cela ne me fera-t-il pas bien aise, lorsque j'ai le cœur gros ?

– Oh si tu te fais tant prier, tu en seras la dupe.

– Ce n'est pas pour se faire prier, mais c'est que vous êtes quelquefois d'un dur !... c'est que... c'est que... »

510 Après une assez courte pause, le mari prit la parole et dit :

« Là, femme, conviens donc à présent que, par une compassion déplacée, tu nous as mis dans un embarras dont il est presque impossible de se tirer. L'année est mauvaise ; à peine pouvons-nous suffire à nos besoins et aux besoins de nos enfants. Le grain

515 est d'une cherté ! Point de vin ! Encore si l'on trouvait à travailler ; mais les riches se retranchent ; les pauvres gens ne font rien ; pour une journée qu'on emploie, on en perd quatre. Personne ne paye ce qu'il doit ; les créanciers sont d'une âpreté qui désespère : et voilà le moment que tu prends pour retirer ici un inconnu, un

520 étranger qui y restera tant qu'il plaira à Dieu, et au chirurgien qui ne se pressera pas de le guérir ; car ces chirurgiens font durer les maladies le plus longtemps qu'ils peuvent ; qui n'a pas le sou, et qui doublera, triplera notre dépense. Là, femme, comment te déferas-tu de cet homme ? Parle donc, femme, dis-moi donc quelque raison.

525 – Est-ce qu'on peut parler avec vous.

– Tu dis que j'ai de l'humeur, que je gronde ; eh ! qui n'en aurait pas ? qui ne gronderait pas ? Il y avait encore un peu de vin à la cave : Dieu sait le train dont il ira ! Les chirurgiens en burent hier au soir plus que nous et nos enfants n'aurions fait dans la semaine.

530 Et le chirurgien qui ne viendra pas pour rien, comme tu peux penser, qui le payera ?

– Oui, voilà qui est fort bien dit et parce qu'on est dans la misère vous me faites un enfant, comme si nous n'en avions pas déjà assez.

– Oh, que non !

535 – Oh, que si ; je suis sûre que je vais être grosse[1] !

– Voilà comme tu dis toutes les fois.

– Et cela n'a jamais manqué quand l'oreille me démange après, et j'y sens une démangeaison comme jamais.

---

1. **Grosse :** enceinte.

– Ton oreille ne sait ce qu'elle dit.

540 – Ne me touche pas ! laisse là mon oreille ! laisse donc, l'homme ; est-ce que tu es fou ? tu t'en trouveras mal.

– Non, non, cela ne m'est pas arrivé depuis le soir de la Saint-Jean.

– Tu feras si bien que… et puis dans un mois d'ici tu me bouderas comme si c'était de ma faute.

545 – Non, non.

– Et dans neuf mois d'ici ce sera bien pis.

– Non, non.

– C'est toi qui l'auras voulu ?

– Oui, oui.

550 – Tu t'en souviendras ? tu ne diras pas comme tu as dit toutes les autres fois ?

– Oui, oui… »

Et puis voilà que de non, non, en oui, oui, cet homme enragé contre sa femme d'avoir cédé à un sentiment d'humanité…

555 **LE MAÎTRE.** C'est la réflexion que je faisais.

JACQUES. Il est certain que ce mari n'était pas trop conséquent ; mais il était jeune et sa femme jolie. On ne fait jamais tant d'enfants que dans les temps de misère.

LE MAÎTRE. Rien ne peuple comme les gueux[1].

560 **JACQUES.** Un enfant de plus n'est rien pour eux, c'est la charité qui les nourrit. Et puis c'est le seul plaisir qui ne coûte rien ; on se console pendant la nuit, sans frais, des calamités du jour… Cependant les réflexions de cet homme n'en étaient pas moins justes. Tandis que je me disais cela à moi-même, je ressentis une

565 douleur violente au genou, et je m'écriai : « Ah ! le genou ! » Et le mari s'écria : « Ah ! femme !… » Et la femme s'écria : « Ah ! mon homme ! mais… mais… cet homme qui est là ! »

– Eh bien ! cet homme ?

– Il nous aura peut-être entendus !

570 – Qu'il ait entendu.

– Demain, je n'oserai le regarder.

---

1. **Gueux :** miséreux.

– Et pourquoi ? Est-ce que tu n'es pas ma femme ? Est-ce que je ne suis pas ton mari ? Est-ce qu'un mari a une femme, est-ce qu'une femme a un mari pour rien ?

575 – Ah ! ah !

– Eh bien ! qu'est-ce ?

– Mon oreille !…

– Eh bien ! ton oreille ?

– C'est pis que jamais.

580 – Dors, cela se passera.

– Je ne saurais. Ah ! l'oreille ! ah ! l'oreille !

– L'oreille, l'oreille, cela est bien aisé à dire… »

Je ne vous dirai point ce qui se passait entre eux ; mais la femme, après avoir répété l'oreille, l'oreille, plusieurs fois de suite à voix 585 basse et précipitée, finit par balbutier à syllabes interrompues l'o… reil…le, et à la suite de cette o…reil…le, je ne sais quoi, qui, joint au silence qui succéda, me fit imaginer que son mal d'oreille s'était apaisé d'une ou d'autre façon, il n'importe : cela me fit plaisir. Et à elle donc !

590 **LE MAÎTRE.** Jacques, mettez la main sur la conscience, et jurez-moi que ce n'est pas de cette femme que vous devîntes amoureux.

JACQUES. Je le jure.

LE MAÎTRE. Tant pis pour toi.

JACQUES. C'est tant pis ou tant mieux. Vous croyez apparemment 595 que les femmes qui ont une oreille comme la sienne écoutent volontiers ?

LE MAÎTRE. Je crois que cela est écrit là-haut.

JACQUES. Je crois qu'il est écrit à la suite qu'elles n'écoutent pas longtemps le même, et qu'elles sont tant soit peu sujettes à prêter 600 l'oreille à un autre.

LE MAÎTRE. Cela se pourrait.

Et les voilà embarqués dans une querelle interminable sur les femmes ; l'un prétendant qu'elles étaient bonnes, l'autre méchantes : et ils avaient tous deux raison ; l'un sottes, l'autre pleines d'esprit : et ils 605 avaient tous deux raison ; l'un fausses, l'autre vraies : et ils avaient tous deux raison ; l'un avares, l'autre libérales : et ils avaient tous deux raison ; l'un belles, l'autre laides : et ils avaient tous deux raison ; l'un bavardes, l'autre discrètes ; l'un franches, l'autre dissimulées ; l'un ignorantes, l'autre éclairées ; l'un sages, l'autre libertines ; l'un folles, l'autre sensées ; l'un grandes, l'autre petites : et ils avaient tous deux raison.

En suivant cette dispute sur laquelle ils auraient pu faire le tour du globe sans déparler[1] un moment et sans s'accorder, ils furent accueillis par un orage qui les contraignit de s'acheminer... – Où ? – Où ? lecteur, vous êtes d'une curiosité bien incommode ! Et que diable cela vous fait-il ? Quand je vous aurai dit que c'est à Pontoise ou à Saint-Germain, à Notre-Dame de Lorette ou à Saint-Jacques de Compostelle, en serez-vous plus avancé ? Si vous insistez, je vous dirai qu'ils s'acheminèrent vers... oui ; pourquoi pas ?... vers un château immense, au frontispice duquel on lisait : « Je n'appartiens à personne et j'appartiens à tout le monde. Vous y étiez avant que d'y entrer, et vous y serez encore quand vous en sortirez. » – Entrèrent-ils dans ce château ? – Non, car l'inscription était fausse, ou ils y étaient avant que d'y entrer. – Mais du moins ils en sortirent ? – Non, car l'inscription était fausse, ou ils y étaient encore quand ils en furent sortis. – Et que firent-ils là ? – Jacques disait ce qui était écrit là-haut ; son maître, ce qu'il voulut : et ils avaient tous deux raison. – Quelle compagnie y trouvèrent-ils ? – Mêlée. – Qu'y disait-on ? – Quelques vérités, et beaucoup de mensonges. – Y avait-il des gens d'esprit ? – Où n'y en a-t-il pas ? et de maudits questionneurs qu'on fuyait comme la peste. Ce qui choqua le plus Jacques et son maître pendant tout le temps qu'ils s'y promenèrent. – On s'y promenait donc ? – On ne faisait que cela, quand on n'était pas assis ou couché... Ce qui choqua le plus Jacques et son maître, ce fut d'y trouver une vingtaine d'audacieux, qui s'étaient emparés des plus superbes appartements, où ils se trouvaient presque toujours à l'étroit ; qui prétendaient, contre le droit commun et le vrai sens de l'inscription, que le château leur avait été légué en toute propriété ; et qui, à l'aide d'un certain nombre de vauriens à leurs gages, l'avaient persuadé à un grand nombre d'autres vauriens à leurs gages, tout prêts pour une petite

---

1. **Déparler :** sans cesser de parler un moment. Ce verbe signifie aussi « parler à tort et à travers », sens qui ne convient pas ici.

pièce de monnaie à prendre ou assassiner le premier qui aurait osé les contredire : cependant au temps de Jacques et de son maître, on l'osait quelquefois. – Impunément ? – C'est selon.

645 Vous allez dire que je m'amuse, et que, ne sachant plus que faire de mes voyageurs, je me jette dans l'allégorie, la ressource ordinaire des esprits stériles. Je vous sacrifierai mon allégorie et toutes les richesses que j'en pouvais tirer ; je conviendrai de tout ce qu'il vous plaira, mais à condition que vous ne me tracasserez point sur
650 ce dernier gîte de Jacques et de son maître ; soit qu'ils aient atteint une grande ville et qu'ils aient couché chez des filles ; qu'ils aient passé la nuit chez un vieil ami qui les fêta de son mieux ; qu'ils se soient réfugiés chez des moines mendiants, où ils furent mal logés et mal repus pour l'amour de Dieu ; qu'ils aient été accueillis dans
655 la maison d'un grand, où ils manquèrent de tout ce qui est nécessaire, au milieu de tout ce qui est superflu ; qu'ils soient sortis le matin d'une grande auberge, où on leur fit payer très chèrement un mauvais souper servi dans des plats d'argent, et une nuit passée entre des rideaux de damas[1] et des draps humides et repliés ;
660 qu'ils aient reçu l'hospitalité chez un curé de village à portion congrue, qui courut mettre à contribution les basses-cours de ses paroissiens, pour avoir une omelette et une fricassée de poulets ; ou qu'ils se soient enivrés d'excellents vins, aient fait grande chère et pris une indigestion bien conditionnée dans une riche abbaye
665 de Bernardins ; car, quoique tout cela vous paraisse également possible, Jacques n'était pas de cet avis ; il n'y avait réellement de possible que la chose qui était écrite en haut. Ce qu'il y a de vrai, c'est que, de quelque endroit qu'il vous plaise de les mettre en route, ils n'eurent pas fait vingt pas que le maître dit à Jacques, après
670 avoir toutefois, selon son usage, pris sa prise de tabac : « Eh bien ! Jacques, l'histoire de tes amours ? »

Au lieu de répondre, Jacques s'écria : Au diable l'histoire de mes amours ! Ne voilà-t-il pas que j'ai laissé…

LE MAÎTRE. Qu'as-tu laissé ?

---

1. **Damas :** tissus dont les dessins apparaissent en brillant sur fond mat à l'endroit, et en mat sur fond brillant à l'envers. Importés à l'origine de la ville syrienne de Damas, ils en ont gardé le nom.

675 Au lieu de lui répondre, Jacques retournait toutes ses poches, et se fouillait partout inutilement. Il avait laissé la bourse de voyage sous le chevet de son lit, et il n'en eut pas plus tôt fait l'aveu à son maître, que celui-ci s'écria : Au diable l'histoire de tes amours ! Ne voilà-t-il pas que ma montre est restée accrochée à la cheminée !

680 Jacques ne se fit pas prier ; aussitôt il tourne bride, et regagne au petit pas, car il n'était jamais pressé... – Le château immense ? – Non, non. Entre les différents gîtes possibles, dont je vous ai fait l'énumération qui précède, choisissez celui qui convient le mieux à la circonstance présente.

685 Cependant son maître allait toujours en avant : mais voilà le maître et le valet séparés, et je ne sais auquel des deux m'attacher de préférence. Si vous voulez suivre Jacques, prenez-y garde ; la recherche de la bourse et de la montre pourra devenir si longue et si compliquée, que de longtemps il ne rejoindra son maître, le
690 seul confident de ses amours, et adieu les amours de Jacques. Si, l'abandonnant seul à la quête de la bourse et de la montre, vous prenez le parti de faire compagnie à son maître, vous serez poli, mais très ennuyé ; vous ne connaissez pas encore cette espèce-là. Il a peu d'idées dans la tête ; s'il lui arrive de dire quelque chose de
695 sensé, c'est de réminiscence ou d'inspiration. Il a des yeux comme vous et moi ; mais on ne sait la plupart du temps s'il regarde. Il ne dort pas, il ne veille pas non plus ; il se laisse exister : c'est sa fonction habituelle. L'automate allait devant lui, se retournant de temps en temps pour voir si Jacques ne revenait pas ; il descendait
700 de cheval et marchait à pied ; il remontait sur sa bête, faisait un quart de lieue, redescendait et s'asseyait à terre, la bride de son cheval passée dans ses bras, et la tête appuyée sur ses deux mains. Quand il était las de cette posture, il se levait et regardait au loin s'il n'apercevait point Jacques. Point de Jacques. Alors il s'impatien-
705 tait, et sans trop savoir s'il parlait ou non, il disait : « Le bourreau ! le chien ! le coquin ! où est-il ? que fait-il ? Faut-il tant de temps pour reprendre une bourse et une montre ? Je le rouerai de coups ; oh ! cela est certain ; je le rouerai de coups. » Puis il cherchait sa montre, à son gousset, où elle n'était pas, et il achevait de se déso-
710 ler, car il ne savait que devenir sans sa montre, sans sa tabatière et sans Jacques : c'étaient les trois grandes ressources de sa vie, qui se passait à prendre du tabac, à regarder l'heure qu'il était, à question-

ner Jacques et cela dans toutes les combinaisons. Privé de sa montre, il en était donc réduit à sa tabatière, qu'il ouvrait et fermait à chaque minute, comme je fais, moi, lorsque je m'ennuie. Ce qui reste de tabac le soir dans ma tabatière est en raison directe de l'amusement, ou inverse de l'ennui de ma journée. Je vous supplie, lecteur, de vous familiariser avec cette manière de dire empruntée de la géométrie, parce que je la trouve précise et que je m'en servirai souvent.

Eh bien ! en avez-vous assez du maître ; et son valet ne venant point à nous, voulez-vous que nous allions à lui ? Le pauvre Jacques ! au moment où nous en parlons, il s'écriait douloureusement : « Il était donc écrit là-haut qu'en un même jour je serais appréhendé comme voleur de grand chemin, sur le point d'être conduit dans une prison, et accusé d'avoir séduit une fille ! »

Comme il approchait, au petit pas, du château, non... du lieu de leur dernière couchée, il passe à côté de lui un de ces merciers ambulants qu'on appelle porteballes[1], et qui lui crie : « Monsieur le chevalier, jarretières, ceintures, cordons de montre, tabatières du dernier goût, vraies jaback[2], bagues, cachets de montre. Montre, monsieur, une montre, une belle montre d'or, ciselée, à double boîte, comme neuve... » Jacques lui répond : « J'en cherche bien une, mais ce n'est pas la tienne... » et continue sa route, toujours au petit pas. En allant, il crut voir écrit en haut que la montre que cet homme lui avait proposée était celle de son maître. Il revient sur ses pas, et dit au porteballe : « L'ami, voyons votre montre à boîte d'or, j'ai dans la fantaisie qu'elle pourrait me convenir.

– Ma foi, dit le porteballe, je n'en serais pas surpris ; elle est belle, très belle, de Julien Le Roi[3]. Il n'y a qu'un moment qu'elle m'appartient ; je l'ai acquise pour un morceau de pain, j'en ferai bon marché. J'aime les petits gains répétés ; mais on est bien malheureux par le temps qui court : de trois mois d'ici je n'aurai pas une

---

1. **Porteballes :** les balles sont des paquets de marchandises enveloppés dans des tissus maintenus par des cordes (d'où les verbes « emballer » et « déballer »). Le porteballe était un marchand ambulant parcourant le pays en portant les balles sur son dos.
2. **Jaback :** ce mot vient de l'hôtel Jaback, lieu où l'on vendait des bijoux et des nouveautés.
3. **Julien Le Roi :** horloger du roi, nommé en 1734.

pareille aubaine. Vous m'avez l'air d'un galant homme, et j'aimerais mieux que vous en profitassiez qu'un autre… »

745 Tout en causant, le mercier avait mis sa balle à terre, l'avait ouverte, et en avait tiré la montre, que Jacques reconnut sur-le-champ, sans en être étonné ; car s'il ne se pressait jamais, il s'étonnait rarement. Il regarde bien la montre : Oui, se dit-il en lui-même, c'est elle… Au porteballe : « Vous avez raison, elle est belle, très belle, et je sais
750 qu'elle est bonne… » Puis la mettant dans son gousset il dit au porteballe : « L'ami, grand merci !

– Comment grand merci !

– Oui, c'est la montre de mon maître.

– Je ne connais point votre maître, cette montre est à moi, je l'ai
755 bien achetée et bien payée… »

Et saisissant Jacques au collet, il se mit en devoir de lui reprendre la montre. Jacques s'approche de son cheval, prend un de ses pistolets, et l'appuyant sur la poitrine du porteballe : « Retire-toi, lui dit-il, ou tu es mort. » Le porteballe effrayé lâche prise. Jacques
760 remonte sur son cheval et s'achemine au petit pas vers la ville, en disant en lui-même : « Voilà la montre recouvrée, à présent voyons à notre bourse… » Le porteballe se hâte de refermer sa malle, la remet sur ses épaules, et suit Jacques en criant : « Au voleur ! au voleur ! à l'assassin ! au secours ! à moi ! à moi !… » C'était dans
765 la saison des récoltes : les champs étaient couverts de travailleurs. Tous laissent leurs faucilles, s'attroupent autour de cet homme, et lui demandent où est le voleur, où est l'assassin.

– Le voilà, le voilà là-bas.

– Quoi ! celui qui s'achemine au petit pas vers la porte de la ville ?
770 – Lui-même.

– Allez, vous êtes fou, ce n'est point là l'allure d'un voleur.

– C'en est un, c'en est un, vous dis-je, il m'a pris de force une montre d'or…

Ces gens ne savaient à quoi s'en rapporter, des cris du porteballe
775 ou de la marche tranquille de Jacques. « Cependant, ajoutait le porteballe, mes enfants, je suis ruiné si vous ne me secourez ; elle vaut trente louis comme un liard. Secourez-moi, il emporte ma montre, et s'il vient à piquer des deux, ma montre est perdue… »

Si Jacques n'était guère à portée d'entendre ces cris, il pouvait aisé-
780 ment voir l'attroupement, et n'en allait pas plus vite. Le porteballe

détermina, par l'espoir d'une récompense, les paysans à courir après Jacques. Voilà donc une multitude d'hommes, de femmes et d'enfants allant et criant : « Au voleur ! au voleur ! à l'assassin ! » et le porteballe les suivant d'aussi près que le fardeau dont il
785 était chargé le lui permettait, et criant : « Au voleur ! au voleur ! à l'assassin !… »

Ils sont entrés dans la ville, car c'est dans une ville que Jacques et son maître avaient séjourné la veille ; je me le rappelle à l'instant. Les habitants quittent leurs maisons, se joignent aux paysans et au
790 porteballe, tous vont criant à l'unisson : « Au voleur ! au voleur ! à l'assassin !… » Tous atteignent Jacques en même temps. Le porteballe s'élançant sur lui, Jacques lui détache un coup de botte dont il est renversé par terre, mais n'en criant pas moins : « Coquin, fripon, scélérat, rends-moi ma montre ; tu me la rendras, et tu n'en
795 seras pas moins pendu… » Jacques, gardant son sang-froid, s'adressait à la foule qui grossissait à chaque instant, et disait : « Il y a un magistrat de police ici, qu'on me mène chez lui : là, je ferai voir que je ne suis point un coquin, et que cet homme en pourrait bien être un. Je lui ai pris une montre, il est vrai ; mais cette montre est celle
800 de mon maître. Je ne suis point inconnu dans cette ville : avant-hier au soir nous y arrivâmes mon maître et moi, et nous avons séjourné chez M. le lieutenant général, son ancien ami. » Si je ne vous ai pas dit plus tôt que Jacques et son maître avaient passé par Conches[1], et qu'ils avaient logé chez le lieutenant général de ce
805 lieu, c'est que cela ne m'est pas venu plus tôt. « Qu'on me conduise chez M. le lieutenant général », disait Jacques, et en même temps il mit pied à terre. On le voyait au centre du cortège, lui, son cheval et le porteballe. Ils marchent, ils arrivent à la porte du lieutenant général. Jacques, son cheval et le porteballe entrent. Jacques et le
810 porteballe se tenant l'un l'autre à la boutonnière. La foule reste en dehors.

Cependant, que faisait le maître de Jacques ? Il s'était assoupi au bord du grand chemin, la bride de son cheval passée dans son bras, et l'animal paissait l'herbe autour du dormeur, autant que la
815 longueur de la bride le lui permettait.

---

1. **Conches :** en Normandie ou à l'est de Paris (deux villages portent ce nom).

Aussitôt que le lieutenant général aperçut Jacques, il s'écria : « Eh ! c'est toi, mon pauvre Jacques ! Qu'est-ce qui te ramène seul ici ?

– La montre de mon maître : il l'avait laissée pendue au coin de la cheminée, et je l'ai retrouvée dans la balle de cet homme ; notre
820 bourse, que j'ai oubliée sous mon chevet, et qui se retrouvera si vous l'ordonnez.

– Et que cela soit écrit là-haut… », ajouta le magistrat.

À l'instant il fit appeler ses gens : à l'instant le porteballe montrant un grand drôle de mauvaise mine, et nouvellement installé dans la
825 maison, dit : « Voilà celui qui m'a vendu la montre. »

Le magistrat, prenant un air sévère, dit au porteballe et à son valet : « Vous mériteriez tous deux les galères, toi pour avoir vendu la montre, toi pour l'avoir achetée… » À son valet : « Rends à cet homme son argent, et mets bas ton habit[1] sur-le-champ… » Au
830 porteballe : « Dépêche-toi de vider le pays, si tu ne veux pas y rester accroché pour toujours. Vous faites tous deux un métier qui porte malheur… Jacques, à présent il s'agit de ta bourse. » Celle qui se l'était appropriée comparut sans se faire appeler ; c'était une grande fille faite au tour. « C'est moi, monsieur, qui ai la bourse,
835 dit-elle à son maître ; mais je ne l'ai point volée, c'est lui qui me l'a donnée.

– Je vous ai donné ma bourse ?

– Oui.

– Cela se peut, mais que le diable m'emporte si je m'en souviens… »
840 Le magistrat dit à Jacques : « Allons, Jacques, n'éclaircissons pas cela davantage.

– Monsieur…

– Elle est jolie et complaisante à ce que je vois.

– Monsieur, je vous jure…
845 – Combien y avait-il dans la bourse ?

– Environ neuf cent dix-sept livres.

– Ah ! Javotte ! neuf cent dix-sept livres pour une nuit, c'est beaucoup trop pour vous et pour lui. Donnez-moi la bourse… »

La grande fille donna la bourse à son maître qui en tira un écu de
850 six francs : « Tenez, lui dit-il, en lui jetant l'écu, voilà le prix de vos

---

1. **Ton habit :** ta livrée de domestique.

services ; vous valez mieux, mais pour un autre que Jacques. Je vous en souhaite deux fois autant tous les jours, mais hors de chez moi, entendez-vous ? Et toi, Jacques, dépêche-toi de remonter sur ton cheval et de retourner à ton maître. »

855 Jacques salua le magistrat et s'éloigna sans répondre, mais il disait en lui-même : « L'effrontée ! la coquine ! il était donc écrit là-haut qu'un autre coucherait avec elle, et que Jacques payerait !... Allons, Jacques, console-toi ; n'es-tu pas trop heureux d'avoir rattrapé ta bourse et la montre de ton maître, et qu'il t'en ait si peu coûté ? »

860 Jacques remonte sur son cheval et fend la presse[1] qui s'était faite à l'entrée de la maison du magistrat ; mais comme il souffrait avec peine que tant de gens le prissent pour un fripon[2], il affecta de tirer la montre de sa poche et de regarder l'heure qu'il était ; puis il piqua des deux son cheval, qui n'y était pas fait, et qui n'en
865 partit qu'avec plus de célérité. Son usage était de le laisser aller à sa fantaisie ; car il trouvait autant d'inconvénient à l'arrêter quand il galopait, qu'à le presser quand il marchait lentement. Nous croyons conduire le destin ; mais c'est toujours lui qui nous mène : et le destin, pour Jacques, était tout ce qui le touchait ou l'appro-
870 chait, son cheval, son maître, un moine, un chien, une femme, un mulet, une corneille. Son cheval le conduisait donc à toutes jambes vers son maître, qui s'était assoupi sur le bord du chemin, la bride de son cheval passée dans son bras, comme je vous l'ai dit. Alors le cheval tenait à la bride ; mais lorsque Jacques arriva, la bride était
875 restée à sa place, et le cheval n'y tenait plus. Un fripon s'était appa-remment approché du dormeur, avait doucement coupé la bride et emmené l'animal. Au bruit du cheval de Jacques, son maître se réveilla, et son premier mot fut : « Arrive, arrive, maroufle ! je te vais... » Là, il se mit à bâiller d'une aune.

880 – Bâillez, bâillez, monsieur, tout à votre aise, lui dit Jacques, mais où est votre cheval ?

– Mon cheval ?

– Oui, votre cheval... »

Le maître s'apercevant aussitôt qu'on lui avait volé son cheval, se
885 disposait à tomber sur Jacques à grands coups de bride, lorsque

---

1. **La presse :** la foule.
2. **Un fripon :** un voleur.

Jacques lui dit : « Tout doux, monsieur, je ne suis pas d'humeur aujourd'hui à me laisser assommer ; je recevrai le premier coup, mais je jure qu'au second je pique des deux et vous laisse là… »

Cette menace de Jacques fit tomber subitement la fureur de son maître, qui lui dit d'un ton radouci : « Et ma montre ?

– La voilà.

– Et ta bourse ?

– La voilà.

– Tu as été bien longtemps ?

– Pas trop pour tout ce que j'ai fait. Écoutez bien. Je suis allé, je me suis battu, j'ai ameuté tous les paysans de la campagne, j'ai ameuté tous les habitants de la ville, j'ai été pris pour voleur de grand chemin, j'ai été conduit chez le juge, j'ai subi deux interrogatoires, j'ai presque fait pendre deux hommes ; j'ai fait mettre à la porte un valet, j'ai fait chasser une servante, j'ai été convaincu d'avoir couché avec une créature que je n'ai jamais vue et que j'ai pourtant payée ; et je suis revenu.

– Et moi, en t'attendant…

– En m'attendant il était écrit là-haut que vous vous endormiriez, et qu'on vous volerait votre cheval. Eh bien ! monsieur, n'y pensons plus ! c'est un cheval perdu, et peut-être est-il écrit là-haut qu'il se retrouvera.

– Mon cheval ! mon pauvre cheval !

– Quand vous continueriez vos lamentations jusqu'à demain, il n'en sera ni plus ni moins.

– Qu'allons-nous faire ?

– Je vais vous prendre en croupe, ou, si vous l'aimez mieux, nous quitterons nos bottes, nous les attacherons sur la selle de mon cheval, et nous poursuivrons notre route à pied.

– Mon cheval ! mon pauvre cheval ! »

Ils prirent le parti d'aller à pied, le maître s'écriant de temps en temps, mon cheval ! mon pauvre cheval ! et Jacques paraphrasant l'abrégé de ses aventures. Lorsqu'il en fut à l'accusation de la fille, son maître lui dit : Vrai, Jacques, tu n'avais pas couché avec cette fille ?

JACQUES. Non, monsieur.

LE MAÎTRE. Et tu l'as payée ?

JACQUES. Assurément !

LE MAÎTRE. Je fus une fois en ma vie plus malheureux que toi.

JACQUES. Vous payâtes après avoir couché ?

925 **LE MAÎTRE.** Tu l'as dit.

JACQUES. Est-ce que vous ne me raconterez pas cela ?

LE MAÎTRE. Avant que d'entrer dans l'histoire de mes amours, il faut être sorti de l'histoire des tiennes. Eh bien ! Jacques, et tes amours, que je prendrai pour les premières et les seules de ta vie, 930 nonobstant l'aventure de la servante du lieutenant général de Conches ; car, quand tu aurais couché avec elle, tu n'en aurais pas été l'amoureux pour cela. Tous les jours on couche avec des femmes qu'on n'aime pas, et l'on ne couche pas avec des femmes qu'on aime. Mais…

935 **JACQUES.** Eh bien ! mais !… qu'est-ce ?

LE MAÎTRE. Mon cheval !… Jacques, mon ami, ne te fâche pas ; mets-toi à la place de mon cheval, suppose que je t'aie perdu, et dis-moi si tu ne m'en estimerais pas davantage si tu m'entendais m'écrier : Mon Jacques ! mon pauvre Jacques !

940 Jacques sourit et dit : J'en étais, je crois, au discours de mon hôte avec sa femme pendant la nuit qui suivit mon premier pansement. Je reposai un peu. Mon hôte et sa femme se levèrent plus tard que de coutume.

LE MAÎTRE. Je le crois.

945 **JACQUES.** À mon réveil, j'entr'ouvris doucement mes rideaux, et je vis mon hôte, sa femme et le chirurgien en conférence secrète vers la porte. Après ce que j'avais entendu pendant la nuit, il ne me fut pas difficile de deviner ce qui se traitait là. Je toussai. Le chirurgien dit au mari : « Il est éveillé ; compère, descendez à la cave, nous 950 boirons un coup, cela rend la main sûre ; je lèverai ensuite mon appareil, puis nous aviserons au reste. »

La bouteille arrivée et vidée, car, en terme de l'art, boire un coup c'est vider au moins une bouteille, le chirurgien s'approcha de mon lit, et me dit : « Comment la nuit a-t-elle été ?

955 – Pas mal.

– Votre bras… Bon, bon, le pouls n'est pas mauvais, il n'y a presque plus de fièvre. Il faut voir à ce genou… Allons, commère, dit-il à

l'hôtesse qui était debout au pied de mon lit derrière le rideau, aidez-nous... » L'hôtesse appela un de ses enfants... « Ce n'est pas
960 un enfant qu'il nous faut ici, c'est vous, un faux mouvement nous apprêterait de la besogne pour un mois. Approchez. » L'hôtesse approcha, les yeux baissés... « Prenez cette jambe, la bonne, je me charge de l'autre. Doucement, doucement... À moi, encore un peu à moi... L'ami, un petit tour de corps à droite... à droite, vous dis-
965 je, et nous y voilà... »
Je tenais le matelas à deux mains, je grinçais les dents, la sueur me coulait le long du visage. « L'ami, cela n'est pas doux.
– Je le sens.
– Vous y voilà. Commère, lâchez la jambe, prenez l'oreiller ; appro-
970 chez la chaise et mettez l'oreiller dessus... Trop près... Un peu plus loin... L'ami, donnez-moi la main, serrez-moi ferme. Commère, passez dans la ruelle[1], et tenez-le par-dessous le bras... À merveille. Compère, ne reste-t-il rien dans la bouteille ?
– Non.
975 – Allez prendre la place de votre femme, et qu'elle en aille chercher une autre... Bon, bon, versez plein... Femme, laissez votre homme où il est, et venez à côté de moi... » L'hôtesse appela encore une fois un de ses enfants. « Eh ! mort diable, je vous l'ai déjà dit, un enfant n'est pas ce qu'il nous faut. Mettez-vous à genoux, passez
980 la main sous le mollet... Commère, vous tremblez comme si vous aviez fait un mauvais coup ; allons donc, du courage... La gauche sous le bas de la cuisse, là, au-dessus du bandage... Fort bien !... » Voilà les coutures[2] coupées, les bandes déroulées, l'appareil[3] levé et ma blessure à découvert. Le chirurgien tâte en dessus, en dessous,
985 par les côtés, et à chaque fois qu'il me touche, il dit : « L'ignorant ! l'âne ! le butor ! et cela se mêle de chirurgie ! Cette jambe, une jambe à couper ? Elle durera autant que l'autre : c'est moi qui vous en réponds.
– Je guérirai ?
990 – J'en ai bien guéri d'autres.

---

1. **La ruelle :** l'espace entre le lit et le mur.
2. **Coutures :** ceintures chirurgicales utilisées pour réduire les fractures et les luxures.
3. **L'appareil :** le pansement.

– Je marcherai ?

– Vous marcherez.

– Sans boiter ?

995 – C'est autre chose ; diable, l'ami, comme vous y allez ! N'est-ce pas assez que je vous aie sauvé votre jambe ? Au demeurant, si vous boitez, ce sera peu de chose. Aimez-vous la danse ?

– Beaucoup.

– Si vous en marchez un peu moins bien, vous n'en danserez que mieux… Commère, le vin chaud… Non, l'autre d'abord : encore un
1000 petit verre, et votre pansement n'en ira pas plus mal. »

Il boit : on apporte le vin chaud, on m'étuve, on remet l'appareil, on m'étend dans mon lit, on m'exhorte à dormir, si je puis, on ferme les rideaux, on finit la bouteille entamée, on en remonte une autre, et la conférence reprend entre le chirurgien, l'hôte et l'hôtesse.

1005 **L'HÔTE.** Compère, cela sera-t-il long ?

LE CHIRURGIEN. Très long… À vous, compère.

L'HÔTE. Mais combien ? Un mois ?

LE CHIRURGIEN. Un mois ! Mettez-en deux, trois, quatre, qui sait cela ? La rotule est entamée, le fémur, le tibia… À vous, commère.

1010 **L'HÔTE.** Quatre mois ! miséricorde ! Pourquoi le recevoir ici ? Que diable faisait-elle à sa porte ?

LE CHIRURGIEN. À moi ; car j'ai bien travaillé.

L'HÔTESSE. Mon ami, voilà que tu recommences. Ce n'est pas là ce que tu m'as promis cette nuit ; mais patience, tu y reviendras.

1015 **L'HÔTE.** Mais, dis-moi, que faire de cet homme ? Encore si l'année n'était pas si mauvaise !…

L'HÔTESSE. Si tu voulais, j'irais chez le curé.

L'HÔTE. Si tu y mets le pied, je te roue de coups.

LE CHIRURGIEN. Pourquoi donc, compère ? la mienne y va bien.

1020 **L'HÔTE.** C'est votre affaire.

LE CHIRURGIEN. À ma filleule ; comment se porte-t-elle ?

L'HÔTESSE. Fort bien.

LE CHIRURGIEN. Allons, compère, à votre femme et à la mienne ; ce sont deux bonnes femmes.

1025 **L'HÔTE.** La vôtre est plus avisée ; elle n'aurait pas fait la sottise...

L'HÔTESSE. Mais, compère, il y a les sœurs grises[1].

LE CHIRURGIEN. Ah ! commère ! un homme, un homme chez les sœurs ! Et puis il y a une petite difficulté un peu plus grande que le doigt... Buvons aux sœurs, ce sont de bonnes filles.

1030 **L'HÔTESSE.** Et quelle difficulté ?

LE CHIRURGIEN. Votre homme ne veut pas que vous alliez chez le curé et ma femme ne veut pas que j'aille chez les sœurs... Mais, compère, encore un coup, cela nous avisera peut-être. Avez-vous questionné cet homme ? Il n'est peut-être pas sans ressource.

1035 **L'HÔTE.** Un soldat !

LE CHIRURGIEN. Un soldat a père, mère, frères, sœurs, des parents, des amis, quelqu'un sous le ciel... Buvons encore un coup, éloignez-vous, et laissez-moi faire.

Telle fut à la lettre la conversation du chirurgien, de l'hôte et de
1040 l'hôtesse : mais quelle autre couleur n'aurais-je pas été le maître de lui donner, en introduisant un scélérat parmi ces bonnes gens ? Jacques se serait vu, ou vous auriez vu Jacques au moment d'être arraché de son lit, jeté sur un grand chemin ou dans une fondrière. – Pourquoi pas tué ? – Tué, non. J'aurais bien su appeler
1045 quelqu'un à son secours ; ce quelqu'un-là aurait été un soldat de sa compagnie : mais cela aurait pué le *Cleveland*[2] à infecter. La vérité, la vérité ! – La vérité, me direz-vous, est souvent froide, commune et plate ; par exemple, votre dernier récit du pansement de Jacques est vrai, mais qu'y a-t-il d'intéressant ? Rien. – D'accord. – S'il faut
1050 être vrai, c'est comme Molière, Regnard[3], Richardson[4], Sedaine[5] ; la

---

1. **Sœurs grises :** religieuses s'occupant de soigner les malades.
2. **Cleveland :** allusion à l'*Histoire de Cleveland, fils naturel de Cromwell, ou le Philosophe anglais* de l'abbé Prévost, qui date de 1732.
3. **Regnard :** Jean-François Regnard (1655-1709), auteur de pièces de théâtre.
4. **Richardson :** Samuel Richardson (1689-1761), romancier anglais qu'admirait Diderot, lequel d'ailleurs écrit un *Éloge de Richardson*.
5. **Sedaine :** Michel Jean Sedaine (1719-1797), auteur de pièces de théâtre et de livrets d'opéra, disciple de Diderot, qui écrivit notamment un drame sérieux : *Le Philosophe sans le savoir*.

vérité a ses côtés piquants, qu'on saisit quand on a du génie. – Oui,
quand on a du génie ; mais quand on en manque ? – Quand on en
manque, il ne faut pas écrire. – Et si par malheur on ressemblait a
un certain poète que j'envoyai à Pondichéry ? – Qu'est-ce que ce
1055 poète ? – Ce poète… Mais si vous m'interrompez, lecteur, et si je
m'interromps moi-même à tout coup, que deviendront les amours
de Jacques ? Croyez-moi, laissons là le poète… L'hôte et l'hôtesse
s'éloignèrent… – Non, non, l'histoire du poète de Pondichéry. – Le
chirurgien s'approcha du lit de Jacques… – L'histoire du poète de
1060 Pondichéry, l'histoire du poète de Pondichéry. – Un jour, il me vint
un jeune poète, comme il m'en vient tous les jours… Mais, lecteur,
quel rapport cela a-t-il avec le voyage de Jacques le Fataliste et
de son maître ?… – L'histoire du poète de Pondichéry. – Après les
compliments ordinaires sur mon esprit, mon génie, mon goût, ma
1065 bienfaisance, et autres propos dont je ne crois pas un mot, bien
qu'il y ait plus de vingt ans qu'on me les répète et peut-être de
bonne foi, le jeune poète tire un papier de sa poche : ce sont des
vers, me dit-il. – Des vers ! – Oui, monsieur, et sur lesquels j'espère
que vous aurez la bonté de me dire votre avis. – Aimez-vous la
1070 vérité ? – Oui, monsieur, et je vous la demande. – Vous allez la
savoir. – Quoi ! vous êtes assez bête pour croire qu'un poète vient
chercher la vérité chez vous ? – Oui. – Et pour la lui dire ? – Assurément ! – Sans ménagement ? – Sans doute : le ménagement le
mieux apprêté ne serait qu'une offense grossière ; fidèlement inter-
1075 prété, il signifierait : vous êtes un mauvais poète ; et comme je ne
vous crois pas assez robuste pour entendre la vérité, vous n'êtes
encore qu'un plat homme. – Et la franchise vous a toujours réussi ? – Presque toujours… Je lis les vers de mon jeune poète, et je lui
dis : Non seulement vos vers sont mauvais, mais il m'est démon-
1080 tré que vous n'en ferez jamais de bons. – Il faudra donc que j'en
fasse de mauvais ; car je ne saurais m'empêcher d'en faire. – Voilà
une terrible malédiction ! Concevez-vous, monsieur, dans quel
avilissement vous allez tomber ? Ni les dieux, ni les hommes,
ni les colonnes n'ont pardonné la médiocrité aux poètes : c'est
1085 Horace qui l'a dit. – Je le sais. – Êtes-vous riche ? – Non. – Êtes-
vous pauvre ? – Très pauvre. – Et vous allez joindre à la pauvreté
le ridicule de mauvais poète ; vous aurez perdu toute votre vie,
vous serez vieux. Vieux, pauvre et mauvais poète, ah ! monsieur,

quel rôle ! – Je le conçois, mais je suis entraîné malgré moi... Ici
Jacques aurait dit : Mais cela est écrit là-haut. – Avez-vous des
parents ? – J'en ai. – Quel est leur état ? – Ils sont joailliers. – Feraient-
ils quelque chose pour vous ? – Peut-être. – Eh bien ! voyez vos
parents, proposez-leur de vous avancer une pacotille de bijoux.
Embarquez-vous pour Pondichéry ; vous ferez de mauvais vers
sur la route ; arrivé, vous ferez fortune. Votre fortune faite, vous
reviendrez faire ici tant de mauvais vers qu'il vous plaira, pourvu
que vous ne les fassiez pas imprimer, car il ne faut ruiner personne... Il y avait environ douze ans que j'avais donné ce conseil
au jeune homme, lorsqu'il m'apparut ; je ne le reconnaissais pas.
C'est moi, monsieur, me dit-il, que vous avez envoyé à Pondichéry.
J'y ai été, j'ai amassé là une centaine de mille francs. Je suis revenu ;
je me suis remis à faire des vers, et en voilà que je vous apporte...
Ils sont toujours mauvais ? – Toujours ; mais votre sort est arrangé,
et je consens que vous continuiez à faire de mauvais vers. – C'est
bien mon projet...

Le chirurgien s'étant approché du lit de Jacques, celui-ci ne lui
laissa pas le temps de parler. J'ai tout entendu, lui dit-il... Puis,
s'adressant à son maître, il ajouta... Il allait ajouter, lorsque son
maître l'arrêta. Il était las de marcher ; il s'assit sur le bord du chemin, la tête tournée vers un voyageur qui s'avançait de leur côté, à
pied, la bride de son cheval, qui le suivait, passée dans son bras.

Vous allez croire, lecteur, que ce cheval est celui qu'on a volé au
maître de Jacques : et vous vous tromperez. C'est ainsi que cela
arriverait dans un roman, un peu plus tôt ou un peu plus tard, de
cette manière ou autrement ; mais ceci n'est point un roman, je
vous l'ai déjà dit, je crois, et je vous le répète encore. Le maître dit
à Jacques : Vois-tu cet homme qui vient à nous ?

JACQUES. Je le vois.

LE MAÎTRE. Son cheval me paraît bon.

JACQUES. J'ai servi dans l'infanterie, et je ne m'y connais pas.

LE MAÎTRE. Moi, j'ai commandé dans la cavalerie, et je m'y connais.

JACQUES. Après ?

LE MAÎTRE. Après ? Je voudrais que tu allasses proposer à cet
homme de nous le céder, en payant s'entend.

1125 **JACQUES.** Cela est bien fou, mais j'y vais. Combien y voulez-vous mettre ?

LE MAÎTRE. Jusqu'à cent écus…

Jacques, après avoir recommandé à son maître de ne pas s'endormir, va à la rencontre du voyageur, lui propose l'achat de son
1130 cheval, le paye et l'emmène. Eh bien ! Jacques, lui dit son maître, si vous avez vos pressentiments, vous voyez que j'ai aussi les miens. Ce cheval est beau ; le marchand t'aura juré qu'il est sans défaut ; mais en fait de chevaux tous les hommes sont maquignons.

JACQUES. Et en quoi ne le sont-ils pas ?

1135 **LE MAÎTRE.** Tu le monteras et tu me céderas le tien.

JACQUES. D'accord.

Les voilà tous les deux à cheval, et Jacques ajoutant :
Lorsque je quittai la maison, mon père, ma mère, mon parrain, m'avaient tous donné quelque chose, chacun selon ses petits
1140 moyens ; et j'avais en réserve cinq louis, dont Jean, mon aîné, m'avait fait présent lorsqu'il partit pour son malheureux voyage de Lisbonne[1]… (Ici Jacques se mit à pleurer, et son maître à lui représenter que cela était écrit là-haut.) Il est vrai, monsieur, je me le suis dit cent fois ; et avec tout cela je ne saurais m'empêcher de
1145 pleurer…
Puis voilà Jacques qui sanglote et qui pleure de plus belle ; et son maître qui prend sa prise de tabac, et qui regarde à sa montre l'heure qu'il est. Après avoir mis la bride de son cheval entre ses dents et essuyé ses yeux avec ses deux mains, Jacques continua.
1150 Des cinq louis de Jean, de mon engagement, et des présents de mes parents et amis, j'avais fait une bourse dont je n'avais pas encore soustrait une obole. Je retrouvai ce magot bien à point ; qu'en dites-vous, mon maître ?

LE MAÎTRE. Il était impossible que tu restasses plus longtemps
1155 dans la chaumière.

JACQUES. Même en payant.

---

1. **Lisbonne :** le fameux tremblement de terre de Lisbonne, dont il est aussi question dans *Candide*, et qui a eu lieu en 1755.

LE MAÎTRE. Mais qu'est-ce que ton frère Jean était allé chercher à Lisbonne ?

JACQUES. Il me semble que vous prenez à tâche de me fourvoyer. Avec vos questions, nous aurons fait le tour du monde avant que d'avoir atteint la fin de mes amours.

LE MAÎTRE. Qu'importe, pourvu que tu parles et que j'écoute ? ne sont-ce pas là les deux points importants ? Tu me grondes, lorsque tu devrais me remercier.

JACQUES. Mon frère était allé chercher le repos à Lisbonne. Jean, mon frère, était un garçon d'esprit : c'est ce qui lui a porté malheur ; il eût été mieux pour lui qu'il eût été un sot comme moi ; mais cela était écrit là-haut. Il était écrit que le frère quêteur des Carmes[1] qui venait dans notre village demander des œufs, de la laine, du chanvre, des fruits, du vin à chaque saison, logerait chez mon père, qu'il débaucherait Jean, mon frère, et que Jean, mon frère, prendrait l'habit de moine.

LE MAÎTRE. Jean, ton frère, a été Carme ?

JACQUES. Oui, monsieur, et Carme déchaux[2]. Il était actif, intelligent, chicaneur ; c'était l'avocat consultant du village. Il savait lire et écrire, et, dès sa jeunesse, il s'occupait à déchiffrer et à copier de vieux parchemins. Il passa par toutes les fonctions de l'ordre, successivement portier, sommelier, jardinier, sacristain, adjoint à procure et banquier ; du train dont il y allait, il aurait fait notre fortune à tous. Il a marié et bien marié deux de nos sœurs et quelques autres filles du village. Il ne passait pas dans les rues, que les pères, les mères et les enfants n'allassent à lui, et ne lui criassent : « Bonjour, frère Jean ; comment vous portez-vous, frère Jean ? » Il est sûr que quand il entrait dans une maison la bénédiction du ciel y entrait avec lui ; et que s'il y avait une fille, deux mois après sa visite elle était mariée. Le pauvre frère Jean ! l'ambition le perdit. Le procureur de la maison, auquel on l'avait donné pour adjoint, était vieux. Les moines ont dit qu'il avait formé le projet de lui

---

1. **Carmes :** religieux qui appartiennent à l'ordre de Notre-Dame du mont Carmel.
2. **Carme déchaux (ou déchaussés) :** adeptes de la réforme de l'ordre, instaurée par saint Jean de la Croix, ils vont pieds nus en sandales.

succéder après sa mort, que pour cet effet il bouleversa tout le
1190 chartrier[1], qu'il brûla les anciens registres, et qu'il en fit de nouveaux, en sorte qu'à la mort du vieux procureur, le diable n'aurait
vu goutte dans les titres de la communauté. Avait-on besoin d'un
papier, il fallait perdre un mois à le chercher ; encore souvent ne
le trouvait-on pas. Les Pères démêlèrent la ruse du frère Jean et
1195 son objet : ils prirent la chose au grave, et frère Jean, au lieu d'être
procureur comme il s'en était flatté, fut réduit au pain et à l'eau, et
bien discipliné jusqu'à ce qu'il eût communiqué à un autre la clef
de ses registres. Les moines sont implacables. Quand on eut tiré
de frère Jean tous les éclaircissements dont on avait besoin, on le
1200 fit porteur de charbon dans le laboratoire où l'on distille *l'eau des
Carmes*[2]. Frère Jean, ci-devant banquier de l'ordre et adjoint à procure, maintenant charbonnier ! Frère Jean avait du cœur, il ne put
supporter ce déchet[3] d'importance et de splendeur, et n'attendit
qu'une occasion de se soustraire à cette humiliation.
1205 Ce fut alors qu'il arriva dans la même maison un jeune Père qui
passait pour la merveille de l'ordre au tribunal et dans la chaire ;
il s'appelait le Père Ange. Il avait de beaux yeux, un beau visage,
un bras et des mains à modeler. Le voilà qui prêche, qui prêche,
qui confesse, qui confesse ; voilà les vieux directeurs quittés par
1210 leurs dévotes ; voilà ces dévotes attachées au jeune Père Ange ;
voilà que les veilles de dimanches et de grandes fêtes la boutique
du Père Ange est environnée de pénitents et de pénitentes, et que
les vieux Pères attendaient inutilement pratique dans leurs boutiques désertes ; ce qui les chagrinait beaucoup... Mais, monsieur,
1215 si je laissais là l'histoire de frère Jean et que je reprisse celle de mes
amours, cela serait peut-être plus gai.

LE MAÎTRE. Non, non ; prenons une prise de tabac, voyons l'heure
qu'il est et poursuis.

JACQUES. J'y consens, puisque vous le voulez...

1220 Mais le cheval de Jacques fut d'un autre avis ; le voilà qui prend
tout à coup le mors aux dents et qui se précipite dans une

---

1. **Chartrier** : lieu où se conservaient les chartes d'une abbaye (ou d'un royaume).
2. *Eau des Carmes* : alcool à base de mélisse.
3. **Déchet** : régression, perte.

fondrière[1]. Jacques a beau le serrer des genoux et lui tenir la bride courte, du plus bas de la fondrière, l'animal têtu s'élance et se met à grimper à toutes jambes un monticule où il s'arrête tout court et où Jacques, tournant ses regards autour de lui, se voit entre des fourches patibulaires[2].

Un autre que moi, lecteur, ne manquerait pas de garnir ces fourches de leur gibier et de ménager à Jacques une triste reconnaissance. Si je vous le disais, vous le croiriez peut-être, car il y a des hasards plus singuliers, mais la chose n'en serait pas plus vraie : ces fourches étaient vacantes[3].

Jacques laissa reprendre haleine à son cheval, qui de lui-même redescendit la montagne, remonta la fondrière et replaça Jacques à côté de son maître, qui lui dit : Ah ! mon ami, quelle frayeur tu m'as causée ! je t'ai tenu pour mort… mais tu rêves ; à quoi rêves-tu ?

JACQUES. À ce que j'ai trouvé là-haut.

LE MAÎTRE. Et qu'y as-tu donc trouvé ?

JACQUES. Des fourches patibulaires, un gibet.

LE MAÎTRE. Diable ! cela est de fâcheux augure ; mais rappelle-toi ta doctrine. Si cela est écrit là-haut, tu auras beau faire, tu seras pendu, cher ami ; et si cela n'est pas écrit là-haut, le cheval en aura menti. Si cet animal n'est pas inspiré, il est sujet à des lubies ; il faut y prendre garde…

Après un moment de silence, Jacques se frotta le front et secoua ses oreilles, comme on fait lorsqu'on cherche à écarter de soi une idée fâcheuse, et reprit brusquement :

Ces vieux moines tinrent conseil entre eux et résolurent à quelque prix et par quelque voie que ce fût, de se défaire d'une jeune barbe[4] qui les humiliait. Savez-vous ce qu'ils firent ?… Mon maître, vous ne m'écoutez pas.

---

1. **Fondrière :** ornière ou trou plein d'eau et de boue dans un chemin défoncé.
2. **Fourches patibulaires :** fourches qui servent de gibet de potence pour les pendaisons.
3. **Vacantes :** vides.
4. **Une jeune barbe :** un jeune homme.

LE MAÎTRE. Je t'écoute, je t'écoute : continue.

JACQUES. Ils gagnèrent le portier, qui était un vieux coquin comme eux. Ce vieux coquin accusa le jeune Père d'avoir pris des libertés avec une de ses dévotes dans le parloir, et assura, par serment, qu'il l'avait vu. Peut-être cela était-il vrai, peut-être cela était-il faux : que sait-on ? Ce qu'il y a de plaisant, c'est que le lendemain de cette accusation, le prieur de la maison fut assigné au nom d'un chirurgien pour être satisfait des remèdes qu'il avait administrés et des soins qu'il avait donnés à ce scélérat de portier dans le cours d'une maladie galante… Mon maître, vous ne m'écoutez pas, et je sais ce qui vous distrait, je gage que ce sont ces fourches patibulaires.

LE MAÎTRE. Je ne saurais en disconvenir.

JACQUES. Je surprends vos yeux attachés sur mon visage ; est-ce que vous me trouvez l'air sinistre ?

LE MAÎTRE. Non, non.

JACQUES. C'est-à-dire, oui, oui. Eh bien ! si je vous fais peur, nous n'avons qu'à nous séparer.

LE MAÎTRE. Allons donc, Jacques, vous perdez l'esprit ; est-ce que vous n'êtes pas sûr de vous ?

JACQUES. Non, monsieur ; et qui est-ce qui est sûr de soi ?

LE MAÎTRE. Tout homme de bien. Est-ce que Jacques, l'honnête Jacques, ne se sent pas là de l'horreur pour le crime ?… Allons, Jacques, finissons cette dispute et reprenez votre récit.

JACQUES. En conséquence de cette calomnie ou médisance du portier, on se crut autorisé à faire mille diableries, mille méchancetés à ce pauvre Père Ange dont la tête parut se déranger. Alors on appela un médecin qu'on corrompit et qui attesta que ce religieux était fou et qu'il avait besoin de respirer l'air natal. S'il n'eût été question que d'éloigner ou d'enfermer le Père Ange, c'eût été une affaire bientôt faite ; mais parmi les dévotes dont il était la coqueluche, il y avait de grandes dames à ménager. On leur parlait de leur directeur avec une commisération hypocrite : « Hélas ! ce pauvre Père Ange, c'est bien dommage ! c'était l'aigle de notre communauté. – Qu'est-ce qui lui est donc arrivé ? » À cette question on ne répondait qu'en poussant un profond soupir et en levant les yeux au ciel ; si l'on insistait, on baissait la tête et l'on se taisait. À cette singerie l'on ajoutait quelquefois : « Ô Dieu ! qu'est-ce de nous !... Il a encore des moments surprenants... des éclairs de génie... Cela reviendra peut-être, mais il y a peu d'espoir... Quelle perte pour la religion !... » Cependant les mauvais procédés redoublaient ; il n'y avait rien qu'on ne tentât pour amener le Père Ange au point où on le disait ; et on y aurait réussi si frère Jean ne l'eût pris en pitié. Que vous dirai-je de plus ? Un soir que nous étions tous endormis, nous entendîmes frapper à notre porte : nous nous levons ; nous ouvrons au Père Ange et à mon frère déguisés. Ils passèrent le jour suivant dans la maison ; le lendemain, dès l'aube du jour, ils décampèrent. Ils s'en allaient les mains bien garnies ; car Jean, en m'embrassant, me dit : « J'ai marié tes sœurs ; si j'étais resté dans le couvent, deux ans de plus, ce que j'y étais, tu serais un des gros fermiers du canton ; mais tout a changé, et voilà ce que je puis faire pour toi. Adieu, Jacques, si nous avons du bonheur, le Père et moi, tu t'en ressentiras... » puis il me lâcha dans la main les cinq louis dont je vous ai parlé, avec cinq autres pour la dernière des filles du village, qu'il avait mariée et qui venait d'accoucher d'un gros garçon qui ressemblait à frère Jean comme deux gouttes d'eau.

LE MAÎTRE, *sa tabatière ouverte et sa montre replacée*. – Et qu'allaient-ils faire à Lisbonne ?

JACQUES. Chercher un tremblement de terre, qui ne pouvait se faire sans eux ; être écrasés, engloutis, brûlés, comme il était écrit là-haut.

LE MAÎTRE. Ah ! les moines ! les moines !

JACQUES. Le meilleur ne vaut pas grand argent.

LE MAÎTRE. Je le sais mieux que toi.

JACQUES. Est-ce que vous avez passé par leurs mains ?

LE MAÎTRE. Une autre fois je te dirai cela.

JACQUES. Mais pourquoi est-ce qu'ils sont si méchants ?

LE MAÎTRE. Je crois que c'est parce qu'ils sont moines... Et puis revenons à tes amours.

JACQUES. Non, monsieur, n'y revenons pas.

LE MAÎTRE. Est-ce que tu ne veux plus que je les sache ?

JACQUES. Je le veux toujours ; mais le destin, lui, ne le veut pas.
1325 Est-ce que vous ne voyez pas qu'aussitôt que j'en ouvre la bouche,
le diable s'en mêle, et qu'il survient toujours quelque incident qui
me coupe la parole ? Je ne les finirai pas, vous dis-je, cela est écrit
là-haut.

LE MAÎTRE. Essaye, mon ami.

1330 **JACQUES.** Mais si vous commenciez l'histoire des vôtres, peut-être
que cela romprait le sortilège et qu'ensuite les miennes en iraient
mieux. J'ai dans la tête que cela tient à cela ; tenez, Monsieur, il me
semble quelquefois que le destin me parle.

LE MAÎTRE. Et tu te trouves toujours bien de l'écouter ?

1335 **JACQUES.** Mais, oui, témoin le jour qu'il me dit que votre montre
était sur le dos du porteballe…

Le maître se mit à bâiller ; en bâillant il frappait de la main sur sa
tabatière, et en frappant sur sa tabatière, il regardait au loin, et en
regardant au loin, il dit à Jacques : Ne vois-tu pas quelque chose
1340 sur ta gauche ?

JACQUES. Oui, et je gage que c'est quelque chose qui ne voudra
pas que je continue mon histoire, ni que vous commenciez la
vôtre…

Jacques avait raison. Comme la chose qu'ils voyaient venait à eux
1345 et qu'ils allaient à elle, ces deux marches en sens contraire abré-
gèrent la distance ; et bientôt ils aperçurent un char drapé de noir[1],
traîné par quatre chevaux noirs, couverts de housses noires qui
leur enveloppaient la tête et qui descendaient jusqu'à leurs pieds ;
derrière, deux domestiques en noir ; à la suite deux autres vêtus
1350 de noir, chacun sur un cheval noir, caparaçonné de noir ; sur le
siège du char un cocher noir, le chapeau rabattu et entouré d'un
long crêpe qui pendait le long de son épaule gauche ; ce cocher
avait la tête penchée, laissait flotter ses guides et conduisait moins
ses chevaux qu'ils ne le conduisaient. Voilà nos deux voyageurs
1355 arrivés au côté de cette voiture funèbre. À l'instant, Jacques pousse

---

1. **Char drapé de noir :** corbillard.

un cri, tombe de son cheval plutôt qu'il n'en descend, s'arrache les cheveux, se roule à terre en criant : « Mon capitaine ! mon pauvre capitaine ! c'est lui, je n'en saurais douter, voilà ses armes... » Il y avait, en effet, dans le char, un long cercueil sous un drap mor-
1360 tuaire, sur le drap mortuaire une épée avec un cordon, et à côté du cercueil un prêtre, son bréviaire à la main et psalmodiant. Le char allait toujours, Jacques le suivait en se lamentant, le maître suivait Jacques en jurant et les domestiques certifiaient à Jacques que ce convoi était celui de son capitaine, décédé dans la ville voi-
1365 sine, d'où on le transportait à la sépulture de ses ancêtres. Depuis que ce militaire avait été privé par la mort d'un autre militaire, son ami, capitaine au même régiment, de la satisfaction de se battre au moins une fois par semaine, il en était tombé dans une mélancolie qui l'avait éteint au bout de quelques mois. Jacques, après avoir
1370 payé à son capitaine le tribut d'éloges, de regrets et de larmes qu'il lui devait, fit excuse à son maître, remonta sur son cheval, et ils allaient en silence.

Mais, pour Dieu, lecteur, me dites-vous, où allaient-ils ?... Mais, pour Dieu, lecteur, vous répondrai-je, est-ce qu'on sait où l'on va ?
1375 Et vous, où allez-vous ? Faut-il que je vous rappelle l'aventure d'Ésope[1] ? Son maître Xantippe[2] lui dit un soir d'été ou d'hiver, car les Grecs se baignaient dans toutes les saisons : « Ésope, va au bain ; s'il y a peu de monde nous nous baignerons... » Ésope part. Chemin faisant il rencontre la patrouille d'Athènes. « Où vas-
1380 tu ? – Où je vais ? répond Ésope, je n'en sais rien. – Tu n'en sais rien ? marche en prison. – Eh bien ! reprit Ésope, ne l'avais-je pas bien dit que je ne savais où j'allais ? je voulais aller au bain, et voilà que je vais en prison... » Jacques suivait son maître comme vous le vôtre ; son maître suivait le sien comme Jacques le suivait. – Mais,
1385 qui était le maître du maître de Jacques ? – Bon, est-ce qu'on manque de maître dans ce monde ? Le maître de Jacques en avait cent pour un, comme vous. Mais parmi tant de maîtres du maître de Jacques, il fallait qu'il n'y en eût pas un bon ; car d'un jour à l'autre il en changeait. – Il était homme. – Homme passionné comme vous,

---

1. **Ésope :** fabuliste grec (VIᵉ siècle av. J.-C.).
2. **Xantippe :** il s'agit en fait de Xanthos, maître d'Ésope.

1390 lecteur ; homme curieux comme vous, lecteur ; homme impor-
tun comme vous, lecteur ; homme questionneur comme vous,
lecteur. – Et pourquoi questionnait-il ? – Belle question ! Il ques-
tionnait pour apprendre et pour redire comme vous, lecteur…

Le maître dit à Jacques : Tu ne me parais pas disposé à reprendre
1395 l'histoire de tes amours.

JACQUES. Mon pauvre capitaine ! il s'en va où nous allons tous, et
où il est bien extraordinaire qu'il ne soit pas arrivé plus tôt. Ahi !…
Ahi !…

LE MAÎTRE. Mais, Jacques, vous pleurez, je crois !… « Pleurez sans
1400 contrainte, parce que vous pouvez pleurer sans honte ; sa mort
vous affranchit des bienséances scrupuleuses qui vous gênaient
pendant sa vie. Vous n'avez pas les mêmes raisons de dissimuler
votre peine que celles que vous aviez de dissimuler votre bonheur ; on ne pensera pas à tirer de vos larmes les conséquences
1405 qu'on eût tirées de votre joie. On pardonne au malheur. Et puis il
faut dans ce moment se montrer sensible ou ingrat, et, tout bien
considéré, il vaut mieux déceler une faiblesse que se laisser soupçonner d'un vice. Je veux que votre plainte soit libre pour être
moins douloureuse, je la veux violente pour être moins longue.
1410 Rappelez-vous, exagérez-vous même ce qu'il était ; sa pénétration
à sonder les matières les plus profondes ; sa subtilité à discuter
les plus délicates ; son goût solide qui l'attachait aux plus impor-
tantes ; la fécondité qu'il jetait dans les plus stériles ; avec quel
art il défendait les accusés : son indulgence lui donnait mille fois
1415 plus d'esprit que l'intérêt ou l'amour-propre n'en donnait au coupable ; il n'était sévère que pour lui seul. Loin de chercher des
excuses aux fautes légères qui lui échappaient, il s'occupait avec
toute la méchanceté d'un ennemi à se les exagérer, et avec tout
l'esprit d'un jaloux à rabaisser le prix de ses vertus par un examen
1420 rigoureux des motifs qui l'avaient peut-être déterminé à son insu.
Ne prescrivez à vos regrets d'autre terme que celui que le temps y
mettra. Soumettons-nous à l'ordre universel lorsque nous perdons
nos amis, comme nous nous y soumettrons lorsqu'il lui plaira de
disposer de nous ; acceptons l'arrêt du sort qui les condamne, sans
1425 désespoir, comme nous l'accepterons sans résistance lorsqu'il se
prononcera contre nous. Les devoirs de la sépulture ne sont pas les

derniers devoirs des âmes. La terre qui se remue dans ce moment se raffermira sur la tombe de votre amant ; mais votre âme conservera toute sa sensibilité. »

1430 **JACQUES.** Mon maître, cela est fort beau ; mais à quoi diable cela revient-il ? J'ai perdu mon capitaine, j'en suis désolé ; et vous me détachez, comme un perroquet, un lambeau de la consolation d'un homme ou d'une femme à une autre femme qui a perdu son amant.

1435 **LE MAÎTRE.** Je crois que c'est d'une femme.

JACQUES. Moi, je crois que c'est d'un homme. Mais que ce soit d'un homme ou d'une femme, encore une fois, à quoi diable cela revient-il ? Est-ce que vous me prenez pour la maîtresse de mon capitaine ? Mon capitaine, monsieur, était un brave homme ; et 1440 moi, j'ai toujours été un honnête garçon.

LE MAÎTRE. Jacques, qui est-ce qui vous le dispute ?

JACQUES. À quoi diable revient donc votre consolation d'un homme ou d'une femme à une autre femme ? À force de vous le demander, vous me le direz peut-être.

1445 **LE MAÎTRE.** Non Jacques, il faut que vous trouviez cela tout seul.

JACQUES. J'y rêverais le reste de ma vie, que je ne le devinerais pas ; j'en aurais pour jusqu'au jugement dernier.

LE MAÎTRE. Jacques, il m'a paru que vous m'écoutiez avec attention tandis que je lisais.

1450 **JACQUES.** Est-ce qu'on peut la refuser au ridicule ?

LE MAÎTRE. Fort bien, Jacques !

JACQUES. Peu s'en est fallu que je n'aie éclaté à l'endroit des bienséances rigoureuses qui me gênaient pendant la vie de mon capitaine, et dont j'avais été affranchi par sa mort.

1455 **LE MAÎTRE.** Fort bien, Jacques ! J'ai donc fait ce que je m'étais proposé. Dites-moi s'il était possible de s'y prendre mieux pour vous consoler. Vous pleuriez : si je vous avais entretenu de l'objet de votre douleur, qu'en serait-il arrivé ? Que vous eussiez pleuré bien davantage, et que j'aurais achevé de vous désoler. Je vous ai donné 1460 le change, et par le ridicule de mon oraison funèbre, et par la petite querelle qui s'en est suivie. À présent, convenez que la pensée de votre capitaine est aussi loin de vous que le char funèbre qui le mène à son dernier domicile. Partant je pense que vous pouvez reprendre l'histoire de vos amours.

1465 **JACQUES.** Je le pense aussi.

– Docteur, dis-je au chirurgien, demeurez-vous loin d'ici ?

– À un bon quart de lieue au moins.

– Êtes-vous un peu commodément logé ?

– Assez commodément.

1470 – Pourriez-vous disposer d'un lit ?

– Non.

– Quoi ! pas même en payant, en payant bien ?

– Oh ! en payant et en payant bien, pardonnez-moi. Mais l'ami, vous ne me paraissez guère en état de payer, et moins encore de

1475 bien payer.

– C'est mon affaire. Et serais-je un peu soigné chez vous ?

– Très bien. J'ai ma femme qui a gardé des malades toute sa vie ; j'ai une fille aînée qui fait le poil à tout venant, et qui vous lève un appareil aussi bien que moi.

1480 – Combien me prendriez-vous pour mon logement, ma nourriture et vos soins ?

– Le chirurgien dit en se grattant l'oreille : Pour le logement… la nourriture… les soins… Mais qui est-ce qui me répondra du payement ?

1485 – Je payerai tous les jours.

– Voilà ce qui s'appelle parler, cela… »

Mais, monsieur, je crois que vous ne m'écoutez pas.

LE MAÎTRE. Non, Jacques, il était écrit là-haut que tu parlerais cette fois, qui ne sera peut-être pas la dernière, sans être écouté.

1490 **JACQUES.** Quand on n'écoute pas celui qui parle, c'est qu'on ne pense à rien, ou qu'on pense à autre chose que ce qu'il dit : lequel des deux faisiez-vous ?

LE MAÎTRE. Le dernier. Je rêvais à ce qu'un des domestiques noirs qui suivait le char funèbre te disait, que ton capitaine avait été

1495 privé, par la mort de son ami, du plaisir de se battre au moins une fois la semaine. As-tu compris quelque chose à cela ?

JACQUES. Assurément.

LE MAÎTRE. C'est pour moi une énigme que tu m'obligerais de m'expliquer.

1500 **JACQUES.** Et que diable cela vous fait-il ?

LE MAÎTRE. Peu de chose ; mais quand tu parleras, tu veux apparemment être écouté ?

JACQUES. Cela va sans dire.

LE MAÎTRE. Eh bien ! en conscience, je ne saurais t'en répondre, 1505 tant que cet inintelligible propos me chiffonnera la cervelle. Tire-moi de là, je t'en prie.

JACQUES. À la bonne heure ! mais jurez-moi, du moins, que vous ne m'interromprez plus.

LE MAÎTRE. À tout hasard, je te le jure.

1510 **JACQUES.** C'est que mon capitaine, bon homme, galant homme, homme de mérite, un des meilleurs officiers du corps, mais homme un peu hétéroclite[1], avait rencontré et fait amitié avec un autre officier du même corps, bon homme aussi, galant homme aussi, homme de mérite aussi, aussi bon officier que lui, mais 1515 homme aussi hétéroclite que lui....

Jacques était à entamer l'histoire de son capitaine, lorsqu'ils entendirent une troupe nombreuse d'hommes et de chevaux qui s'acheminaient derrière eux. C'était le même char lugubre qui revenait sur ses pas. Il était entouré... De gardes de la Ferme ? – Non. – De 1520 cavaliers de maréchaussée ? Peut-être. Quoi qu'il en soit, ce cortège était précédé du prêtre en soutane et en surplis, les mains liées derrière le dos ; du cocher noir, les mains liées derrière le dos ; et des deux valets noirs, les mains liées derrière le dos. Qui fut bien surpris ? Ce fut Jacques, qui s'écria : « Mon capitaine, mon 1525 pauvre capitaine n'est pas mort ! Dieu soit loué !... » Puis Jacques tourne bride, pique des deux, s'avance à toutes jambes au-devant du prétendu convoi. Il n'en était pas à trente pas, que les gardes de la Ferme ou les cavaliers de maréchaussée le couchent en joue et lui crient : « Arrête, retourne sur tes pas, ou tu es mort... » Jacques 1530 s'arrêta tout court, consulta le destin dans sa tête ; il lui sembla

---

1. **Hétéroclite :** étrange, original.

que le destin lui disait : Retourne sur tes pas : ce qu'il fit. Son maître lui dit : Eh bien ! Jacques, qu'est-ce ?

JACQUES. Ma foi, je n'en sais rien.

LE MAÎTRE. Et pourquoi ?

1535 **JACQUES.** Je n'en sais pas davantage.

LE MAÎTRE. Tu verras que ce sont des contrebandiers qui auront rempli cette bière de marchandises prohibées, et qu'ils auront été vendus à la Ferme[1] par les coquins mêmes de qui ils les avaient achetées.

1540 **JACQUES.** Mais pourquoi ce carrosse aux armes de mon capitaine ?

LE MAÎTRE. Ou c'est un enlèvement. On aura caché dans ce cercueil, que sait-on, une femme, une fille, une religieuse ; ce n'est pas le linceul qui fait le mort.

JACQUES. Mais pourquoi ce carrosse aux armes de mon capitaine ?

1545 **LE MAÎTRE.** Ce sera tout ce qu'il te plaira ; mais achève-moi l'histoire de ton capitaine.

JACQUES. Vous tenez encore à cette histoire ? Mais peut-être que mon capitaine est encore vivant.

LE MAÎTRE. Qu'est-ce que cela fait à la chose ?

1550 **JACQUES.** Je n'aime pas à parler des vivants, parce qu'on est de temps en temps exposé à rougir du bien et du mal qu'on en a dit ; du bien qu'ils gâtent, du mal qu'ils réparent.

LE MAÎTRE. Ne sois ni fade panégyriste, ni censeur amer ; dis la chose comme elle est.

1555 **JACQUES.** Cela n'est pas aisé. N'a-t-on pas son caractère, son intérêt, son goût, ses passions, d'après quoi l'on exagère ou l'on atténue ? Dis la chose comme elle est !... Cela n'arrive peut-être pas deux fois en un jour dans toute une grande ville. Et celui qui vous écoute est-il mieux disposé que celui qui parle ? Non. D'où il doit
1560 arriver que deux fois à peine en un jour, dans toute une grande ville, on soit entendu comme on dit.

---

1. **Ferme** : administration chargée de collecter les impôts.

LE MAÎTRE. Que diable, Jacques, voilà des maximes à proscrire l'usage de la langue et des oreilles, à ne rien dire, à ne rien écouter et à ne rien croire ! Cependant, dis comme toi, je t'écouterai
1565 comme moi, et je t'en croirai comme je pourrai.

JACQUES. Mon cher maître, la vie se passe en quiproquos. Il y a les quiproquos d'amour, les quiproquos d'amitié, les quiproquos de politique, de finance, d'église, de magistrature, de commerce, de femmes, de maris…

1570 **LE MAÎTRE.** Eh ! laisse là ces quiproquos, et tâche de t'apercevoir que c'est en faire un grossier que de t'embarquer dans un chapitre de morale, lorsqu'il s'agit d'un fait historique. L'histoire de ton capitaine ?

JACQUES. Si l'on ne dit presque rien dans ce monde, qui soit
1575 entendu comme on le dit, il y a bien pis, c'est qu'on n'y fait presque rien qui soit jugé comme on l'a fait.

LE MAÎTRE. Il n'y a peut-être pas sous le ciel une autre tête qui contienne autant de paradoxes que la tienne.

JACQUES. Et quel mal y aurait-il à cela ? Un paradoxe n'est pas
1580 toujours une fausseté.

LE MAÎTRE. Il est vrai.

JACQUES. Nous passions à Orléans, mon capitaine et moi. Il n'était bruit dans la ville que d'une aventure récemment arrivée à un citoyen appelé M. Le Pelletier, homme pénétré d'une si profonde
1585 commisération pour les malheureux, qu'après avoir réduit, par des aumônes démesurées, une fortune assez considérable au plus étroit nécessaire, il allait de porte en porte chercher dans la bourse d'autrui des secours qu'il n'était plus en état de puiser dans la sienne.

LE MAÎTRE. Et tu crois qu'il y avait deux opinions sur la conduite
1590 de cet homme-là ?

JACQUES. Non, parmi les pauvres ; mais presque tous les riches, sans exception, le regardaient comme une espèce de fou ; et peu s'en fallut que ses proches ne le fissent interdire comme dissipateur. Tandis que nous nous rafraîchissions dans une auberge, une
1595 foule d'oisifs s'était rassemblée autour d'une espèce d'orateur, le barbier de la rue, et lui disait : « Vous y étiez, vous ! racontez-nous comment la chose s'est passée.

– Très volontiers, répondit l'orateur du coin, qui ne demandait pas mieux que de pérorer. M. Aubertot, une de mes pratiques, dont la maison fait face à l'église des Capucins, était sur sa porte ; M. Le Pelletier l'aborde et lui dit « Monsieur Aubertot, ne me donnerez-vous rien pour mes amis ? car c'est ainsi qu'il appelle les pauvres, comme vous savez.

– Non, pour aujourd'hui, monsieur Le Pelletier. »

M. Le Pelletier insiste. « Si vous saviez en faveur de qui je sollicite votre charité ! c'est une pauvre femme qui vient d'accoucher et qui n'a pas un guenillon pour entortiller son enfant.

– Je ne saurais.

– C'est une jeune et belle fille qui manque d'ouvrage et de pain, et que votre libéralité sauvera peut-être du désordre.

– Je ne saurais.

– C'est un manœuvre qui n'avait que ses bras pour vivre, et qui vient de se fracasser une jambe en tombant de son échafaud[1].

– Je ne saurais, vous dis-je.

– Allons, monsieur Aubertot, laissez-vous toucher, et soyez sûr que jamais vous n'aurez l'occasion de faire une action plus méritoire.

– Je ne saurais, je ne saurais.

– Mon bon, mon miséricordieux monsieur Aubertot !...

– Monsieur Le Pelletier, laissez-moi en repos ; quand je veux donner, je ne me fais pas prier...

Et cela dit, M. Aubertot lui tourne le dos, passe de sa porte dans son magasin, où M. Le Pelletier le suit ; il le suit de son magasin dans son arrière-boutique, de son arrière-boutique dans son appartement ; là, M. Aubertot, excédé des instances de M. Le Pelletier, lui donne un soufflet...

Alors mon capitaine se lève brusquement, et dit à l'orateur : « Et il ne le tua pas ? »

– Non, monsieur ; est-ce qu'on tue comme cela ?

– Un soufflet, morbleu ! un soufflet ! Et que fit-il donc ?

– Ce qu'il fit après son soufflet reçu ? il prit un air riant, et dit à M. Aubertot : « Cela c'est pour moi ; mais mes pauvres ?... »

---

1. **Échafaud :** échafaudage.

À ce mot tous les auditeurs s'écrièrent d'admiration, excepté mon capitaine qui leur disait : « Votre M. Le Pelletier, messieurs, n'est qu'un gueux, un malheureux, un lâche, un infâme, à qui cepen-
1635 dant cette épée aurait fait prompte justice, si j'avais été là ; et votre Aubertot aurait été bien heureux, s'il ne lui en avait coûté que le nez et les deux oreilles. »

L'orateur lui répliqua : « Je vois, monsieur, que vous n'auriez pas laissé le temps à l'homme insolent de reconnaître sa faute, de se
1640 jeter aux pieds de M. Le Pelletier, et de lui présenter sa bourse.

– Non certes !

– Vous êtes un militaire, et M. Le Pelletier est un chrétien ; vous n'avez pas les mêmes idées du soufflet.

– La joue de tous les hommes d'honneur est la même.

1645 – Ce n'est pas tout à fait l'avis de l'Évangile.

– L'Évangile est dans mon cœur et dans mon fourreau, et je n'en connais pas d'autre… »

Le vôtre, mon maître, est je ne sais où ; le mien est écrit là-haut ; chacun apprécie l'injure et le bienfait à sa manière ; et peut-être n'en
1650 portons-nous pas le même jugement dans deux instants de notre vie.

LE MAÎTRE. Après, maudit bavard, après…

Lorsque le maître de Jacques avait pris de l'humeur, Jacques se tai-sait, se mettait à rêver, et souvent ne rompait le silence que par un propos, lié dans son esprit, mais aussi décousu dans la conversation
1655 que la lecture d'un livre dont on aurait sauté quelques feuillets. C'est précisément ce qui lui arriva lorsqu'il dit : Mon cher maître…

LE MAÎTRE. Ah ! la parole t'est enfin revenue. Je m'en réjouis pour tous les deux, car je commençais à m'ennuyer de ne pas entendre, et toi de ne pas parler. Parle donc…

1660 Jacques allait commencer l'histoire de son capitaine, lorsque, pour la seconde fois, son cheval, se jetant brusquement hors de la grande route à droite, l'emporte à travers une longue plaine, à un bon quart de lieue de distance, et s'arrête tout court entre des fourches patibulaires[1]… Entre des fourches patibulaires ! Voilà une
1665 singulière allure de cheval de mener son cavalier au gibet !…

---

1. **Fourches patibulaires :** des fourches servant de gibet de potence pour les pendaisons.

– Qu'est-ce que cela signifie ? disait Jacques. Est-ce un avertissement du destin ?

LE MAÎTRE. Mon ami, n'en doutez pas. Votre cheval est inspiré, et le fâcheux, c'est que tous ces pronostics, inspirations, avertissements d'en haut par rêves, par apparitions, ne servent à rien : la chose n'en arrive pas moins. Cher ami, je vous conseille de mettre votre conscience en bon état, d'arranger vos petites affaires et de me dépêcher, le plus vite que vous pourrez, l'histoire de votre capitaine et celle de vos amours, car je serais fâché de vous perdre sans les avoir entendues. Quand vous vous soucierez encore plus que vous ne faites, à quoi cela remédierait-il ? à rien. L'arrêt du destin, prononcé deux fois par votre cheval, s'accomplira. Voyez, n'avez-vous rien à restituer à personne ? Confiez-moi vos dernières volontés, et soyez sûr qu'elles seront fidèlement remplies. Si vous m'avez pris quelque chose, je vous le donne ; demandez-en seulement pardon à Dieu, et pendant le temps plus ou moins court que nous avons encore à vivre ensemble, ne me volez plus.

JACQUES. J'ai beau revenir sur le passé, je n'y vois rien à démêler avec la justice des hommes. Je n'ai ni tué, ni volé, ni violé.

LE MAÎTRE. Tant pis ; à tout prendre, j'aimerais mieux que le crime fût commis qu'à commettre, et pour cause.

JACQUES. Mais, monsieur, ce ne sera peut-être pas pour mon compte, mais pour le compte d'un autre, que je serai pendu.

LE MAÎTRE. Cela se peut.

JACQUES. Ce n'est peut-être qu'après ma mort que je serai pendu.

LE MAÎTRE. Cela se peut encore.

JACQUES. Je ne serai peut-être pas pendu du tout.

LE MAÎTRE. J'en doute.

JACQUES. Il est peut-être écrit là-haut que j'assisterai seulement à la potence d'un autre ; et cet autre-là, qui sait qui il est ? s'il est proche, ou s'il est loin ?

LE MAÎTRE. Monsieur Jacques, soyez pendu, puisque le sort le veut, et que votre cheval le dit ; mais ne soyez pas insolent : finissez vos conjectures impertinentes, et faites-moi vite l'histoire de votre capitaine.

JACQUES. Monsieur, ne vous fâchez pas, on a quelquefois pendu de fort honnêtes gens : c'est un quiproquo de justice.

LE MAÎTRE. Ces quiproquos-là sont affligeants. Parlons d'autre chose.

1705 Jacques, un peu rassuré par les interprétations diverses qu'il avait trouvées au pronostic du cheval, dit :

Quand j'entrai au régiment, il y avait deux officiers à peu près égaux d'âge, de naissance, de service et de mérite. Mon capitaine était l'un des deux. La seule différence qu'il y eût entre eux, c'est 1710 que l'un était riche et que l'autre ne l'était pas. Mon capitaine était le riche. Cette conformité devait produire ou la sympathie, ou l'antipathie la plus forte : elle produisit l'une et l'autre…

Ici, Jacques s'arrêta, et cela lui arriva plusieurs fois dans le cours de son récit, à chaque mouvement de tête que son cheval faisait de 1715 droite et de gauche. Alors, pour continuer, il reprenait sa dernière phrase, comme s'il avait eu le hoquet.

… Elle produisit l'une et l'autre. Il y avait des jours où ils étaient les meilleurs amis du monde, et d'autres où ils étaient ennemis mortels. Les jours d'amitié ils se cherchaient, ils se fêtaient, ils s'embras- 1720 saient, ils se communiquaient leurs peines, leurs plaisirs, leurs besoins ; ils se consultaient sur leurs affaires les plus secrètes, sur leurs intérêts domestiques, sur leurs espérances, sur leurs craintes, sur leurs projets d'avancement. Le lendemain, se rencontraient-ils ? ils passaient l'un à côté de l'autre sans se regarder, ou ils se regar- 1725 daient fièrement, ils s'appelaient Monsieur, ils s'adressaient des mots durs, ils mettaient l'épée à la main et se battaient. S'il arrivait que l'un des deux fût blessé, l'autre se précipitait sur son cama- rade, pleurait, se désespérait, l'accompagnait chez lui et s'établis- sait à côté de son lit jusqu'à ce qu'il fût guéri. Huit jours, quinze 1730 jours, un mois après, c'était à recommencer, et l'on voyait, d'un instant à un autre, deux braves gens… deux braves gens, deux amis sincères, exposés à périr par la main l'un de l'autre, et le mort n'aurait certainement pas été le plus à plaindre des deux. On leur avait parlé plusieurs fois de la bizarrerie de leur conduite ; moi- 1735 même, à qui mon capitaine avait permis de parler, je lui disais : « Mais, monsieur, s'il vous arrivait de le tuer ? » À ces mots, il se mettait à pleurer et se couvrait les yeux de ses mains ; il courait dans son appartement comme un fou. Deux heures après, ou son camarade le ramenait chez lui blessé, ou il rendait le même service à son camarade. Ni mes remontrances... ni mes remontrances, ni celles des autres n'y faisaient rien ; on n'y trouva de remède qu'à les séparer. Le ministre de la Guerre fut instruit d'une persévérance si singulière dans des extrémités si opposées, et mon capitaine nommé à un commandement de place, avec injonction expresse de se rendre sur-le-champ à son poste, et défense de s'en éloigner ; une autre défense fixa son camarade au régiment... Je crois que ce maudit cheval me fera devenir fou... À peine les ordres du ministre furent-ils arrivés, que mon capitaine, sous prétexte d'aller remercier de la faveur qu'il venait d'obtenir, partit pour la cour, représenta qu'il était riche et que son camarade indigent avait le même droit aux grâces du roi ; que le poste qu'on venait de lui accorder récompenserait les services de son ami, suppléerait à son peu de fortune, et qu'il en serait, lui, comblé de joie. Comme le ministre n'avait eu d'autre intention que de séparer ces deux hommes bizarres, et que les procédés généreux touchent toujours, il fut arrêté... Maudite bête, tiendras-tu ta tête droite ?... Il fut arrêté que mon capitaine resterait au régiment et que son camarade irait occuper le commandement de place.

À peine furent-ils séparés, qu'ils sentirent le besoin qu'ils avaient l'un de l'autre ; ils tombèrent dans une mélancolie profonde. Mon capitaine demanda un congé de semestre pour aller prendre l'air natal ; mais à deux lieues de la garnison, il vend son cheval, se déguise en paysan et s'achemine vers la place que son ami commandait. Il paraît que c'était une démarche concertée entre eux. Il arrive... Va donc où tu voudras ! Y a-t-il encore là quelque gibet qu'il te plaise de visiter ?... Riez bien, monsieur ; cela est en effet très plaisant... Il arrive ; mais il était écrit là-haut que, quelques précautions qu'ils prissent pour cacher la satisfaction qu'ils avaient de se revoir et ne s'aborder qu'avec les marques extérieures de la subordination d'un paysan à un commandant de place, des soldats, quelques officiers qui se rencontreraient par hasard à leur entrevue et qui seraient instruits de leur aventure, prendraient des soupçons et iraient prévenir le major de la place.

Celui-ci, homme prudent, sourit de l'avis, mais ne laissa pas d'y attacher toute l'importance qu'il méritait. Il mit des espions autour du commandant. Leur premier rapport fut que le commandant sortait peu, et que le paysan ne sortait point du tout. Il était impossible que ces deux hommes vécussent ensemble huit jours de suite, sans que leur étrange manie les reprît ; ce qui ne manqua pas d'arriver.

1780 Vous voyez, lecteur, combien je suis obligeant ; il ne tiendrait qu'à moi de donner un coup de fouet aux chevaux qui traînent le carrosse drapé de noir, d'assembler, à la porte du gîte prochain, Jacques, son maître, les gardes des Fermes ou les cavaliers de maréchaussée avec le reste de leur cortège ; d'interrompre l'histoire du 1785 capitaine de Jacques et de vous impatienter à mon aise ; mais pour cela il faudrait mentir, et je n'aime pas le mensonge, à moins qu'il ne soit utile et forcé. Le fait est que Jacques et son maître ne virent plus le carrosse drapé, et que Jacques, toujours inquiet de l'allure de son cheval, continua son récit :

1790 Un jour, les espions rapportèrent au major qu'il y avait eu une contestation fort vive entre le commandant et le paysan ; qu'ensuite ils étaient sortis, le paysan marchant le premier, le commandant ne le suivant qu'à regret, et qu'ils étaient entrés chez un banquier de la ville, où ils étaient encore.

1795 On apprit dans la suite que, n'espérant plus de se revoir, ils avaient résolu de se battre à toute outrance, et que, sensible aux devoirs de la plus tendre amitié, au moment même de la férocité la plus inouïe, mon capitaine qui était riche, comme je vous l'ai dit... mon capitaine, qui était riche, avait exigé de son camarade qu'il accep-1800 tât une lettre de change de vingt-quatre mille livres, qui lui assurât de quoi vivre chez l'étranger, au cas qu'il fût tué, celui-ci protestant qu'il ne se battrait point sans ce préalable ; l'autre répondant à cette offre : « Est-ce que tu crois, mon ami, que si je te tue, je te survivrai ?... » J'espère, monsieur, que vous ne me condamnerez 1805 pas à finir notre voyage sur ce bizarre animal...

Ils sortaient de chez le banquier, et ils s'acheminaient vers les portes de la ville, lorsqu'ils se virent entourés du major et de quelques officiers. Quoique cette rencontre eût l'air d'un incident fortuit, nos deux amis, nos deux ennemis, comme il vous plaira de les appeler, 1810 ne s'y méprirent pas. Le paysan se laissa reconnaître pour ce qu'il était. On alla passer la nuit dans une maison écartée. Le lendemain, dès la pointe du jour, mon capitaine, après avoir embrassé plusieurs fois son camarade, s'en sépara pour ne plus le revoir. À peine fut-il arrivé dans son pays, qu'il mourut.

1815   **LE MAÎTRE.** Et qui est-ce qui t'a dit qu'il était mort ?

JACQUES. Et ce cercueil ? et ce carrosse à ses armes ? Mon pauvre capitaine est mort, je n'en doute pas.

LE MAÎTRE. Et ce prêtre les mains liées sur le dos ; et ces gens les mains liées sur le dos, et ces gardes de la Ferme ou ces cava-
1820   liers de maréchaussée ; et ce retour du convoi vers la ville ? Ton capitaine est vivant, je n'en doute pas ; mais ne sais-tu rien de son camarade ?

JACQUES. L'histoire de son camarade est une belle ligne du grand rouleau ou de ce qui est écrit là-haut.

1825   **LE MAÎTRE.** J'espère…

Le cheval de Jacques ne permit pas à son maître d'achever ; il part comme un éclair, ne s'écartant ni à droite ni à gauche, suivant la grande route. On ne vit plus Jacques ; et son maître, persuadé que le chemin aboutissait à des fourches patibulaires, se tenait les côtés
1830   de rire. Et puisque Jacques et son maître ne sont bons qu'ensemble et ne valent rien séparés non plus que Don Quichotte sans Sancho[1] et Richardet sans Ferragus[2], ce que le continuateur de Cervantès[3] et l'imitateur de l'Arioste, monsignor Forti-Guerra[4], n'ont pas assez compris, lecteur, causons ensemble jusqu'à ce qu'ils se soient
1835   rejoints.

Vous allez prendre l'histoire du capitaine de Jacques pour un conte, et vous aurez tort. Je vous proteste que telle qu'il l'a racontée à son maître, tel fut le récit que j'en avais entendu faire aux Invalides[5], je ne sais en quelle année, le jour de Saint-Louis, à table

---

1. **Don Quichotte sans Sancho :** Don Quichotte et Sancho sont les héros du roman de Cervantès (1605-1615) : *Don Quichotte de la Mancha*. Le vieil hidalgo est toujours accompagné de son écuyer, Sancho Pança.

2. **Richardet sans Ferragus :** Richardet et Ferragus sont des personnages du *Roland furieux* de l'Arioste, poète italien (1473-1533).

3. **Le continuateur de Cervantès :** il s'agit d'Avellaneda, qui écrivit une suite au *Don Quichotte*, traduite par Lesage en 1704 : *Nouvelles Aventures de Don Quichotte*.

4. **Forti-Guerra :** ou Forte-Guerri (1674-1745) écrivit un poème imité de l'Arioste : *Ricciardetto* (Richardet), traduit en français par Dumourier en 1766 et par Mancini-Nivernois en 1796.

5. **Invalides :** bâtiments créés par Louis XIV pour accueillir les soldats blessés à son service.

1840 chez un monsieur de Saint-Étienne, major de l'hôtel ; et l'historien
qui parlait en présence de plusieurs autres officiers de la maison,
qui avaient connaissance du fait, était un personnage grave qui
n'avait point du tout l'air d'un badin. Je vous le répète donc pour
ce moment et pour la suite : soyez circonspect si vous ne voulez
1845 pas prendre dans cet entretien de Jacques et de son maître le vrai
pour le faux, le faux pour le vrai. Vous voilà bien averti, et je m'en
lave les mains. – Voilà, me direz-vous, deux hommes bien extraordinaires ! – Et c'est là ce qui vous met en défiance ? Premièrement,
la nature est si variée, surtout dans les instincts et les caractères,
1850 qu'il n'y a rien de si bizarre dans l'imagination d'un poète dont
l'expérience et l'observation ne vous offrissent le modèle dans la
nature. Moi, qui vous parle, j'ai rencontré le pendant du *Médecin
malgré lui*[1], que j'avais regardé jusque-là comme la plus folle et la
plus gaie des fictions. – Quoi ! le pendant du mari à qui sa femme
1855 dit : J'ai trois enfants sur les bras ; et qui lui répond : Mets-les à
terre... Ils me demandent du pain : donne-leur le fouet ! – Précisément. Voici son entretien avec ma femme.

« Vous voilà, monsieur Gousse ?

– Non, madame, je ne suis pas un autre.

1860 – D'où venez-vous ?

– D'où j'étais allé.

– Qu'avez-vous fait là ?

– J'ai raccommodé un moulin qui allait mal.

– À qui appartenait ce moulin ?

1865 – Je n'en sais rien ; je n'étais pas allé pour raccommoder le meunier.

– Vous êtes fort bien vêtu contre votre usage ; pourquoi sous cet
habit, qui est très propre, une chemise sale ?

– C'est que je n'en ai qu'une.

– Et pourquoi n'en avez-vous qu'une ?

1870 – C'est que je n'ai qu'un corps à la fois.

– Mon mari n'y est pas, mais cela ne vous empêchera pas de dîner ici.

– Non, puisque je ne lui ai confié ni mon estomac ni mon appétit.

– Comment se porte votre femme ?

– Comme il lui plaît ; c'est son affaire.

---

1. *Le Médecin malgré lui* : comédie de Molière de 1666.

78

1875   — Et vos enfants ?

— À merveille !

— Et celui qui a de si beaux yeux, un si bel embonpoint, une si belle peau ?

— Beaucoup mieux que les autres ; il est mort.

1880   — Leur apprenez-vous quelque chose ?

— Non, madame.

— Quoi ? ni à lire, ni à écrire, ni le catéchisme ?

— Ni à lire, ni à écrire, ni le catéchisme.

— Et pourquoi cela ?

1885   — C'est qu'on ne m'a rien appris, et que je n'en suis pas plus ignorant. S'ils ont de l'esprit, ils feront comme moi ; s'ils sont sots, ce que je leur apprendrais ne les rendrait que plus sots... »

Si vous rencontrez jamais cet original[1], il n'est pas nécessaire de le connaître pour l'aborder. Entraînez-le dans un cabaret, dites-lui

1890   votre affaire, proposez-lui de vous suivre à vingt lieues, il vous suivra ; après l'avoir employé, renvoyez-le sans un sou ; il s'en retournera satisfait.

Avez-vous entendu parler d'un certain Prémontval[2] qui donnait à Paris des leçons publiques de mathématiques ? C'était son ami...

1895   Mais Jacques et son maître se sont peut-être rejoints : voulez-vous que nous allions à eux, ou rester avec moi ?... Gousse et Prémontval tenaient ensemble l'école. Parmi les élèves qui s'y rendaient en foule, il y avait une jeune fille appelée Mlle Pigeon[3], la fille de cet habile artiste qui a construit ces deux beaux planisphères qu'on a trans-

1900   portés du Jardin du Roi[4] dans les salles de l'Académie des Sciences. Mlle Pigeon allait là tous les matins avec son portefeuille sous le bras et son étui de mathématiques dans son manchon. Un des professeurs, Prémontval, devint amoureux de son écolière, et tout à travers les propositions sur les solides inscrits à la sphère, il y eut un

---

1. **Original :** Diderot aime les originaux, tel le héros de son *Neveu de Rameau.*

2. **Prémontval :** professeur de mathématiques auteur du *Discours sur l'utilité des mathématiques ou Sur la nature des nombres.*

3. **Mlle Pigeon :** future femme de Prémontval. Elle publia, en 1750, un ouvrage sur son père : *Mémoire sur la vie de Jean Pigeon ou le Mécaniste philosophe.*

4. **Jardin du Roi :** le Jardin des Plantes actuel.

1905 enfant de fait. Le père Pigeon n'était pas homme à entendre patiemment la vérité de ce corollaire. La situation des amants devient
embarrassante, ils en confèrent ; mais n'ayant rien, mais rien du tout,
quel pouvait être le résultat de leurs délibérations ? Ils appellent à
leur secours l'ami Gousse. Celui-ci, sans mot dire, vend tout ce qu'il
1910 possède, linge, habits, machines, meubles, livres ; fait une somme,
jette les deux amoureux dans une chaise de poste, les accompagne
à franc étrier jusqu'aux Alpes ; là, il vide sa bourse du peu d'argent
qui lui restait, le leur donne, les embrasse, leur souhaite un bon
voyage, et s'en revient à pied demandant l'aumône jusqu'à Lyon, où
1915 il gagna, à peindre les parois d'un cloître de moines, de quoi revenir
à Paris sans mendier. – Cela est très beau. – Assurément ! et d'après
cette action héroïque, vous croyez à Gousse un grand fonds de
morale ? Eh bien ! détrompez-vous, il n'en avait pas plus qu'il n'y
en a dans la tête d'un brochet. – Cela est impossible. – Cela est. Je
1920 l'avais occupé. Je lui donne un mandat de quatre-vingts livres sur
mes commettants ; la somme était écrite en chiffres ; que fait-il ? Il
ajoute un zéro, et se fait payer huit cents livres. – Ah ! l'horreur ! – Il
n'est pas plus malhonnête quand il me vole, qu'honnête quand il se
dépouille pour un ami ; c'est un original sans principes. Ces quatre-
1925 vingts francs ne lui suffisaient pas, avec un trait de plume il s'en
procurait huit cents dont il avait besoin. Et les livres précieux dont il
me fait présent ? – Qu'est-ce que ces livres ?… – Mais Jacques et son
maître ? Mais les amours de Jacques ? Ah ! lecteur, la patience avec
laquelle vous m'écoutez me prouve le peu d'intérêt que vous prenez
1930 à mes deux personnages, et je suis tenté de les laisser où ils sont…
J'avais besoin d'un livre précieux, il me l'apporte ; quelque temps
après j'ai besoin d'un autre livre précieux, il me l'apporte encore ;
je veux les payer, il en refuse le prix. J'ai besoin d'un troisième livre
précieux. « Pour celui-ci, dit-il, vous ne l'aurez pas, vous avez parlé
1935 trop tard ; mon docteur de Sorbonne est mort.
    – Et qu'a de commun la mort de votre docteur de Sorbonne avec le
livre que je désire ? Est-ce que vous avez pris les deux autres dans
sa bibliothèque ?
    – Assurément !
1940   – Sans son aveu ?
    – Eh ! qu'en avais-je besoin pour exercer une justice distributive ?
Je n'ai fait que déplacer ces livres pour le mieux, en les transfé-

rant d'un endroit où ils étaient inutiles, dans un autre où l'on en
ferait un bon usage... » Et prononcez après cela sur l'allure des
hommes ! Mais c'est l'histoire de Gousse avec sa femme qui est
excellente... Je vous entends ; vous en avez assez, et votre avis
serait que nous allassions rejoindre nos deux voyageurs. Lecteur,
vous me traitez comme un automate, cela n'est pas poli ; dites les
amours de Jacques, ne dites pas les amours de Jacques ; ... je veux
que vous me parliez de l'histoire de Gousse ; j'en ai assez... Il faut
sans doute que j'aille quelquefois à votre fantaisie ; mais il faut que
j'aille quelquefois à la mienne, sans compter que tout auditeur qui
me permet de commencer un récit s'engage d'en entendre la fin.

Je vous ai dit premièrement ; or, dire un premièrement, c'est annon-
cer au moins un secondement. Secondement donc... Écoutez-moi,
ne m'écoutez pas, je parlerai tout seul... Le capitaine de Jacques et
son camarade pouvaient être tourmentés d'une jalousie violente et
secrète : c'est un sentiment que l'amitié n'éteint pas toujours. Rien
de si difficile à pardonner que le mérite. N'appréhendaient-ils pas
un passe-droit, qui les aurait également offensés tous deux ? Sans
s'en douter, ils cherchaient d'avance à se délivrer d'un concurrent
dangereux, ils se tâtaient pour l'occasion à venir. Mais comment
avoir cette idée de celui qui cède si généreusement son commandement de place à son ami indigent ? Il le cède, il est vrai ; mais
s'il en eût été privé, peut-être l'eût-il revendiqué à la pointe de
l'épée. Un passe-droit entre les militaires, s'il n'honore pas celui qui
en profite, déshonore son rival. Mais laissons tout cela, et disons
que c'était leur coin de folie. Est-ce que chacun n'a pas le sien ?
Celui de nos deux officiers fut pendant plusieurs siècles celui de
toute l'Europe ; on l'appelait l'esprit de chevalerie. Toute cette
multitude brillante, armée de pied en cap, décorée de diverses
livrées d'amour, caracolant sur des palefrois, la lance au poing, la
visière haute ou baissée, se regardant fièrement, se mesurant de
l'œil, se menaçant, se renversant sur la poussière, jonchant l'espace
d'un vaste tournoi des éclats d'armes brisées, n'étaient que des
amis jaloux du mérite en vogue . Ces amis, au moment où ils
tenaient leurs lances en arrêt, chacun à l'extrémité de la carrière,
et qu'ils avaient pressé de l'aiguillon les flancs de leurs coursiers,
devenaient les plus terribles ennemis ; ils fondaient les uns sur les
autres avec la même fureur qu'ils auraient portée sur un champ de

bataille. Eh bien ! nos deux officiers n'étaient que deux paladins[1], nés de nos jours, avec les mœurs des anciens. Chaque vertu et chaque vice se montre et passe de mode. La force du corps eut son temps, l'adresse aux exercices eut le sien. La bravoure est tantôt
1985 plus, tantôt moins considérée ; plus elle est commune, moins on en est vain, moins on en fait l'éloge. Suivez les inclinations des hommes, et vous en remarquerez qui semblent être venus au monde trop tard : ils sont d'un autre siècle. Et qu'est-ce qui empê-cherait de croire que nos deux militaires avaient été engagés dans
1990 ces combats journaliers et périlleux par le seul désir de trouver le côté faible de son rival et d'obtenir la supériorité sur lui ? Les duels se répètent dans la société sous toutes sortes de formes, entre des prêtres, entre des magistrats, entre des littérateurs, entre des philo-sophes ; chaque état a sa lance et ses chevaliers, et nos assemblées
1995 les plus respectables, les plus amusantes, ne sont que de petits tournois où quelquefois on porte des livrées de l'amour dans le fond de son cœur, sinon sur l'épaule. Plus il y a d'assistants, plus la joute est vive ; la présence de femmes y pousse la chaleur et l'opiniâtreté à toute outrance, et la honte d'avoir succombé devant
2000 elles ne s'oublie guère.

Et Jacques ?… Jacques avait franchi les portes de la ville, traversé les rues aux acclamations des enfants, et atteint l'extrémité du faubourg opposé, où son cheval s'élançant dans une petite porte basse, il y eut entre le linteau de cette porte et la tête de Jacques
2005 un choc terrible dans lequel il fallait que le linteau fût déplacé ou Jacques renversé en arrière ; ce fut, comme on pense bien, le der-nier qui arriva. Jacques tomba, la tête fendue et sans connaissance. On le ramasse, on le rappelle à la vie avec des eaux spiritueuses ; je crois même qu'il fut saigné par le maître de la maison. – Cet
2010 homme était donc chirurgien ? – Non. Cependant son maître était arrivé et demandait de ses nouvelles à tous ceux qu'il rencontrait. « N'auriez-vous point aperçu un grand homme sec, monté sur un cheval pie ?

– Il vient de passer, il allait comme si le diable l'eût emporté ; il doit
2015 être arrivé chez son maître.

---

1. **Paladins :** chevaliers au Moyen Âge.

– Et qui est son maître ?

– Le bourreau.

– Le bourreau !

– Oui, car ce cheval est le sien.

2020 – Où demeure le bourreau ?

– Assez loin, mais ne vous donnez pas la peine d'y aller, voilà ses gens qui vous apportent apparemment l'homme sec que vous demandez, et que nous avons pris pour un de ses valets... »

Et qui est-ce qui parlait ainsi avec le maître de Jacques ? C'était 2025 un aubergiste à la porte duquel il s'était arrêté, il n'y avait pas à se tromper : il était court et gros comme un tonneau ; en chemise retroussée jusqu'aux coudes ; avec un bonnet de coton sur la tête, un tablier de cuisine autour de lui et un grand couteau à son côté. « Vite, vite, un lit pour ce malheureux, lui dit le maître de Jacques, 2030 un chirurgien, un médecin, un apothicaire... » Cependant on avait déposé Jacques à ses pieds, le front couvert d'une épaisse et énorme compresse, et les yeux fermés. « Jacques ? Jacques ?

– Est-ce vous, mon maître ?

– Oui, c'est moi ; regarde-moi donc.

2035 – Je ne saurais.

– Qu'est-ce donc qu'il t'est arrivé ?

– Ah ! le cheval ! le maudit cheval ! je vous dirai tout cela demain, si je ne meurs pas pendant la nuit. »

Tandis qu'on le transportait et qu'on le montait à sa chambre, le 2040 maître dirigeait la marche et criait : « Prenez garde, allez douce-ment ; doucement, mordieu ! vous allez le blesser. Toi, qui le tiens par les jambes, tourne à droite ; toi, qui lui tiens la tête, tourne à gauche. » Et Jacques disait à voix basse : « Il était donc écrit là-haut !... »

2045 À peine Jacques fut-il couché, qu'il s'endormit profondément. Son maître passa la nuit à son chevet, lui tâtant le pouls et humectant sans cesse sa compresse avec de l'eau vulnéraire[1]. Jacques le surprit à son réveil dans cette fonction, et lui dit : Que faites-vous là ?

LE MAÎTRE. Je te veille. Tu es mon serviteur, quand je suis malade 2050 ou bien portant ; mais je suis le tien quand tu te portes mal.

---

1. **Eau vulnéraire :** eau qui guérit les blessures.

JACQUES. Je suis bien aise de savoir que vous êtes humain ; ce n'est pas trop la qualité des maîtres envers leurs valets.

LE MAÎTRE. Comment va la tête ?

JACQUES. Aussi bien que la solive contre laquelle elle a lutté.

2055 **LE MAÎTRE.** Prends ce drap entre tes dents et secoue fort[1]… Qu'as-tu senti ?

JACQUES. Rien ; la cruche me paraît sans fêlure.

LE MAÎTRE. Tant mieux. Tu veux te lever, je crois ?

JACQUES. Et que voulez-vous que je fasse là ?

2060 **LE MAÎTRE.** Je veux que tu te reposes.

JACQUES. Mon avis, à moi, est que nous déjeunions et que nous partions.

LE MAÎTRE. Et le cheval ?

JACQUES. Je l'ai laissé chez son maître, honnête homme, galant 2065 homme, qui l'a repris pour ce qu'il nous l'a vendu.

LE MAÎTRE. Et cet honnête homme, ce galant homme, sais-tu qui il est ?

JACQUES. Non.

LE MAÎTRE. Je te le dirai quand nous serons en route.

2070 **JACQUES.** Et pourquoi pas à présent ? Quel mystère y a-t-il à cela ?

LE MAÎTRE. Mystère ou non, quelle nécessité y a-t-il de te l'apprendre dans ce moment ou dans un autre ?

JACQUES. Aucune.

LE MAÎTRE. Mais il te faut un cheval.

2075 **JACQUES.** L'hôte de cette auberge ne demandera peut-être pas mieux que de nous céder un des siens.

LE MAÎTRE. Dors encore un moment, et je vais voir à cela.

Le maître de Jacques descend, ordonne le déjeuner, achète un cheval, remonte et trouve Jacques habillé. Ils ont déjeuné et les

---

1. **Prends ce drap entre tes dents et secoue fort :** cette méthode permettait de diagnostiquer les fractures crâniennes.

2080 voilà partis ; Jacques protestant qu'il était malhonnête de s'en aller sans avoir fait une visite de politesse au citoyen à la porte duquel il s'était presque assommé et qui l'avait si obligeamment secouru ; son maître le tranquillisant sur sa délicatesse par l'assurance qu'il avait bien récompensé ses satellites qui l'avaient apporté à
2085 l'auberge ; Jacques prétendant que l'argent donné aux serviteurs ne l'acquittait pas avec leur maître ; que c'était ainsi que l'on inspirait aux hommes le regret et le dégoût de la bienfaisance, et que l'on se donnait à soi-même un air d'ingratitude. « Mon maître, j'entends tout ce que cet homme dit de moi par ce que je dirais de lui, s'il
2090 était à ma place et moi à la sienne... »

Ils sortaient de la ville lorsqu'ils rencontrèrent un homme grand et vigoureux, le chapeau bordé sur la tête, l'habit galonné sur toutes les tailles[1], allant seul si vous en exceptez deux grands chiens qui le précédaient. Jacques ne l'eut pas plus tôt aperçu, que descendre
2095 de cheval, s'écrier : « C'est lui ! » et se jeter à son cou, fut l'affaire d'un instant. L'homme aux deux chiens paraissait très embarrassé des caresses de Jacques, le repoussait doucement, et lui disait :
« Monsieur, vous me faites trop d'honneur.

– Eh non ! je vous dois la vie, et je ne saurais trop vous en
2100 remercier.

– Vous ne savez pas qui je suis.

– N'êtes-vous pas le citoyen officieux qui m'a secouru, qui m'a saigné et qui m'a pansé, lorsque mon cheval...

– Il est vrai.

2105 – N'êtes-vous pas le citoyen honnête qui a repris ce cheval pour le même prix qu'il me l'avait vendu ?

– Je le suis. » Et Jacques de le rembrasser sur une joue et sur l'autre, et son maître de sourire, et les deux chiens debout, le nez en l'air et comme émerveillés d'une scène qu'ils voyaient pour la première
2110 fois. Jacques, après avoir ajouté à ses démonstrations de gratitude force révérences, que son bienfaiteur ne lui rendait pas, et force souhaits qu'on recevait froidement, remonte sur son cheval, et dit à son maître : J'ai la plus profonde vénération pour cet homme que vous devez me faire connaître.

---

1. **Sur toutes les tailles :** sur toutes les coutures.

2115   **LE MAÎTRE.** Et pourquoi, Jacques, est-il si vénérable à vos yeux ?

JACQUES. C'est que n'attachant aucune importance aux services qu'il rend, il faut qu'il soit naturellement officieux et qu'il ait une longue habitude de bienfaisance.

LE MAÎTRE. Et à quoi jugez-vous cela ?

2120   **JACQUES.** À l'air indifférent et froid avec lequel il a reçu mon remercîment ; il ne me salue point, il ne me dit pas un mot, il semble me méconnaître, et peut-être à présent se dit-il en lui-même avec un sentiment de mépris : Il faut que la bienfaisance soit fort étrangère à ce voyageur, et que l'exercice de la justice lui soit bien
2125   pénible, puisqu'il en est si touché... Qu'est-ce qu'il y a donc de si absurde dans ce que je vous dis, pour vous faire rire de si bon cœur !... Quoi qu'il en soit, dites-moi le nom de cet homme, afin que je le mette sur mes tablettes.

LE MAÎTRE. Très volontiers ; écrivez.

2130   **JACQUES.** Dites.

LE MAÎTRE. Écrivez : l'homme auquel je porte la plus profonde vénération....

JACQUES. La plus profonde vénération...

LE MAÎTRE. Est...

2135   **JACQUES.** Est...

LE MAÎTRE. Le bourreau de ***.

JACQUES. Le bourreau !

LE MAÎTRE. Oui, oui, le bourreau.

JACQUES. Pourriez-vous me dire où est le sel de cette plaisanterie ?

2140   **LE MAÎTRE.** Je ne plaisante point. Suivez les chaînons de votre gourmette. Vous avez besoin d'un cheval, le sort vous adresse à un passant, et ce passant, c'est un bourreau. Ce cheval vous conduit deux fois entre des fourches patibulaires ; la troisième, il vous dépose chez un bourreau ; là vous tombez sans vie, de là on vous
2145   apporte, où ? dans une auberge, un gîte, un asile commun. Jacques, savez-vous l'histoire de la mort de Socrate ?

JACQUES. Non.

LE MAÎTRE. C'était un sage d'Athènes. Il y a longtemps que le rôle de sage est dangereux parmi les fous. Ses concitoyens le condamnèrent à boire la ciguë. Eh bien ! Socrate fit comme vous venez de faire ; il en usa avec le bourreau qui lui présenta la ciguë aussi poliment que vous. Jacques, vous êtes une espèce de philosophe, convenez-en. Je sais bien que c'est une race d'hommes odieuse aux grands, devant lesquels ils ne fléchissent pas le genou ; aux magistrats, protecteurs par état des préjugés qu'ils poursuivent ; aux prêtres, qui les voient rarement au pied de leurs autels ; aux poètes, gens sans principes et qui regardent sottement la philosophie comme la cognée des beaux-arts, sans compter que ceux même d'entre eux qui se sont exercés dans le genre odieux de la satire, n'ont été que des flatteurs ; aux peuples, de tout temps les esclaves des tyrans qui les oppriment, des fripons qui les trompent, et des bouffons qui les amusent. Ainsi je connais, comme vous voyez, tout le péril de votre profession et toute l'importance de l'aveu que je vous demande ; mais je n'abuserai pas de votre secret. Jacques, mon ami, vous êtes un philosophe, j'en suis fâché pour vous ; et s'il est permis de lire dans les choses présentes celles qui doivent arriver un jour, et si ce qui est écrit là-haut se manifeste quelquefois aux hommes longtemps avant l'événement, je présume que votre mort sera philosophique, et que vous recevrez le lacet d'aussi bonne grâce que Socrate reçut la coupe de la ciguë[1].

JACQUES. Mon maître, un prophète ne dirait pas mieux ; mais heureusement…

LE MAÎTRE. Vous n'y croyez pas trop ; ce qui achève de donner de la force à mon pressentiment.

JACQUES. Et vous, monsieur, y croyez-vous ?

LE MAÎTRE. J'y crois ; mais je n'y croirais pas que ce serait sans conséquence.

JACQUES. Et pourquoi ?

LE MAÎTRE. C'est qu'il n'y a du danger que pour ceux qui parlent ; et je me tais.

---

1. **Ciguë :** poison violent.

JACQUES. Et aux pressentiments ?

LE MAÎTRE. J'en ris, mais j'avoue que c'est en tremblant. Il y en a qui ont un caractère si frappant ! On a été bercé de ces contes-là de si bonne heure ! Si vos rêves s'étaient réalisés cinq ou six fois, et qu'il vous arrivât de rêver que votre ami est mort, vous iriez bien vite le matin chez lui pour savoir ce qui en est. Mais les pressentiments dont il est impossible de se défendre, ce sont surtout ceux qui se présentent au moment où la chose se passe loin de nous, et qui ont un air symbolique.

JACQUES. Vous êtes quelquefois si profond et si sublime, que je ne vous entends pas. Ne pourriez-vous pas m'éclaircir cela par un exemple ?

LE MAÎTRE. Rien de plus aisé. Une femme vivait à la campagne avec son mari octogénaire et attaqué de la pierre. Le mari quitte sa femme et vient à la ville se faire opérer. La veille de l'opération il écrit à sa femme : « À l'heure où vous recevrez cette lettre, je serai sous le bistouri de frère Cosme... » Tu connais ces anneaux de mariage qui se séparent en deux parties, sur chacune desquelles les noms de l'époux et de sa femme sont gravés. Eh bien ! cette femme en avait un pareil au doigt, lorsqu'elle ouvrit la lettre de son mari. À l'instant, les deux moitiés de cet anneau se séparent ; celle qui portait son nom reste à son doigt ; celle qui portait le nom de son mari tombe brisée sur la lettre qu'elle lisait... Dis-moi, Jacques, crois-tu qu'il y ait de tête assez forte, d'âme assez ferme, pour n'être pas plus ou moins ébranlée d'un pareil incident, et dans une circonstance pareille ? Aussi cette femme en pensa mourir. Ses transes durèrent jusqu'au jour de la poste suivante par laquelle son mari lui écrivit que l'opération s'était faite heureusement, qu'il était hors de tout danger, et qu'il se flattait de l'embrasser avant la fin du mois.

JACQUES. Et l'embrassa-t-il en effet ?

LE MAÎTRE. Oui.

JACQUES. Je vous ai fait cette question, parce que j'ai remarqué plusieurs fois que le destin était cauteleux. On lui dit au premier moment qu'il en aura menti, et il se trouve au second moment, qu'il a dit vrai. Ainsi donc, monsieur, vous me croyez dans le cas du pressentiment symbolique ; et, malgré vous, vous me croyez menacé de la mort du philosophe ?

LE MAÎTRE. Je ne saurais te le dissimuler ; mais pour écarter cette triste idée, ne pourrais-tu pas ?...

JACQUES. Reprendre l'histoire de mes amours ?...

Jacques reprit l'histoire de ses amours. Nous l'avions laissé, je crois, avec le chirurgien.

LE CHIRURGIEN. J'ai peur qu'il n'y ait de la besogne à votre genou pour plus d'un jour.

JACQUES. Il y en aura tout juste pour tout le temps qui est écrit là-haut, qu'importe ?

LE CHIRURGIEN. À tant par jour pour le logement, la nourriture et mes soins, cela fera une somme.

JACQUES. Docteur, il ne s'agit pas de la somme pour tout ce temps ; mais combien par jour.

LE CHIRURGIEN. Vingt-cinq sous, serait-ce trop ?

JACQUES. Beaucoup trop ; allons, docteur, je suis un pauvre diable : ainsi réduisons la chose à la moitié, et avisez le plus promptement que vous pourrez à me faire transporter chez vous.

LE CHIRURGIEN. Douze sous et demi, ce n'est guère ; vous mettrez bien les treize sous !

JACQUES. Douze sous et demi, treize sous... Tope.

LE CHIRURGIEN. Et vous payerez tous les jours ?

JACQUES. C'est la condition.

LE CHIRURGIEN. C'est que j'ai une diable de femme qui n'entend pas raillerie, voyez-vous.

JACQUES. Eh ! docteur, faites-moi transporter bien vite auprès de votre diable de femme.

LE CHIRURGIEN. Un mois à treize sous par jour, c'est dix-neuf livres dix sous. Vous mettrez bien vingt francs ?

JACQUES. Vingt francs, soit.

LE CHIRURGIEN. Vous voulez être bien nourri, bien soigné, promptement guéri. Outre la nourriture, le logement et les soins, il y aura peut-être les médicaments, il y aura des linges, il y aura...

JACQUES. Après ?

LE CHIRURGIEN. Ma foi, le tout vaudra bien vingt-quatre francs.

JACQUES. Va pour vingt-quatre francs ; mais sans queue.

LE CHIRURGIEN. Un mois à vingt-quatre francs ; deux mois, cela
2255 fera quarante-huit livres ; trois mois, cela fera soixante et douze.
Ah ! que la doctoresse serait contente, si vous pouviez lui avancer,
en entrant, la moitié de ces soixante et douze livres !

JACQUES. J'y consens.

LE CHIRURGIEN. Elle serait bien plus contente encore…

2260 **JACQUES.** Si je payais le quartier ? Je le payerai.
Jacques ajouta : Le chirurgien alla retrouver mes hôtes, les prévint
de notre arrangement, et un moment après l'homme, la femme et
les enfants se rassemblèrent autour de mon lit avec un air serein ;
ce furent des questions sans fin sur ma santé et sur mon genou,
2265 des éloges sur le chirurgien, leur compère et sa femme, des souhaits à perte de vue, la plus belle affabilité, un intérêt ! un empresse-
ment à me servir ! Cependant le chirurgien ne leur avait pas dit
que j'avais quelque argent, mais ils connaissaient l'homme ; il me
prenait chez lui, et ils le savaient. Je payai ce que je devais à ces
2270 gens ; je fis aux enfants de petites largesses que leur père et mère
ne laissèrent pas longtemps entre leurs mains. C'était le matin.
L'hôte partit pour s'en aller aux champs, l'hôtesse prit sa hotte sur
ses épaules et s'éloigna ; les enfants, attristés et mécontents d'avoir
été spoliés, disparurent, et quand il fut question de me tirer de
2275 mon grabat, de me vêtir et de m'arranger sur mon brancard, il ne
se trouva personne que le docteur, qui se mit à crier à tue-tête et
que personne n'entendit.

LE MAÎTRE. Et Jacques, qui aime à se parler à lui-même, se disait
apparemment : Ne payez jamais d'avance, si vous ne voulez pas
2280 être mal servi.

JACQUES. Non, mon maître ; ce n'était pas le temps de moraliser,
mais bien celui de s'impatienter et de jurer. Je m'impatientai, je
jurai, je fis de la morale ensuite : et tandis que je moralisais, le docteur, qui m'avait laissé seul, revint avec deux paysans qu'il avait
2285 loués pour mon transport et à mes frais, ce qu'il ne me laissa pas
ignorer. Ces hommes me rendirent tous les soins préliminaires

à mon installation sur l'espèce de brancard qu'on me fit avec un matelas étendu sur des perches.

LE MAÎTRE. Dieu soit loué ! te voilà dans la maison du chirurgien, et amoureux de la femme ou de la fille du docteur.

JACQUES. Je crois, mon maître, que vous vous trompez.

LE MAÎTRE. Et tu crois que je passerai trois mois dans la maison du docteur avant que d'avoir entendu le premier mot de tes amours ? Ah ! Jacques, cela ne se peut. Fais-moi grâce, je te prie, et de la description de la maison, et du caractère du docteur, et de l'humeur de la doctoresse, et des progrès de ta guérison ; saute, saute par-dessus tout cela. Au fait ! allons au fait ! Voilà ton genou à peu près guéri, te voilà assez bien portant, et tu aimes.

JACQUES. J'aime donc, puisque vous êtes si pressé.

LE MAÎTRE. Et qui aimes-tu ?

JACQUES. Une grande brune de dix-huit ans, faite au tour, grands yeux noirs, petite bouche vermeille, beaux bras, jolies mains… Ah ! mon maître, les jolies mains !… C'est que ces mains-là…

LE MAÎTRE. Tu crois encore les tenir.

JACQUES. C'est que vous les avez prises et tenues plus d'une fois à la dérobée, et qu'il n'a dépendu que d'elles que vous n'en ayez fait tout ce qu'il vous plairait.

LE MAÎTRE. Ma foi, Jacques, je ne m'attendais pas à celui-là.

JACQUES. Ni moi non plus.

LE MAÎTRE. J'ai beau rêver, je ne me rappelle ni grande brune, ni jolies mains : tâche de t'expliquer.

JACQUES. J'y consens ; mais c'est à la condition que nous reviendrons sur nos pas et que nous rentrerons dans la maison du chirurgien.

LE MAÎTRE. Crois-tu que cela soit écrit là-haut ?

JACQUES. C'est vous qui me l'allez apprendre ; mais il est écrit ici-bas que *chi va piano va sano*.

LE MAÎTRE. Et que *chi va sano lontano* ; et je voudrais bien arriver.

JACQUES. Eh bien ! qu'avez-vous résolu ?

LE MAÎTRE. Ce que tu voudras.

JACQUES. En ce cas, nous revoilà chez le chirurgien ; et il était écrit là-haut que nous y reviendrions. Le docteur, sa femme et ses enfants se concertèrent si bien pour épuiser ma bourse par
2325 toutes sortes de petites rapines, qu'ils y eurent bientôt réussi. La guérison de mon genou paraissait bien avancée sans l'être, la plaie était refermée à peu de chose près, je pouvais sortir à l'aide d'une béquille, et il me restait encore dix-huit francs. Pas de gens qui aiment plus à parler que les bègues, pas de gens qui aiment plus à
2330 marcher que les boiteux. Un jour d'automne, une après-dînée qu'il faisait beau, je projetai une longue course ; du village que j'habitais au village voisin, il y avait environ deux lieues.

LE MAÎTRE. Et ce village s'appelait ?

JACQUES. Si je vous le nommais, vous sauriez tout. Arrivé là,
2335 j'entrai dans un cabaret, je me reposai, je me rafraîchis. Le jour commençait à baisser, et je me disposais à regagner le gîte lorsque, de la maison où j'étais, j'entendis une femme qui poussait les cris les plus aigus. Je sortis ; on s'était attroupé autour d'elle. Elle était à terre, elle s'arrachait les cheveux ; elle disait, en montrant les
2340 débris d'une grande cruche : « Je suis ruinée, je suis ruinée pour un mois ; pendant ce temps qui est-ce qui nourrira mes pauvres enfants ? Cet intendant, qui a l'âme plus dure qu'une pierre, ne me fera pas grâce d'un sou. Que je suis malheureuse ! Je suis ruinée ! je suis ruinée !… » Tout le monde la plaignait ; je n'entendais
2345 autour d'elle que : « la pauvre femme ! » mais personne ne mettait la main dans la poche. Je m'approchai brusquement et lui dis : « Ma bonne, qu'est-ce qui vous est arrivé ? – Ce qui m'est arrivé ! est-ce que vous ne le voyez pas ? On m'avait envoyée acheter une cruche d'huile : j'ai fait un faux pas, je suis tombée, ma cruche s'est
2350 cassée, et voilà l'huile dont elle était pleine… » Dans ce moment survinrent les petits enfants de cette femme, ils étaient presque nus, et les mauvais vêtements de leur mère montraient toute la misère de la famille ; et la mère et les enfants se mirent à crier. Tel que vous me voyez, il en fallait dix fois moins pour me toucher ;
2355 mes entrailles s'émurent de compassion, les larmes me vinrent aux yeux. Je demandai à cette femme, d'une voix entrecoupée, pour combien il y avait d'huile dans sa cruche. « Pour combien ? me

répondit-elle en levant les mains en haut. Pour neuf francs, pour plus que je ne saurais gagner en un mois… » À l'instant, déliant ma
2360 bourse et lui jetant deux gros écus, « tenez, ma bonne, lui dis-je, en voilà douze… » et, sans attendre ses remercîments, je repris le chemin du village.

LE MAÎTRE. Jacques, vous fîtes là une belle chose.

JACQUES. Je fis une sottise, ne vous déplaise. Je ne fus pas à cent
2365 pas du village que je me le dis ; je ne fus pas à moitié chemin que je me le dis bien mieux ; arrivé chez mon chirurgien, le gousset vide, je le sentis bien autrement.

LE MAÎTRE. Tu pourrais bien avoir raison, et mon éloge être aussi déplacé que ta commisération… Non, non, Jacques, je persiste dans
2370 mon premier jugement, et c'est l'oubli de ton propre besoin qui fait le principal mérite de ton action. J'en vois les suites : tu vas être exposé à l'inhumanité de ton chirurgien et de sa femme ; ils te chasseront de chez eux ; mais quand tu devrais mourir à leur porte sur un fumier, sur ce fumier tu serais satisfait de toi.

2375 JACQUES. Mon maître, je ne suis pas de cette force-là. Je m'acheminais cahin-caha ; et, puisqu'il faut vous l'avouer, regrettant mes deux gros écus, qui n'en étaient pas moins donnés, et gâtant par mon regret l'œuvre que j'avais faite. J'étais à une égale distance des deux villages, et le jour était tout à fait tombé, lorsque trois
2380 bandits sortent d'entre les broussailles qui bordaient le chemin, se jettent sur moi, me renversent à terre, me fouillent, et sont étonnés de me trouver aussi peu d'argent que j'en avais. Ils avaient compté sur une meilleure proie ; témoins de l'aumône que j'avais faite au village, ils avaient imaginé que celui qui peut se dessaisir aussi
2385 lestement d'un demi-louis devait en avoir encore une vingtaine. Dans la rage de voir leur espérance trompée et de s'être exposés à avoir les os brisés sur un échafaud pour une poignée de sous-marqués, si je les dénonçais, s'ils étaient pris et que je les reconnusse, ils balancèrent un moment s'ils ne m'assassineraient pas.
2390 Heureusement ils entendirent du bruit ; ils s'enfuirent, et j'en fus quitte pour quelques contusions que je me fis en tombant et que je reçus tandis qu'on me volait. Les bandits éloignés, je me retirai ; je regagnai le village comme je pus : j'y arrivai à deux heures de nuit, pâle, défait, la douleur de mon genou fort accrue et souffrant, en

2395 différents endroits, des coups que j'avais remboursés. Le docteur… Mon maître, qu'avez-vous ? Vous serrez les dents, vous vous agitez comme si vous étiez en présence d'un ennemi.

LE MAÎTRE. J'y suis, en effet ; j'ai l'épée à la main ; je fonds sur tes voleurs et je te venge. Dis-moi comment celui qui a écrit le grand
2400 rouleau a pu écrire que telle serait la récompense d'une action généreuse ? Pourquoi moi, qui ne suis qu'un misérable composé de défauts, je prends ta défense, tandis que lui qui t'a vu tranquillement attaqué, renversé, maltraité, foulé aux pieds, lui qu'on dit être l'assemblage de toute perfection !…

2405 **JACQUES.** Mon maître, paix, paix : ce que vous dites là sent le fagot[1] en diable.

LE MAÎTRE. Qu'est-ce que tu regardes ?

JACQUES. Je regarde s'il n'y a personne autour de nous qui vous ait entendu… Le docteur me tâta le pouls et me trouva de la fièvre.
2410 Je me couchai sans parler de mon aventure, rêvant sur mon grabat, ayant affaire à deux âmes… Dieu ! quelles âmes ! n'ayant pas le sou, et pas le moindre doute que le lendemain, à mon réveil, on n'exigeât le prix dont nous étions convenus par jour.

En cet endroit, le maître jeta ses bras autour du cou de son valet,
2415 en s'écriant : Mon pauvre Jacques, que vas-tu faire ? Que vas-tu devenir ? Ta position m'effraye.

JACQUES. Mon maître, rassurez-vous, me voilà.

LE MAÎTRE. Je n'y pensais pas ; j'étais à demain, à côté de toi, chez le docteur, au moment où tu t'éveilles, et où l'on vient te deman-
2420 der de l'argent.

JACQUES. Mon maître, on ne sait de quoi se réjouir, ni de quoi s'affliger dans la vie. Le bien amène le mal, le mal amène le bien. Nous marchons dans la nuit au-dessous de ce qui est écrit là-haut, également insensés dans nos souhaits, dans notre joie et dans
2425 notre affliction. Quand je pleure, je trouve souvent que je suis un sot.

LE MAÎTRE. Et quand tu ris ?

---

1. **Sent le fagot :** pourrait vous mener au bûcher.

JACQUES. Je trouve encore que je suis un sot ; cependant, je ne puis m'empêcher de pleurer ni de rire : et c'est ce qui me fait enrager. J'ai cent fois essayé... Je ne fermai pas l'œil de la nuit...

2430 **LE MAÎTRE.** Non, non, dis-moi ce que tu as essayé.

JACQUES. De me moquer de tout. Ah ! si j'avais pu y réussir.

LE MAÎTRE. À quoi cela t'aurait-il servi ?

JACQUES. À me délivrer de souci, à n'avoir plus besoin de rien, à me rendre parfaitement maître de moi, à me trouver aussi bien la
2435 tête contre une borne, au coin de la rue, que sur un bon oreiller. Tel je suis quelquefois ; mais le diable est que cela ne dure pas, et que dur et ferme comme un rocher dans les grandes occasions, il arrive souvent qu'une petite contradiction, une bagatelle me déferre ; c'est à se donner des soufflets. J'y ai renoncé ; j'ai pris le
2440 parti d'être comme je suis ; et j'ai vu, en y pensant un peu, que cela revenait presque au même, en ajoutant : Qu'importe comme on soit ? C'est une autre résignation plus facile et plus commode.

LE MAÎTRE. Pour plus commode, cela est sûr.

JACQUES. Dès le matin, le chirurgien tira mes rideaux et me dit :
2445 « Allons, l'ami, votre genou ; car il faut que j'aille au loin.
– Docteur, lui dis-je d'un ton douloureux, j'ai sommeil.
– Tant mieux ! c'est bon signe.
– Laissez-moi dormir, je ne me soucie pas d'être pansé.
– Il n'y a pas grand inconvénient à cela, dormez... »
2450 Cela dit, il referme mes rideaux ; et je ne dors pas. Une heure après, la doctoresse tira mes rideaux et me dit :
« Allons, l'ami, prenez votre rôtie[1] au sucre.
– Madame la doctoresse, lui répondis-je d'un ton douloureux, je ne me sens pas d'appétit.
2455 – Mangez, mangez, vous n'en payerez ni plus ni moins.
– Je ne veux pas manger.
– Tant mieux, ce sera pour mes enfants et pour moi. »
Et cela dit, elle referme mes rideaux, appelle ses enfants et les voilà qui se mettent à dépêcher ma rôtie au sucre.

---

1. **Rôtie :** boisson à base de vin chaud et de pain.

2460. Lecteur, si je faisais ici une pause, et que je reprisse l'histoire de l'homme à une seule chemise, parce qu'il n'avait qu'un corps à la fois, je voudrais bien savoir ce que vous en penseriez ? Que je me suis fourré dans une *impasse* à la Voltaire[1] ou vulgairement dans un cul-de-sac, d'où je ne sais comment sortir, et que je me jette

2465. dans un conte fait à plaisir, pour gagner du temps et chercher quelque moyen de sortir de celui que j'ai commencé. Eh bien ! lecteur, vous vous abusez de tout point. Je sais comment Jacques sera tiré de sa détresse, et ce que je vais vous dire de Gousse, l'homme à une seule chemise à la fois, parce qu'il n'avait qu'un corps à la

2470. fois, n'est point du tout un conte.

C'était un jour de Pentecôte, le matin, que je reçus un billet de Gousse, par lequel il me suppliait de le visiter dans une prison où il était confiné. En m'habillant, je rêvais à son aventure ; et je pensais que son tailleur, son boulanger, son marchand de vin ou

2475. son hôte avaient obtenu et mis à exécution contre lui une prise de corps. J'arrive, et je le trouve faisant chambrée commune avec d'autres personnages d'une figure omineuse[2]. Je lui demandai ce que c'étaient que ces gens-là.

« Le vieux que vous voyez avec ses lunettes sur le nez est un

2480. homme adroit qui sait supérieurement le calcul et qui cherche à faire cadrer les registres qu'il copie avec ses comptes. Cela est difficile, nous en avons causé, mais je ne doute point qu'il n'y réussisse.
– Et cet autre ?
– C'est un sot.

2485. – Mais encore ?
– Un sot, qui avait inventé une machine à contrefaire les billets publics, mauvaise machine, machine vicieuse qui pèche par vingt endroits.
– Et ce troisième, qui est vêtu d'une livrée et qui joue de la basse ?

2490. – Il n'est ici qu'en attendant ; ce soir peut-être ou demain matin, car son affaire n'est rien, il sera transféré à Bicêtre[3].

---

1. Une *impasse* à la Voltaire : Voltaire détestait le mot « cul-de-sac », qu'il jugeait trop grossier, et lui substituait le terme « impasse ».
2. **Omineuse** : funeste.
3. **Bicêtre** : prison au sud de Paris.

– Et vous ?

– Moi ? mon affaire est moindre encore. »

Après cette réponse, il se lève, pose son bonnet sur le lit, et à l'instant
ses trois camarades de prison disparaissent. Quand j'entrai, j'avais
trouvé Gousse en robe de chambre, assis à une petite table, traçant
des figures de géométrie et travaillant aussi tranquillement que s'il
eût été chez lui. Nous voilà seuls. « Et vous, que faites-vous ici ?

– Moi, je travaille, comme vous voyez.

– Et qui vous y a fait mettre ?

– Moi.

– Comment vous ?

– Oui, moi, monsieur.

– Et comment vous y êtes-vous pris ?

– Comme je m'y serais pris avec un autre. Je me suis fait un procès
à moi-même ; je l'ai gagné, et en conséquence de la sentence que
j'ai obtenue contre moi et du décret qui s'en est suivi, j'ai été appréhendé et conduit ici.

– Êtes-vous fou ?

– Non, monsieur, je vous dis la chose telle qu'elle est.

– Ne pourriez-vous pas vous faire un autre procès à vous-même,
le gagner, et, en conséquence d'une autre sentence et d'un autre
décret, vous faire élargir ?

– Non, monsieur. »

Gousse avait une servante jolie, et qui lui servait de moitié plus
souvent que la sienne. Ce partage inégal avait troublé la paix
domestique. Quoique rien ne fût plus difficile que de tourmenter
cet homme, celui de tous qui s'épouvantait le moins du bruit, il
prit le parti de quitter sa femme et de vivre avec sa servante. Mais
toute sa fortune consistait en meubles, en machines, en dessins,
en outils et autres effets[1] mobiliers ; et il aimait mieux laisser sa
femme toute nue que de s'en aller les mains vides ; en conséquence, voici le projet qu'il conçut. Ce fut de faire des billets à sa
servante, qui en poursuivrait le payement et obtiendrait la saisie
et la vente de ses effets, qui iraient du pont Saint-Michel dans le
logement où il se proposait de s'installer avec elle. Il est enchanté

---

1. **Autres effets :** autres biens.

de l'idée, il fait les billets, il s'assigne, il a deux procureurs. Le voilà courant chez l'un et chez l'autre, se poursuivant lui-même avec toute la vivacité possible, s'attaquant bien, se défendant mal ; le voilà condamné à payer sous les peines portées par la loi ; le voilà s'emparant en idée de tout ce qu'il pouvait y avoir dans sa maison ; mais il n'en fut pas tout à fait ainsi. Il avait affaire à une coquine très rusée qui, au lieu de le faire exécuter dans ses meubles, se jeta sur sa personne, le fit prendre et mettre en prison ; en sorte que quelque bizarres que furent les réponses énigmatiques qu'il m'avait faites, elles n'en étaient pas moins vraies.

Tandis que je vous faisais cette histoire, que vous prendrez pour un conte… – Et celle de l'homme à la livrée qui raclait de la basse ? – Lecteur, je vous la promets, d'honneur, vous ne la perdrez pas ; mais permettez que je revienne à Jacques et à son maître. Jacques et son maître avaient atteint le gîte où ils avaient la nuit à passer. Il était tard ; la porte de la ville était fermée, et ils avaient été obligés de s'arrêter dans le faubourg. Là, j'entends un vacarme… – Vous entendez ! Vous n'y étiez pas ; il ne s'agit pas de vous. – Il est vrai. Eh bien ! Jacques… son maître… On entend un vacarme effroyable. Je vois deux hommes… – Vous ne voyez rien ; il ne s'agit pas de vous, vous n'y étiez pas. – Il est vrai. Il y avait deux hommes à table, causant assez tranquillement à la porte de la chambre qu'ils occupaient ; une femme, les deux poings sur les côtés, leur vomissait un torrent d'injures, et Jacques essayait d'apaiser cette femme, qui n'écoutait non plus ses remontrances pacifiques que les deux personnages à qui elle s'adressait ne faisaient attention à ses invectives. « Allons, ma bonne, lui disait Jacques, patience, remettez-vous ; voyons, de quoi s'agit-il ? Ces messieurs me semblent d'honnêtes gens.

– Eux, d'honnêtes gens ? Ce sont des brutaux, des gens sans pitié, sans humanité, sans aucun sentiment. Eh ! quel mal leur faisait cette pauvre Nicole pour la maltraiter ainsi ? Elle en sera peut-être estropiée pour le reste de sa vie.

– Le mal n'est peut-être pas aussi grand que vous le croyez.

– Le coup a été effroyable, vous dis-je ; elle en sera estropiée.

– Il faut voir ; il faut envoyer chercher le chirurgien.

– On y est allé.

– La faire mettre au lit.

2565 — Elle y est, et pousse des cris à fendre le cœur. Ma pauvre Nicole !… »
Au milieu de ces lamentations, on sonnait d'un côté, et l'on criait :
« Notre hôtesse ! du vin… » Elle répondait : « On y va. » On sonnait d'un autre côté, et l'on criait : « Notre hôtesse ! du linge. » Elle
répondait : « On y va. – Les côtelettes et le canard ! – On y va. – Un
2570 pot à boire, un pot de chambre ! – On y va, on y va. » Et d'un autre
coin du logis un homme forcené criait : « Maudit bavard ! enragé
bavard ! de quoi te mêles-tu ? As-tu résolu de me faire attendre
jusqu'à demain ? Jacques ! Jacques ! » L'hôtesse, un peu remise de
sa douleur et de sa fureur, dit à Jacques : « Monsieur, laissez-moi,
2575 vous êtes trop bon.
— Jacques ! Jacques !
— Courez vite. Ah ! si vous saviez tous les malheurs de cette pauvre
créature !…
— Jacques ! Jacques !
2580 — Allez donc, c'est, je crois, votre maître qui vous appelle.
— Jacques ! Jacques ! »
C'était en effet le maître de Jacques qui s'était déshabillé seul, qui
se mourait de faim et qui s'impatientait de n'être pas servi. Jacques
monta, et un moment après Jacques, l'hôtesse, qui avait vraiment
2585 l'air abattu : « Monsieur, dit-elle au maître de Jacques, mille pardons ; c'est qu'il y a des choses dans la vie qu'on ne saurait digérer.
Que voulez-vous ? J'ai des poulets, des pigeons, un râble de lièvre
excellent, des lapins : c'est le canton des bons lapins. Aimeriez-vous
mieux un oiseau de rivière ? » Jacques ordonna le souper de son
2590 maître comme pour lui, selon son usage. On servit, et tout en dévo-
rant, le maître disait à Jacques : Eh ! que diable faisais-tu là-bas ?

JACQUES. Peut-être bien, peut-être mal ; qui le sait ?

LE MAÎTRE. Et quel bien ou quel mal faisais-tu là-bas ?

JACQUES. J'empêchais cette femme de se faire assommer elle-
2595 même par deux hommes qui sont là-bas et qui ont cassé tout au
moins un bras à sa servante.

LE MAÎTRE. Et peut-être ç'aurait été pour elle un bien que d'être
assommée…

JACQUES. Par dix raisons meilleures les unes que les autres. Un
2600 des plus grands bonheurs qui me soient arrivés de ma vie, à moi
qui vous parle…

LE MAÎTRE. C'est d'avoir été assommé ?... À boire.

JACQUES. Oui, monsieur, assommé, assommé sur le grand chemin, la nuit ; en revenant du village, comme je vous le disais, après avoir fait, selon moi, la sottise ; selon vous, la belle œuvre de donner mon argent.

LE MAÎTRE. Je me rappelle... À boire... Et l'origine de la querelle que tu apaisais là-bas, et du mauvais traitement fait à la fille ou à la servante de l'hôtesse ?

JACQUES. Ma foi, je l'ignore.

LE MAÎTRE. Tu ignores le fond d'une affaire, et tu t'en mêles ! Jacques, cela n'est ni selon la prudence, ni selon la justice, ni selon les principes... À boire...

JACQUES. Je ne sais ce que c'est que des principes, sinon des règles qu'on prescrit aux autres pour soi. Je pense d'une façon et je ne saurais m'empêcher de faire d'une autre. Tous les sermons ressemblent aux préambules des édits du roi ; tous les prédicateurs voudraient qu'on pratiquât leurs leçons, parce que nous nous en trouverions mieux peut-être ; mais eux à coup sûr... La vertu...

LE MAÎTRE. La vertu, Jacques, c'est une bonne chose ; les méchants et les bons en disent du bien... À boire...

JACQUES. Car ils y trouvent les uns et les autres leur compte.

LE MAÎTRE. Et comment fut-ce un si grand bonheur pour toi d'être assommé ?

JACQUES. Il est tard, vous avez bien soupé et moi aussi ; nous sommes fatigués tous les deux, croyez-moi, couchons-nous.

LE MAÎTRE. Cela ne se peut, et l'hôtesse nous doit encore quelque chose. En attendant, reprend l'histoire de tes amours.

JACQUES. Où en étais-je ? Je vous prie, mon maître, pour cette fois-ci, et pour toutes les autres, de me remettre sur la voie.

LE MAÎTRE. Je m'en charge, et, pour entrer en ma fonction de souffleur, tu étais dans ton lit, sans argent, fort empêché de ta personne, tandis que la doctoresse et ses enfants mangeaient ta rôtie au sucre.

JACQUES. Alors on entendit un carrosse s'arrêter à la porte de la maison. Un valet entre et demande : « N'est-ce pas ici que loge un pauvre homme, un soldat qui marche avec une béquille, qui revint hier au soir du village prochain ?

– Oui, répondit la doctoresse, que lui voulez-vous ?

2640 – Le prendre dans ce carrosse et l'amener avec nous.

– Il est dans ce lit ; tirez les rideaux et parlez-lui. »

Jacques en était là lorsque l'hôtesse entra et leur dit : Que voulez-vous pour dessert ?

LE MAÎTRE. Ce que vous avez.

2645 L'hôtesse, sans se donner la peine de descendre, cria de la chambre : « Nanon, apportez des fruits, des biscuits, des confitures… »

À ce mot de Nanon, Jacques dit à part lui : « Ah ! c'est sa fille qu'on a maltraitée, on se mettrait en colère à moins… »

Et le maître dit à l'hôtesse : Vous étiez bien fâchée tout à l'heure ?

2650 **L'HÔTESSE.** Et qui est-ce qui ne se fâcherait pas ? La pauvre créature ne leur avait rien fait ; elle était à peine entrée dans leur chambre, que je l'entends jeter des cris, mais des cris… Dieu merci ! je suis un peu rassurée ; le chirurgien prétend que ce ne sera rien ; elle a cependant deux énormes contusions, l'une à la

2655 tête, l'autre à l'épaule.

LE MAÎTRE. Y a-t-il longtemps que vous l'avez ?

L'HÔTESSE. Une quinzaine au plus. Elle avait été abandonnée à la poste voisine.

LE MAÎTRE. Comment, abandonnée ?

2660 **L'HÔTESSE.** Eh, mon Dieu, oui ! C'est qu'il y a des gens qui sont plus durs que des pierres. Elle a pensé être noyée en passant la rivière qui coule ici près ; elle est arrivée ici comme par miracle, et je l'ai reçue par charité.

LE MAÎTRE. Quel âge a-t-elle ?

2665 **L'HÔTESSE.** Je lui crois plus d'un an et demi…

À ce mot, Jacques part d'un éclat de rire et s'écrie : C'est une chienne !

L'HÔTESSE. La plus jolie bête du monde ; je ne donnerais pas ma Nicole pour dix louis. Ma pauvre Nicole !

2670 **LE MAÎTRE.** Madame a le cœur tendre.

L'HÔTESSE. Vous l'avez dit, je tiens à mes bêtes et à mes gens.

LE MAÎTRE. C'est fort bien fait. Et qui sont ceux qui ont si fort maltraité votre Nicole ?

L'HÔTESSE. Deux bourgeois de la ville prochaine. Ils se parlent sans cesse à l'oreille ; ils s'imaginent qu'on ne sait ce qu'ils disent, et qu'on ignore leur aventure. Il n'y a pas plus de trois heures qu'ils sont ici, et il ne me manque pas un mot de toute leur affaire. Elle est plaisante ; et si vous n'étiez pas plus pressé de vous coucher que moi, je vous la raconterais tout comme leur domestique l'a dite à ma servante, qui s'est trouvée par hasard être sa payse[1], qui l'a redite à mon mari, qui me l'a redite. La belle-mère du plus jeune des deux a passé par ici il n'y a pas plus de trois mois ; elle s'en allait assez malgré elle dans un couvent de province où elle n'a pas fait de vieux os ; elle y est morte ; et voilà pourquoi nos deux jeunes gens sont en deuil… Mais voilà que, sans m'en apercevoir, j'enfile leur histoire. Bonsoir, messieurs, et bonne nuit. Vous avez trouvé le vin bon ?

LE MAÎTRE. Très bon.

L'HÔTESSE. Vous avez été contents de votre souper ?

LE MAÎTRE. Très contents. Vos épinards étaient un peu salés.

L'HÔTESSE. J'ai quelquefois la main lourde. Vous serez bien couchés, et dans des draps de lessive ; ils ne servent jamais ici deux fois.

Cela dit, l'hôtesse se retira, et Jacques et son maître se mirent au lit en riant du quiproquo qui leur avait fait prendre une chienne pour la fille ou la servante de la maison, et de la passion de l'hôtesse pour une chienne perdue qu'elle possédait depuis quinze jours. Jacques dit à son maître, en attachant le serre-tête à son bonnet de nuit : « Je gagerais bien que de tout ce qui a vie dans l'auberge, cette femme n'aime que sa Nicole. » Son maître lui répondit : « Cela se peut, Jacques ; mais dormons. »

Tandis que Jacques et son maître reposent, je vais m'acquitter de ma promesse, par le récit de l'homme de la prison, qui raclait de la basse, ou plutôt de son camarade, le sieur Gousse.

« Ce troisième, me dit-il, est un intendant de grande maison. Il était devenu amoureux d'une pâtissière de la rue de l'Université. Le

---

1. **Payse :** compatriote, personne issue du même lieu.

pâtissier était un bon homme qui regardait de plus près à son four qu'à la conduite de sa femme. Si ce n'était pas sa jalousie, c'était son assiduité qui gênait nos deux amants ? Que firent-ils pour se délivrer de cette contrainte ? L'intendant présenta à son maître un placet où le pâtissier était traduit comme un homme de mauvaises mœurs, un ivrogne qui ne sortait pas de la taverne, un brutal qui battait sa femme, la plus honnête et la plus malheureuse des femmes. Sur ce placet il obtint une lettre de cachet, et cette lettre de cachet, qui disposait de la liberté du mari, fut mise entre les mains d'un exempt, pour l'exécuter sans délai. Il arriva par hasard que cet exempt était l'ami du pâtissier. Ils allaient de temps en temps chez le marchand de vin ; le pâtissier fournissait les petits pâtés, l'exempt payait la bouteille. Celui-ci, muni de la lettre de cachet, passe devant la porte du pâtissier, et lui fait le signe convenu. Les voilà tous les deux occupés à manger et à arroser les petits pâtés ; et l'exempt demandant à son camarade comment allait son commerce ? Fort bien.

– S'il n'avait aucune mauvaise affaire ?

– Aucune.

– S'il n'avait point d'ennemis ?

– Il ne s'en connaissait pas.

– Comment il vivait avec ses parents, ses voisins, sa femme ?

– En amitié et en paix.

– D'où peut donc venir, ajouta l'exempt, l'ordre que j'ai de t'arrêter ? Si je faisais mon devoir, je te mettrais la main sur le collet, il y aurait là un carrosse tout près, et je te conduirais au lieu prescrit par cette lettre de cachet. Tiens, lis... »

Le pâtissier lut et pâlit. L'exempt lui dit : « Rassure-toi, avisons seulement ensemble à ce que nous avons de mieux à faire pour ma sûreté et pour la tienne. Qui est-ce qui fréquente chez toi ?

– Personne.

– Ta femme est coquette et jolie.

– Je la laisse faire à sa tête.

– Personne ne la couche-t-il en joue ?

– Ma foi non, si ce n'est un certain intendant qui vient quelquefois lui serrer les mains et lui débiter des sornettes ; mais c'est dans ma boutique, devant moi, en présence de mes garçons, et je crois qu'il ne se passe rien entre eux qui ne soit en tout bien et en tout honneur.

– Tu es un bon homme !

– Cela se peut ; mais le mieux de tout point est de croire sa femme
2745 honnête, et c'est ce que je fais.

– Et cet intendant, à qui est-il ?

– À M. de Saint-Florentin.

– Et de quels bureaux crois-tu que vienne la lettre de cachet ?

– Des bureaux de M. de Saint-Florentin, peut-être.

2750 – Tu l'as dit.

– Oh ! manger ma pâtisserie, baiser ma femme et me faire enfermer, cela est trop noir, et je ne saurais le croire !

– Tu es un bon homme ! Depuis quelques jours, comment trouves-
tu ta femme ?

2755 – Plutôt triste que gaie.

– Et l'intendant, y a-t-il longtemps que tu ne l'as vu ?

– Hier, je crois ; oui, c'était hier.

– N'as-tu rien remarqué ?

– Je suis fort peu remarquant ; mais il m'a semblé qu'en se séparant
2760 ils se faisaient quelques signes de la tête, comme quand l'un dit oui
et que l'autre dit non.

– Quelle était la tête qui disait oui ?

– Celle de l'intendant.

– Ils sont innocents ou ils sont complices. Écoute, mon ami, ne ren-
2765 tre pas chez toi ; sauve-toi en quelque lieu de sûreté, au Temple[1],
dans l'Abbaye, où tu voudras, et cependant laisse-moi faire ; surtout souviens-toi bien…

– De ne me pas montrer et de me taire.

– C'est cela. »

2770 Au même moment la maison du pâtissier est entourée d'espions.
Des mouchards, sous toutes sortes de vêtements, s'adressent à la
pâtissière, et lui demandent son mari : elle répond à l'un qu'il est
malade, à un autre qu'il est parti pour une fête, à un troisième
pour une noce. Quand il reviendra ? Elle n'en sait rien.

2775 Le troisième jour, sur les deux heures du matin, on vient avertir
l'exempt qu'on avait vu un homme, le nez enveloppé dans un manteau, ouvrir doucement la porte de la rue et se glisser doucement

---

1. **Temple :** lieu de franchise pour les débiteurs insolvables.

dans la maison du pâtissier. Aussitôt l'exempt, accompagné d'un commissaire, d'un serrurier, d'un fiacre et de quelques archers, se
2780 transporte sur les lieux. La porte est crochetée, l'exempt et le commissaire montent à petit bruit. On frappe à la chambre de la pâtissière : point de réponse ; on frappe encore : point de réponse ; à la troisième fois on demande du dedans : « Qui est-ce ?

– Ouvrez.

2785 – Qui est-ce ?

– Ouvrez, c'est de la part du roi.

– Bon ! disait l'intendant à la pâtissière avec laquelle il était couché ; il n'y a point de danger : c'est l'exempt qui vient pour exécuter son ordre. Ouvrez : je me nommerai ; il se retirera, et tout sera fini. »

2790 La pâtissière, en chemise, ouvre et se remet dans son lit.

L'EXEMPT. Où est votre mari ?

LA PÂTISSIÈRE. Il n'y est pas.

L'EXEMPT, *écartant le rideau*. Qui est-ce qui est donc là ?

L'INTENDANT. C'est moi ; je suis l'intendant de M. de Saint-Florentin.

2795 **L'EXEMPT.** Vous mentez, vous êtes le pâtissier, car le pâtissier est celui qui couche avec la pâtissière. Levez-vous, habillez-vous, et suivez-moi.

« Il fallut obéir ; on le conduisit ici. Le ministre, instruit de la scélératesse de son intendant, a approuvé la conduite de l'exempt, qui
2800 doit venir ce soir à la chute du jour le prendre dans cette prison pour le transférer à Bicêtre, où, grâce à l'économie des administrateurs, il mangera son quarteron[1] de mauvais pain, son once[2] de vache, et raclera de sa basse du matin au soir… » Si j'allais aussi mettre ma tête sur un oreiller, en attendant le réveil de Jacques et
2805 de son maître ; qu'en pensez-vous ?

Le lendemain Jacques se leva de grand matin, mit la tête à la fenêtre pour voir quel temps il faisait, vit qu'il faisait un temps détestable, se recoucha, et nous laissa dormir, son maître et moi, tant qu'il nous plut. Jacques, son maître et les autres voyageurs qui s'étaient arrêtés au
2810 même gîte, crurent que le ciel s'éclaircirait sur le midi ; il n'en fut

---

1. **Quarteron :** une demi-livre.

2. **Once :** ancien poids équivalant à un seizième de la livre de Paris, soit 30,5 g.

rien ; et la pluie de l'orage ayant gonflé le ruisseau qui séparait le faubourg de la ville, au point qu'il eût été dangereux de le passer, tous ceux dont la route conduisait de ce côté prirent le parti de perdre une journée, et d'attendre. Les uns se mirent à causer ;
2815 d'autres à aller et venir, à mettre le nez à la porte, à regarder le ciel et à rentrer en jurant et frappant du pied ; plusieurs à politiquer et à boire ; beaucoup à jouer ; le reste à fumer, à dormir et à ne rien faire. Le maître dit à Jacques : J'espère que Jacques va reprendre le récit de ses amours, et que le ciel, qui veut que j'aie la satisfaction
2820 d'en entendre la fin, nous retient ici par le mauvais temps.

JACQUES. Le ciel qui veut ! On ne sait jamais ce que le ciel veut ou ne veut pas, et il n'en sait peut-être rien lui-même. Mon pauvre capitaine qui n'est plus me l'a répété cent fois ; et plus j'ai vécu, plus j'ai reconnu qu'il avait raison… À vous, mon maître.

2825 **LE MAÎTRE.** J'entends. Tu en étais au carrosse et au valet, à qui la doctoresse a dit d'ouvrir ton rideau et de te parler.

JACQUES. Ce valet s'approche de mon lit, et me dit : « Allons, camarade, debout, habillez-vous et partons. » Je lui répondis d'entre les draps et la couverture dont j'avais la tête enveloppée, sans le voir, sans
2830 en être vu : « Camarade, laissez-moi dormir et partez. » Le valet me réplique qu'il a des ordres de son maître, et qu'il faut qu'il les exécute. « Et votre maître qui ordonne d'un homme qu'il ne connaît pas, a-t-il ordonné de payer ce que je dois ici ?
— C'est une affaire faite. Dépêchez-vous, tout le monde vous attend
2835 au château, où je vous réponds que vous serez mieux qu'ici, si la suite répond à la curiosité qu'on a de vous voir. »
Je me laisse persuader ; je me lève, je m'habille, on me prend sous le bras. J'avais fait mes adieux à la doctoresse et j'allais monter en carrosse, lorsque cette femme, s'approchant de moi, me tire par la
2840 manche, et me prie de passer dans un coin de la chambre, qu'elle avait un mot à me dire. « Là, notre ami, ajouta-t-elle, vous n'avez point, je crois, à vous plaindre de nous ; le docteur vous a sauvé une jambe, moi, je vous ai bien soigné, et j'espère qu'au château vous ne nous oublierez pas.
2845 — Qu'y pourrais-je pour vous ?
— Demander que ce fût mon mari qui vînt pour vous y panser ; il y a du monde là ! C'est la meilleure pratique du canton ; le seigneur

est un homme généreux, on en est grassement payé ; il ne tiendrait qu'à vous de faire notre fortune. Mon mari a bien tenté à plusieurs 2850 reprises de s'y fourrer, mais inutilement.

– Mais, madame la doctoresse, n'y a-t-il pas un chirurgien du château ?

– Assurément !

– Et si cet autre était votre mari, seriez-vous bien aise qu'on le desservît et qu'il fût expulsé ?

2855 – Ce chirurgien est un homme à qui vous ne devez rien, et je crois que vous devez quelque chose à mon mari : si vous allez à deux pieds comme ci-devant, c'est son ouvrage.

– Et parce que votre mari m'a fait du bien, il faut que je fasse du mal à un autre ? Encore si la place était vacante… »

2860 Jacques allait continuer, lorsque l'hôtesse entra tenant entre ses bras Nicole emmaillottée, la baisant, la plaignant, la caressant, lui parlant comme à son enfant : Ma pauvre Nicole, elle n'a eu qu'un cri de toute la nuit. Et vous, messieurs, avez-vous bien dormi ?

LE MAÎTRE. Très bien.

2865 **L'HÔTESSE.** Le temps est pris de tous côtés.

JACQUES. Nous en sommes assez fâchés.

L'HÔTESSE. Ces messieurs vont-ils loin ?

JACQUES. Nous n'en savons rien.

L'HÔTESSE. Ces messieurs suivent quelqu'un ?

2870 **JACQUES.** Nous ne suivons personne.

L'HÔTESSE. Ils vont, ou ils s'arrêtent, selon les affaires qu'ils ont sur la route ?

JACQUES. Nous n'en avons aucune.

L'HÔTESSE. Ces messieurs voyagent pour leur plaisir ?

2875 **JACQUES.** Ou pour leur peine.

L'HÔTESSE. Je souhaite que ce soit le premier.

JACQUES. Votre souhait n'y fera pas un zeste[1] ; ce sera selon qu'il est écrit là-haut.

---

1. **N'y fera pas un zeste :** n'y changera rien.

L'HÔTESSE. Oh ! c'est un mariage ?

2880 **JACQUES.** Peut-être que oui, peut-être que non.

L'HÔTESSE. Messieurs, prenez-y garde. Cet homme qui est là-bas, et qui a si rudement traité ma pauvre Nicole, en a fait un bien saugrenu… Viens, ma pauvre bête ; viens que je te baise ; je te promets que cela n'arrivera plus. Voyez comme elle tremble de tous
2885 ses membres !

LE MAÎTRE. Et qu'a donc de si singulier le mariage de cet homme ?

À cette question du maître de Jacques, l'hôtesse dit : « J'entends du bruit là-bas, je vais donner mes ordres, et je reviens vous conter tout cela… » Son mari, las de crier : « Ma femme, ma femme »,
2890 monte, et avec lui son compère qu'il ne voyait pas. L'hôte dit à sa femme : « Eh ! que diable faites-vous là ?… » Puis se retournant et apercevant son compère : M'apportez-vous de l'argent ?

LE COMPÈRE. Non, compère, vous savez bien que je n'en ai point.

L'HÔTE. Tu n'en as point ? Je saurai bien en faire avec ta charrue,
2895 tes chevaux, tes bœufs et ton lit. Comment, gredin !

LE COMPÈRE. Je ne suis point un gredin.

L'HÔTE. Et qui es-tu donc ? Tu es dans la misère, tu ne sais où prendre de quoi ensemencer tes champs ; ton propriétaire, las de te faire des avances, ne te veut plus rien donner. Tu viens à moi ;
2900 cette femme intercède ; cette maudite bavarde, qui est la cause de toutes les sottises de ma vie, me résout à te prêter ; je te prête ; tu promets de me rendre ; tu me manques dix fois. Oh ! je te promets, moi, que je ne te manquerai pas. Sors d'ici…

Jacques et son maître se préparaient à plaider pour ce pauvre diable ;
2905 mais l'hôtesse, en posant le doigt sur sa bouche, leur fit signe de se taire.

L'HÔTE. Sors d'ici.

LE COMPÈRE. Compère, tout ce que vous dites est vrai ; il l'est aussi que les huissiers sont chez moi, et que dans un moment
2910 nous serons réduits à la besace[1], ma fille, mon garçon et moi.

---

1. **Réduits à la besace :** ruinés.

L'HÔTE. C'est le sort que tu mérites. Qu'es-tu venu faire ici ce matin ? Je quitte le remplissage de mon vin, je remonte de ma cave et je ne te trouve point. Sors d'ici, te dis-je.

LE COMPÈRE. Compère, j'étais venu ; j'ai craint la réception que vous me faites ; je m'en suis retourné ; et je m'en vais.

L'HÔTE. Tu feras bien.

LE COMPÈRE. Voilà donc ma pauvre Marguerite, qui est si sage et si jolie, qui s'en ira en condition[1] à Paris !

L'HÔTE. En condition à Paris ! Tu en veux donc faire une malheureuse ?

LE COMPÈRE. Ce n'est pas moi qui le veux ; c'est l'homme dur à qui je parle.

L'HÔTE. Moi, un homme dur ! Je ne le suis point : je ne le fus jamais ; et tu le sais bien.

LE COMPÈRE. Je ne suis plus en état de nourrir ma fille ni mon garçon ; ma fille servira, mon garçon s'engagera.

L'HÔTE. Et c'est moi qui en serais la cause ! Cela ne sera pas. Tu es un cruel homme ; tant que je vivrai tu seras mon supplice. Çà, voyons ce qu'il te faut.

LE COMPÈRE. Il ne me faut rien. Je suis désolé de vous devoir, et je ne vous devrai de ma vie. Vous faites plus de mal par vos injures que de bien par vos services. Si j'avais de l'argent, je vous le jetterais au visage ; mais je n'en ai point. Ma fille deviendra tout ce qu'il plaira à Dieu ; mon garçon se fera tuer s'il le faut ; moi, je mendierai ; mais ce ne sera pas à votre porte. Plus, plus d'obligations à un vilain homme comme vous. Empochez bien l'argent de mes bœufs, de mes chevaux et de mes ustensiles ; grand bien vous fasse. Vous êtes né pour faire des ingrats, et je ne veux pas l'être. Adieu.

L'HÔTE. Ma femme, il s'en va ; arrête-le donc.

L'HÔTESSE. Allons, compère, avisons au moyen de vous secourir.

LE COMPÈRE. Je ne veux point de ses secours, ils sont trop chers…

---

1. **En condition :** comme domestique.

L'hôte répétait tout bas à sa femme : « Ne le laisse pas aller, arrête-le donc. Sa fille à Paris ! son garçon à l'armée ! lui à la porte de la paroisse ! je ne saurais souffrir cela. »

2945 Cependant sa femme faisait des efforts inutiles ; le paysan, qui avait de l'âme, ne voulait rien accepter et se faisait tenir à quatre[1]. L'hôte, les larmes aux yeux, s'adressait à Jacques et à son maître, et leur disait : « Messieurs, tâchez de le fléchir… » Jacques et son maître se mêlèrent de la partie ; tous à la fois conjuraient le paysan. Si

2950 j'ai jamais vu… – Si vous avez jamais vu ! Mais vous n'y étiez pas. Dites si l'on a jamais vu. – Eh bien ! soit. Si l'on a jamais vu un homme confondu d'un refus, transporté qu'on voulût bien accepter son argent, c'était cet hôte, il embrassait sa femme, il embrassait son compère, il embrassait Jacques et son maître, il criait : Qu'on

2955 aille bien vite chasser de chez lui ces exécrables huissiers.

LE COMPÈRE. Convenez aussi…

L'HÔTE. Je conviens que je gâte tout ; mais, compère, que veux-tu ? Comme je suis, me voilà. Nature m'a fait l'homme le plus dur et le plus tendre ; je ne sais ni accorder ni refuser.

2960 **LE COMPÈRE.** Ne pourriez-vous pas être autrement ?

L'HÔTE. Je suis à l'âge où l'on ne se corrige guère ; mais si les premiers qui se sont adressés à moi m'avaient rabroué comme tu as fait, peut-être en serais-je devenu meilleur. Compère, je te remercie de ta leçon, peut-être en profiterai-je… Ma femme, va

2965 vite, descends, et donne-lui ce qu'il lui faut. Que diable, marche donc, mordieu ! marche donc ; tu vas !… Ma femme, je te prie de te presser un peu et de ne le pas faire attendre ; tu reviendras ensuite retrouver ces messieurs avec lesquels il me semble que tu te trouves bien…

2970 La femme et le compère descendirent ; l'hôte resta encore un moment ; et lorsqu'il s'en fut allé, Jacques dit à son maître : « Voilà un singulier homme ! Le ciel qui avait envoyé ce mauvais temps qui nous retient ici, parce qu'il voulait que vous entendissiez mes amours, que veut-il à présent ? »

---

1. **Se faisait tenir à quatre :** se faisait fortement prier.

2975 Le maître, en s'étendant dans son fauteuil, bâillant, frappant sur sa tabatière, répondit : Jacques, nous avons plus d'un jour à vivre ensemble, à moins que…

JACQUES. C'est-à-dire que pour aujourd'hui le ciel veut que je me taise ou que ce soit l'hôtesse qui parle ; c'est une bavarde qui ne 2980 demande pas mieux ; qu'elle parle donc.

LE MAÎTRE. Tu prends de l'humeur.

JACQUES. C'est que j'aime à parler aussi.

LE MAÎTRE. Ton tour viendra.

JACQUES. Ou ne viendra pas.

2985 Je vous entends, lecteur ; voilà, dites-vous, le vrai dénoûment du *Bourru bienfaisant*[1]. Je le pense. J'aurais introduit dans cette pièce, si j'en avais été l'auteur, un personnage qu'on aurait pris pour épisodique, et qui ne l'aurait point été. Ce personnage se serait montré quelquefois, et sa présence aurait été motivée. La première fois il 2990 serait venu demander grâce ; mais la crainte d'un mauvais accueil l'aurait fait sortir avant l'arrivée de Géronte. Pressé par l'irruption des huissiers dans sa maison, il aurait eu la seconde fois le courage d'attendre Géronte ; mais celui-ci aurait refusé de le voir. Enfin, je l'aurais amené au dénouement, où il aurait fait exactement le rôle 2995 du paysan avec l'aubergiste ; il aurait eu, comme le paysan, une fille qu'il allait placer chez une marchande de modes, un fils qu'il allait retirer des écoles pour entrer en condition ; lui, il se serait déterminé à mendier jusqu'à ce qu'il se fût ennuyé de vivre. On aurait vu le Bourru bienfaisant aux pieds de cet homme ; on aurait 3000 entendu le Bourru bienfaisant gourmandé comme il le méritait ; il aurait été forcé de s'adresser à toute la famille qui l'aurait environné, pour fléchir son débiteur et le contraindre à accepter de nouveaux secours. Le Bourru bienfaisant aurait été puni ; il aurait promis de se corriger ; mais dans le moment même il serait revenu 3005 à son caractère, en s'impatientant contre les personnages en scène, qui se seraient fait des politesses pour rentrer dans la maison ; il aurait dit brusquement : *Que le diable emporte les cérém…* Mais

---

1. *Le Bourru bienfaisant* : pièce de l'Italien Goldoni jouée pour la première fois à Paris en novembre 1771.

il se serait arrêté court au milieu du mot, et, d'un ton radouci, il aurait dit à ses nièces : « Allons, mes nièces ; donnez-moi la main et passons. » – Et pour que ce personnage eût été lié au fond, vous en auriez fait un protégé du neveu de Géronte ? – Fort bien ! – Et ç'aurait été à la prière du neveu que l'oncle aurait prêté son argent ? – À merveille ! – Et ce prêt aurait été un grief de l'oncle contre son neveu ? – C'est cela même. – Et le dénouement de cette pièce agréable n'aurait pas été une répétition générale, avec toute la famille en corps, de ce qu'il a fait auparavant avec chacun d'eux en particulier ? – Vous avez raison. – Et si je rencontre jamais M. Goldoni, je lui réciterai la scène de l'auberge. – Et vous ferez bien ; il est plus habile homme qu'il ne faut pour en tirer bon parti. L'hôtesse remonta, toujours Nicole entre ses bras, et dit : « J'espère que vous aurez un bon dîner ; le braconnier vient d'arriver ; le garde du seigneur ne tardera pas… » Et, tout en parlant ainsi, elle prenait une chaise. La voilà assise, et son récit qui commence.

L'HÔTESSE. Il faut se méfier des valets ; les maîtres n'ont point de pires ennemis…

JACQUES. Madame, vous ne savez pas ce que vous dites ; il y en a de bons, il y en a de mauvais, et l'on compterait peut-être plus de bons valets que de bons maîtres.

LE MAÎTRE. Jacques, vous ne vous observez pas ; et vous commettez précisément la même indiscrétion qui vous a choqué.

JACQUES. C'est que les maîtres…

LE MAÎTRE. C'est que les valets…

Eh bien ! lecteur, à quoi tient-il que je n'élève une violente querelle entre ces trois personnages ? Que l'hôtesse ne soit prise par les épaules, et jetée hors de la chambre par Jacques ; que Jacques ne soit pris par les épaules et chassé par son maître ; que l'un ne s'en aille d'un côté, l'autre d'un autre ; et que vous n'entendiez ni l'histoire de l'hôtesse, ni la suite des amours de Jacques ? Rassurez-vous, je n'en ferai rien. L'hôtesse reprit donc :

Il faut convenir que s'il y a de bien méchants hommes, il y a de bien méchantes femmes.

JACQUES. Et qu'il ne faut pas aller loin pour les trouver.

L'HÔTESSE. De quoi vous mêlez-vous ? Je suis femme, il me convient de dire des femmes tout ce qu'il me plaira ; je n'ai que faire de votre approbation.

JACQUES. Mon approbation en vaut bien une autre.

L'HÔTESSE. Vous avez là, monsieur, un valet qui fait l'entendu[1] et qui vous manque[2]. J'ai des valets aussi, mais je voudrais bien qu'ils s'avisassent !…

LE MAÎTRE. Jacques, taisez-vous, et laissez parler madame.

L'hôtesse, encouragée par ce propos de maître, se lève, entreprend Jacques, porte ses deux poings sur ses deux côtés, oublie qu'elle tient Nicole, la lâche, et voilà Nicole sur le carreau, froissée[3] et se débattant dans son maillot, aboyant à tue-tête, l'hôtesse mêlant ses cris aux aboiements de Nicole, Jacques mêlant ses éclats de rire aux aboiements de Nicole et aux cris de l'hôtesse, et le maître de Jacques ouvrant sa tabatière, reniflant sa prise de tabac et ne pouvant s'empêcher de rire. Voilà toute l'hôtellerie en tumulte. « Nanon, Nanon, vite, vite, apportez la bouteille à l'eau-de-vie… Ma pauvre Nicole est morte… Démaillotez-la… Que vous êtes gauche !

– Je fais de mon mieux.

– Comme elle crie ! Ôtez-vous de là, laissez-moi faire… Elle est morte !… Ris bien, grand nigaud ; il y a, en effet, de quoi rire… Ma pauvre Nicole est morte !

– Non, madame, non, je crois qu'elle en reviendra, la voilà qui remue. »

Et Nanon, de frotter d'eau-de-vie le nez de la chienne, et de lui en faire avaler ; et l'hôtesse de se lamenter, de se déchaîner contre les valets impertinents ; et Nanon, de dire : « Tenez, madame, elle ouvre les yeux ; la voilà qui vous regarde.

– La pauvre bête, comme cela parle ! qui n'en serait touché ?

– Madame, caressez-la donc un peu ; répondez-lui donc quelque chose.

---

1. **Qui fait l'entendu :** qui fait le malin.
2. **Qui vous manque :** qui vous manque de respect et qui manque à ses devoirs envers vous.
3. **Froissée :** contusionnée.

– Viens, ma pauvre Nicole ; crie, mon enfant, crie si cela peut te
soulager. Il y a un sort pour les bêtes comme pour les gens ; il
envoie le bonheur à des fainéants hargneux, braillards et gour-
mands, le malheur à une autre qui sera la meilleure créature du
monde.

– Madame a bien raison, il n'y a point de justice, ici-bas.

– Taisez-vous, remmaillotez-la, portez-la sous mon oreiller, et songez
qu'au moindre cri qu'elle fera, je m'en prends à vous. Viens, pauvre
bête, que je t'embrasse encore une fois avant qu'on t'emporte.
Approchez-la donc, sotte que vous êtes… Ces chiens, cela est si
bon ; cela vaut mieux…

JACQUES. Que père, mère, frères, sœurs, enfants, valets, époux…

L'HÔTESSE. Mais oui, ne pensez pas rire, cela est innocent, cela
vous est fidèle, cela ne vous fait jamais de mal, au lieu que le
reste…

JACQUES. Vivent les chiens ! il n'y a rien de plus parfait sous le
ciel.

L'HÔTESSE. S'il y a quelque chose de plus parfait, du moins ce
n'est pas l'homme. Je voudrais bien que vous connussiez celui du
meunier, c'est l'amoureux de ma Nicole ; il n'y en a pas un parmi
vous, tous tant que vous êtes, qu'il ne fît rougir de honte. Il vient,
dès la pointe du jour, de plus d'une lieue ; il se plante devant cette
fenêtre ; ce sont des soupirs, et des soupirs à faire pitié. Quelque
temps qu'il fasse, il reste ; la pluie lui tombe sur le corps ; son
corps s'enfonce dans le sable ; à peine lui voit-on les oreilles et le
bout du nez. En feriez-vous autant pour la femme que vous aimeriez le plus ?

LE MAÎTRE. Cela est très galant.

JACQUES. Mais aussi où est la femme aussi digne de ces soins que
votre Nicole ?…

La passion de l'hôtesse pour les bêtes n'était pourtant pas sa passion dominante, comme on pourrait l'imaginer ; c'était celle de
parler. Plus on avait de plaisir et de patience à l'écouter, plus on
avait de mérite ; aussi ne se fit-elle pas prier pour reprendre l'histoire interrompue du mariage singulier ; elle y mit seulement pour
condition que Jacques se tairait. Le maître promit du silence pour

3110 Jacques. Jacques s'étala nonchalamment dans un coin, les yeux fermés, son bonnet renfoncé sur ses oreilles et le dos à demi tourné à l'hôtesse. Le maître toussa, cracha, se moucha, tira sa montre, vit l'heure qu'il était, tira sa tabatière, frappa sur le couvercle, prit sa prise de tabac ; et l'hôtesse se mit en devoir de goûter le plaisir
3115 délicieux de pérorer.

L'hôtesse allait débuter, lorsqu'elle entendit sa chienne crier. Nanon, voyez donc à cette pauvre bête… Cela me trouble, je ne sais plus où j'en étais.

JACQUES. Vous n'avez encore rien dit.

3120 **L'HÔTESSE.** Ces deux hommes avec lesquels j'étais en querelle pour ma pauvre Nicole, lorsque vous êtes arrivé, monsieur…

JACQUES. Dites messieurs.

L'HÔTESSE. Et pourquoi ?

JACQUES. C'est qu'on nous a traités jusqu'à présent avec cette poli-
3125 tesse, et que j'y suis fait. Mon maître m'appelle Jacques, les autres, monsieur Jacques.

L'HÔTESSE. Je ne vous appelle ni Jacques, ni monsieur Jacques, je ne vous parle pas… (*Madame ? – Qu'est-ce ? – La carte*[1] *du numéro cinq. – Voyez sur le coin de la cheminée.*) Ces deux hommes sont bons
3130 gentilshommes ; ils viennent de Paris et s'en vont à la terre du plus âgé.

JACQUES. Qui sait cela ?

L'HÔTESSE. Eux, qui le disent.

JACQUES. Belle raison !…

Le maître fit un signe à l'hôtesse, sur lequel elle comprit que
3135 Jacques avait la cervelle brouillée. L'hôtesse répondit au signe du maître par un mouvement compatissant des épaules, et ajouta : À son âge ! Cela est très fâcheux.

JACQUES. Très fâcheux de ne savoir jamais où l'on va.

L'HÔTESSE. Le plus âgé des deux s'appelle le marquis des Arcis.
3140 C'était un homme de plaisir, très aimable, croyant peu à la vertu des femmes.

---

1. **La carte :** l'addition.

JACQUES. Il avait raison.

L'HÔTESSE. Monsieur Jacques, vous m'interrompez.

JACQUES. Madame l'hôtesse du *Grand-Cerf*, je ne vous parle pas.

3145 **L'HÔTESSE.** M. le marquis en trouva pourtant une assez bizarre pour lui tenir rigueur. Elle s'appelait Mme de La Pommeraye. C'était une veuve qui avait des mœurs, de la naissance, de la fortune et de la hauteur. M. des Arcis rompit avec toutes ses connaissances, s'attacha uniquement à Mme de La Pommeraye, lui fit sa

3150 cour avec la plus grande assiduité, tâcha par tous les sacrifices imaginables de lui prouver qu'il l'aimait, lui proposa même de l'épouser ; mais cette femme avait été si malheureuse avec un premier mari, qu'elle... (*Madame ? – Qu'est-ce ? – La clef du coffre à l'avoine ? – Voyez au clou, et si elle n'y est pas, voyez au coffre*)

3155 qu'elle aurait mieux aimé s'exposer à toutes sortes de malheurs qu'au danger d'un second mariage.

JACQUES. Ah ! si cela avait été écrit là-haut !

L'HÔTESSE. Cette femme vivait très retirée. Le marquis était un ancien ami de son mari ; elle l'avait reçu, et elle continuait de le

3160 recevoir. Si on lui pardonnait son goût efféminé pour la galanterie, c'était ce qu'on appelle un homme d'honneur. La poursuite constante du marquis, secondée de ses qualités personnelles, de sa jeunesse, de sa figure, des apparences de la passion la plus vraie, de la solitude, du penchant à la tendresse, en un mot, de tout ce

3165 qui nous livre à la séduction des hommes... (*Madame ? – Qu'est-ce ? – C'est le courrier. – Mettez-le à la chambre verte, et servez-le à l'ordinaire*) eut son effet, et Mme de La Pommeraye, après avoir lutté plusieurs mois contre le marquis, contre elle-même, exigé selon l'usage les serments les plus solennels, rendit heureux le

3170 marquis, qui aurait joui du sort le plus doux, s'il avait pu conserver pour sa maîtresse les sentiments qu'il avait jurés et qu'on avait pour lui. Tenez, monsieur, il n'y a que les femmes qui sachent aimer ; les hommes n'y entendent rien... (*Madame ? – Qu'est-ce ? – Le Frère Quêteur. – Donnez-lui douze sous pour ces messieurs*

3175 *qui sont ici, six sous pour moi, et qu'il aille dans les autres chambres.*) Au bout de quelques années, le marquis commença à trouver la vie de Mme de La Pommeraye trop unie. Il lui proposa de se répandre

dans la société ; elle y consentit ; à recevoir quelques femmes et
quelques hommes ; et elle y consentit ; à avoir un dîner-souper ;
et elle y consentit. Peu à peu, il passa un jour, deux jours sans la
voir ; peu à peu il manqua au dîner-souper qu'il avait arrangé ;
peu à peu il abrégea ses visites ; il eut des affaires qui l'appelaient :
lorsqu'il arrivait, il disait un mot, s'étalait dans un fauteuil, prenait
une brochure, la jetait, parlait à son chien ou s'endormait. Le soir,
sa santé, qui devenait misérable, voulait qu'il se retirât de bonne
heure : c'était l'avis de Tronchin. « C'est un grand homme que
Tronchin ! Ma foi ! je ne doute pas qu'il ne tire d'affaire notre amie
dont les autres désespéraient. » Et tout en parlant ainsi, il prenait
sa canne et son chapeau et s'en allait, oubliant quelquefois de
l'embrasser. Mme de La Pommeraye… (*Madame ? – Qu'est-ce ? – Le
tonnelier. – Qu'il descende à la cave, et qu'il visite les deux pièces de
vin.*) Mme de La Pommeraye pressentit qu'elle n'était plus aimée ; il
fallut s'en assurer, et voici comment elle s'y prit… (*Madame ? – J'y
vais, j'y vais.*)

L'hôtesse, fatiguée de ces interruptions, descendit, et prit apparemment les moyens de les faire cesser.

L'HÔTESSE. Un jour, après dîner, elle dit au marquis :

« Mon ami, vous rêvez .

– Vous rêvez aussi, marquise.

– Il est vrai et même assez tristement.

– Qu'avez-vous ?

– Rien.

– Cela n'est pas vrai. Allons, marquise, dit-il en bâillant, racontez-
moi cela ; cela vous désennuiera et moi.

– Est-ce que vous vous ennuyez ?

– Non ; c'est qu'il y a des jours…

– Où l'on s'ennuie.

– Vous vous trompez, mon amie ; je vous jure que vous vous trompez : c'est qu'en effet il y a des jours… On ne sait à quoi cela tient.

– Mon ami, il y a longtemps que je suis tentée de vous faire une
confidence ; mais je crains de vous affliger.

– Vous pourriez m'affliger, vous ?

– Peut-être ; mais le ciel m'est témoin de mon innocence… »
(*Madame ? Madame ? Madame ? – Pour qui et pour quoi que ce*

3215 *soit, je vous ai défendu de m'appeler ; appelez mon mari. – Il est absent.)* Messieurs, je vous demande pardon, je suis à vous dans un moment.

Voilà l'hôtesse descendue, remontée et reprenant son récit :

« … Cela s'est fait sans mon consentement, à mon insu, par une
3220 malédiction à laquelle toute l'espèce humaine est apparemment assujettie, puisque moi, moi-même, je n'y ai pas échappé.

– Ah ! c'est de vous… Et avoir peur !… De quoi s'agit-il ?

– Marquis, il s'agit… Je suis désolée ; je vais vous désoler, et, tout bien considéré, il vaut mieux que je me taise.

3225 – Non, mon amie, parlez ; auriez-vous au fond de votre cœur un secret pour moi ? La première de nos conventions ne fut-elle pas que nos âmes s'ouvriraient l'une à l'autre sans réserve ?

– Il est vrai, et voilà ce qui me pèse ; c'est un reproche qui met le comble à un beaucoup plus important que je me fais. Est-ce que
3230 vous ne vous apercevez pas que je n'ai plus la même gaieté ? J'ai perdu l'appétit ; je ne bois et je ne mange que par raison ; je ne saurais dormir. Nos sociétés les plus intimes me déplaisent. La nuit, je m'interroge et je me dis : Est-ce qu'il est moins aimable ? Non. Auriez-vous à lui reprocher quelques liaisons suspectes ? Non.
3235 Est-ce que sa tendresse pour vous est diminuée ? Non. Pourquoi, votre ami étant le même, votre cœur est-il donc changé ? car il l'est : vous ne pouvez vous le cacher ; vous ne l'attendez plus avec la même impatience ; vous n'avez plus le même plaisir à le voir ; cette inquiétude quand il tardait à revenir ; cette douce émotion
3240 au bruit de sa voiture, quand on l'annonçait, quand il paraissait, vous ne l'éprouvez plus.

– Comment, madame ! »

Alors la marquise de La Pommeraye se couvrit les yeux de ses mains, pencha la tête et se tut un moment, après lequel elle
3245 ajouta : « Marquis, je me suis attendue à tout votre étonnement, à toutes les choses amères que vous m'allez dire. Marquis ! épargnez-moi… Non, ne m'épargnez pas, dites-les-moi ; je les écouterai avec résignation, parce que je les mérite. Oui, mon cher marquis, il est vrai… Oui, je suis… Mais, n'est-ce pas un assez grand
3250 malheur que la chose soit arrivée, sans y ajouter encore la honte, le mépris d'être fausse, en vous le dissimulant ? Vous êtes le même, mais votre amie est changée ; votre amie vous révère, vous

estime autant et plus que jamais ; mais… mais une femme accou-
tumée comme elle à examiner de près ce qui se passe dans les
replis les plus secrets de son âme et à ne s'en imposer sur rien, ne
peut se cacher que l'amour en est sorti. La découverte est affreuse,
mais elle n'en est pas moins réelle. La marquise de La Pommeraye,
moi, moi, inconstante ! légère !… Marquis, entrez en fureur, cher-
chez les noms les plus odieux, je me les suis donnés d'avance ;
donnez-les-moi, je suis prête à les accepter tous…, tous, excepté
celui de femme fausse, que vous m'épargnerez, je l'espère, car en
vérité je ne le suis pas… *(Ma femme ? – Qu'est-ce ? – Rien. – On n'a
pas un moment de repos dans cette maison, même les jours qu'on n'a
presque point de monde et que l'on croit n'avoir rien à faire. Qu'une
femme de mon état est à plaindre, surtout avec une bête de mari !)* »
Cela dit, Mme de La Pommeraye se renversa sur son fauteuil et
se mit à pleurer. Le marquis se précipita à ses genoux, et lui dit :
« Vous êtes une femme charmante, une femme adorable, une
femme comme il n'y en a point. Votre franchise, votre honnêteté
me confond et devrait me faire mourir de honte. Ah ! quelle supériorité ce moment vous donne sur moi ! Que je vous vois grande
et que je me trouve petit ! c'est vous qui avez parlé la première, et
c'est moi qui fus coupable le premier. Mon amie, votre sincérité
m'entraîne ; je serais un monstre si elle ne m'entraînait pas, et je
vous avouerai que l'histoire de votre cœur est mot à mot l'histoire
du mien. Tout ce que vous vous êtes dit, je me le suis dit ; mais je
me taisais, je souffrais, et je ne sais quand j'aurais eu le courage de
parler.

– Vrai, mon ami ?

– Rien de plus vrai ; et il ne nous reste qu'à nous féliciter réciproquement d'avoir perdu en même temps le sentiment fragile et
trompeur qui nous unissait.

– En effet, quel malheur que mon amour eût duré lorsque le vôtre
aurait cessé !

– Ou que ce fût en moi qu'il eût cessé le premier.

– Vous avez raison, je le sens.

– Jamais vous ne m'avez paru aussi aimable, aussi belle que dans
ce moment ; et si l'expérience du passé ne m'avait rendu circonspect, je croirais vous aimer plus que jamais. » Et le marquis en lui
parlant ainsi lui prenait les mains, et les lui baisait… *(Ma femme ?*

– Qu'est-ce ? – Le marchand de paille. – Vois sur le registre. – Et le registre ?... reste, reste, je l'ai...) Mme de La Pommeraye renfermant en elle-même le dépit mortel dont elle était déchirée, reprit la parole et dit au marquis : « Mais, marquis, qu'allons-nous devenir ?
3295 – Nous ne nous en sommes imposé ni l'un ni l'autre ; vous avez droit à toute mon estime ; je ne crois pas avoir entièrement perdu le droit que j'avais à la vôtre : nous continuerons de nous voir, nous nous livrerons à la confiance de la plus tendre amitié. Nous nous serons épargné tous ces ennuis, toutes ces petites perfidies,
3300 tous ces reproches, toute cette humeur, qui accompagnent communément les passions qui finissent ; nous serons uniques dans notre espèce. Vous recouvrerez toute votre liberté, vous me rendrez la mienne ; nous voyagerons dans le monde ; je serai le confident de vos conquêtes ; je ne vous cèlerai rien des miennes, si j'en
3305 fais quelques-unes, ce dont je doute fort, car vous m'avez rendu difficile. Cela sera délicieux ! Vous m'aiderez de vos conseils, je ne vous refuserai pas les miens dans les circonstances périlleuses où vous croirez en avoir besoin. Qui sait ce qui peut arriver ? »

JACQUES. Personne.

3310 L'HÔTESSE. « Il est très vraisemblable que plus j'irai, plus vous gagnerez aux comparaisons, et que je vous reviendrai plus passionné, plus tendre, plus convaincu que jamais que Mme de La Pommeraye était la seule femme faite pour mon bonheur ; et après ce retour, il y a tout à parier que je vous resterai jusqu'à la fin de
3315 ma vie.
– S'il arrivait qu'à votre retour vous ne me trouvassiez plus ? car enfin, marquis, on n'est pas toujours juste ; et il ne serait pas impossible que je ne me prisse de goût, de fantaisie, de passion même pour un autre qui ne vous vaudrait pas.
3320 – J'en serais assurément désolé ; mais je n'aurais point à me plaindre ; je ne m'en plaindrais qu'au sort qui nous aurait séparés lorsque nous étions unis, et qui nous rapprocherait lorsque nous ne pourrions plus l'être... »
Après cette conversation, ils se mirent à moraliser sur l'inconstance
3325 du cœur humain, sur la frivolité des serments, sur les liens du mariage... *(Madame ? – Qu'est-ce ? – Le coche.)* Messieurs, dit l'hôtesse, il faut que je vous quitte. Ce soir, lorsque toutes mes affaires seront

faites, je reviendrai, et je vous achèverai cette aventure, si vous en êtes curieux... *(Madame ?... Ma femme ?... Notre hôtesse ?... – On y va, on y va.)*

L'hôtesse partie, le maître dit à son valet : Jacques, as-tu remarqué une chose ?

JACQUES. Quelle ?

LE MAÎTRE. C'est que cette femme raconte beaucoup mieux qu'il ne convient à une femme d'auberge.

JACQUES. Il est vrai. Les fréquentes interruptions des gens de cette maison m'ont impatienté plusieurs fois.

LE MAÎTRE. Et moi aussi.

Et vous, lecteur, parlez sans dissimulation ; car vous voyez que nous sommes en beau train de franchise ; voulez-vous que nous laissions là cette élégante et prolixe bavarde d'hôtesse, et que nous reprenions les amours de Jacques ? Pour moi je ne tiens à rien. Lorsque cette femme remontera, Jacques le bavard ne demande pas mieux que de reprendre son rôle, et de lui fermer la porte au nez ; il en sera quitte pour lui dire par le trou de la serrure : « Bonsoir, madame ; mon maître dort ; je vais me coucher ; il faut remettre le reste à notre passage. »

« Le premier serment que se firent deux êtres de chair, ce fut au pied d'un rocher qui tombait en poussière ; ils attestèrent de leur constance un ciel qui n'est pas un instant le même ; tout passait en eux et autour d'eux, et ils croyaient leurs cœurs affranchis de vicissitudes. Ô enfants ! toujours enfants !... » Je ne sais de qui sont ces réflexions, de Jacques, de son maître ou de moi ; il est certain qu'elles sont de l'un des trois, et qu'elles furent précédées et suivies de beaucoup d'autres qui nous auraient menés, Jacques, son maître et moi, jusqu'au souper, jusqu'après le souper, jusqu'au retour de l'hôtesse, si Jacques n'eût dit à son maître : Tenez, monsieur, toutes ces grandes sentences que vous venez de débiter à propos de botte[1], ne valent pas une vieille fable des écraignes[2] de mon village.

---

1. **À propos de botte :** à propos de rien.
2. **Écraignes :** veillées des villages.

3360   LE MAÎTRE. Et quelle est cette fable ?

JACQUES. C'est la fable de la Gaine et du Coutelet. Un jour la Gaine et le Coutelet se prirent de querelle ; le Coutelet dit à la Gaine : « Gaine, ma mie, vous êtes une friponne, car tous les jours, vous recevez de nouveaux Coutelets... La Gaine répondit

3365   au Coutelet : Mon ami Coutelet, vous êtes un fripon, car tous les jours vous changez de Gaine... Gaine, ce n'est pas là ce que vous m'avez promis... Coutelet, vous m'avez trompée le premier... » Ce débat s'était élevé à table ; Cil[1] qui était assis entre la Gaine et le Coutelet, prit la parole et leur dit : « Vous, Gaine, et vous, Coutelet,

3370   vous fîtes bien de changer, puisque changement vous duisait[2] ; mais vous eûtes tort de vous promettre que vous ne changeriez pas. Coutelet, ne voyais-tu pas que Dieu te fit pour aller à plusieurs Gaines ; et toi, Gaine, pour recevoir plus d'un Coutelet ? Vous regardiez comme fous certains Coutelets qui faisaient vœu

3375   de se passer à forfait de Gaines, et comme folles certaines Gaines qui faisaient vœu de se fermer pour tout Coutelet ; et vous ne pensiez pas que vous étiez presque aussi fous lorsque vous juriez, toi, Gaine, de t'en tenir à un seul Coutelet ; toi, Coutelet, de t'en tenir à une seule Gaine. »

3380   Ici le maître dit à Jacques : Ta fable n'est pas trop morale ; mais elle est gaie. Tu ne sais pas la singulière idée qui me passe par la tête. Je te marie avec notre hôtesse ; et je cherche comment un mari aurait fait, lorsqu'il aime à parler, avec une femme qui ne déparle[3] pas.

JACQUES. Comme j'ai fait les douze premières années de ma vie,

3385   que j'ai passées chez mon grand-père et ma grand'mère.

LE MAÎTRE. Comment s'appelaient-ils ? Quelle était leur profession ?

JACQUES. Ils étaient brocanteurs. Mon grand-père Jason eut plusieurs enfants. Toute la famille était sérieuse ; ils se levaient, ils s'habillaient, ils allaient à leurs affaires ; ils revenaient, ils dînaient,

3390   ils retournaient sans avoir dit un mot. Le soir, ils se jetaient sur des chaises ; la mère et les filles filaient, cousaient, tricotaient sans mot dire ; les garçons se reposaient ; le père lisait l'Ancien Testament.

---

1. **Cil :** celui.
2. **Duisait :** plaisait.
3. **Déparler :** cesser de parler.

LE MAÎTRE. Et toi, que faisais-tu ?

JACQUES. Je courais dans la chambre avec un bâillon.

3395 **LE MAÎTRE.** Avec un bâillon !

JACQUES. Oui, avec un bâillon ; et c'est à ce maudit bâillon que je dois la rage de parler. La semaine se passait quelquefois sans qu'on eût ouvert la bouche dans la maison des Jason. Pendant toute sa vie, qui fut longue, ma grand'mère n'avait dit que *chapeau à vendre*,

3400 et mon grand-père, qu'on voyait dans les inventaires[1], droit, les mains sous sa redingote, n'avait dit qu'*un sou*. Il y avait des jours où il était tenté de ne pas croire à la Bible.

LE MAÎTRE. Et pourquoi ?

JACQUES. À cause des redites, qu'il regardait comme un bavardage

3405 indigne de l'Esprit-Saint. Il disait que les rediseurs sont des sots, qui prennent ceux qui les écoutent pour des sots.

LE MAÎTRE. Jacques, si pour te dédommager du long silence que tu as gardé pendant les douze années du bâillon chez ton grand-père et pendant que l'hôtesse a parlé…

3410 **JACQUES.** Je reprenais l'histoire de mes amours ?

LE MAÎTRE. Non ; mais une autre sur laquelle tu m'as laissé, celle du camarade de ton capitaine.

JACQUES. Oh ! mon maître, la cruelle mémoire que vous avez !

LE MAÎTRE. Mon Jacques, mon petit Jacques…

3415 **JACQUES.** De quoi riez-vous ?

LE MAÎTRE. De ce qui me fera rire plus d'une fois ; c'est de te voir dans ta jeunesse chez ton grand-père avec le bâillon.

JACQUES. Ma grand'mère me l'ôtait lorsqu'il n'y avait plus personne ; et lorsque mon grand-père s'en apercevait, il n'en était pas

3420 plus content ; il lui disait : Continuez, et cet enfant sera le plus effréné bavard qui ait encore existé. Sa prédiction s'est accomplie.

LE MAÎTRE. Allons, mon Jacques, mon petit Jacques, l'histoire du camarade de ton capitaine.

---

1. **Inventaires :** ventes publiques de meubles.

123

JACQUES. Je ne m'y refuserai pas ; mais vous ne la croirez point.

3425 **LE MAÎTRE.** Elle est donc bien merveilleuse !

JACQUES. Non, c'est qu'elle est déjà arrivée à un autre, à un militaire français, appelé, je crois, monsieur de Guerchy.

LE MAÎTRE. Eh bien ! je dirai comme un poète français, qui avait fait une assez bonne épigramme[1], disait à quelqu'un qui se l'attri-
3430 buait en sa présence : « Pourquoi monsieur ne l'aurait-il pas faite ? je l'ai bien faite, moi… » Pourquoi l'histoire de Jacques ne serait-elle pas arrivée au camarade de son capitaine, puisqu'elle est bien arrivée au militaire français de Guerchy ? Mais, en me la racontant, tu feras d'une pierre deux coups, tu m'apprendras l'aventure de ces
3435 deux personnages, car je l'ignore.

JACQUES. Tant mieux ! mais jurez-le-moi.

LE MAÎTRE. Je te le jure.

Lecteur, je serais bien tenté d'exiger de vous le même serment ; mais je vous ferai seulement remarquer dans le caractère de
3440 Jacques une bizarrerie qu'il tenait apparemment de son grand-père Jason, le brocanteur silencieux ; c'est que Jacques, au rebours des bavards, quoiqu'il aimât beaucoup à dire, avait en aversion les redites. Aussi disait-il quelquefois à son maître : « Monsieur me prépare le plus triste avenir ; que deviendrai-je quand je n'aurai
3445 plus rien à dire ?
– Tu recommenceras.
– Jacques, recommencer ! Le contraire est écrit là-haut ; et s'il m'arrivait de recommencer, je ne pourrais m'empêcher de m'écrier : « Ah ! si ton grand-père t'entendait !… » et je regretterais le
3450 bâillon. » .

JACQUES. Dans le temps qu'on jouait aux jeux de hasard aux foires de Saint-Germain et de Saint-Laurent[2]…

LE MAÎTRE. Mais c'est à Paris, et le camarade de ton capitaine était commandant d'une place frontière.

---

1. **Épigramme :** court poème satirique et spirituel.
2. **Foires de Saint-Germain et de Saint-Laurent :** durant ces foires avaient lieu toutes sortes de divertissements et de spectacles, notamment le théâtre de la foire.

3455 **JACQUES.** Pour Dieu, monsieur, laissez-moi dire… Plusieurs officiers entrèrent dans une boutique, et y trouvèrent un autre officier
qui causait avec la maîtresse de la boutique. L'un d'eux proposa
à celui-ci de jouer au passe-dix[1] ; car il faut que vous sachiez
qu'après la mort de mon capitaine, son camarade, devenu riche,
3460 était aussi devenu joueur. Lui donc, ou M. de Guerchy, accepte.
Le sort met le cornet à la main de son adversaire qui passe, passe,
passe, que cela ne finissait point. Le jeu s'était échauffé, et l'on
avait joué le tout, le tout du tout, les petites moitiés, les grandes
moitiés, le grand tout, le grand tout du tout, lorsqu'un des assis-
3465 tants s'avisa de dire à M. de Guerchy, ou au camarade de mon
capitaine, qu'il ferait bien de s'en tenir là et de cesser de jouer,
parce qu'on en savait plus que lui. Sur ce propos, qui n'était qu'une
plaisanterie, le camarade de mon capitaine, ou M. de Guerchy, crut
qu'il avait affaire à un filou ; il mit subitement la main à sa poche,
3470 en tira un couteau bien pointu, et lorsque son antagoniste porta la
main sur les dés pour les placer dans le cornet, il lui plante le couteau dans la main, et la lui cloue sur la table, en lui disant : « Si les
dés sont pipés, vous êtes un fripon ; s'ils sont bons, j'ai tort… » Les
dés se trouvèrent bons. M. de Guerchy dit : « J'en suis très fâché,
3475 et j'offre telle réparation qu'on voudra… » Ce ne fut pas le propos
du camarade de mon capitaine ; il dit : « J'ai perdu mon argent ; j'ai
percé la main à un galant homme : mais en revanche j'ai recouvré
le plaisir de me battre tant qu'il me plaira… » L'officier cloué se
retire et va se faire panser. Lorsqu'il est guéri, il vient trouver l'offi-
3480 cier cloueur et lui demande raison ; celui-ci, ou M. de Guerchy,
trouve la demande juste. L'autre, le camarade de mon capitaine,
jette les bras à son cou, et lui dit : « Je vous attendais avec une
impatience que je ne saurais vous exprimer… » Ils vont sur le
pré ; le cloueur, M. de Guerchy, ou le camarade de mon capitaine,
3485 reçoit un bon coup d'épée à travers le corps ; le cloué le relève, le
fait porter chez lui et lui dit : « Monsieur, nous nous reverrons… »
M. de Guerchy ne répondit rien ; le camarade de mon capitaine lui
répondit : « Monsieur, j'y compte bien. » Ils se battent une seconde,
une troisième, jusqu'à huit ou dix fois, et toujours le cloueur reste

---

1. **Passe-dix :** jeu à trois dés ; il s'agit de parier si le total des points dépassera 10 ou non.

3490 sur place. C'étaient tous les deux des officiers de distinction, tous les deux gens de mérite ; leur aventure fit grand bruit ; le ministère s'en mêla. L'on retint l'un à Paris, et l'on fixa l'autre à son poste. M. de Guerchy se soumit aux ordres de la cour ; le camarade de mon capitaine en fut désolé ; et telle est la différence de deux 3495 hommes braves par caractère, mais dont l'un est sage, et l'autre a un grain de folie.

Jusqu'ici l'aventure de M. de Guerchy et du camarade de mon capitaine leur est commune : c'est la même ; et voilà la raison pour laquelle je les ai nommés tous deux, entendez-vous, mon maître ? 3500 Ici je vais les séparer et je ne vous parlerai plus que du camarade de mon capitaine, parce que le reste n'appartient qu'à lui. Ah ! monsieur, c'est ici que vous allez voir combien nous sommes peu maîtres de nos destinées, et combien il y a de choses bizarres écrites sur le grand rouleau !

3505 Le camarade de mon capitaine, ou le cloueur, sollicite la permission de faire un tour dans sa province : il l'obtient. Sa route était par Paris. Il prend place dans une voiture publique. À trois heures du matin, cette voiture passe devant l'Opéra ; on sortait du bal. Trois ou quatre jeunes étourdis masqués projettent d'aller déjeuner avec les 3510 voyageurs ; on arrive au point du jour à la déjeunée. On se regarde. Qui fut bien étonné ? Ce fut le cloué de reconnaître son cloueur. Celui-ci lui présente la main, l'embrasse et lui témoigne combien il est enchanté d'une si heureuse rencontre ; à l'instant ils passent derrière une grange, mettent l'épée à la main, l'un en redingote, 3515 l'autre en domino ; le cloueur, ou le camarade de mon capitaine, est encore jeté sur le carreau. Son adversaire envoie à son secours, se met à table avec ses amis et le reste de la carrossée, boit et mange gaiement. Les uns se disposaient à suivre leur route, et les autres à retourner dans la capitale, en masque et sur des chevaux de poste, 3520 lorsque l'hôtesse reparut et mit fin au récit de Jacques.

La voilà remontée, et je vous préviens, lecteur, qu'il n'est plus en mon pouvoir de la renvoyer. – Pourquoi donc ? – C'est qu'elle se présente avec deux bouteilles de champagne, une dans chaque main, et qu'il est écrit là-haut que tout orateur qui s'adressera à 3525 Jacques avec cet exorde s'en fera nécessairement écouter.

Elle entre, pose ses deux bouteilles sur la table, et dit : « Allons, monsieur Jacques, faisons la paix… » L'hôtesse n'était pas de la première jeunesse ; c'était une femme grande et replète, ingambe, de bonne mine, pleine d'embonpoint, la bouche un peu grande, mais de belles dents, des joues larges, des yeux à fleur de tête, le front carré, la plus belle peau, la physionomie ouverte, vive et gaie, les bras un peu forts, mais les mains superbes, des mains à peindre ou à modeler. Jacques la prit par le milieu du corps, et l'embrassa fortement ; sa rancune n'avait jamais tenu contre du bon vin et une belle femme ; cela était écrit là-haut de lui, de vous, lecteur, de moi et de beaucoup d'autres. « Monsieur, dit-elle au maître, est-ce que vous nous laisserez aller tout seuls ? Voyez, eussiez-vous encore cent lieues à faire, vous n'en boirez pas de meilleur de toute la route. » En parlant ainsi elle avait placé une des deux bouteilles entre ses genoux, et elle en tirait le bouchon ; ce fut avec une adresse singulière qu'elle en couvrit le goulot avec le pouce, sans laisser échapper une goutte de vin. « Allons, dit-elle à Jacques ; vite, vite, votre verre. » Jacques approche son verre ; l'hôtesse, en écartant son pouce un peu de côté, donne vent à la bouteille, et voilà le visage de Jacques tout couvert de mousse. Jacques s'était prêté à cette espièglerie, et l'hôtesse de rire et Jacques et son maître de rire. On but quelques rasades les unes sur les autres pour s'assurer de la sagesse de la bouteille, puis l'hôtesse dit : « Dieu merci ! ils sont tous dans leurs lits, on ne m'interrompra plus, et je puis reprendre mon récit. » Jacques, en la regardant avec des yeux dont le vin de Champagne avait augmenté la vivacité naturelle, lui dit ou à son maître : Notre hôtesse a été belle comme un ange ; qu'en pensez-vous, monsieur ?

LE MAÎTRE. A été ! Pardieu, Jacques, c'est qu'elle l'est encore !

JACQUES. Monsieur, vous avez raison ; c'est que je ne la compare pas à une autre femme, mais à elle-même quand elle était jeune.

L'HÔTESSE. Je ne vaux pas grand'chose à présent ; c'est lorsqu'on m'aurait prise entre les deux premiers doigts de chaque main qu'il me fallait voir ! On se détournait de quatre lieues pour séjourner ici. Mais laissons là les bonnes et les mauvaises têtes que j'ai tournées, et revenons à Mme de La Pommeraye.

JACQUES. Si nous buvions d'abord un coup aux mauvaises têtes que vous avez tournées, ou à ma santé ?

L'HÔTESSE. Très volontiers ; il y en avait qui en valaient la peine, en comptant ou sans compter la vôtre. Savez-vous que j'ai été

3565 pendant dix ans la ressource des militaires, en tout bien et tout honneur. J'en ai obligé nombre qui auraient eu bien de la peine à faire leur campagne sans moi. Ce sont de braves gens, je n'ai à me plaindre d'aucun, ni eux de moi. Jamais de billets ; ils m'ont fait quelquefois attendre ; au bout de deux, de trois, de quatre ans 3570 mon argent m'est revenu…

Et puis la voilà qui se met à faire l'énumération des officiers qui lui avaient fait l'honneur de puiser dans sa bourse, et monsieur un tel, colonel du régiment de***, et monsieur un tel, capitaine au régiment de***, et voilà Jacques qui se met à faire un cri : Mon capi-
3575 taine ! mon pauvre capitaine ! vous l'avez connu ?

L'HÔTESSE. Si je l'ai connu ? un grand homme, bien fait, un peu sec, l'air noble et sévère, le jarret bien tendu, deux petits points rouges à la tempe droite. Vous avez donc servi ?

JACQUES. Si j'ai servi !

3580 **L'HÔTESSE.** Je vous en aime davantage ; il doit vous rester de bonnes qualités de votre premier état. Buvons à la santé de votre capitaine.

JACQUES. S'il est encore vivant.

L'HÔTESSE. Mort ou vivant, qu'est-ce que cela fait ? Est-ce qu'un
3585 militaire n'est pas fait pour être tué ? Est-ce qu'il ne doit pas être enragé, après dix sièges et cinq ou six batailles, de mourir au milieu de cette canaille de gens noirs[1] !… Mais revenons à notre histoire, et buvons encore un coup.

LE MAÎTRE. Ma foi, notre hôtesse, vous avez raison.

3590 **L'HÔTESSE.** Je suis bien aise que vous pensiez ainsi.

LE MAÎTRE. Car votre vin est excellent.

L'HÔTESSE. Ah ! c'est de mon vin que vous parliez ? Eh bien ! vous avez encore raison. Vous rappelez-vous où nous en étions ?

LE MAÎTRE. Oui, à la conclusion de la plus perfide des confidences.

3595 **L'HÔTESSE.** M. le marquis des Arcis et Mme de La Pommeraye s'embrassèrent, enchantés l'un de l'autre, et se séparèrent. Plus la

---

1. **Gens noirs :** l'expression désigne ici des prêtres.

dame s'était contrainte en sa présence, plus sa douleur fut violente quand il fut parti. Il n'est donc que trop vrai, s'écria-t-elle, il ne m'aime plus !... Je ne vous ferai point le détail de toutes nos extravagances quand on nous délaisse, vous en seriez trop vains. Je vous ai dit que cette femme avait de la fierté ; mais elle était bien autrement vindicative. Lorsque les premières fureurs furent calmées, et qu'elle jouit de toute la tranquillité de son indignation, elle songea à se venger, mais à se venger d'une manière cruelle, d'une manière à effrayer tous ceux qui seraient tentés à l'avenir de séduire et de tromper une honnête femme. Elle s'est vengée, elle s'est cruellement vengée ; sa vengeance a éclaté et n'a corrigé personne ; nous n'en avons pas été depuis moins vilainement séduites et trompées.

JACQUES. Bon pour les autres, mais vous !...

L'HÔTESSE. Hélas ! moi toute la première. Oh ! que nous sommes sottes ! Encore si ces vilains hommes gagnaient au change ! Mais laissons cela. Que fera-t-elle ? Elle n'en sait encore rien ; elle y rêvera ; elle y rêve.

JACQUES. Si tandis qu'elle y rêve...

L'HÔTESSE. C'est bien dit. Mais nos deux bouteilles sont vides... *(Jean. – Madame. – Deux bouteilles, de celles qui sont tout au fond, derrière les fagots. – J'entends.)* À force d'y rêver, voici ce qui lui vint en idée. Mme de La Pommeraye avait autrefois connu une femme de province qu'un procès avait appelée à Paris, avec sa fille, jeune, belle et bien élevée. Elle avait appris que cette femme, ruinée par la perte de son procès, en avait été réduite à tenir tripot[1]. On s'assemblait chez elle, on jouait, on soupait, et communément un ou deux des convives restaient, passaient la nuit avec madame et mademoiselle, à leur choix. Elle mit un de ses gens en quête de ces créatures. On les déterra, on les invita à faire visite à Mme de La Pommeraye, qu'elles se rappelaient à peine. Ces femmes, qui avaient pris le nom de Mme et de Mlle d'Aisnon, ne se firent pas attendre ; dès le lendemain, la mère se rendit chez Mme de La Pommeraye.

---

1. **Tripot :** maison de jeu ; on en accordait parfois la direction à des femmes nobles ruinées.

3630 Après les premiers compliments, Mme de La Pommeraye demanda
à la d'Aisnon ce qu'elle avait fait, ce qu'elle faisait depuis la perte
de son procès.

« Pour vous parler avec sincérité, lui répondit la d'Aisnon, je fais
un métier périlleux, infâme, peu lucratif, et qui me déplaît, mais la
3635 nécessité contraint la loi. J'étais presque résolue à mettre ma fille à
l'Opéra[1], mais elle n'a qu'une petite voix de chambre, et n'a jamais
été qu'une danseuse médiocre. Je l'ai promenée, pendant et après
mon procès, chez des magistrats, chez des grands, chez des pré-
lats, chez des financiers, qui s'en sont accommodés pour un terme
3640 et qui l'ont laissée là. Ce n'est pas qu'elle ne soit belle comme un
ange, qu'elle n'ait de la finesse, de la grâce ; mais aucun esprit
de libertinage, rien de ces talents propres à réveiller la langueur
d'hommes blasés. Mais ce qui nous a le plus nui, c'est qu'elle s'était
entêtée d'un petit abbé de qualité, impie, incrédule, dissolu, hypo-
3645 crite, antiphilosophe[2], que je ne vous nommerai pas ; mais c'est le
dernier de ceux qui, pour arriver à l'épiscopat, ont pris la route qui
est en même temps la plus sûre et qui demande le moins de talent.
Je ne sais ce qu'il faisait entendre à ma fille, à qui il venait lire tous les
matins les feuillets de son dîner, de son souper, de sa rapsodie[3]. Sera-
3650 t-il évêque, ne le sera-t-il pas ? Heureusement ils se sont brouillés. Ma
fille lui ayant demandé un jour s'il connaissait ceux contre lesquels il
écrivait, et l'abbé lui ayant répondu que non ; s'il avait d'autres sentiments que ceux qu'il ridiculisait, et l'abbé lui ayant répondu que non,
elle se laissa emporter à sa vivacité, et lui représenta que son rôle était
3655 celui du plus méchant et du plus faux des hommes. »

Mme de La Pommeraye lui demanda si elles étaient fort connues.

« Beaucoup trop, malheureusement.

– À ce que je vois, vous ne tenez point à votre état ?

– Aucunement, et ma fille me proteste tous les jours que la condi-
3660 tion la plus malheureuse lui paraît préférable à la sienne ; elle en
est d'une mélancolie qui achève d'éloigner d'elle…

---

1. **Mettre ma fille à l'Opéra :** la prostituer.
2. **Antiphilosophe :** adversaire des philosophes des Lumières.
3. **Rapsodie :** s'écrit aussi *rhapsodie*. Dans l'Antiquité, morceaux épiques récités par
   les rhapsodes. Par extension, tout ce qui est fait de plusieurs morceaux. Le terme
   est ici employé péjorativement.

– Si je me mettais en tête de vous faire à l'une et à l'autre le sort le plus brillant, vous y consentiriez donc ?

– À bien moins.

3665 – Mais il s'agit de savoir si vous pouvez me promettre de vous conformer à la rigueur des conseils que je vous donnerai.

– Quels qu'ils soient vous pouvez y compter.

– Et vous serez à mes ordres quand il me plaira ?

– Nous les attendrons avec impatience.

3670 – Cela me suffit ; retournez-vous-en ; vous ne tarderez pas à les recevoir. En attendant, défaites-vous de vos meubles, vendez tout, ne réservez pas même vos robes, si vous en avez de voyantes : cela ne cadrerait point à mes vues. »

Jacques, qui commençait à s'intéresser, dit à l'hôtesse : Et si nous 3675 buvions à la santé de Mme de La Pommeraye ?

L'HÔTESSE. Volontiers.

JACQUES. Et à celle de Mme d'Aisnon.

L'HÔTESSE. Tope.

JACQUES. Et vous ne refuserez pas celle de Mlle d'Aisnon, qui a 3680 une jolie voix de chambre, peu de talents pour la danse, et une mélancolie qui la réduit à la triste nécessité d'accepter un nouvel amant tous les soirs.

L'HÔTESSE. Ne riez pas, c'est la plus cruelle chose. Si vous saviez le supplice quand on n'aime pas !...

3685 **JACQUES.** À Mlle d'Aisnon, à cause de son supplice.

L'HÔTESSE. Allons.

JACQUES. Notre hôtesse, aimez-vous votre mari ?

L'HÔTESSE. Pas autrement.

JACQUES. Vous êtes donc bien à plaindre ; car il me semble d'une 3690 belle santé.

L'HÔTESSE. Tout ce qui reluit n'est pas or.

JACQUES. À la belle santé de notre hôte.

L'HÔTESSE. Buvez tout seul.

LE MAÎTRE. Jacques, Jacques, mon ami, tu te presses beaucoup.

3695 **L'HÔTESSE.** Ne craignez rien, monsieur, il est loyal ; et demain il n'y paraîtra pas.

JACQUES. Puisqu'il n'y paraîtra pas demain, et que je ne fais pas ce soir grand cas de ma raison, mon maître, ma belle hôtesse, encore une santé, une santé qui me tient fort à cœur, c'est celle de l'abbé
3700 de Mlle d'Aisnon.

L'HÔTESSE. Fi donc, monsieur Jacques ; un hypocrite, un ambitieux, un ignorant, un calomniateur, un intolérant ; car c'est comme cela qu'on appelle, je crois, ceux qui égorgeraient volontiers quiconque ne pense point comme eux.

3705 **LE MAÎTRE.** C'est que vous ne savez pas, notre hôtesse, que Jacques que voilà est une espèce de philosophe, et qu'il fait un cas infini de ces petits imbéciles qui se déshonorent eux-mêmes et la cause qu'ils défendent si mal. Il dit que son capitaine les appelait le contrepoison des Huet, des Nicole, des Bossuet. Il n'entendait rien
3710 à cela, ni vous non plus… Votre mari est-il couché ?

L'HÔTESSE. Il y a belle heure !

LE MAÎTRE. Et il vous laisse causer comme cela ?

L'HÔTESSE. Nos maris sont aguerris… Mme de La Pommeraye monte dans son carrosse, court les faubourgs les plus éloignés du
3715 quartier de la d'Aisnon, loue un petit appartement en maison honnête, dans le voisinage de la paroisse, le fait meubler le plus succinctement qu'il est possible, invite la d'Aisnon et sa fille à dîner, et les installe, ou le jour même, ou quelques jours après, leur laissant un précis de la conduite qu'elles ont à tenir.

3720 **JACQUES.** Notre hôtesse, nous avons oublié la santé de Mme de La Pommeraye, celle du marquis des Arcis ; ah ! cela n'est pas honnête.

L'HÔTESSE. Allez, allez, monsieur Jacques, la cave n'est pas vide… Voici ce précis, ou ce que j'en ai retenu : « Vous ne fréquenterez point les promenades publiques, car il ne faut pas qu'on vous découvre.
3725 Vous ne recevrez personne, pas même vos voisins et vos voisines, parce qu'il faut que vous affectiez la plus profonde retraite.
Vous prendrez, dès demain, l'habit de dévotes, parce qu'il faut qu'on vous croie telles.
Vous n'aurez chez vous que des livres de dévotion, parce qu'il ne
3730 faut rien autour de vous qui puisse vous trahir.

Vous serez de la plus grande assiduité aux offices de la paroisse, jours de fêtes et jours ouvrables.

Vous vous intriguerez pour avoir entrée au parloir de quelque couvent ; le bavardage de ces recluses ne nous sera pas inutile.

3735 Vous ferez connaissance étroite avec le curé et les prêtres de la paroisse, parce que je puis avoir besoin de leur témoignage.

Vous n'en recevrez d'habitude aucun.

Vous irez à confesse et vous approcherez des sacrements au moins deux fois le mois.

3740 Vous reprendrez votre nom de famille, parce qu'il est honnête, et qu'on fera tôt ou tard des informations dans votre province.

Vous ferez de temps en temps quelques petites aumônes, et vous n'en recevrez point, sous quelque prétexte que ce puisse être. Il faut qu'on ne vous croie ni pauvres ni riches.

3745 Vous filerez, vous coudrez, vous tricoterez, vous broderez, et vous donnerez aux dames de charité votre ouvrage à vendre.

Vous vivrez de la plus grande sobriété ; deux petites portions d'auberge ; et puis c'est tout.

Votre fille ne sortira jamais sans vous, ni vous sans elle.

3750 De tous les moyens d'édifier à peu de frais, vous n'en négligerez aucun. Surtout jamais chez vous, je vous le répète, ni prêtres, ni moines, ni dévotes.

Vous irez dans les rues les yeux baissés ; à l'église, vous ne verrez que Dieu.

3755 J'en conviens, cette vie est austère, mais elle ne durera pas, et je vous en promets la plus signalée récompense. Voyez, consultez-vous : si cette contrainte vous paraît au-dessus de vos forces, avouez-le-moi ; je n'en serai ni offensée, ni surprise. J'oubliais de vous dire qu'il serait à propos que vous vous fissiez un verbiage de la mysticité,

3760 et que l'histoire de l'Ancien et du Nouveau Testament vous devînt familière, afin qu'on vous prenne pour des dévotes d'ancienne date. Faites-vous jansénistes ou molinistes[1], comme il vous plaira ; mais le

---

1. **Molinistes :** partisans du molinisme. Doctrine élaborée par un jésuite espagnol, Luis Molina (1536-1600), professeur de théologie à Evora (Portugal), dont la thèse remplace la grâce « efficace » par une grâce « suffisante » à laquelle l'homme doit librement consentir : la prédestination est « en prévision des mérites », mais ce sont finalement ces mérites qui assurent le salut. C'est ce que réfutent les jansénistes, partisans d'une prédestination stricte des âmes.

mieux sera d'avoir l'opinion de votre curé. Ne manquez pas, à tort et à travers, dans toute occasion, de vous déchaîner contre les philoso-
3765 phes ; criez que Voltaire est l'Antéchrist, sachez par cœur l'ouvrage de votre petit abbé, et colportez-le, s'il le faut… ».

Mme de La Pommeraye ajouta : « Je ne vous verrai point chez vous ; je ne suis pas digne du commerce d'aussi saintes femmes ; mais n'en ayez aucune inquiétude : vous viendrez ici clandestine-
3770 ment quelquefois, et nous nous dédommagerons, en petit comité, de votre régime pénitent. Mais, tout en jouant la dévotion, n'allez pas vous en empêtrer. Quant aux dépenses de votre petit ménage, c'est mon affaire. Si mon projet réussit, vous n'aurez plus besoin de moi : s'il manque sans qu'il y ait de votre faute, je suis assez riche
3775 pour vous assurer un sort honnête et meilleur que l'état que vous m'aurez sacrifié. Mais surtout soumission, soumission absolue, illimitée à mes volontés, sans quoi je ne réponds de rien pour le présent, et ne m'engage à rien pour l'avenir. »

LE MAÎTRE, *en frappant sur sa tabatière et regardant à sa montre*
3780 *l'heure qu'il est.* – Voilà une terrible tête de femme ! Dieu me garde d'en rencontrer une pareille.

L'HÔTESSE. Patience, patience, vous ne la connaissez pas encore.

JACQUES. En attendant, ma belle, notre charmante hôtesse, si nous disions un mot à la bouteille ?

3785 **L'HÔTESSE.** Monsieur Jacques, mon vin de Champagne m'embellit à vos yeux.

LE MAÎTRE. Je suis pressé depuis si longtemps de vous faire une question, peut-être indiscrète, que je n'y saurais plus tenir.

L'HÔTE. Faites votre question.

3790 **LE MAÎTRE.** Je suis sûr que vous n'êtes pas née dans une hôtellerie.

L'HÔTESSE. Il est vrai.

LE MAÎTRE. Que vous y avez été conduite d'un état plus élevé par des circonstances extraordinaires.

L'HÔTESSE. J'en conviens.

3795 **LE MAÎTRE.** Et si nous suspendions un moment l'histoire de Mme de La Pommeraye…

L'HÔTESSE. Cela ne se peut. Je raconte volontiers les aventures des autres, mais non pas les miennes. Sachez seulement que j'ai été élevée à Saint-Cyr, où j'ai peu lu l'Évangile et beaucoup de romans. De l'abbaye royale à l'auberge que je tiens il y a loin.

LE MAÎTRE. Il suffit ; prenez que je ne vous aie rien dit.

L'HÔTESSE. Tandis que nos deux dévotes édifiaient, et que la bonne odeur de leur piété et de la sainteté de leurs mœurs se répandait à la ronde, Mme de La Pommeraye observait avec le marquis les démonstrations extérieures de l'estime, de l'amitié, de la confiance la plus parfaite. Toujours bien venu, jamais ni grondé, ni boudé, même après de longues absences : il lui racontait toutes ses petites bonnes fortunes, et elle paraissait s'en amuser franchement. Elle lui donnait ses conseils dans les occasions d'un succès difficile ; elle lui jetait quelquefois des mots de mariage, mais c'était d'un ton si désintéressé, qu'on ne pouvait la soupçonner de parler pour elle. Si le marquis lui adressait quelques-uns de ces propos tendres ou galants dont on ne peut guère se dispenser avec une femme qu'on a connue, ou elle en souriait, ou elle les laissait tomber. À l'en croire, son cœur était paisible ; et, ce qu'elle n'aurait jamais imaginé, elle éprouvait qu'un ami tel que lui suffisait au bonheur de la vie ; et puis elle n'était plus de la première jeunesse, et ses goûts étaient bien émoussés.

« Quoi ! vous n'avez rien à me confier ?

– Non.

– Mais le petit comte, mon amie, qui vous pressait si vivement de mon règne ?

– Je lui ai fermé ma porte, et je ne le vois plus.

– C'est d'une bizarrerie ! Et pourquoi l'avoir éloigné ?

– C'est qu'il ne me plaît pas.

– Ah ! madame, je crois vous deviner : vous m'aimez encore.

– Cela se peut.

– Vous comptez sur un retour.

– Pourquoi non ?

– Et vous vous ménagez tous les avantages d'une conduite sans reproche.

– Je le crois.

– Et si j'avais le bonheur ou le malheur de reprendre, vous vous feriez au moins un mérite du silence que vous garderiez sur mes torts.

– Vous me croyez bien délicate et bien généreuse.

3835 – Mon amie, après ce que vous avez fait, il n'est aucune sorte d'héroïsme dont vous ne soyez capable.

– Je ne suis pas trop fâchée que vous le pensiez.

– Ma foi, je cours le plus grand danger avec vous, j'en suis sûr. »

JACQUES. Et moi aussi.

3840 **L'HÔTESSE.** Il y avait environ trois mois qu'ils en étaient au même point, lorsque Mme de La Pommeraye crut qu'il était temps de mettre en jeu ses grands ressorts. Un jour d'été qu'il faisait beau, et qu'elle attendait le marquis à dîner, elle fit dire à la d'Aisnon et à sa fille de se rendre au Jardin du Roi. Le marquis vint ; on servit de

3845 bonne heure ; on dîna : on dîna gaiement. Après dîner, Mme de La Pommeraye propose une promenade au marquis, s'il n'avait rien de plus agréable à faire. Il n'y avait ce jour-là ni Opéra, ni comédie ; ce fut le marquis qui en fit la remarque ; et pour se dédommager d'un spectacle amusant par un spectacle utile, le hasard voulut que ce

3850 fut lui-même qui invita la marquise à aller voir le Cabinet du Roi[1]. Il ne fut pas refusé, comme vous pensez bien. Voilà les chevaux mis ; les voilà partis ; les voilà arrivés au Jardin du Roi ; et les voilà mêlés dans la foule, regardant tout, et ne voyant rien, comme les autres.

Lecteur, j'avais oublié de vous peindre le site des trois personnages

3855 dont il s'agit ici. Jacques, son maître et l'hôtesse ; faute de cette attention, vous les avez entendus parler, mais vous ne les avez point vus ; il vaut mieux tard que jamais. Le maître, à gauche, en bonnet de nuit, en robe de chambre, était étalé nonchalamment dans un grand fauteuil de tapisserie, son mouchoir jeté sur le bras du fau-

3860 teuil, et sa tabatière à la main. L'hôtesse sur le fond, en face de la porte, proche la table, son verre devant elle. Jacques, sans chapeau, à sa droite, les deux coudes appuyés sur la table, et la tête penchée entre deux bouteilles : deux autres étaient à terre à côté de lui.

Au sortir du Cabinet, le marquis et sa bonne amie se promenèrent

3865 dans le jardin. Ils suivaient la première allée qui est à droite en entrant, proche l'école des arbres, lorsque Mme de La Pommeraye fit un cri de surprise, en disant : « Je ne me trompe pas, je crois que ce sont elles ; oui, ce sont elles-mêmes. »

---

1. **Cabinet du Roi :** créé en 1667, il renfermait des estampes réunies par Louis XIV.

Aussitôt, on quitte le marquis, et l'on s'avance à la rencontre de
nos deux dévotes. La d'Aisnon fille était à ravir sous ce vêtement
simple, qui, n'attirant point le regard, fixe l'attention tout entière
sur la personne. « Ah ! c'est vous, madame ?

– Oui, c'est moi.

– Et comment vous portez-vous, et qu'êtes-vous devenue depuis
une éternité ?

– Vous savez nos malheurs ; il a fallu s'y résigner, et vivre retirées
comme il convenait à notre petite fortune ; sortir du monde, quand
on ne peut plus s'y montrer décemment.

– Mais, moi, me délaisser, moi qui ne suis pas du monde, et qui ai
toujours le bon esprit de le trouver aussi maussade qu'il l'est !

– Un des inconvénients de l'infortune, c'est la méfiance qu'elle inspire : les indigents craignent d'être importuns.

– Vous, importunes pour moi ! ce soupçon est une bonne injure.

– Madame, j'en suis tout à fait innocente, je vous ai rappelée dix
fois à maman, mais elle me disait : Mme de La Pommeraye… personne, ma fille, ne pense plus à nous.

– Quelle injustice ! Asseyons-nous, nous causerons. Voilà M. le
marquis des Arcis ; c'est mon ami ; et sa présence ne nous gênera
pas. Comme mademoiselle est grandie ! comme elle est embellie
depuis que nous ne nous sommes vues !

– Notre position a cela d'avantageux qu'elle nous prive de tout
ce qui nuit à la santé : voyez son visage, voyez ses bras ; voilà ce
qu'on doit à la vie frugale et réglée, au sommeil, au travail, à la
bonne conscience ; et c'est quelque chose… »

On s'assit, on s'entretint d'amitié. La d'Aisnon mère parla bien, la
d'Aisnon fille parla peu. Le ton de la dévotion fut celui de l'une et
de l'autre, mais avec aisance et sans pruderie. Longtemps avant la
chute du jour nos deux dévotes se levèrent. On leur représenta
qu'il était encore de bonne heure ; la d'Aisnon mère dit assez haut,
à l'oreille de Mme de La Pommeraye, qu'elles avaient encore un
exercice de piété à remplir, et qu'il leur était impossible de rester
plus longtemps. Elles étaient déjà à quelque distance, lorsque
Mme de La Pommeraye se reprocha de ne leur avoir pas demandé
leur demeure, et de ne leur avoir pas appris la sienne : « C'est
une faute, ajouta-t-elle, que je n'aurais pas commise autrefois. »
Le marquis courut pour la réparer ; elles acceptèrent l'adresse de

Mme de La Pommeraye, mais, quelles que furent les instances du marquis, il ne put obtenir la leur. Il n'osa pas leur offrir sa voiture, en avouant à Mme de La Pommeraye qu'il en avait été tenté.

3910 Le marquis ne manqua pas de demander à Mme de La Pommeraye ce que c'étaient que ces deux femmes.

« Ce sont deux créatures plus heureuses que nous. Voyez la belle santé dont elles jouissent ! la sérénité qui règne sur leur visage ! l'innocence, la décence qui dictent leurs propos ! On ne voit point 3915 cela, on n'entend point cela dans nos cercles. Nous plaignons les dévots ; les dévots nous plaignent : et à tout prendre, je penche à croire qu'ils ont raison.

– Mais, marquise, est-ce que vous seriez tentée de devenir dévote ?

– Pourquoi pas ?

3920 – Prenez-y garde, je ne voudrais pas que notre rupture, si c'en est une, vous menât jusque-là.

– Et vous aimeriez mieux que je rouvrisse ma porte au petit comte ?

– Beaucoup mieux.

– Et vous me le conseilleriez ?

3925 – Sans balancer… »

Mme de La Pommeraye dit au marquis ce qu'elle savait du nom, de la province, du premier état et du procès des deux dévotes, y mettant tout l'intérêt et tout le pathétique possible, puis elle ajouta : « Ce sont deux femmes d'un mérite rare, la fille surtout. 3930 Vous concevez qu'avec une figure comme la sienne on ne manque de rien ici quand on veut en faire ressource ; mais elles ont préféré une honnête modicité à une aisance honteuse ; ce qui leur reste est si mince, qu'en vérité je ne sais comment elles font pour subsister. Cela travaille nuit et jour. Supporter l'indigence quand on y est 3935 né, c'est ce qu'une multitude d'hommes savent faire ; mais passer de l'opulence au plus étroit nécessaire, s'en contenter, y trouver la félicité, c'est ce que je ne comprends pas. Voilà à quoi sert la religion. Nos philosophes auront beau dire, la religion est une bonne chose.

3940 – Surtout pour les malheureux.

– Et qui est-ce qui ne l'est pas plus ou moins ?

– Je veux mourir si vous ne devenez dévote.

– Le grand malheur ! Cette vie est si peu de chose quand on la compare à une éternité à venir !

3945 – Mais vous parlez déjà comme un missionnaire.

– Je parle comme une femme persuadée. Là, marquis, répondez-moi vrai ; toutes nos richesses ne seraient-elles pas de bien pauvres guenilles à nos yeux, si nous étions plus pénétrés de l'attente des biens et de la crainte des peines d'une autre vie ? Corrompre une 3950 jeune fille ou une femme attachée à son mari, avec la croyance qu'on peut mourir entre ses bras, et tomber tout à coup dans des supplices sans fin, convenez que ce serait le plus incroyable délire.

– Cela se fait pourtant tous les jours.

– C'est qu'on n'a point de foi, c'est qu'on s'étourdit.

3955 – C'est que nos opinions religieuses ont peu d'influence sur nos mœurs. Mais, mon amie, je vous jure que vous vous acheminez à toutes jambes au confessionnal.

– C'est bien ce que je pourrais faire de mieux.

– Allez, vous êtes folle ; vous avez encore une vingtaine d'années 3960 de jolis péchés à faire : n'y manquez pas ; ensuite vous vous en repentirez, et vous irez vous en vanter aux pieds du prêtre, si cela vous convient… Mais voilà une conversation d'un tour bien sérieux ; votre imagination se noircit furieusement, et c'est l'effet de cette abominable solitude où vous vous êtes renfoncée. Croyez-3965 moi, rappelez au plus tôt le petit comte, vous ne verrez plus ni diable, ni enfer, et vous serez charmante comme auparavant. Vous craignez que je vous le reproche si nous nous raccommodons jamais ; mais d'abord nous ne nous raccommoderons peut-être pas ; et par une appréhension bien ou mal fondée, vous vous pri-3970 vez du plaisir le plus doux ; et, en vérité, l'honneur de valoir mieux que moi ne vaut pas ce sacrifice.

– Vous dites bien vrai, aussi n'est-ce pas là ce qui me retient…

Ils dirent encore beaucoup d'autres choses que je ne me rappelle pas.

3975 **JACQUES.** Notre hôtesse, buvons un coup : cela rafraîchit la mémoire.

L'HÔTESSE. Buvons un coup… Après quelques tours d'allées, Mme de La Pommeraye et le marquis remontèrent en voiture. Mme de La Pommeraye dit : « Comme cela me vieillit ! Quand cela vint à Paris, cela n'était pas plus haut qu'un chou.

3980 – Vous parlez de la fille de cette dame que nous avons trouvée à la promenade ?

– Oui. C'est comme dans un jardin où les roses fanées font place aux roses nouvelles. L'avez-vous regardée ?

– Je n'y ai pas manqué.

3985 – Comment la trouvez-vous ?

– C'est la tête d'une vierge de Raphaël sur le corps de sa *Galathée*[1] ; et puis une douceur dans la voix !

– Une modestie dans le regard !

– Une bienséance dans le maintien !

3990 – Une décence dans le propos qui ne m'a frappée dans aucune fille comme dans celle-là. Voilà l'effet de l'éducation.

– Lorsqu'il est préparé par un bon naturel. »

Le marquis déposa Mme de La Pommeraye à sa porte ; et Mme de La Pommeraye n'eut rien de plus pressé que de témoigner à nos

3995 deux dévotes combien elle était satisfaite de la manière dont elles avaient rempli leur rôle.

JACQUES. Si elles continuent comme elles ont débuté, monsieur le marquis des Arcis, fussiez-vous le diable, vous ne vous en tirerez pas.

4000 **LE MAÎTRE.** Je voudrais bien savoir quel est leur projet.

JACQUES. Moi, j'en serais bien fâché : cela gâterait tout.

L'HÔTESSE. De ce jour, le marquis devint plus assidu chez Mme de La Pommeraye, qui s'en aperçut sans lui en demander la raison. Elle ne lui parlait jamais la première des deux dévotes ; elle atten-

4005 dait qu'il entamât ce texte : ce que le marquis faisait toujours d'impatience et avec une indifférence mal simulée.

LE MARQUIS. Avez-vous vu vos amies ?

MADAME DE LA POMMERAYE. Non.

LE MARQUIS. Savez-vous que cela n'est pas trop bien ? Vous êtes

4010 riche : elles sont dans le malaise ; et vous ne les invitez pas même à manger quelquefois !

MADAME DE LA POMMERAYE. Je me croyais un peu mieux connue de monsieur le marquis. L'amour autrefois me prêtait des vertus ; aujourd'hui l'amitié me prête des défauts. Je les ai invitées dix

---

1. *Galathée* : fresque du palais de la Farnésine, à Rome.

4015 fois sans avoir pu les obtenir une. Elles refusent de venir chez moi, par des idées singulières ; et quand je les visite, il faut que je laisse mon carrosse à l'entrée de la rue et que j'aille en déshabillé, sans rouge et sans diamants. Il ne faut pas trop s'étonner de leur circonspection : un faux rapport suffirait pour aliéner l'esprit d'un 4020 certain nombre de personnes bienfaisantes et les priver de leurs secours. Marquis, le bien apparemment coûte beaucoup à faire.

LE MARQUIS. Surtout aux dévots.

MADAME DE LA POMMERAYE. Puisque le plus léger prétexte suffit pour les en dispenser. Si l'on savait que j'y prends intérêt, 4025 bientôt on dirait : Mme de La Pommeraye les protège : elles n'ont besoin de rien… Et voilà les charités supprimées.

LE MARQUIS. Les charités ?

MADAME DE LA POMMERAYE. Oui, monsieur, les charités !

LE MARQUIS. Vous les connaissez, et elles en sont aux charités ?

4030 **MADAME DE LA POMMERAYE.** Encore une fois, marquis, je vois bien que vous ne m'aimez plus, et qu'une partie de votre estime s'en est allée avec votre tendresse. Et qui est-ce qui vous a dit que, si ces femmes étaient dans le besoin des aumônes de la paroisse, c'était de ma faute ?

4035 **LE MARQUIS.** Pardon, madame, mille pardons, j'ai tort. Mais quelle raison de se refuser à la bienveillance d'une amie ?

MADAME DE LA POMMERAYE. Ah ! marquis, nous sommes bien loin, nous autres gens du monde, de connaître les délicatesses scrupuleuses des âmes timorées. Elles ne croient pas pouvoir 4040 accepter les secours de toute personne indistinctement.

LE MARQUIS. C'est nous ôter le meilleur moyen d'expier nos folles dissipations.

MADAME DE LA POMMERAYE. Point du tout. Je suppose, par exemple, que monsieur le marquis des Arcis fût touché de compas-4045 sion pour elles ; que ne fait-il passer ces secours par des mains plus dignes ?

LE MARQUIS. Et moins sûres.

MADAME DE LA POMMERAYE. Cela se peut.

LE MARQUIS. Dites-moi, si je leur envoyais une vingtaine de louis, 4050 croyez-vous qu'elles les refuseraient ?

MADAME DE LA POMMERAYE. J'en suis sûre ; et ce refus vous semblerait déplacé dans une mère qui a un enfant charmant ?

LE MARQUIS. Savez-vous que j'ai été tenté de les aller voir ?

MADAME DE LA POMMERAYE. Je le crois. Marquis, marquis, 4055 prenez garde à vous ; voilà un mouvement de compassion bien subit et bien suspect.

LE MARQUIS. Quoi qu'il en soit, m'auraient-elles reçu ?

MADAME DE LA POMMERAYE. Non certes ! Avec l'éclat de votre voiture, de vos habits, de vos gens et les charmes de la jeune per-4060 sonne, il n'en fallait pas davantage pour apprêter au caquet des voisins, des voisines et les perdre.

LE MARQUIS. Vous me chagrinez ; car, certes, ce n'était pas mon dessein. Il faut donc renoncer à les secourir et à les voir ?

MADAME DE LA POMMERAYE. Je le crois.

4065 **LE MARQUIS.** Mais si je leur faisais passer mes secours par votre moyen ?

MADAME DE LA POMMERAYE. Je ne crois pas ces secours-là assez purs pour m'en charger.

LE MARQUIS. Voilà qui est cruel !

4070 **MADAME DE LA POMMERAYE.**Oui, cruel : c'est le mot.

LE MARQUIS. Quelle vision ! marquise, vous vous moquez. Une jeune fille que je n'ai jamais vue qu'une fois…

MADAME DE LA POMMERAYE. Mais du petit nombre de celles qu'on n'oublie pas quand on les a vues

4075 **LE MARQUIS.** Il est vrai que ces figures-là vous suivent.

MADAME DE LA POMMERAYE. Marquis, prenez garde à vous ; vous vous préparez des chagrins ; et j'aime mieux avoir à vous en garantir que d'avoir à vous en consoler. N'allez pas confondre celle-ci avec celles que vous avez connues : cela ne se ressemble 4080 pas ; on ne les tente pas, on ne les séduit pas, on n'en approche pas, elles n'écoutent pas, on n'en vient pas à bout. »

Après cette conversation, le marquis se rappela tout à coup qu'il avait une affaire pressée ; il se leva brusquement et sortit soucieux. Pendant un assez long intervalle de temps, le marquis ne passa presque pas un jour sans voir Mme de La Pommeraye ; mais il arrivait, il s'asseyait, il gardait le silence ; Mme de La Pommeraye parlait seule ; le marquis, au bout d'un quart d'heure, se levait et s'en allait.

Il fit ensuite une éclipse de près d'un mois, après laquelle il reparut ; mais triste, mais mélancolique, mais défait. La marquise, en le voyant, lui dit : « Comme vous voilà fait ! d'où sortez-vous ? Est-ce que vous avez passé tout ce temps en petite maison ?

LE MARQUIS. Ma foi, à peu près. De désespoir, je me suis précipité dans un libertinage affreux.

MADAME DE LA POMMERAYE. Comment ! de désespoir ?

LE MARQUIS. Oui, de désespoir… »

Après ce mot, il se mit à se promener en long et en large sans mot dire ; il allait aux fenêtres, il regardait le ciel, il s'arrêtait devant Mme de La Pommeraye ; il allait à la porte, il appelait ses gens à qui il n'avait rien à dire ; il les renvoyait ; il rentrait ; il revenait à Mme de La Pommeraye, qui travaillait sans l'apercevoir ; il voulait parler, il n'osait ; enfin Mme de La Pommeraye en eut pitié, et lui dit : « Qu'avez-vous ? On est un mois sans vous voir ; vous reparaissez avec un visage de déterré et vous rôdez comme une âme en peine.

LE MARQUIS. Je n'y puis plus tenir, il faut que je vous dise tout. J'ai été vivement frappé de la fille de votre amie ; j'ai tout, mais tout fait pour l'oublier ; et plus j'ai fait, plus je m'en suis souvenu. Cette créature angélique m'obsède ; rendez-moi un service important.

MADAME DE LA POMMERAYE. Quel ?

LE MARQUIS. Il faut absolument que je la revoie et que je vous en aie l'obligation. J'ai mis mes grisons[1] en campagne. Toute leur venue, toute leur allée est de chez elles à l'église et de l'église chez

---

1. **Grisons :** un grison est un valet qui quittait sa livrée pour se vêtir de gris et remplir des missions secrètes.

elles. Dix fois je me suis présenté à pied sur leur chemin ; elles ne
m'ont seulement pas aperçu ; je me suis planté sur leur porte inutilement. Elles m'ont d'abord rendu libertin comme un sapajou[1], puis
dévot comme un ange ; je n'ai pas manqué la messe une fois depuis
quinze jours. Ah ! mon amie, quelle figure ! qu'elle est belle !... »

Mme de La Pommeraye savait tout cela. « C'est-à-dire, répondit-elle
au marquis, qu'après avoir tout mis en œuvre pour guérir, vous
n'avez rien omis pour devenir fou, et que c'est le dernier parti qui
vous a réussi ?

LE MARQUIS. Et réussi, je ne saurais vous exprimer à quel point.
N'aurez-vous pas compassion de moi et ne vous devrai-je pas le
bonheur de la revoir ?

MADAME DE LA POMMERAYE. La chose est difficile, et je m'en
occuperai, mais à une condition : c'est que vous laisserez ces infor-
tunées en repos et que vous cesserez de les tourmenter. Je ne vous
célerai point qu'elles m'ont écrit de votre persécution avec amertume, et voilà leur lettre... »

La lettre qu'on donnait à lire au marquis avait été concertée entre
elles. C'était la d'Aisnon fille qui paraissait l'avoir écrite par ordre de sa
mère : et l'on y avait mis, d'honnête, de doux, de touchant, d'élégance
et d'esprit, tout ce qui pouvait renverser la tête du marquis. Aussi
en accompagnait-il chaque mot d'une exclamation ; pas une phrase
qu'il ne relût ; il pleurait de joie ; il disait à Mme de La Pommeraye :
« Convenez donc, madame, qu'on n'écrit pas mieux que cela.

MADAME DE LA POMMERAYE. J'en conviens.

LE MARQUIS. Et qu'à chaque ligne on se sent pénétré d'admiration
et de respect pour des femmes de ce caractère !

MADAME DE LA POMMERAYE. Cela devrait être.

LE MARQUIS. Je vous tiendrai ma parole ; mais songez, je vous en
supplie, à ne pas manquer à la vôtre.

MADAME DE LA POMMERAYE. En vérité, marquis, je suis aussi
folle que vous. Il faut que vous ayez conservé un terrible empire
sur moi ; cela m'effraye.

---

1. **Sapajou** : espèce de singe.

LE MARQUIS. Quand la reverrai-je ?

MADAME DE LA POMMERAYE. Je n'en sais rien. Il faut s'occuper premièrement du moyen d'arranger la chose, et d'éviter tout soup-
4150 çon. Elles ne peuvent ignorer vos vues ; voyez la couleur que ma complaisance aurait à leurs yeux, si elles s'imaginaient que j'agis de concert avec vous... Mais, marquis, entre nous, qu'ai-je besoin de cet embarras-là ? Que m'importe que vous aimiez, que vous n'aimiez pas ? que vous extravaguiez ? Démêlez votre fusée[1] vous-
4155 même. Le rôle que vous me faites faire est aussi trop singulier.

LE MARQUIS. Mon amie, si vous m'abandonnez, je suis perdu ! Je ne vous parlerai point de moi, puisque je vous offenserais ; mais je vous conjurerai par ces intéressantes et dignes créatures qui vous sont si chères ; vous me connaissez, épargnez-leur toutes les folies
4160 dont je suis capable. J'irai chez elles ; oui, j'irai, je vous en pré-
viens ; je forcerai leur porte, j'entrerai malgré elles, je m'asseyerai, je ne sais ce que je dirai, ce que je ferai ; car que n'avez-vous point à craindre de l'état violent où je suis ?... »

Vous remarquerez, messieurs, dit l'hôtesse, que depuis le com-
4165 mencement de cette aventure jusqu'à ce moment, le marquis des Arcis n'avait pas dit un mot qui ne fût un coup de poignard dirigé au cœur de Mme de La Pommeraye. Elle étouffait d'indignation et de rage ; aussi répondit-elle au marquis, d'une voix tremblante et entrecoupée :
4170 Mais vous avez raison. Ah ! si j'avais été aimée comme cela, peut-
être que... Passons là-dessus... Ce n'est pas pour vous que j'agirai, mais je me flatte du moins, monsieur le marquis, que vous me donnerez du temps.

LE MARQUIS. Le moins, le moins que je pourrai.

4175 **JACQUES.** Ah ! notre hôtesse, quel diable de femme ! l'enfer n'est pas pire. J'en tremble : et il faut que je boive un coup pour me ras-
surer... Est-ce que vous me laisserez boire tout seul ?

L'HÔTESSE. Moi, je n'ai pas peur... Mme de La Pommeraye disait : Je souffre, mais je ne souffre pas seule. Cruel homme ! j'ignore

---

1. **Fusée :** la fusée désigne le fil enroulé sur le fuseau et que doit démêler la fileuse.

4180 quelle sera la durée de mon tourment ; mais j'éterniserai le tien...
Elle tint le marquis près d'un mois dans l'attente de l'entrevue
qu'elle avait promise, c'est-à-dire qu'elle lui laissa tout le temps de
pâtir, de se bien enivrer, et que sous prétexte d'adoucir la longueur
du délai, elle lui permit de l'entretenir de sa passion.

4185 **LE MAÎTRE.** Et de la fortifier en en parlant.

JACQUES. Quelle femme ! quel diable de femme ! Notre hôtesse,
ma frayeur redouble.

L'HÔTESSE. Le marquis venait donc tous les jours causer avec
Mme de La Pommeraye, qui achevait de l'irriter, de l'endurcir
4190 et de le perdre par les discours les plus artificieux. Il s'informait
de la patrie, de la naissance, de l'éducation, de la fortune et du
désastre de ces femmes ; il y revenait sans cesse, et ne se croyait
jamais assez instruit et touché. La marquise lui faisait remarquer
le progrès de ses sentiments, et lui en familiarisait le terme, sous
4195 prétexte de lui en inspirer de l'effroi. Marquis, lui disait-elle, prenez-y garde, cela vous mènera loin ; il pourrait arriver un jour que
mon amitié, dont vous faites un étrange abus, ne m'excusât ni à
mes yeux ni aux vôtres. Ce n'est pas que tous les jours on ne fasse
de plus grandes folies. Marquis, je crains fort que vous n'obteniez
4200 cette fille qu'à des conditions qui, jusqu'à présent, n'ont pas été de
votre goût.
Lorsque Mme de La Pommeraye crut le marquis bien préparé
pour le succès de son dessein, elle arrangea avec les deux femmes
qu'elles viendraient dîner chez elle ; et avec le marquis que, pour leur
4205 donner le change, il les surprendrait en habit de campagne : ce qui
fut exécuté.
On en était au second service lorsqu'on annonça le marquis. Le
marquis, Mme de La Pommeraye et les deux d'Aisnon, jouèrent supérieurement l'embarras. « Madame, dit-il à Mme de La Pommeraye,
4210 j'arrive de ma terre ; il est trop tard pour aller chez moi où l'on ne
m'attend que ce soir, et je me suis flatté que vous ne me refuseriez
pas à dîner... » Et tout en parlant, il avait pris une chaise, et s'était
mis à table. On avait disposé le couvert de manière qu'il se trouvât
à côté de la mère et en face de la fille. Il remercia d'un clin d'œil
4215 Mme de La Pommeraye de cette attention délicate. Après le trouble
du premier instant, nos deux dévotes se rassurèrent. On causa,

on fut même gai. Le marquis fut de la plus grande attention pour la mère, et de la politesse la plus réservée pour la fille. C'était un amusement secret bien plaisant pour ces trois femmes, que le scru-
4220 pule du marquis à ne rien dire, à ne se rien permettre qui pût les effaroucher. Elles eurent l'inhumanité de le faire parler dévotion pendant trois heures de suite, et Mme de La Pommeraye lui disait : Vos discours font merveilleusement l'éloge de vos parents ; les pre-mières leçons qu'on en reçoit ne s'effacent jamais. Vous entendez
4225 toutes les subtilités de l'amour divin, comme si vous n'aviez été qu'à saint François de Sales[1] pour toute nourriture. N'auriez-vous pas été un peu quiétiste[2] ?

– Je ne m'en souviens plus… »

Il est inutile de dire que nos dévotes mirent dans la conversation
4230 tout ce qu'elles avaient de grâces, d'esprit, de séduction et de finesse. On toucha en passant le chapitre des passions, et Mlle Duquênoi (c'était son nom de famille) prétendit qu'il n'y en avait qu'une seule de dangereuse. Le marquis fut de son avis. Entre les six et sept, les deux femmes se retirèrent, sans qu'il fût possible de les arrêter ;
4235 Mme de La Pommeraye prétendant avec Mme Duquênoi qu'il fal-lait aller de préférence à son devoir, sans quoi il n'y aurait presque point de journée dont la douceur ne fût altérée par le remords. Les voilà parties au grand regret du marquis, et le marquis en tête à tête avec Mme de La Pommeraye.

4240 **MADAME DE LA POMMERAYE.** Eh bien ! marquis, ne faut-il pas que je sois bien bonne ? Trouvez-moi à Paris une autre femme qui en fasse autant.

---

1. **François de Sales :** évêque de Genève qui se consacra à la conversion des calvi-nistes et docteur de l'Église (1567-1622). Il a écrit *L'Introduction à une vie dévote* (1609) et un *Traité de l'amour de Dieu* (1616). Son œuvre a beaucoup influencé la vie spirituelle des catholiques du XVIIe siècle.

2. **Quiétiste :** adepte du quiétisme, doctrine mystique inspirée par le théologien espa-gnol Molinos, selon laquelle le chrétien recherche la quiétude en Dieu seul et l'âme devient indifférente à tout ce qui n'est pas son union heureuse et parfaite avec Dieu. Mme de Guyon est célèbre pour avoir défendu le quiétisme qui a influencé, notamment, Fénelon.

LE MARQUIS, *en se jetant à ses genoux.* J'en conviens ; il n'y en a pas une qui vous ressemble. Votre bonté me confond : vous êtes la seule véritable amie qu'il y ait au monde.

MADAME DE LA POMMERAYE. Êtes-vous bien sûr de sentir toujours également le prix de mon procédé ?

LE MARQUIS. Je serais un monstre d'ingratitude, si j'en rabattais.

MADAME DE LA POMMERAYE. Changeons de texte. Quel est l'état de votre cœur ?

LE MARQUIS. Faut-il vous l'avouer franchement ? Il faut que j'aie cette fille-là, ou que j'en périsse.

MADAME DE LA POMMERAYE. Vous l'aurez sans doute, mais il faut savoir comme quoi.

LE MARQUIS. Nous verrons.

MADAME DE LA POMMERAYE. Marquis, marquis, je vous connais, je les connais : tout est vu.

Le marquis fut environ deux mois sans se montrer chez Mme de La Pommeraye ; et voici ses démarches dans cet intervalle. Il fit connaissance avec le confesseur de la mère et de la fille. C'était un ami du petit abbé dont je vous ai parlé. Ce prêtre, après avoir mis toutes les difficultés hypocrites qu'on peut apporter à une intrigue malhonnête, et vendu le plus chèrement qu'il lui fut possible la sainteté de son ministère, se prêta à tout ce que le marquis voulut. La première scélératesse de l'homme de Dieu, ce fut d'aliéner la bienveillance du curé, et de lui persuader que ces deux protégées de Mme de La Pommeraye obtenaient de la paroisse une aumône dont elles privaient des indigents plus à plaindre qu'elles. Son but était de les amener à ses vues par la misère.

Ensuite il travailla au tribunal de la confession à jeter la division entre la mère et la fille. Lorsqu'il entendait la mère se plaindre de sa fille, il aggravait les torts de celle-ci, et irritait le ressentiment de l'autre. Si c'était la fille qui se plaignît de sa mère, il lui insinuait que la puissance des pères et mères sur leurs enfants était limitée, et que, si la persécution de sa mère était poussée jusqu'à un certain point, il ne serait peut-être pas impossible de la soustraire à une autorité tyrannique. Puis il lui donnait pour pénitence de revenir à confesse.

Une autre fois il lui parlait de ses charmes, mais lestement : c'était
un des plus dangereux présents que Dieu pût faire à une femme ;
de l'impression qu'en avait éprouvée un honnête homme qu'il ne
nommait pas, mais qui n'était pas difficile à deviner. Il passait de
là à la miséricorde infinie du ciel et à son indulgence pour des
fautes que certaines circonstances nécessitaient ; à la faiblesse de
la nature, dont chacun trouve l'excuse en soi-même ; à la violence
et à la généralité de certains penchants, dont les hommes les plus
saints n'étaient pas exempts. Il lui demandait ensuite si elle n'avait
point de désirs, si le tempérament ne lui parlait pas en rêves, si
la présence des hommes ne la troublait pas. Ensuite, il agitait
la question si une femme devait céder ou résister à un homme
passionné, et laisser mourir et damner celui pour qui le sang de
Jésus-Christ a été versé : et il n'osait la décider. Puis il poussait de
profonds soupirs ; il levait les yeux au ciel, il priait pour la tranquillité des âmes en peine… La jeune fille le laissait aller. Sa mère
et Mme de La Pommeraye, à qui elle rendait fidèlement les propos
du directeur, lui suggéraient des confidences qui toutes tendaient
à l'encourager.

JACQUES. Votre Mme de La Pommeraye est une méchante femme.

LE MAÎTRE. Jacques, c'est bientôt dit. Sa méchanceté, d'où lui
vient-elle ? Du marquis des Arcis. Rends celui-ci tel qu'il avait juré
et qu'il devait être, et trouve-moi quelque défaut dans Mme de
La Pommeraye. Quand nous serons en route, tu l'accuseras, et je
me chargerai de la défendre. Pour ce prêtre, vil et séducteur, je te
l'abandonne.

JACQUES. C'est un si méchant homme, que je crois que de cette
affaire-ci je n'irai plus à confesse. Et vous, notre hôtesse ?

L'HÔTESSE. Pour moi je continuerai mes visites à mon vieux curé,
qui n'est pas curieux, et qui n'entend que ce qu'on lui dit.

JACQUES. Si nous buvions à la santé de votre curé ?

L'HÔTESSE. Pour cette fois-ci je vous ferai raison ; car c'est un bon
homme qui, les dimanches et jours de fêtes, laisse danser les filles
et les garçons, et qui permet aux hommes et aux femmes de venir
chez moi, pourvu qu'ils n'en sortent pas ivres. À mon curé !

JACQUES. À votre curé !

4315 L'HÔTESSE. Nos femmes ne doutaient pas qu'incessamment l'homme de Dieu ne hasardât de remettre une lettre à sa pénitente : ce qui fut fait ; mais avec quel ménagement ! Il ne savait de qui elle était ; il ne doutait point que ce ne fût de quelque âme bienfaisante et charitable qui avait découvert leur misère,
4320 et qui leur proposait des secours ; il en remettait assez souvent de pareilles. Au demeurant vous êtes sage, madame votre mère est prudente, et j'exige que vous ne l'ouvriez qu'en sa présence. Mlle Duquênoi accepta la lettre et la remit à sa mère, qui la fit passer sur-le-champ à Mme de La Pommeraye. Celle-ci, munie de ce
4325 papier, fit venir le prêtre, l'accabla des reproches qu'il méritait, et le menaça de le déférer à ses supérieurs, si elle entendait encore parler de lui.

Dans cette lettre, le marquis s'épuisait en éloges de sa propre personne, en éloges de Mlle Duquênoi ; peignait sa passion aussi
4330 violente qu'elle l'était, et proposait des conditions fortes, même un enlèvement.

Après avoir fait la leçon au prêtre, Mme de La Pommeraye appela le marquis chez elle ; lui représenta combien sa conduite était peu digne d'un galant homme ; jusqu'où elle pouvait être compromise ;
4335 lui montra sa lettre, et protesta que, malgré la tendre amitié qui les unissait, elle ne pouvait se dispenser de la produire au tribunal des lois, ou de la remettre à Mme Duquênoi, s'il arrivait quelque aventure éclatante à sa fille. « Ah ! marquis, lui dit-elle, l'amour vous corrompt ; vous êtes mal né, puisque le faiseur de grandes
4340 choses ne vous en inspire que d'avilissantes. Et que vous ont fait ces pauvres femmes, pour ajouter l'ignominie à la misère ? Faut-il que, parce que cette fille est belle, et veut rester vertueuse, vous en deveniez le persécuteur ? Est-ce à vous à lui faire détester un des plus beaux présents du ciel ? Par où ai-je mérité, moi, d'être votre
4345 complice ? Allons, marquis, jetez-vous à mes pieds, demandez-moi pardon, et faites serment de laisser mes tristes amies en repos. » Le marquis lui promit de ne plus rien entreprendre sans son aveu ; mais qu'il fallait qu'il eût cette fille à quelque prix que ce fût.

Le marquis ne fut point du tout fidèle à sa parole. La mère était
4350 instruite ; il ne balança pas à s'adresser à elle. Il avoua le crime de

son projet ; il offrit une somme considérable, des espérances que le temps pourrait amener ; et sa lettre fut accompagnée d'un écrin de riches pierreries.

Les trois femmes tinrent conseil. La mère et la fille inclinaient à accepter ; mais ce n'était pas là le compte de Mme de La Pommeraye. Elle revint sur la parole qu'on lui avait donnée ; elle menaça de tout révéler ; et au grand regret de nos deux dévotes, dont la jeune détacha de ses oreilles des girandoles[1] qui lui allaient si bien, l'écrin et la lettre furent renvoyés avec une réponse pleine de fierté et d'indignation.

Mme de La Pommeraye se plaignit au marquis du peu de fond qu'il y avait à faire sur ses promesses. Le marquis s'excusa sur l'impossibilité de lui proposer une commission si indécente. « Marquis, marquis, lui dit Mme de La Pommeraye, je vous ai déjà prévenu, et je vous le répète : vous n'en êtes pas où vous voudriez ; mais il n'est plus temps de vous prêcher, ce seraient paroles perdues : il n'y a plus de ressources. »

Le marquis avoua qu'il le pensait comme elle, et lui demanda la permission de faire une dernière tentative ; c'était d'assurer des rentes considérables sur les deux têtes, de partager sa fortune avec les deux femmes, et de les rendre propriétaires à vie d'une de ses maisons à la ville, et d'une autre à la campagne. « Faites, lui dit la marquise ; je n'interdis que la violence ; mais croyez, mon ami, que l'honneur et la vertu, quand elle est vraie, n'ont point de prix aux yeux de ceux qui ont le bonheur de les posséder. Vos nouvelles offres ne réussiront pas mieux que les précédentes : je connais ces femmes et j'en ferais la gageure. »

Les nouvelles propositions sont faites. Autre conciliabule des trois femmes. La mère et la fille attendaient en silence la décision de Mme de La Pommeraye. Celle-ci se promena un moment sans parler. « Non, non, dit-elle, cela ne suffit pas à mon cœur ulcéré. » Et aussitôt elle prononça le refus ; et aussitôt ces deux femmes fondirent en larmes, se jetèrent à ses pieds, et lui représentèrent com-

---

1. **Girandoles :** boucles d'oreilles.

bien il était affreux pour elles de repousser une fortune immense, qu'elles pouvaient accepter sans aucune fâcheuse conséquence. Mme de La Pommeraye leur répondit sèchement : « Est-ce que vous imaginez que ce que je fais, je le fais pour vous ? Qui êtes-vous ? Que vous dois-je ? À quoi tient-il que je ne vous renvoie l'une et l'autre à votre tripot ? Si ce que l'on vous offre est trop pour vous, c'est trop peu pour moi. Écrivez, madame, la réponse que je vais vous dicter, et qu'elle parte sous mes yeux. » Ces femmes s'en retournèrent encore plus effrayées qu'affligées.

JACQUES. Cette femme a le diable au corps, et que veut-elle donc ? Quoi ! un refroidissement d'amour n'est pas assez puni par le sacrifice de la moitié d'une grande fortune ?

LE MAÎTRE. Jacques, vous n'avez jamais été femme, encore moins honnête femme, et vous jugez d'après votre caractère qui n'est pas celui de Mme de La Pommeraye ! Veux-tu que je te dise ? J'ai bien peur que le mariage du marquis des Arcis et d'une catin ne soit écrit là-haut.

JACQUES. S'il est écrit là-haut, il se fera.

L'HÔTESSE. Le marquis ne tarda pas à reparaître chez Mme de La Pommeraye. « Eh bien, lui dit-elle, vos nouvelles offres ?

LE MARQUIS. Faites et rejetées. J'en suis désespéré. Je voudrais arracher cette malheureuse passion de mon cœur ; je voudrais m'arracher le cœur, et je ne saurais. Marquise, regardez-moi ; ne trouvez-vous pas qu'il y a entre cette jeune fille et moi quelques traits de ressemblance ?

MADAME DE LA POMMERAYE. Je ne vous en avais rien dit ; mais je m'en étais aperçue. Il ne s'agit pas de cela : que résolvez-vous ?

LE MARQUIS. Je ne puis me résoudre à rien. Il me prend des envies de me jeter dans une chaise de poste, et de courir tant que terre me portera ; un moment après la force m'abandonne ; je suis comme anéanti, ma tête s'embarrasse : je deviens stupide, et ne sais que devenir.

MADAME DE LA POMMERAYE. Je ne vous conseille pas de voyager ; ce n'est pas la peine d'aller jusqu'à Villejuif pour revenir.

Le lendemain, le marquis écrivit à la marquise qu'il partait pour sa campagne ; qu'il y resterait tant qu'il pourrait, et qu'il la suppliait

4420 de le servir auprès de ses amies, si l'occasion s'en présentait ; son absence fut courte : il revint avec la résolution d'épouser.

JACQUES. Ce pauvre marquis me fait pitié.

LE MAÎTRE. Pas trop à moi.

L'HÔTESSE. Il descendit à la porte de Mme de La Pommeraye. Elle 4425 était sortie. En rentrant elle trouva le marquis étendu dans un fauteuil, les yeux fermés, et absorbé dans la plus profonde rêverie. Ah ! marquis, vous voilà ? la campagne n'a pas eu de longs charmes pour vous.

– Non, lui répondit-il, je ne suis bien nulle part, et j'arrive déter-4430 miné à la plus haute sottise qu'un homme de mon état, de mon âge et de mon caractère puisse faire. Mais il vaut mieux épouser que de souffrir. J'épouse.

MADAME DE LA POMMERAYE. Marquis, l'affaire est grave, et demande de la réflexion.

4435 **LE MARQUIS.** Je n'en ai fait qu'une, mais elle est solide : c'est que je ne puis jamais être plus malheureux que je le suis.

MADAME DE LA POMMERAYE. Vous pourriez vous tromper.

JACQUES. La traîtresse !

LE MARQUIS. Voici donc enfin, mon amie, une négociation dont 4440 je puis, ce me semble, vous charger honnêtement. Voyez la mère et la fille ; interrogez la mère, sondez le cœur de la fille, et dites-leur mon dessein.

MADAME DE LA POMMERAYE. Tout doucement, marquis. J'ai cru les connaître assez pour ce que j'en avais à faire ; mais à présent 4445 qu'il s'agit du bonheur de mon ami, il me permettra d'y regarder de plus près. Je m'informerai dans leur province, et je vous promets de les suivre pas à pas pendant toute la durée de leur séjour à Paris.

LE MARQUIS. Ces précautions me semblent assez superflues. Des femmes dans la misère, qui résistent aux appâts que je leur ai 4450 tendus, ne peuvent être que les créatures les plus rares. Avec mes offres, je serais venu à bout d'une duchesse. D'ailleurs, ne m'avez-vous pas dit vous-même…

MADAME DE LA POMMERAYE. Oui, j'ai dit tout ce qu'il vous plaira ; mais avec tout cela, permettez que je me satisfasse.

4455 **JACQUES.** La chienne ! la coquine ! l'enragée ! et pourquoi aussi s'attacher à une pareille femme ?

LE MAÎTRE. Et pourquoi aussi la séduire et s'en détacher ?

L'HÔTESSE. Pourquoi cesser de l'aimer sans rime ni raison ?

JACQUES, *montrant le ciel du doigt.* Ah ! mon maître !

4460 **LE MARQUIS.** Pourquoi, marquise, ne vous mariez-vous pas aussi ?

MADAME DE LA POMMERAYE. À qui, s'il vous plaît ?

LE MARQUIS. Au petit comte ; il a de l'esprit, de la naissance, de la fortune.

MADAME DE LA POMMERAYE. Et qui est-ce qui me répondra de
4465 sa fidélité ? C'est vous peut-être !

LE MARQUIS. Non ; mais il me semble qu'on se passe aisément de la fidélité d'un mari.

MADAME DE LA POMMERAYE. D'accord ; mais je serais peut-être assez bizarre pour m'en offenser ; et je suis vindicative.

4470 **LE MARQUIS.** Eh bien ! vous vous vengeriez, cela s'en va sans dire. C'est que nous prendrions un hôtel commun, et que nous formerions tous quatre la plus agréable société.

MADAME DE LA POMMERAYE. Tout cela est fort beau ; mais je ne me marie pas. Le seul homme que j'aurais peut-être été tentée
4475 d'épouser…

LE MARQUIS. C'est moi ?

MADAME DE LA POMMERAYE. Je puis vous l'avouer à présent sans conséquence.

LE MARQUIS. Et pourquoi ne me l'avoir pas dit ?

4480 **MADAME DE LA POMMERAYE.** Par l'événement, j'ai bien fait. Celle que vous allez avoir vous convient de tout point mieux que moi.

L'HÔTESSE. Mme de La Pommeraye mit à ses informations toute l'exactitude et la célérité qu'elle voulut. Elle produisit au marquis les attestations les plus flatteuses ; il y en avait de Paris, il y en
4485 avait de la province. Elle exigea du marquis encore une quinzaine, afin qu'il s'examinât derechef. Cette quinzaine lui parut éternelle ; enfin la marquise fut obligée de céder à son impatience et à ses prières. La première entrevue se fait chez ses amies ; on y convient

de tout, les bans se publient ; le contrat se passe ; le marquis fait présent à Mme de La Pommeraye d'un superbe diamant, et le mariage est consommé.

JACQUES. Quelle trame et quelle vengeance !

LE MAÎTRE. Elle est incompréhensible.

JACQUES. Délivrez-moi du souci de la première nuit des noces, et jusqu'à présent je n'y vois pas un grand mal.

LE MAÎTRE. Tais-toi, nigaud.

L'HÔTESSE. La nuit des noces se passa fort bien.

JACQUES. Je croyais…

L'HÔTESSE. Croyez à ce que votre maître vient de vous dire… Et en parlant ainsi elle souriait, et en souriant, elle passait sa main sur le visage de Jacques, et lui serrait le nez… Mais ce fut le lendemain…

JACQUES. Le lendemain, ne fut-ce pas comme la veille ?

L'HÔTESSE. Pas tout à fait. Le lendemain, Mme de La Pommeraye écrivit au marquis un billet qui l'invitait à se rendre chez elle au plus tôt, pour affaire importante. Le marquis ne se fit pas attendre.

On le reçut avec un visage où l'indignation se peignait dans toute sa force ; le discours qu'on lui tint ne fut pas long ; le voici : « Marquis, lui dit-elle, apprenez à me connaître. Si les autres femmes s'estimaient assez pour éprouver mon ressentiment, vos semblables seraient moins communs. Vous aviez acquis une honnête femme que vous n'avez pas su conserver ; cette femme, c'est moi ; elle s'est vengée en vous en faisant épouser une digne de vous. Sortez de chez moi, et allez-vous-en rue Traversière, à l'hôtel de Hambourg, où l'on vous apprendra le sale métier que votre femme et votre belle-mère ont exercé pendant dix ans, sous le nom de d'Aisnon. » La surprise et la consternation de ce pauvre marquis ne peuvent se rendre. Il ne savait qu'en penser ; mais son incertitude ne dura que le temps d'aller d'un bout de la ville à l'autre. Il ne rentra point chez lui de tout le jour ; il erra dans les rues. Sa belle-mère et sa femme eurent quelque soupçon de ce qui s'était passé. Au premier coup de marteau, la belle-mère se sauva dans son appartement, et s'y enferma à la clef ; sa femme l'attendit seule. À l'approche de son

époux elle lut sur son visage la fureur qui le possédait. Elle se jeta
à ses pieds, la face collée contre le parquet, sans mot dire. « Retirez-
vous, lui dit-il, infâme ! loin de moi… » Elle voulut se relever ; mais
elle retomba sur son visage, les bras étendus à terre entre les pieds
du marquis. « Monsieur, lui dit-elle, foulez-moi aux pieds, écrasez-
moi, car je l'ai mérité ; faites de moi tout ce qu'il vous plaira ; mais
épargnez ma mère…

– Retirez-vous, reprit le marquis ; retirez-vous ! c'est assez de l'infamie dont vous m'avez couvert ; épargnez-moi un crime… »

La pauvre créature resta dans l'attitude où elle était, et ne lui
répondit rien. Le marquis était assis dans un fauteuil, la tête enveloppée de ses bras, et le corps à demi penché sur les pieds de son
lit, hurlant par intervalles, sans la regarder : « Retirez-vous !… »
Le silence et l'immobilité de la malheureuse le surprirent ; il lui
répéta d'une voix plus forte encore : « Qu'on se retire ; est-ce que
vous ne m'entendez pas ?… » Ensuite il se baissa, la poussa durement, et reconnaissant qu'elle était sans sentiment et presque sans
vie, il la prit par le milieu du corps, l'étendit sur un canapé, attacha
un moment sur elle des regards où se peignaient alternativement
la commisération et le courroux. Il sonna : des valets entrèrent ;
on appela ses femmes, à qui il dit : « Prenez votre maîtresse qui
se trouve mal ; portez-la dans son appartement, et secourez-la… »
Peu d'instants après il envoya secrètement savoir de ses nouvelles.
On lui dit qu'elle était revenue de son premier évanouissement ;
mais que, les défaillances se succédant rapidement, elles étaient si
fréquentes et si longues qu'on ne pouvait lui répondre de rien. Une
ou deux heures après il renvoya secrètement savoir son état. On
lui dit qu'elle suffoquait, et qu'il lui était survenu une espèce de
hoquet qui se faisait entendre jusque dans les cours. À la troisième
fois, c'était sur le matin, on lui rapporta qu'elle avait beaucoup
pleuré, que le hoquet s'était calmé, et qu'elle paraissait s'assoupir.

Le jour suivant, le marquis fit mettre ses chevaux à sa chaise, et
disparut pendant quinze jours, sans qu'on sût ce qu'il était devenu.
Cependant, avant de s'éloigner, il avait pourvu à tout ce qui était
nécessaire à la mère et à la fille, avec ordre d'obéir à madame
comme à lui-même.

Pendant cet intervalle, ces deux femmes restèrent l'une en présence de l'autre, sans presque se parler, la fille sanglotant, pous-

156

sant quelquefois des cris, s'arrachant les cheveux, se tordant les
bras, sans que sa mère osât s'approcher d'elle et la consoler. L'une
montrait la figure du désespoir, l'autre la figure de l'endurcisse-
ment. La fille vingt fois dit à sa mère : « Maman, sortons d'ici ;
sauvons-nous. » Autant de fois la mère s'y opposa, et lui répondit :
« Non, ma fille, il faut rester ; il faut voir ce que cela deviendra :
cet homme ne nous tuera pas… » « Eh ! plût à Dieu, lui répondit
sa fille, qu'il l'eût déjà fait !… » Sa mère lui répliquait : « Vous feriez
mieux de vous taire, que de parler comme une sotte. »
À son retour, le marquis s'enferma dans son cabinet, et écrivit deux
lettres, l'une à sa femme, l'autre à sa belle-mère. Celle-ci partit dans
la même journée, et se rendit au couvent des Carmélites de la ville
prochaine, où elle est morte il y a quelques jours. Sa fille s'habilla,
et se traîna dans l'appartement de son mari où il lui avait apparemment enjoint de venir. Dès la porte, elle se jeta à genoux. « Levez-
vous », lui dit le marquis…
Au lieu de se lever, elle s'avança vers lui sur ses genoux ; elle
tremblait de tous ses membres ; elle était échevelée ; elle avait le
corps un peu penché, les bras portés de son côté, la tête relevée,
le regard attaché sur ses yeux, et le visage inondé de pleurs. « Il
me semble », lui dit-elle, un sanglot séparant chacun de ses mots,
« que votre cœur justement irrité s'est radouci, et que peut-être
avec le temps j'obtiendrai miséricorde. Monsieur, de grâce, ne vous
hâtez pas de me pardonner. Tant de filles honnêtes sont devenues de malhonnêtes femmes, que peut-être serai-je un exemple
contraire. Je ne suis pas encore digne que vous vous rapprochiez
de moi ; attendez, laissez-moi seulement l'espoir du pardon. Tenez-
moi loin de vous ; vous verrez ma conduite ; vous la jugerez : trop
heureuse mille fois, trop heureuse si vous daignez quelquefois
m'appeler ! Marquez-moi le recoin obscur de votre maison où vous
permettez que j'habite ; j'y resterai sans murmure. Ah ! si je pouvais m'arracher le nom et le titre qu'on m'a fait usurper, et mourir
après, à l'instant vous seriez satisfait ! Je me suis laissé conduire
par faiblesse, par séduction, par autorité, par menaces, à une action
infâme ; mais ne croyez pas, monsieur, que je sois méchante : je
ne le suis pas, puisque je n'ai pas balancé à paraître devant vous
quand vous m'avez appelée, et que j'ose à présent lever les yeux
sur vous et vous parler. Ah ! si vous pouviez lire au fond de mon

4600 cœur, et voir combien mes fautes passées sont loin de moi ; combien les mœurs de mes pareilles me sont étrangères ! La corruption s'est posée sur moi ; mais elle ne s'y est point attachée. Je me connais, et une justice que je me rends, c'est que par mes goûts, par mes sentiments, par mon caractère, j'étais née digne de l'hon-
4605 neur de vous appartenir. Ah ! s'il m'eût été libre de vous voir, il n'y avait qu'un mot à dire, et je crois que j'en aurais eu le courage. Monsieur, disposez de moi comme il vous plaira ; faites entrer vos gens : qu'ils me dépouillent, qu'ils me jettent la nuit dans la rue : je souscris à tout. Quel que soit le sort que vous me préparez, je m'y
4610 soumets : le fond d'une campagne, l'obscurité d'un cloître peut me dérober pour jamais à vos yeux : parlez, et j'y vais. Votre bonheur n'est point perdu sans ressources, et vous pouvez m'oublier…
– Levez-vous, lui dit doucement le marquis ; je vous ai pardonné : au moment même de l'injure j'ai respecté ma femme en vous ;
4615 il n'est pas sorti de ma bouche une parole qui l'ait humiliée, ou du moins je m'en repens, et je proteste qu'elle n'en entendra plus aucune qui l'humilie, si elle se souvient qu'on ne peut rendre son époux malheureux sans le devenir. Soyez honnête, soyez heureuse, et faites que je le sois. Levez-vous, je vous en prie, ma femme,
4620 levez-vous et embrassez-moi ; madame la marquise, levez-vous, vous n'êtes pas à votre place ; madame des Arcis, levez-vous… »
Pendant qu'il parlait ainsi, elle était restée le visage caché dans ses mains, et la tête appuyée sur les genoux du marquis ; mais au mot de ma femme, au mot de madame des Arcis, elle se leva brusque-
4625 ment, et se précipita sur le marquis, elle le tenait embrassé, à moitié suffoquée par la douleur et par la joie ; puis elle se séparait de lui, se jetait à terre, et lui baisait les pieds.
« Ah ! lui disait le marquis, je vous ai pardonné ; je vous l'ai dit ; et je vois que vous n'en croyez rien.
4630 – Il faut, lui répondit-elle, que cela soit, et que je ne le croie jamais. »
Le marquis ajoutait : « En vérité, je crois que je ne me repens de rien ; et que cette Pommeraye, au lieu de se venger, m'aura rendu un grand service. Ma femme, allez vous habiller, tandis qu'on s'occupera à faire vos malles. Nous partons pour ma terre, où nous resterons
4635 jusqu'à ce que nous puissions reparaître ici sans conséquence pour vous et pour moi… »
Ils passèrent presque trois ans de suite absents de la capitale.

JACQUES. Et je gagerais bien que ces trois ans s'écoulèrent comme un jour, et que le marquis des Arcis fut un des meilleurs maris et eut une des meilleures femmes qu'il y eût au monde.

4640

LE MAÎTRE. Je serais de moitié[1] ; mais en vérité je ne sais pourquoi, car je n'ai point été satisfait de cette fille pendant tout le cours des menées de la dame de La Pommeraye et de sa mère. Pas un instant de crainte, pas le moindre signe d'incertitude, pas un remords ; je l'ai vue se prêter, sans aucune répugnance, à cette longue horreur. Tout ce qu'on a voulu d'elle, elle n'a jamais hésité de le faire ; elle va à confesse ; elle communie ; elle joue la religion et ses ministres. Elle m'a semblé aussi fausse, aussi méprisable, aussi méchante que les deux autres... Notre hôtesse, vous narrez assez bien ; mais vous n'êtes pas encore profonde dans l'art dramatique. Si vous vouliez que cette jeune fille intéressât, il fallait lui donner de la franchise, et nous la montrer victime innocente et forcée de sa mère et de La Pommeraye, il fallait que les traitements les plus cruels l'entraînassent, malgré qu'elle en eût, à concourir à une suite de forfaits continus pendant une année ; il fallait préparer ainsi le raccommodement de cette femme avec son mari. Quand on introduit un personnage sur la scène, il faut que son rôle soit un : or je vous demanderai, notre charmante hôtesse, si la fille qui complote avec deux scélérates est bien la femme suppliante que nous avons vue aux pieds de son mari ? Vous avez péché contre les règles d'Aristote[2], d'Horace[3], de Vida[4] et de Le Bossu[5].

4645

4650

4655

4660

L'HÔTESSE. Je ne connais ni bossu ni droit : je vous ai dit la chose comme elle s'est passée, sans en rien omettre, sans y rien ajouter. Et qui sait ce qui se passait au fond du cœur de cette jeune fille, et si, dans les moments où elle nous paraissait agir le plus lestement, elle n'était pas secrètement dévorée de chagrin ?

4665

---

1. **Je serais de moitié :** je serais de moitié d'accord avec toi.
2. **Aristote :** philosophe grec (384-322 av. J.-C.), auteur entre autres d'une *Poétique* et d'une *Rhétorique*.
3. **Horace :** poète latin (65-8 av. J.-C.), auteur entre autres d'un *Art poétique*.
4. **Vida :** prélat, poète et humaniste italien (1485-1566). Il publia en 1527 *De arte poetica*.
5. **Le Bossu :** écrivain français, auteur d'un *Traité du poème épique*. C'est Boileau qui avait reconnu le grand intérêt de ce traité.

JACQUES. Notre hôtesse, pour cette fois, il faut que je sois de l'avis de mon maître qui me le pardonnera, car cela m'arrive si rarement ; de son Bossu, que je ne connais point ; et de ces autres messieurs qu'il a cités, et que je ne connais pas davantage. Si Mlle Duquênoi, ci-devant la d'Aisnon, avait été une jolie enfant, il y aurait paru.

L'HÔTESSE. Jolie enfant ou non, tant y a que c'est une excellente femme ; que son mari est avec elle content comme un roi, et qu'il ne la troquerait pas contre une autre.

LE MAÎTRE. Je l'en félicite : il a été plus heureux que sage.

L'HÔTESSE. Et moi, je vous souhaite une bonne nuit. Il est tard, et il faut que je sois la dernière couchée et la première levée. Quel maudit métier ! Bonsoir, messieurs, bonsoir. Je vous avais promis, je ne sais plus à propos de quoi, l'histoire d'un mariage saugrenu : et je crois vous avoir tenu parole. Monsieur Jacques, je crois que vous n'aurez pas de peine à vous endormir ; car vos yeux sont plus qu'à demi fermés. Bonsoir, monsieur Jacques.

LE MAÎTRE. Eh bien, notre hôtesse, il n'y a donc pas moyen de savoir vos aventures ?

L'HÔTESSE. Non.

JACQUES. Vous avez un furieux goût pour les contes !

LE MAÎTRE. Il est vrai ; ils m'instruisent et m'amusent. Un bon conteur est un homme rare.

JACQUES. Et voilà tout juste pourquoi je n'aime pas les contes, à moins que je ne les fasse.

LE MAÎTRE. Tu aimes mieux parler mal que te taire.

JACQUES. Il est vrai.

LE MAÎTRE. Et moi, j'aime mieux entendre mal parler que de ne rien entendre.

JACQUES. Cela nous met tous deux fort à notre aise.

Je ne sais où l'hôtesse, Jacques et son maître avaient mis leur esprit, pour n'avoir pas trouvé une seule des choses qu'il y avait à dire en faveur de Mlle Duquênoi. Est-ce que cette fille comprit rien aux artifices de la dame de La Pommeraye, avant le dénoûment ? Est-ce qu'elle n'aurait pas mieux aimé accepter les offres que la main

160

du marquis, et l'avoir pour amant que pour époux ? Est-ce qu'elle n'était pas continuellement sous les menaces et le despotisme de la marquise ? Peut-on la blâmer de son horrible aversion pour un état infâme ? et si l'on prend le parti de l'en estimer davantage, peut-on
4705 exiger d'elle bien de la délicatesse, bien du scrupule dans le choix des moyens de s'en tirer ?

Et vous croyez, lecteur, que l'apologie de Mme de La Pommeraye est plus difficile à faire ? Il vous aurait été peut-être plus agréable d'entendre là-dessus Jacques et son maître ; mais ils avaient
4710 à parler de tant d'autres choses plus intéressantes, qu'ils auraient vraisemblablement négligé celle-ci. Permettez donc que je m'en occupe un moment.

Vous entrez en fureur au nom de Mme de La Pommeraye, et vous vous écriez : « Ah ! la femme horrible ! ah ! l'hypocrite ! ah ! la
4715 scélérate !... » Point d'exclamation, point de courroux, point de partialité : raisonnons. Il se fait tous les jours des actions plus noires, sans aucun génie. Vous pouvez haïr ; vous pouvez redouter Mme de La Pommeraye : mais vous ne la mépriserez pas. Sa vengeance est atroce ; mais elle n'est souillée d'aucun motif d'intérêt. On ne
4720 vous a pas dit qu'elle avait jeté au nez du marquis le beau diamant dont il lui avait fait présent ; mais elle le fit : je le sais par les voies les plus sûres. Il ne s'agit ni d'augmenter sa fortune, ni d'acquérir quelques titres d'honneur. Quoi ! si cette femme en avait fait autant, pour obtenir à un mari la récompense de ses services ; si
4725 elle s'était prostituée à un ministre ou même à un premier commis[1], pour un cordon ou pour une colonelle[2] ; au dépositaire de la feuille des Bénéfices[3], pour une riche abbaye, cela vous paraîtrait tout simple, l'usage serait pour vous : et lorsqu'elle se venge d'une perfidie, vous vous révoltez contre elle au lieu de voir que son
4730 ressentiment ne vous indigne que parce que vous êtes incapable d'en éprouver un aussi profond, ou que vous ne faites presque

---

1. **Premier commis :** fonctionnaire supérieur du Trésor royal.
2. **Colonelle :** la colonelle, ou compagnie colonelle, est le nom de la première compagnie d'un régiment d'infanterie.
3. **Feuille des Bénéfices :** registre où l'on consignait les dignités et patrimoines ecclésiastiques.

aucun cas de la vertu des femmes. Avez-vous un peu réfléchi sur les sacrifices que Mme de La Pommeraye avait faits au marquis ? Je ne vous dirai pas que sa bourse lui avait été ouverte en toute
4735 occasion, et que pendant plusieurs années il n'avait eu d'autre maison, d'autre table que la sienne : cela vous ferait hocher de la tête ; mais elle s'était assujettie à toutes ses fantaisies, à tous ses goûts ; pour lui plaire elle avait renversé le plan de sa vie. Elle jouissait de la plus haute considération dans le monde, par la pureté de
4740 ses mœurs : et elle s'était rabaissée sur la ligne commune. On dit d'elle, lorsqu'elle eut agréé l'hommage du marquis des Arcis : Enfin cette merveilleuse Mme de La Pommeraye s'est donc faite comme une d'entre nous... Elle avait remarqué autour d'elle les souris ironiques ; elle avait entendu les plaisanteries, et souvent elle en avait
4745 rougi et baissé les yeux ; elle avait avalé tout le calice de l'amertume préparé aux femmes dont la conduite réglée a fait trop longtemps la satire des mauvaises mœurs de celles qui les entourent ; elle avait supporté tout l'éclat scandaleux par lequel on se venge des imprudentes bégueules[1] qui affichent de l'honnêteté. Elle était
4750 vaine ; et elle serait morte de douleur plutôt que de promener dans le monde, après la honte de la vertu abandonnée, le ridicule d'une délaissée. Elle touchait au moment où la perte d'un amant ne se répare plus. Tel était son caractère, que cet événement la condamnait à l'ennui et à la solitude. Un homme en poignarde un autre
4755 pour un geste, pour un démenti ; et il ne sera pas permis à une honnête femme perdue, déshonorée, trahie, de jeter le traître entre les bras d'une courtisane ? Ah ! lecteur, vous êtes bien léger dans vos éloges, et bien sévère dans votre blâme. Mais, me direz-vous, c'est plus encore la manière que la chose que je reproche à la mar-
4760 quise. Je ne me fais pas à un ressentiment d'une si longue tenue ; à un tissu de fourberies, de mensonges, qui dure près d'un an. Ni moi non plus, ni Jacques, ni son maître, ni l'hôtesse. Mais vous pardonnez tout à un premier mouvement ; et je vous dirai que, si le premier mouvement des autres est court, celui de Mme de
4765 La Pommeraye et des femmes de son caractère est long. Leur âme reste quelquefois toute leur vie comme au premier moment de

---

1. **Bégueules :** femmes prudes à l'excès.

l'injure ; et quel inconvénient, quelle injustice y a-t-il à cela ? Je n'y vois que des trahisons moins communes ; et j'approuverais fort une loi qui condamnerait aux courtisanes celui qui aurait séduit et

4770 abandonné une honnête femme : l'homme commun aux femmes communes.

Tandis que je disserte, le maître de Jacques ronfle comme s'il m'avait écouté ; et Jacques, à qui les muscles des jambes refusaient le service, rôde dans la chambre, en chemise et pieds nus, culbute

4775 tout ce qu'il rencontre et réveille son maître qui lui dit d'entre ses rideaux : « Jacques, tu es ivre.

– Ou peu s'en faut.

– À quelle heure as-tu résolu de te coucher ?

– Tout à l'heure, monsieur ; c'est qu'il y a... c'est qu'il y a...

4780 – Qu'est-ce qu'il y a ?

– Dans cette bouteille un reste qui s'éventerait. J'ai en horreur les bouteilles en vidange ; cela me reviendrait en tête, quand je serais couché ; et il n'en faudrait pas davantage pour m'empêcher de fermer l'œil. Notre hôtesse est, par ma foi, une excellente femme,

4785 et son vin de Champagne un excellent vin ; ce serait dommage de le laisser éventer... Le voilà bientôt à couvert... et il ne s'éventera plus... »

Et tout en balbutiant, Jacques, en chemise et pieds nus, avait sablé deux ou trois rasades sans ponctuation, comme il s'exprimait, c'est-

4790 à-dire de la bouteille au verre, du verre à la bouche. Il y a deux versions sur ce qui suivit après qu'il eut éteint les lumières. Les uns prétendent qu'il se mit à tâtonner le long des murs sans pouvoir retrouver son lit, et qu'il disait : « Ma foi, il n'y est plus, ou, s'il y est, il est écrit là-haut que je ne le retrouverai pas ; dans l'un et

4795 l'autre cas, il faut s'en passer » ; et qu'il prit le parti de s'étendre sur des chaises. D'autres, qu'il était écrit là-haut qu'il s'embarrasserait les pieds dans les chaises, qu'il tomberait sur le carreau et qu'il y resterait. De ces deux versions, demain, après-demain, vous choisirez, à tête reposée, celle qui vous conviendra le mieux.

4800 Nos deux voyageurs, qui s'étaient couchés tard et la tête un peu chaude de vin, dormirent la grasse matinée ; Jacques à terre ou sur des chaises, selon la version que vous aurez préférée ; son maître plus à son aise dans son lit. L'hôtesse monta et leur annonça que la journée ne serait pas belle ; mais que, quand le temps leur permet-

4805 trait de continuer leur route, ils risqueraient leur vie ou seraient arrêtés par le gonflement des eaux du ruisseau qu'ils auraient à traverser ; et que plusieurs hommes de cheval, qui n'avaient pas voulu l'en croire, avaient été forcés de rebrousser chemin. Le maître dit à Jacques : « Jacques, que ferons-nous ? » Jacques répondit :
4810 « Nous déjeunerons d'abord avec notre hôtesse : ce qui nous avisera. » L'hôtesse jura que c'était sagement pensé. On servit à déjeuner. L'hôtesse ne demandait pas mieux que d'être gaie ; le maître de Jacques s'y serait prêté ; mais Jacques commençait à souffrir ; il mangea de mauvaise grâce, il but peu, il se tut. Ce dernier symp-
4815 tôme était surtout fâcheux ; c'était la suite de la mauvaise nuit qu'il avait passée et du mauvais lit qu'il avait eu. Il se plaignait de douleurs dans les membres ; sa voix rauque annonçait un mal de gorge. Son maître lui conseilla de se coucher : il n'en voulut rien faire. L'hôtesse lui proposait une soupe à l'oignon. Il demanda
4820 qu'on fît du feu dans la chambre, car il ressentait du frisson ; qu'on lui préparât de la tisane et qu'on lui apportât une bouteille de vin blanc : ce qui fut exécuté sur-le-champ. Voilà l'hôtesse partie et Jacques en tête à tête avec son maître. Celui-ci allait à la fenêtre, disait : « Quel diable de temps ! » regardait à sa montre (car c'était
4825 la seule en qui il eût confiance) quelle heure il était, prenait sa prise de tabac, recommençait la même chose d'heure en heure, s'écriant à chaque fois : « Quel diable de temps ! » se tournant vers Jacques et ajoutant : « La belle occasion pour reprendre et achever l'histoire de tes amours ! mais on parle mal d'amour et d'autre
4830 chose quand on souffre. Vois, tâte-toi, si tu peux continuer, continue ; sinon, bois ta tisane et dors. »

Jacques prétendit que le silence lui était malsain ; qu'il était un animal jaseur ; et que le principal avantage de sa condition, celui qui le touchait le plus, c'était la liberté de se dédommager des douze
4835 années de bâillon qu'il avait passées chez son grand-père, à qui Dieu fasse miséricorde.

LE MAÎTRE. Parle donc, puisque cela nous fait plaisir à tous deux. Tu en étais à je ne sais quelle proposition malhonnête de la femme du chirurgien ; il s'agissait, je crois, d'expulser celui qui servait au
4840 château et d'y installer son mari.

JACQUES. M'y voilà ; mais un moment, s'il vous plaît. Humectons.

Jacques remplit un grand gobelet de tisane, y versa un peu de vin blanc et l'avala. C'était une recette qu'il tenait de son capitaine et que M. Tissot[1], qui la tenait de Jacques, recommande dans son traité des maladies populaires. Le vin blanc, disaient Jacques et M. Tissot, fait pisser, est diurétique, corrige la fadeur de la tisane et soutient le ton de l'estomac et des intestins. Son verre de tisane bu, Jacques continua :

Me voilà sorti de la maison du chirurgien, monté dans la voiture, arrivé au château et entouré de tous ceux qui l'habitaient.

LE MAÎTRE. Est-ce que tu y étais connu ?

JACQUES. Assurément ! Vous rappelleriez-vous une certaine femme à la cruche d'huile ?

LE MAÎTRE. Fort bien !

JACQUES. Cette femme était la commissionnaire de l'intendant et des domestiques. Jeanne avait prôné dans le château l'acte de commisération que j'avais exercé envers elle ; ma bonne œuvre était parvenue aux oreilles du maître : on ne lui avait pas laissé ignorer les coups de pied et de poing dont elle avait été récompensée la nuit sur le grand chemin. Il avait ordonné qu'on me découvrît et qu'on me transportât chez lui. M'y voilà. On me regarde ; on m'interroge, on m'admire. Jeanne m'embrassait et me remerciait. « Qu'on le loge commodément, disait le maître à ses gens, et qu'on ne le laisse manquer de rien » ; au chirurgien de la maison : « Vous le visiterez assidûment... » Tout fut exécuté de point en point. Eh bien ! mon maître, qui sait ce qui est écrit là-haut ? Qu'on dise à présent que c'est bien ou mal fait de donner son argent ; que c'est un malheur d'être assommé... Sans ces deux événements, M. Desglands n'aurait jamais entendu parler de Jacques.

LE MAÎTRE. M. Desglands, seigneur de Miremont ! C'est au château de Miremont que tu es ? chez mon vieil ami, le père de M. Desforges, l'intendant de la province ?

JACQUES. Tout juste. Et la jeune brune à la taille légère, aux yeux noirs...

LE MAÎTRE. Est Denise, la fille de Jeanne ?

---

1. **Simon-André Tissot :** médecin suisse, auteur de *L'Avis au peuple sur sa santé* (1761).

JACQUES. Elle-même.

4875 **LE MAÎTRE.** Tu as raison, c'est une des plus belles et des plus honnêtes créatures qu'il y ait à vingt lieues à la ronde. Moi et la plupart de ceux qui fréquentaient le château de Desglands avaient tout mis en œuvre inutilement pour la séduire ; et il n'y en avait pas un de nous qui n'eût fait de grandes sottises pour elle, à condi-
4880 tion d'en faire une petite pour lui.

Jacques cessant ici de parler, son maître lui dit : À quoi penses-tu ? Que fais-tu ?

JACQUES. Je fais ma prière.

LE MAÎTRE. Est-ce que tu pries ?

4885 **JACQUES.** Quelquefois.

LE MAÎTRE. Et que dis-tu ?

JACQUES. Je dis : « Toi qui as fait le grand rouleau, quel que tu sois, et dont le doigt a tracé toute l'écriture qui est là-haut, tu as su de tous les temps ce qu'il me fallait ; que ta volonté soit faite. *Amen.* »

4890 **LE MAÎTRE.** Est-ce que tu ne ferais pas aussi bien de te taire ?

JACQUES. Peut-être que oui, peut-être que non. Je prie à tout hasard ; et quoi qu'il m'advînt, je ne m'en réjouirais ni m'en plain-drais, si je me possédais ; mais c'est que je suis inconséquent et violent, que j'oublie mes principes ou les leçons de mon capitaine
4895 et que je ris et pleure comme un sot.

LE MAÎTRE. Est-ce que ton capitaine ne pleurait point, ne riait jamais ?

JACQUES. Rarement… Jeanne m'amena sa fille un matin ; et s'adres-sant d'abord à moi, elle me dit : « Monsieur, vous voilà dans un beau château, où vous serez un peu mieux que chez votre chirurgien. Dans
4900 les commencements surtout, oh ! vous serez soigné à ravir ; mais je connais les domestiques, il y a assez longtemps que je le suis ; peu à peu leur beau zèle se ralentira. Les maîtres ne penseront plus à vous ; et si votre maladie dure, vous serez oublié, mais si parfaitement oublié, que s'il vous prenait fantaisie de mourir de faim, cela vous réussirait… »
4905 Puis se tournant vers sa fille : « Écoute, Denise, lui dit-elle, je veux que tu visites cet honnête homme-là quatre fois par jour : le matin, à l'heure du dîner, sur les cinq heures et à l'heure du souper. Je veux que tu lui obéisses comme à moi. Voilà qui est dit, et n'y manque pas. »

LE MAÎTRE. Sais-tu ce qui lui est arrivé à ce pauvre Desglands ?

4910 **JACQUES.** Non, monsieur ; mais si les souhaits que j'ai faits pour sa prospérité n'ont pas été remplis, ce n'est pas faute d'avoir été sincères. C'est lui qui me donna au commandeur de La Boulaye, qui périt en passant à Malte ; c'est le commandeur de La Boulaye qui me donna à son frère aîné le capitaine, qui est peut-être mort
4915 à présent de la fistule[1] ; c'est ce capitaine qui me donna à son frère le plus jeune, l'avocat général de Toulouse, qui devint fou, et que la famille fit enfermer. C'est M. Pascal, avocat général de Toulouse, qui me donna au comte de Tourville, qui aima mieux laisser croître sa barbe sous un habit de capucin[2] que d'exposer sa vie ; c'est
4920 le comte de Tourville qui me donna à la marquise du Belloy, qui s'est sauvée à Londres avec un étranger ; c'est la marquise du Belloy qui me donna à un de ses cousins, qui s'est ruiné avec les femmes et qui a passé aux îles ; c'est ce cousin-là qui me recommanda à un M. Hérissant, usurier de profession, qui faisait valoir
4925 l'argent de M. de Rusai, docteur de Sorbonne, qui me fit entrer chez Mlle Isselin, que vous entreteniez, et qui me plaça chez vous, à qui je devrai un morceau de pain sur mes vieux jours, car vous me l'avez promis si je vous restais attaché : et il n'y a pas d'apparence que nous nous séparions. Jacques a été fait pour vous, et
4930 vous fûtes fait pour Jacques.

LE MAÎTRE. Mais, Jacques, tu as parcouru bien des maisons en assez peu de temps.

JACQUES. Il est vrai ; on m'a renvoyé quelquefois.

LE MAÎTRE. Pourquoi ?

4935 **JACQUES.** C'est que je suis né bavard, et que tous ces gens-là voulaient qu'on se tût. Ce n'était pas comme vous, qui me remercieriez[3] demain si je me taisais. J'avais tout juste le vice qui vous convenait. Mais qu'est-ce donc qui est arrivé à M. Desglands ? dites-moi cela, tandis que je m'apprêterai un coup de tisane.

---

1. **Fistule :** orifice ou canal anormal par où s'écoule un produit physiologique (urine, matière fécale) ou pathologique (pus).

2. **Capucin :** religieux qui appartient à l'ordre de saint François, ordre mendiant.

3. **Qui me remercierez :** qui me congédieriez.

4940 LE MAÎTRE. Tu as demeuré dans son château et tu n'as jamais entendu parler de son emplâtre ?

JACQUES. Non.

LE MAÎTRE. Cette aventure-là sera pour la route ; l'autre est courte. Il avait fait sa fortune au jeu. Il s'attacha à une femme que 4945 tu auras pu voir dans son château, femme d'esprit, mais sérieuse, taciturne, originale et dure. Cette femme lui dit un jour : « Ou vous m'aimez mieux que le jeu, et en ce cas donnez-moi votre parole d'honneur que vous ne jouerez jamais ; ou vous aimez mieux le jeu que moi, et en ce cas ne me parlez plus de votre passion, et 4950 jouez tant qu'il vous plaira... » Desglands donna sa parole d'honneur qu'il ne jouerait plus. – Ni gros ni petit jeu ? – Ni gros ni petit jeu. Il y avait environ dix ans qu'ils vivaient ensemble dans le château que tu connais, lorsque Desglands, appelé à la ville par une affaire d'intérêt, eut le malheur de rencontrer chez son notaire une 4955 de ses anciennes connaissances de brelan[1], qui l'entraîna à dîner dans un tripot[2], où il perdit en une seule séance tout ce qu'il possédait. Sa maîtresse fut inflexible ; elle était riche ; elle fit à Desglands une pension modique et se sépara de lui pour toujours.

JACQUES. J'en suis fâché, c'était un galant homme.

4960 LE MAÎTRE. Comment va la gorge ?

JACQUES. Mal.

LE MAÎTRE. C'est que tu parles trop, et que tu ne bois pas assez.

JACQUES. C'est que je n'aime pas la tisane, et que j'aime à parler.

LE MAÎTRE. Eh bien ! Jacques, te voilà chez Desglands, près de 4965 Denise, et Denise autorisée par sa mère à te faire au moins quatre visites par jour. La coquine ! préférer un Jacques[3] !

---

1. **Brelan :** jeu de cartes qui suscita un tel engouement que Louis XIV l'interdit et poursuivit les joueurs en justice. Pour faire un brelan, il faut avoir trois cartes de la même valeur (brelan de rois, de dames...).
2. **Tripot :** lieu où l'on joue.
3. **Jacques :** un maître Jacques est, selon Littré, « un homme qui réunit plusieurs emplois dans une maison », par allusion au Maître Jacques de *L'Avare* de Molière, qui est à la fois cocher et cuisinier. Les Jacques sont aussi des paysans et les jacqueries des révoltes de paysans (depuis le XIVe siècle).

JACQUES. Un Jacques ! un Jacques, monsieur, est un homme comme un autre.

LE MAÎTRE. Jacques, tu te trompes, un Jacques n'est point un homme comme un autre.

JACQUES. C'est quelquefois mieux qu'un autre.

LE MAÎTRE. Jacques, vous vous oubliez. Reprenez l'histoire de vos amours, et souvenez-vous que vous n'êtes et que vous ne serez jamais qu'un Jacques.

JACQUES. Si, dans la chaumière où nous trouvâmes les coquins, Jacques n'avait pas valu un peu mieux que son maître…

LE MAÎTRE. Jacques, vous êtes un insolent : vous abusez de ma bonté. Si j'ai fait la sottise de vous tirer de votre place, je saurai bien vous y remettre. Jacques, prenez votre bouteille et votre coquemar[1], et descendez là-bas.

JACQUES. Cela vous plaît à dire, monsieur ; je me trouve bien ici, et je ne descendrai pas là-bas.

LE MAÎTRE. Je te dis que tu descendras.

JACQUES. Je suis sûr que vous ne dites pas vrai. Comment, monsieur, après m'avoir accoutumé pendant dix ans à vivre de pair à compagnon[2]…

LE MAÎTRE. Il me plaît que cela cesse.

JACQUES. Après avoir souffert toutes mes impertinences…

LE MAÎTRE. Je n'en veux plus souffrir.

JACQUES. Après m'avoir fait asseoir à table à côté de vous, m'avoir appelé votre ami…

LE MAÎTRE. Vous ne savez pas ce que c'est que le nom d'ami donné par un supérieur à son subalterne.

JACQUES. Quand on sait que tous vos ordres ne sont que des clous à soufflet[3], s'ils n'ont été ratifiés par Jacques ; après avoir si

---

1. **Coquemar :** pot à anse en terre vernissée, en étain ou en cuivre, qui sert à faire bouillir de l'eau.
2. **De pair à compagnon :** en égaux.
3. **Des clous à soufflet :** expression imagée signifiant « sans valeur ».

bien accolé votre nom au mien, que l'un ne va jamais sans l'autre, et que tout le monde dit Jacques et son maître ; tout à coup il vous plaira de les séparer ! Non, monsieur, cela ne sera pas. Il est écrit là-haut que tant que Jacques vivra, que tant que son maître vivra, et même après qu'ils seront morts tous deux, on dira Jacques et son maître.

LE MAÎTRE. Et je dis, Jacques, que vous descendrez, et que vous descendrez sur-le-champ, parce que je vous l'ordonne.

JACQUES. Monsieur, commandez-moi toute autre chose, si vous voulez que je vous obéisse.

Ici, le maître de Jacques se leva, le prit à la boutonnière et lui dit gravement :
« Descendez. »
Jacques lui répondit froidement :
« Je ne descends pas. »
Le maître le secoua fortement, lui dit :
« Descendez, maroufle[1] ! obéissez-moi. »
Jacques lui répliqua froidement encore :
« Maroufle, tant qu'il vous plaira ; mais le maroufle ne descendra pas. Tenez, monsieur, ce que j'ai à la tête, comme on dit, je ne l'ai pas au talon. Vous vous échauffez inutilement, Jacques restera où il est, et ne descendra pas. »
Et puis Jacques et son maître, après s'être modérés jusqu'à ce moment, s'échappent tous les deux à la fois, et se mettent à crier à tue-tête :
« Tu descendras.
– Je ne descendrai pas.
– Tu descendras.
– Je ne descendrai pas. »
À ce bruit, l'hôtesse monta, et s'informa de ce que c'était ; mais ce ne fut pas dans le premier instant qu'on lui répondit ; on continua à crier : « Tu descendras. Je ne descendrai pas. » Ensuite le maître, le cœur gros, se promenant dans la chambre, disait en grommelant : « A-t-on jamais rien vu de pareil ? » L'hôtesse ébahie et debout : « Eh bien ! messieurs, de quoi s'agit-il ? »

---

1. **Maroufle :** insulte signifiant « homme grossier ».

Jacques, sans s'émouvoir, à l'hôtesse : C'est mon maître à qui la tête tourne ; il est fou.

LE MAÎTRE. C'est bête que tu veux dire.

JACQUES. Tout comme il vous plaira.

5035 LE MAÎTRE. *à l'hôtesse*. L'avez-vous entendu ?

L'HÔTESSE. Il a tort ; mais la paix, la paix ; parlez l'un ou l'autre, et que je sache ce dont il s'agit.

LE MAÎTRE. *à Jacques*. Parle, maroufle.

JACQUES, *à son maître*. Parlez vous-même.

5040 L'HÔTESSE, *à Jacques*. Allons, monsieur Jacques, parlez, votre maître vous l'ordonne ; après tout, un maître est un maître…

Jacques expliqua la chose à l'hôtesse. L'hôtesse, après avoir entendu, leur dit : Messieurs, voulez-vous m'accepter pour arbitre ?

JACQUES ET SON MAÎTRE, *tous les deux à la fois*. Très volontiers, 5045 très volontiers, notre hôtesse.

L'HÔTESSE. Et vous vous engagez d'honneur à exécuter ma sentence ?

JACQUES ET SON MAÎTRE. D'honneur, d'honneur…

Alors l'hôtesse s'asseyant sur la table, et prenant le ton et le main-5050 tien d'un grave magistrat, dit :
« Ouï la déclaration de monsieur Jacques, et d'après des faits tendant à prouver que son maître est un bon, un très bon, un trop bon maître ; et que Jacques n'est point un mauvais serviteur, quoiqu'un peu sujet à confondre la possession absolue et inamovible avec la concession 5055 passagère et gratuite, j'annule l'égalité qui s'est établie entre eux par laps de temps, et la recrée sur-le-champ. Jacques descendra, et quand il aura descendu, il remontera : il rentrera dans toutes les pré-rogatives dont il a joui jusqu'à ce jour. Son maître lui tendra la main, et lui dira d'amitié : « Bonjour, Jacques, je suis bien aise de vous 5060 revoir… » Jacques lui répondra : « Et moi, monsieur, je suis enchanté de vous retrouver… » Et je défends qu'il soit jamais question entre eux de cette affaire, et que la prérogative de maître et de serviteur soit agitée à l'avenir. Voulons que l'un ordonne et que l'autre obéisse, chacun de son mieux ; et qu'il soit laissé, entre ce que l'un peut et ce 5065 que l'autre doit, la même obscurité que ci-devant. »

En achevant ce prononcé, qu'elle avait pillé dans quelque ouvrage du temps, publié à l'occasion d'une querelle toute pareille[1], et où l'on avait entendu, de l'une des extrémités du royaume à l'autre, le maître crier à son serviteur : « Tu descendras ! » et le serviteur crier
5070 de son côté : « Je ne descendrai pas ! » allons, dit-elle à Jacques, vous, donnez-moi le bras sans parlementer davantage...
Jacques s'écria douloureusement : Il était donc écrit là-haut que je descendrais !...

L'HOTESSE, *à Jacques*. Il était écrit là-haut qu'au moment où l'on
5075 prend maître, on descendra, on montera, on avancera, on reculera, on restera, et cela sans qu'il soit jamais libre aux pieds de se refuser aux ordres de la tête. Qu'on me donne le bras, et que mon ordre s'accomplisse...

Jacques donna le bras à l'hôtesse ; mais à peine eurent-ils passé
5080 le seuil de la chambre, que le maître se précipita sur Jacques, et l'embrassa ; quitta Jacques pour embrasser l'hôtesse ; et les embrassant l'un et l'autre, il disait : « Il est écrit là-haut que je ne me déferai jamais de cet original-là, et que tant que je vivrai il sera mon maître et que je serai son serviteur... » L'hôtesse ajouta : « Et
5085 qu'à vue de pays[2], vous ne vous en trouverez pas plus mal tous deux. » L'hôtesse, après avoir apaisé cette querelle, qu'elle prit pour la première, et qui n'était pas la centième de la même espèce, et réinstallé Jacques à sa place, s'en alla à ses affaires, et le maître dit à Jacques : « À présent que nous voilà de sang-froid et en état de
5090 juger sainement, ne conviendras-tu pas ?

JACQUES. Je conviendrai que quand on a donné sa parole d'honneur, il faut la tenir ; et puisque nous avons promis au juge sur notre parole d'honneur de ne pas revenir sur cette affaire, il n'en faut plus parler.

5095 **LE MAÎTRE.** Tu as raison.

JACQUES. Mais sans revenir sur cette affaire, ne pourrions-nous pas en prévenir cent autres par quelque arrangement raisonnable ?

---

1. **Une querelle toute pareille :** allusion aux affrontements entre le roi et le parlement.
2. **À vue de pays :** à vue de nez.

LE MAÎTRE. J'y consens.

JACQUES. Stipulons : 1° qu'attendu qu'il est écrit là-haut que je vous suis essentiel, et que je sens, que je sais que vous ne pouvez pas vous passer de moi, j'abuserai de ces avantages toutes et quantes fois que l'occasion s'en présentera.

LE MAÎTRE. Mais, Jacques, on n'a jamais rien stipulé de pareil.

JACQUES. Stipulé ou non stipulé, cela s'est fait de tous les temps, se fait aujourd'hui, et se fera tant que le monde durera. Croyez-vous que les autres n'aient pas cherché comme vous à se soustraire à ce décret, et que vous serez plus habile qu'eux ? Défaites-vous de cette idée, et soumettez-vous à la loi d'un besoin dont il n'est pas en votre pouvoir de vous affranchir.

Stipulons : 2° qu'attendu qu'il est aussi impossible à Jacques de ne pas connaître son ascendant et sa force sur son maître, qu'à son maître de méconnaître sa faiblesse et de se dépouiller de son indulgence, il faut que Jacques soit insolent, et que, pour la paix, son maître ne s'en aperçoive pas. Tout cela s'est arrangé à notre insu, tout cela fut scellé là-haut au moment où la nature fit Jacques et son maître. Il fut arrêté que vous auriez les titres, et que j'aurais la chose. Si vous vouliez vous opposer à la volonté de nature, vous n'y feriez que de l'eau claire[1].

LE MAÎTRE. Mais, à ce compte, ton lot vaudrait mieux que le mien.

JACQUES. Qui vous le dispute ?

LE MAÎTRE. Mais, à ce compte, je n'ai qu'à prendre ta place et te mettre à la mienne.

JACQUES. Savez-vous ce qui en arriverait ? Vous y perdriez le titre, et vous n'auriez pas la chose. Restons comme nous sommes, nous sommes fort bien tous deux ; et que le reste de notre vie soit employé à faire un proverbe.

LE MAÎTRE. Quel proverbe ?

JACQUES. Jacques mène son maître. Nous serons les premiers dont on l'aura dit ; mais on le répétera de mille autres qui valent mieux que vous et moi.

---

1. **Vous n'y feriez que de l'eau claire :** vous n'y changeriez rien.

LE MAÎTRE. Cela me semble dur, très dur.

JACQUES. Mon maître, mon cher maître, vous allez regimber[1] contre un aiguillon qui n'en piquera que plus vivement. Voilà donc qui est convenu entre nous.

5135 **LE MAÎTRE.** Et que fait notre consentement à une loi nécessaire ?

JACQUES. Beaucoup. Croyez-vous qu'il soit inutile de savoir une bonne fois, nettement, clairement, à quoi s'en tenir ? Toutes nos querelles ne sont venues jusqu'à présent que parce que nous ne nous étions pas encore bien dit, vous, que vous vous appelleriez 5140 mon maître, et que c'est moi qui serais le vôtre. Mais voilà qui est entendu ; et nous n'avons plus qu'à cheminer en conséquence.

LE MAÎTRE. Mais où diable as-tu appris tout cela ?

JACQUES. Dans le grand livre. Ah ! mon maître, on a beau réfléchir, méditer, étudier dans tous les livres du monde, on n'est jamais 5145 qu'un petit clerc quand on n'a pas lu dans le grand livre...

L'après-dînée, le soleil s'éclaircit. Quelques voyageurs assurèrent que le ruisseau était guéable[2]. Jacques descendit ; son maître paya l'hôtesse très largement. Voilà à la porte de l'auberge un assez grand nombre de passagers que le mauvais temps y avait retenus, 5150 se préparant à continuer leur route ; parmi ces passagers, Jacques et son maître, l'homme au mariage saugrenu et son compagnon. Les piétons ont pris leurs bâtons et leurs bissacs[3] ; d'autres s'arrangent dans leurs fourgons ou leurs voitures ; les cavaliers sont sur leurs chevaux, et boivent le vin de l'étrier[4]. L'hôtesse affable tient une 5155 bouteille à la main, présente des verres, et les remplit, sans oublier le sien ; on lui dit des choses obligeantes ; elle y répond avec politesse et gaieté. On pique des deux, on se salue et l'on s'éloigne.

Il arriva que Jacques et son maître, le marquis des Arcis et son compagnon de voyage, avaient la même route à faire. De ces quatre 5160 personnages il n'y a que ce dernier qui ne vous soit pas connu. Il

---

1. **Regimber :** résister.
2. **Guéable :** passable à gué.
3. **Bissacs :** un bissac (ou besace) est un sac fendu en son milieu et fermé aux deux extrémités, formant deux poches lorsqu'il est porté à cheval ou sur l'épaule.
4. **Vin de l'étrier :** vin que l'on boit juste avant le départ.

avait à peine atteint l'âge de vingt-deux ou de vingt-trois ans. Il était d'une timidité qui se peignait sur son visage ; il portait sa tête un peu penchée sur l'épaule gauche ; il était silencieux, et n'avait presque aucun usage du monde. S'il faisait la révérence, il inclinait la partie supérieure de son corps sans remuer ses jambes ; assis, il avait le tic de prendre les basques de son habit, et de les croiser sur ses cuisses, de tenir ses mains dans les fentes, et d'écouter ceux qui parlaient, les yeux presque fermés. À cette allure singulière Jacques le déchiffra ; et s'approchant de l'oreille de son maître, il lui dit : « Je gage que ce jeune homme a porté l'habit de moine ?

– Et pourquoi cela, Jacques ?

– Vous verrez.

Nos quatre voyageurs allèrent de compagnie, s'entretenant de la pluie, du beau temps, de l'hôtesse, de l'hôte, de la querelle du marquis des Arcis, au sujet de Nicole. Cette chienne affamée et malpropre venait sans cesse s'essuyer à ses bas ; après l'avoir inutilement chassée plusieurs fois avec sa serviette, d'impatience il lui avait détaché un assez violent coup de pied… Et voilà tout de suite la conversation tournée sur cet attachement singulier des femmes pour les animaux. Chacun en dit son avis. Le maître de Jacques, s'adressant à Jacques, lui dit : « Et toi, Jacques, qu'en penses-tu ? » Jacques demanda à son maître s'il n'avait pas remarqué que, quelle que fût la misère des petites gens, n'ayant pas de pain pour eux, ils avaient tous des chiens ; s'il n'avait pas remarqué que ces chiens, étant tous instruits à faire des tours, à marcher à deux pattes, à danser, à rapporter, à sauter pour le roi, pour la reine, à faire le mort, cette éducation les avait rendus les plus malheureuses bêtes du monde. D'où il conclut que tout homme voulait commander à un autre ; et que l'animal se trouvant dans la société immédiatement au-dessous de la classe des derniers citoyens commandés par toutes les autres classes, ils prenaient un animal pour commander aussi à quelqu'un. Eh bien ! dit Jacques, chacun a son chien. Le ministre est le chien du roi, le premier commis est le chien du ministre, la femme est le chien du mari, ou le mari le chien de la femme ; Favori est le chien de celle-ci, et Thibaud est le chien de l'homme du coin. Lorsque mon maître me fait parler quand je voudrais me taire, ce qui, à la vérité, m'arrive rarement, continua Jacques ; lorsqu'il me fait taire quand je voudrais parler, ce qui est

très difficile ; lorsqu'il me demande l'histoire de mes amours, et
que j'aimerais mieux causer d'autre chose ; lorsque j'ai commencé
l'histoire de mes amours, et qu'il l'interrompt : que suis-je autre
chose que son chien ? les hommes faibles sont les chiens des hommes
fermes.

LE MAÎTRE. Mais, Jacques, cet attachement pour les animaux, je
ne le remarque pas seulement dans les petites gens, je connais de
grandes dames entourées d'une meute de chiens, sans compter les
chats, les perroquets, les oiseaux.

JACQUES. C'est leur satire et celle de ce qui les entoure. Elles
n'aiment personne ; personne ne les aime : et elles jettent aux
chiens un sentiment dont elles ne savent que faire.

LE MARQUIS DES ARCIS. Aimer les animaux ou jeter son cœur
aux chiens, cela est singulièrement vu.

LE MAÎTRE. Ce qu'on donne à ces animaux-là suffirait à la nourriture de deux ou trois malheureux.

JACQUES. À présent en êtes-vous surpris ?

LE MAÎTRE. Non.

Le marquis des Arcis tourna les yeux sur Jacques, sourit de ses
idées ; puis, s'adressant à son maître, il lui dit : Vous avez là un serviteur qui n'est pas ordinaire.

LE MAÎTRE. Un serviteur, vous avez bien de la bonté : c'est moi
qui suis le sien ; et peu s'en est fallu que ce matin, pas plus tard, il
ne me l'ait prouvé en forme[1].

Tout en causant on arriva à la couchée, et l'on fit chambrée commune. Le maître de Jacques et le marquis des Arcis soupèrent
ensemble. Jacques et le jeune homme furent servis à part. Le maître
ébaucha en quatre mots au marquis l'histoire de Jacques et de
son tour de tête fataliste. Le marquis parla du jeune homme qui le
suivait. Il avait été prémontré[2]. Il était sorti de sa maison par une
aventure bizarre ; des amis le lui avaient recommandé ; et il en

---

1. **En forme :** dans les formes.
2. **Prémontré :** religieux d'un ordre régulier fondé au XIIe siècle par saint Norbert à
Prémontré, près de Laon. Ils étaient vêtus de blanc.

5230 avait fait son secrétaire en attendant mieux. Le maître de Jacques dit : Cela est plaisant.

LE MARQUIS DES ARCIS. Et que trouvez-vous de plaisant à cela ?

LE MAÎTRE. Je parle de Jacques. À peine sommes-nous entrés dans le logis que nous venons de quitter, que Jacques m'a dit à voix 5235 basse : « Monsieur, regardez bien ce jeune homme, je gagerais qu'il a été moine. »

LE MARQUIS. Il a rencontré juste, je ne sais sur quoi. Vous couchez-vous de bonne heure ?

LE MAÎTRE. Non, pas ordinairement ; et ce soir j'en suis d'autant 5240 moins pressé que nous n'avons fait que demi-journée.

LE MARQUIS DES ARCIS. Si vous n'avez rien qui vous occupe plus utilement ou plus agréablement, je vous raconterai l'histoire de mon secrétaire ; elle n'est pas commune.

LE MAÎTRE. Je l'écouterai volontiers.

5245 Je vous entends, lecteur : vous me dites : Et les amours de Jacques ?… Croyez-vous que je n'en sois pas pas aussi curieux que vous ? Avez-vous oublié que Jacques aimait à parler, et surtout à parler de lui ; manie générale des gens de son état ; manie qui les tire de leur abjection, qui les place dans la tribune, et qui les trans-5250 forme tout à coup en personnages intéressants ? Quel est, à votre avis, le motif qui attire la populace aux exécutions publiques ? L'inhumanité ? Vous vous trompez : le peuple n'est point inhumain ; ce malheureux autour de l'échafaud duquel il s'attroupe, il l'arracherait des mains de la justice s'il le pouvait. Il va chercher 5255 en Grève une scène qu'il puisse raconter à son retour dans le faubourg ; celle-là ou une autre, cela lui est indifférent, pourvu qu'il fasse un rôle, qu'il rassemble ses voisins, et qu'il s'en fasse écouter. Donnez au boulevard une fête amusante ; et vous verrez que la place des exécutions sera vide. Le peuple est avide de spectacles, et 5260 y court, parce qu'il est amusé quand il en jouit, et qu'il est encore amusé par le récit qu'il en fait quand il en est revenu. Le peuple est terrible dans sa fureur ; mais elle ne dure pas. Sa misère propre l'a rendu compatissant ; il détourne les yeux du spectacle d'horreur qu'il est allé chercher ; il s'attendrit, il s'en retourne en pleurant… 5265 Tout ce que je vous débite là, lecteur, je le tiens de Jacques, je vous

l'avoue, parce que je n'aime pas à me faire honneur de l'esprit d'autrui. Jacques ne connaissait ni le nom de vice, ni le nom de vertu ; il prétendait qu'on était heureusement ou malheureusement né. Quand il entendait prononcer les mots récompenses ou
5270 châtiments, il haussait les épaules. Selon lui la récompense était l'encouragement des bons ; le châtiment, l'effroi des méchants. Qu'est-ce autre chose, disait-il, s'il n'y a point de liberté, et que notre destinée soit écrite là-haut ? Il croyait qu'un homme s'acheminait aussi nécessairement à la gloire ou à l'ignominie, qu'une
5275 boule qui aurait la conscience d'elle-même suit la pente d'une montagne ; et que, si l'enchaînement des causes et des effets qui forment la vie d'un homme depuis le premier instant de sa naissance jusqu'à son dernier soupir nous était connu, nous resterions convaincus qu'il n'a fait que ce qu'il était nécessaire de faire. Je l'ai
5280 plusieurs fois contredit, mais sans avantage et sans fruit. En effet, que répliquer à celui qui vous dit : Quelle que soit la somme des éléments dont je suis composé, je suis un ; or, une cause n'a qu'un effet ; j'ai toujours été une cause une ; je n'ai donc jamais eu qu'un effet à produire ; ma durée n'est donc qu'une suite d'effets néces-
5285 saires. C'est ainsi que Jacques raisonnait d'après son capitaine. La distinction d'un monde physique et d'un monde moral lui semblait vide de sens. Son capitaine lui avait fourré dans la tête toutes ces opinions qu'il avait puisées, lui, dans son Spinoza[1] qu'il savait par cœur. D'après ce système, on pourrait imaginer que Jacques ne se
5290 réjouissait, ne s'affligeait de rien ; cela n'était pourtant pas vrai. Il se conduisait à peu près comme vous et moi. Il remerciait son bienfaiteur, pour qu'il lui fît encore du bien. Il se mettait en colère contre l'homme injuste ; et quand on lui objectait qu'il ressemblait alors au chien qui mord la pierre qui l'a frappé : « Nenni, disait-il, la
5295 pierre mordue par le chien ne se corrige pas ; l'homme injuste est modifié par le bâton. » Souvent il était inconséquent comme vous et moi, et sujet à oublier ses principes, excepté dans quelques circonstances où sa philosophie le dominait évidemment ; c'était alors qu'il disait : « Il fallait que cela fût, car cela était écrit là-haut. » Il
5300 tâchait à prévenir le mal ; il était prudent avec le plus grand mépris

---

1. **Spinoza :** philosophe hollandais (1632-1677).

pour la prudence. Lorsque l'accident était arrivé, il en revenait à son refrain ; et il était consolé. Du reste, bon homme, franc, honnête, brave, attaché, fidèle, très têtu, encore plus bavard, et affligé comme vous et moi d'avoir commencé l'histoire de ses amours sans presque aucun espoir de la finir. Ainsi je vous conseille, lecteur, de prendre votre parti ; et au défaut des amours de Jacques, de vous accommoder des aventures du secrétaire du marquis des Arcis. D'ailleurs, je le vois, ce pauvre Jacques, le cou entortillé d'un large mouchoir ; sa gourde, ci-devant pleine de bon vin, ne contenant que de la tisane ; toussant, jurant contre l'hôtesse, qu'ils ont quittée, et contre son vin de Champagne, ce qu'il ne ferait pas s'il se ressouvenait que tout est écrit là-haut, même son rhume.

Et puis, lecteur, toujours des contes d'amour ; un, deux, trois, quatre contes d'amour que je vous ai faits ; trois ou quatre autres contes d'amour qui vous reviennent encore : ce sont beaucoup de contes d'amour. Il est vrai d'un autre côté que, puisqu'on écrit pour vous, il faut ou se passer de votre applaudissement, ou vous servir à votre goût, et que vous l'avez bien décidé pour les contes d'amour. Toutes vos nouvelles en vers ou en prose sont des contes d'amour ; presque tous vos poèmes, élégies[1], églogues[2], idylles[3], chansons, épîtres[4], comédies, tragédies, opéras, sont des contes d'amour. Presque toutes vos peintures et vos sculptures ne sont que des contes d'amour. Vous êtes aux contes d'amour pour toute nourriture depuis que vous existez, et vous ne vous en lassez point. L'on vous tient à ce régime et l'on vous y tiendra longtemps encore, hommes et femmes, grands et petits enfants, sans que vous vous en lassiez. En vérité, cela est merveilleux. Je voudrais que l'histoire du secrétaire du marquis des Arcis fût encore un conte d'amour ; mais j'ai peur qu'il n'en soit rien, et que vous n'en soyez ennuyé. Tant pis pour le marquis des Arcis, pour le maître de Jacques, pour vous, lecteur, et pour moi.

---

1. **Élégies :** poèmes lyriques caractérisés par la tristesse, la plainte du poète.
2. **Églogues :** poèmes pastoraux ou champêtres, de forme dialoguée.
3. **Idylles :** petits poèmes pastoraux chantant généralement l'amour.
4. **Épîtres :** lettres.

Il vient un moment où presque toutes les jeunes filles et les jeunes garçons tombent dans la mélancolie ; ils sont tourmentés d'une inquiétude vague qui se promène sur tout, et qui ne trouve rien qui la calme. Ils cherchent la solitude ; ils pleurent ; le silence des cloîtres les touche ; l'image de la paix qui semble régner dans les maisons religieuses les séduit. Ils prennent pour la voix de Dieu qui les appelle à lui les premiers efforts d'un tempérament qui se développe : et c'est précisément lorsque la nature les sollicite, qu'ils embrassent un genre de vie contraire au vœu de la nature. L'erreur ne dure pas ; l'expression de la nature devient plus claire : on la reconnaît ; et l'être séquestré tombe dans les regrets, la langueur, les vapeurs, la folie ou le désespoir… Tel fut le préambule du marquis des Arcis. Dégoûté du monde à l'âge de dix-sept ans, Richard (c'est le nom de mon secrétaire) se sauva de la maison paternelle, et prit l'habit de prémontré.

LE MAÎTRE. De prémontré ? Je lui en sais gré. Ils sont blancs comme des cygnes, et saint Norbert qui les fonda n'omit qu'une chose dans ses conditions…

LE MARQUIS DES ARCIS. D'assigner un vis-à-vis à chacun de ses religieux.

LE MAÎTRE. Si ce n'était pas l'usage des amours d'aller tout nus[1], ils se déguiseraient en prémontrés. Il règne dans cet ordre une politique singulière. On vous permet la duchesse, la marquise, la comtesse, la présidente, la conseillère, même la financière, mais point la bourgeoise ; quelque jolie que soit la marchande, vous verrez rarement un prémontré dans une boutique.

LE MARQUIS DES ARCIS. C'est ce que Richard m'avait dit. Richard aurait fait ses vœux après deux ans de noviciat, si ses parents ne s'y étaient opposés. Son père exigea qu'il rentrerait dans la maison, et que là il lui serait permis d'éprouver sa vocation, en observant toutes les règles de la vie monastique pendant une année : traité qui fut fidèlement rempli de part et d'autre. L'année d'épreuve, sous les yeux de sa famille, écoulée, Richard demanda à faire ses

---

1. **Tout nus :** les prémontrés portaient leur habit blanc directement sur la peau, sans linge de corps.

vœux. Son père lui répondit : « Je vous ai accordé une année pour prendre une dernière résolution, j'espère que vous ne m'en refuserez pas une pour la même chose ; je consens seulement que vous alliez la passer où il vous plaira. En attendant la fin de ce second

5370 délai, l'abbé de l'ordre se l'attacha. C'est dans cet intervalle qu'il fut impliqué dans une des aventures qui n'arrivent que dans les couvents. Il y avait alors à la tête d'une des maisons de l'ordre un supérieur d'un caractère extraordinaire : il s'appelait le père Hudson. Le père Hudson avait la figure la plus intéressante : un grand front,

5375 un visage ovale, un nez aquilin, de grands yeux bleus, de belles joues larges, une belle bouche, de belles dents, le souris le plus fin, une tête couverte d'une forêt de cheveux blancs, qui ajoutaient la dignité à l'intérêt de sa figure ; de l'esprit, des connaissances, de la gaieté, le maintien et le propos le plus honnête, l'amour de l'ordre,

5380 celui du travail ; mais les passions les plus fougueuses, mais le goût le plus effréné des plaisirs et des femmes, mais le génie de l'intrigue porté au dernier point, mais les mœurs les plus dissolues, mais le despotisme le plus absolu dans sa maison. Lorsqu'on lui en donna l'administration, elle était infectée d'un jansénisme igno-

5385 rant ; les études s'y faisaient mal, les affaires temporelles étaient en désordre, les devoirs religieux y étaient tombés en désuétude, les offices divins s'y célébraient avec indécence, les logements superflus y étaient occupés par des pensionnaires dissolus. Le père Hudson convertit ou éloigna les jansénistes, présida lui-même

5390 aux études, rétablit le temporel, remit la règle en vigueur, expulsa les pensionnaires scandaleux, introduisit dans la célébration des offices la régularité et la bienséance, et fit de sa communauté une des plus édifiantes. Mais cette austérité à laquelle il assujettissait les autres, lui, s'en dispensait ; ce joug de fer sous lequel il tenait

5395 ses subalternes, il n'était pas assez dupe pour le partager ; aussi étaient-ils animés contre le père Hudson d'une fureur renfermée qui n'en était que plus violente et plus dangereuse. Chacun était son ennemi et son espion ; chacun s'occupait, en secret, à percer les ténèbres de sa conduite ; chacun tenait un état séparé de ses

5400 désordres cachés ; chacun avait résolu de le perdre ; il ne faisait pas une démarche qui ne fût suivie ; ses intrigues étaient à peine nouées, qu'elles étaient connues. L'abbé de l'ordre avait une maison attenante au monastère. Cette maison avait deux portes, l'une

qui s'ouvrait dans la rue, l'autre dans le cloître ; Hudson en avait
5405 forcé les serrures ; l'abbatiale était devenue le réduit de ses scènes
nocturnes, et le lit de l'abbé celui de ses plaisirs. C'était par la porte
de la rue, lorsque la nuit était avancée, qu'il introduisait lui-même,
dans les appartements de l'abbé, des femmes de toutes les conditions : c'était là qu'on faisait des soupers délicats. Hudson avait un
5410 confessionnal, et il avait corrompu toutes celles d'entre ses pénitentes qui en valaient la peine. Parmi ces pénitentes il y avait une
petite confiseuse qui faisait bruit dans le quartier, par sa coquette-
rie et ses charmes ; Hudson, qui ne pouvait fréquenter chez elle,
l'enferma dans son sérail. Cette espèce de rapt ne se fit pas sans
5415 donner des soupçons aux parents et à l'époux. Ils lui rendirent
visite. Hudson les reçut avec un air consterné. Comme ces bonnes
gens étaient en train de lui exposer leur chagrin, la cloche sonne ;
c'était à six heures du soir : Hudson leur impose silence, ôte son
chapeau, se lève, fait un grand signe de croix, et dit d'un ton affec-
5420 tueux et pénétré : *Angelus Domini nuntiavit Mariæ*[1]... Et voilà le
père de la confiseuse et ses frères honteux de leur soupçon, qui
disaient, en descendant l'escalier, à l'époux : « Mon fils, vous êtes
un sot... Mon frère, n'avez-vous point de honte ? Un homme qui
dit l'*Angelus*, un saint ! »
5425 Un soir, en hiver, qu'il s'en retournait à son couvent, il fut attaqué
par une de ces créatures qui sollicitent les passants ; elle lui paraît
jolie : il la suit ; à peine est-il entré, que le guet[2] survient. Cette
aventure en aurait perdu un autre ; mais Hudson était homme de
tête, et cet accident lui concilia la bienveillance et la protection
5430 du magistrat de police. Conduit en sa présence, voici comme il lui
parla : « Je m'appelle Hudson, je suis le supérieur de ma maison.
Quand j'y suis entré tout était en désordre ; il n'y avait ni science,
ni discipline, ni mœurs ; le spirituel y était négligé jusqu'au scandale ; le dégât du temporel menaçait la maison d'une ruine pro-
5435 chaine. J'ai tout rétabli ; mais je suis homme, et j'ai mieux aimé
m'adresser à une femme corrompue, que de m'adresser à une hon-

---

1. ***Angelus Domini nuntiavit Mariæ*** : « L'ange du Seigneur porta l'annonce à Marie »,
verset auquel répond « Et elle conçut du Saint-Esprit ».
2. **Guet :** patrouille de surveillance.

nête femme. Vous pouvez à présent disposer de moi comme il vous plaira… » Le magistrat lui recommanda d'être plus circonspect à l'avenir, lui promit le secret sur cette aventure, et lui témoigna le désir de le connaître plus intimement.

Cependant les ennemis dont il était environné avaient, chacun de leur côté, envoyé au général de l'ordre[1] des mémoires, où ce qu'ils savaient de la mauvaise conduite d'Hudson était exposé. La confrontation de ces mémoires en augmentait la force. Le général était janséniste, et par conséquent disposé à tirer vengeance de l'espèce de persécution qu'Hudson avait exercée contre les adhérents à ses opinions. Il aurait été enchanté d'étendre le reproche des mœurs corrompues d'un seul défenseur de la bulle et de la morale relâchée sur la secte entière. En conséquence il remit les différents mémoires des faits et gestes d'Hudson entre les mains de deux commissaires qu'il dépêcha secrètement, avec ordre de procéder à leur vérification et de la constater juridiquement ; leur enjoignant surtout de mettre à la conduite de cette affaire la plus grande circonspection, le seul moyen d'accabler subitement le coupable, et de le soustraire à la protection de la cour et du Mirepoix[2], aux yeux duquel le jansénisme était le plus grand de tous les crimes, et la soumission à la bulle *Unigenitus*[3], la première des vertus. Richard, mon secrétaire, fut un des deux commissaires.

Voilà ces deux hommes partis du noviciat, installés dans la maison d'Hudson et procédant sourdement aux informations. Ils eurent bientôt recueilli une liste de plus de forfaits qu'il n'en fallait pour mettre cinquante moines dans l'*in pace*[4]. Leur séjour avait été long, mais leur menée si adroite qu'il n'en était rien transpiré. Hudson, tout fin qu'il était, touchait au moment de sa perte, qu'il n'en avait

---

1. **Général de l'ordre** : chef de l'ordre religieux et de toutes ses maisons et congrégations.
2. **Mirepoix** : Jean-François Boyer, évêque de Mirepoix, chargé des bénéfices ecclésiastiques, fervent défenseur de la bulle *Unigenitus*. Un Mirepoix désigne aussi un anti-janséniste.
3. **Bulle Unigenitus** : promulguée le 8 septembre 1713 par le pape Clément XI, cette bulle condamnait les 101 propositions que le père Quesnel avait tirées de *l'Augustinus* (1628) de Jansenius (Cornelius Jansen), et, de fait, le jansénisme.
4. *In pace* : l'*in pace*, mot à mot « en paix », désigne la prison d'un couvent.

5465 pas le moindre soupçon. Cependant le peu d'attention de ces nouveaux venus à lui faire la cour, le secret de leur voyage, leurs sorties tantôt ensemble, tantôt séparés ; leurs fréquentes conférences avec les autres religieux, l'espèce de gens qu'ils visitaient et dont ils étaient visités, lui causèrent quelque inquiétude. Il les épia, il
5470 les fit épier ; et bientôt l'objet de leur mission fut évident pour lui. Il ne se déconcerta point ; il s'occupa profondément de la manière, non d'échapper à l'orage qui le menaçait, mais de l'attirer sur la tête des deux commissaires : et voici le parti très extraordinaire auquel il s'arrêta.

5475 Il avait séduit une jeune fille qu'il tenait cachée dans un petit logement du faubourg Saint-Médard. Il court chez elle, et lui tient le discours suivant : « Mon enfant, tout est découvert, nous sommes perdus ; avant huit jours vous serez renfermée, et j'ignore ce qu'il sera fait de moi. Point de désespoir, point de cris ; remettez-vous
5480 de votre trouble. Écoutez-moi, faites ce que je vous dirai, faites-le bien, je me charge du reste. Demain je pars pour la campagne. Pendant mon absence, allez trouver deux religieux que je vais vous nommer. (Et il lui nomma les deux commissaires.) Demandez à leur parler en secret. Seule avec eux, jetez-vous à leurs genoux,
5485 implorez leur secours, implorez leur justice, implorez leur médiation auprès du général, sur l'esprit duquel vous savez qu'ils peuvent beaucoup ; pleurez, sanglotez, arrachez-vous les cheveux ; et en pleurant, sanglotant, vous arrachant les cheveux, racontez-leur toute notre histoire, et la racontez de la manière la plus propre à
5490 inspirer de la commisération pour vous, de l'horreur contre moi.

– Comment, monsieur, je leur dirai…

– Oui, vous leur direz qui vous êtes, à qui vous appartenez, que je vous ai séduite au tribunal de la confession, enlevée d'entre les bras de vos parents, et reléguée dans la maison où vous êtes. Dites
5495 qu'après vous avoir ravi l'honneur et précipitée dans le crime, je vous ai abandonnée à la misère ; dites que vous ne savez plus que devenir.

– Mais, Père…

– Exécutez ce que je vous prescris, et ce qui me reste à vous pres-
5500 crire, ou résolvez votre perte et la mienne. Ces deux moines ne manqueront pas de vous plaindre, de vous assurer de leur assistance et de vous demander un second rendez-vous que vous leur

accorderez. Ils s'informeront de vous et de vos parents, et comme vous ne leur aurez rien dit qui ne soit vrai, vous ne pouvez leur
5505 devenir suspecte. Après cette première et leur seconde entrevue, je vous prescrirai ce que vous aurez à faire à la troisième. Songez seulement à bien jouer votre rôle. »

Tout se passa comme Hudson l'avait imaginé. Il fit un second voyage. Les deux commissaires en instruisirent la jeune fille ; elle
5510 revint dans la maison. Ils lui redemandèrent le récit de sa malheureuse histoire. Tandis qu'elle racontait à l'un, l'autre prenait des notes sur ses tablettes. Ils gémirent sur son sort, l'instruisirent de la désolation de ses parents, qui n'était que trop réelle, et lui promirent sûreté pour sa personne et prompte vengeance de son séduc-
5515 teur ; mais à la condirion qu'elle signerait sa déclaration. Cette proposition parut d'abord la révolter ; on insista : elle consentit. Il n'était plus question que du jour, de l'heure et de l'endroit où se dresserait cet acte, qui demandait du temps et de la commodité... « Où nous sommes, cela ne se peut ; si le prieur revenait, et qu'il
5520 m'aperçût... Chez moi, je n'oserais vous le proposer... » Cette fille et les commissaires se séparèrent, s'accordant réciproquement du temps pour lever ces difficultés.

Dès le jour même, Hudson fut informé de ce qui s'était passé. Le voilà au comble de la joie ; il touche au moment de son triomphe ;
5525 bientôt il apprendra à ces blancs-becs-là à quel homme ils ont affaire. « Prenez la plume, dit-il à la jeune fille, et donnez-leur rendez vous dans l'endroit que je vais vous indiquer. Ce rendez-vous leur conviendra, j'en suis sûr. La maison est honnête, et la femme qui l'occupe jouit, dans son voisinage, et parmi les autres locatai-
5530 res, de la meilleure réputation. »

Cette femme était cependant une de ces intrigantes secrètes qui jouent la dévotion, qui s'insinuent dans les meilleures maisons, qui ont le ton doux, affectueux, patelin[1], et qui surprennent la confiance des mères et des filles, pour les amener au désordre.
5535 C'était l'usage qu'Hudson faisait de celle-ci ; c'était sa marcheuse[2]. Mit-il, ne mit-il pas l'intrigante dans son secret ? c'est ce que

---

1. **Patelin :** d'une douceur hypocrite qui cache la ruse.
2. **Marcheuse :** entremetteuse.

j'ignore. En effet, les deux envoyés du général acceptent le rendez-vous. Les y voilà avec la jeune fille. L'intrigante se retire. On commençait à verbaliser, lorsqu'il se fait un grand bruit dans la maison. « Messieurs, à qui en voulez-vous ? – Nous en voulons à la dame Simion. (C'était le nom de l'intrigante.) – Vous êtes à sa porte. »

On frappa violemment à la porte. « Messieurs, dit la jeune fille aux deux religieux, répondrai-je ?

– Répondez.

– Ouvrirai-je ?

– Ouvrez... »

Celui qui parlait ainsi était un commissaire avec lequel Hudson était en liaison intime ; car qui ne connaissait-il pas ? Il lui avait révélé son péril et dicté son rôle. « Ah ! ah ! dit le commissaire en entrant, deux religieux en tête à tête avec une fille ! Elle n'est pas mal. » La jeune fille s'était si indécemment vêtue, qu'il était impossible de se méprendre à son état et à ce qu'elle pouvait avoir à démêler avec deux moines dont le plus âgé n'avait pas trente ans. Ceux-ci protestaient de leur innocence. Le commissaire ricanait en passant la main sous le menton de la jeune fille qui s'était jetée à ses pieds et qui demandait grâce. « Nous sommes en lieu honnête, disaient les moines.

– Oui. oui, en lieu honnête, disait le commissaire.

– Qu'ils étaient venus pour affaire importante.

– L'affaire importante qui conduit ici, nous la connaissons. Mademoiselle, parlez.

– Monsieur le commissaire, ce que ces messieurs vous assurent est la pure vérité. »

Cependant le commissaire verbalisait à son tour, et comme il n'y avait rien dans son procès-verbal que l'exposition pure et simple du fait, les deux moines furent obligés de signer. En descendant ils trouvèrent tous les locataires sur les paliers de leurs appartements, à la porte de la maison une populace nombreuse, un fiacre, des archers[1] qui les mirent dans le fiacre, au bruit confus de l'invective et des huées. Ils s'étaient couvert le visage de leurs manteaux, ils

---

1. **Archers** : officiers subalternes de justice et de police.

se désolaient. Le commissaire perfide s'écriait : « Eh ! pourquoi, mes Pères, fréquenter ces endroits et ces créatures-là ? Cependant ce ne sera rien ; j'ai ordre de la police de vous déposer entre les mains de votre supérieur, qui est un galant homme, indulgent, il ne mettra 5575 pas à cela plus d'importance que cela ne vaut. Je ne crois pas qu'on en use dans vos maisons comme chez les cruels capucins. Si vous aviez affaire à des capucins[1], ma foi, je vous plaindrais. »

Tandis que le commissaire leur parlait, le fiacre s'acheminait vers le couvent, la foule grossissait, l'entourait, le précédait, et le suivait à 5580 toutes jambes. On entendait ici : Qu'est-ce ?... Là : Ce sont des moines... Qu'ont-ils fait ? On les a pris chez des filles... Des prémontrés chez des filles ! Eh oui : ils courent sur les brisées des carmes[2] et des cordeliers[3]... Les voilà arrivés. Le commissaire descend, frappe à la porte, frappe encore, frappe une troisième fois ; enfin elle s'ouvre. 5585 On avertit le supérieur Hudson, qui se fait attendre une demi-heure au moins, afin de donner au scandale tout son éclat. Il paraît enfin. Le commissaire lui parle à l'oreille ; le commissaire a l'air d'intercéder ; Hudson de rejeter rudement sa prière ; enfin, celui-ci prenant un visage sévère et un ton ferme, lui dit : « Je n'ai point de 5590 religieux dissolus dans ma maison ; ces gens-là sont deux étrangers qui me sont inconnus, peut-être deux coquins déguisés, dont vous pouvez faire tout ce qu'il vous plaira. »

À ces mots, la porte se ferme ; le commissaire remonte dans la voiture, et dit à nos deux pauvres diables plus morts que vifs : « J'y 5595 ai fait tout ce que j'ai pu ; je n'aurais jamais cru le père Hudson si dur. Aussi, pourquoi diable aller chez des filles ?

– Si celle avec laquelle vous nous avez trouvés en est une, ce n'est point le libertinage qui nous a menés chez elle.

– Ah ! ah ! mes Pères ; et c'est à un vieux commissaire que vous 5600 dites cela ! Qui êtes-vous ?

---

1. **Capucins :** religieux de l'ordre de saint François.
2. **Carmes :** religieux de l'ordre de Notre-Dame du mont Carmel.
3. **Cordeliers :** religieux de l'ordre de saint François d'Assise, ainsi appelés parce qu'ils portaient en ceinture une corde à trois nœuds. Ils prendront ensuite le nom de franciscains.

– Nous sommes religieux ; et l'habit que nous portons est le nôtre.

– Songez que demain il faudra que votre affaire s'éclaircisse ; parlez vrai ; je puis peut-être vous servir.

5605 – Nous vous avons dit vrai… Mais où allons-nous ?

– Au petit Châtelet.

– Au petit Châtelet ! En prison !

– J'en suis désolé. »

Ce fut en effet là que Richard et son compagnon furent déposés ;
5610 mais le dessein d'Hudson n'était pas de les y laisser. Il était monté
en chaise de poste, il était arrivé à Versailles ; il parlait au ministre ;
il lui traduisait cette affaire comme il lui convenait. « Voilà, monseigneur, à quoi l'on s'expose lorsqu'on introduit la réforme dans une
maison dissolue, et qu'on en chasse les hérétiques. Un moment
5615 plus tard, j'étais perdu, j'étais déshonoré. La persécution n'en restera pas là ; toutes les horreurs dont il est possible de noircir un
homme de bien, vous les entendrez ; mais j'espère, monseigneur,
que vous vous rappellerez que notre général…

– Je sais, je sais, et je vous plains. Les services que vous avez ren-
5620 dus à l'Église et à votre ordre ne seront point oubliés. Les élus du
Seigneur ont de tous les temps été exposés à des disgrâces : ils ont
su les supporter ; il faut savoir imiter leur courage. Comptez sur
les bienfaits et la protection du roi. Les moines ! les moines ! je l'ai
été, et j'ai connu par expérience ce dont ils sont capables.

5625 – Si le bonheur de l'Église et de l'État voulait que votre Éminence
me survécût, je persévérerais sans crainte.

– Je ne tarderai pas à vous tirer de là. Allez.

– Non, monseigneur, non, je ne m'éloignerai pas sans un ordre
exprès qui délivre ces deux mauvais religieux…

5630 – Je crois que l'honneur de la religion et de votre habit vous touche au point d'oublier des injures personnelles ; cela est tout à fait
chrétien, et j'en suis édifié sans en être surpris d'un homme tel que
vous. Cette affaire n'aura point d'éclat.

– Ah ! monseigneur, vous comblez mon âme de joie ! Dans ce
5635 moment c'est tout ce que je redoutais.

– Je vais travailler à cela. »

Dès le soir même Hudson eut l'ordre d'élargissement, et le lendemain Richard et son compagnon, dès la pointe du jour, étaient à
vingt lieues de Paris, sous la conduite d'un exempt qui les remit

dans la maison professe[1]. Il était aussi porteur d'une lettre qui enjoignait au général de cesser de pareilles menées, et d'imposer la peine claustrale[2] à nos deux religieux.

Cette aventure jeta la consternation parmi les ennemis d'Hudson ; il n'y avait pas un moine dans sa maison que son regard ne fît trembler. Quelques mois après il fut pourvu d'une riche abbaye. Le général en conçut un dépit mortel. Il était vieux, et il y avait tout à craindre que l'abbé Hudson ne lui succédât. Il aimait tendrement Richard. « Mon pauvre ami, lui dit-il un jour, que deviendrais-tu si tu tombais sous l'autorité du scélérat Hudson ? J'en suis effrayé. Tu n'es point engagé ; si tu m'en croyais, tu quitterais l'habit… » Richard suivit ce conseil, et revint dans la maison paternelle, qui n'était pas éloignée de l'abbaye possédée par Hudson.

Hudson et Richard fréquentant les mêmes maisons, il était impossible qu'ils ne se rencontrassent pas, et en effet ils se rencontrèrent. Richard était un jour chez la dame d'un château situé entre Châlons et Saint-Dizier, mais plus près de Saint-Dizier que de Châlons, et à une portée de fusil de l'abbaye d'Hudson. La dame lui dit : « Nous avons ici votre ancien prieur : il est très aimable, mais, au fond, quel homme est-ce ?

– Le meilleur des amis et le plus dangereux des ennemis.

– Est-ce que vous ne seriez pas tenté de le voir ?

– Nullement… »

À peine eut-il fait cette réponse qu'on entendit le bruit d'un cabriolet qui entrait dans les cours, et qu'on en vit descendre Hudson avec une des plus belles femmes du canton. « Vous le verrez malgré que vous en ayez, lui dit la dame du château, car c'est lui. »

La dame du château et Richard vont au-devant de la dame du cabriolet et de l'abbé Hudson. Les dames s'embrassent : Hudson, en s'approchant de Richard, et le reconnaissant, s'écrie : « Eh ! c'est vous, mon cher Richard ? vous avez voulu me perdre, je vous le pardonne ; pardonnez-moi votre visite au petit Châtelet, et n'y pensons plus.

– Convenez, monsieur l'abbé, que vous étiez un grand vaurien.

---

1. **Maison professe :** l'endroit où ils avaient prononcé leurs vœux.
2. **Peine claustrale :** peine d'enfermement.

– Cela se peut.

– Que, si l'on vous avait rendu justice, la visite au Châtelet, ce n'est pas moi, c'est vous qui l'auriez faite.

– Cela se peut... C'est, je crois, au péril que je courus alors, que je dois mes nouvelles mœurs. Ah ! mon cher Richard, combien cela m'a fait réfléchir, et que je suis changé !

– Cette femme avec laquelle vous êtes venu est charmante.

– Je n'ai plus d'yeux pour ces attraits-là.

– Quelle taille !

– Cela m'est devenu bien indifférent.

– Quel embonpoint !

– On revient tôt ou tard d'un plaisir qu'on ne prend que sur le faîte d'un toit, au péril à chaque mouvement de se rompre le cou.

– Elle a les plus belles mains du monde.

– J'ai renoncé à l'usage de ces mains-là. Une tête bien faite revient à l'esprit de son état, au seul vrai bonheur.

– Et ces yeux qu'elle tourne sur vous à la dérobée ; convenez que vous, qui êtes connaisseur, vous n'en avez guère attaché de plus brillants et de plus doux. Quelle grâce, quelle légèreté et quelle noblesse dans sa démarche, dans son maintien !

– Je ne pense plus à ces vanités ; je lis l'Écriture, je médite les Pères[1].

– Et de temps en temps les perfections de cette dame. Demeure-t-elle loin du Moncetz ? Son époux est-il jeune ?... »

Hudson, impatienté de ces questions, et bien convaincu que Richard ne le prendrait pas pour un saint, lui dit brusquement : « Mon cher Richard, vous vous f... de moi, et vous avez raison. »

Mon cher lecteur, pardonnez-moi la propriété de cette expression ; et convenez qu'ici comme dans une infinité de bons contes, tels, par exemple, que celui de la conversation de Piron et de feu l'abbé Vatri[2], le mot honnête gâterait tout. – Qu'est-ce que c'est que cette conversation de Piron et de l'abbé Vatri ? – Allez la demander à

---

1. **Les Pères :** les Pères de l'Église, fondateurs de l'orthodoxie catholique.
2. **Cette conversation de Piron et de feu l'abbé Vatri :** la critique n'a pas trouvé à quoi renvoie cette allusion dans l'œuvre de Piron (1689-1773), poète et dramaturge français célèbre pour son esprit caustique.

l'éditeur de ses ouvrages, qui n'a pas osé l'écrire ; mais qui ne se
fera pas tirer l'oreille pour vous la dire.

Nos quatre personnages se rejoignirent au château ; on dîna bien,
on dîna gaiement, et sur le soir on se sépara avec promesse de
5710 se revoir... Mais tandis que le marquis des Arcis causait avec le
maître de Jacques, Jacques de son côté n'était pas muet avec monsieur le secrétaire Richard, qui le trouvait un franc original, ce qui
arriverait plus souvent parmi les hommes, si l'éducation d'abord,
ensuite le grand usage du monde, ne les usaient comme ces pièces
5715 d'argent qui, à force de circuler, perdent leur empreinte. Il était
tard ; la pendule avertit les maîtres et les valets qu'il était l'heure
de se reposer, et ils suivirent son avis.

Jacques, en déshabillant son maître, lui dit : Monsieur, aimez-vous
les tableaux ?

5720 **LE MAÎTRE.** Oui, mais en récit ; car en couleur et sur la toile, quoique
j'en juge aussi décidément qu'un amateur, je t'avouerai que je n'y
entends rien du tout ; que je serais bien embarrassé de distinguer
une école d'une autre ; qu'on me donnerait un Boucher pour un
Rubens ou pour un Raphaël ; que je prendrais une mauvaise copie
5725 pour un sublime original ; que j'apprécierais mille écus une croûte
de six francs ; et six francs un morceau de mille écus ; et que je ne
me suis jamais pourvu qu'au pont Notre-Dame, chez un certain
Tremblin, qui était de mon temps la ressource de la misère ou du
libertinage, et la ruine du talent des jeunes élèves de Vanloo.

5730 **JACQUES.** Et comment cela ?

LE MAÎTRE. Qu'est-ce que cela te fait ? Raconte-moi ton tableau,
et sois bref, car je tombe de sommeil.

JACQUES. Placez-vous devant la fontaine des Innocents ou proche
la porte Saint-Denis ; ce sont deux accessoires qui enrichiront la
5735 composition.

LE MAÎTRE. M'y voilà.

JACQUES. Voyez au milieu de la rue un fiacre, la soupente cassée,
et renversé sur le côté.

LE MAÎTRE. Je le vois.

5740 **JACQUES.** Un moine et deux filles en sont sortis. Le moine s'enfuit
à toutes jambes. Le cocher se hâte de descendre de son siège. Un

caniche du fiacre s'est mis à la poursuite du moine, et l'a saisi par sa jaquette ; le moine fait tous ses efforts pour se débarrasser du chien. Une des filles, débraillée, la gorge découverte, se tient les côtés à force de rire. L'autre fille, qui s'est fait une bosse au front, est appuyée contre la portière, et se presse la tête à deux mains. Cependant la populace s'est attroupée, les polissons accourent et poussent des cris, les marchands et les marchandes ont bordé le seuil de leurs boutiques, et d'autres spectateurs sont à leurs fenêtres.

LE MAÎTRE. Comment diable ! Jacques, ta composition est bien ordonnée, riche, plaisante, variée et pleine de mouvement. À notre retour à Paris, porte ce sujet à Fragonard ; et tu verras ce qu'il en saura faire.

JACQUES. Après ce que vous m'avez confessé de vos lumières en peinture, je puis accepter votre éloge sans baisser les yeux.

LE MAÎTRE. Je gage que c'est une des aventures de l'abbé Hudson ?

JACQUES. Il est vrai.

Lecteur, tandis que ces bonnes gens dorment, j'aurais une petite question à vous proposer à discuter sur votre oreiller : c'est ce qu'aurait été l'enfant né de l'abbé Hudson et de la dame de La Pommeraye ? – Peut-être un honnête homme. – Peut-être un sublime coquin. – Vous me direz cela demain matin.

Ce matin, le voilà venu, et nos voyageurs séparés ; car le marquis des Arcis ne suivait plus la même route que Jacques et son maître. – Nous allons donc reprendre la suite des amours de Jacques ? – Je l'espère ; mais ce qu'il y a de bien certain, c'est que le maître sait l'heure qu'il est, qu'il a pris sa prise de tabac et qu'il a dit à Jacques : « Et bien ! Jacques, tes amours ? »

Jacques, au lieu de répondre à cette question, disait : N'est-ce pas le diable ! Du matin au soir ils disent du mal de la vie, et ils ne peuvent se résoudre à la quitter ! Serait-ce que la vie présente n'est pas, à tout prendre, une si mauvaise chose, ou qu'ils en craignent une pire à venir ?

LE MAÎTRE. C'est l'un et l'autre. À propos, Jacques, crois-tu à la vie à venir ?

JACQUES. Je n'y crois ni décrois ; je n'y pense pas. Je jouis de mon mieux de celle qui nous a été accordée en avancement d'hoirie.

5780 **LE MAÎTRE.** Pour moi, je me regarde comme en chrysalide ; et j'aime à me persuader que le papillon, ou mon âme, venant un jour à percer sa coque, s'envolera à la justice divine.

JACQUES. Votre image est charmante.

LE MAÎTRE. Elle n'est pas de moi ; je l'ai lue, je crois, dans un
5785 poète italien appelé Dante, qui a fait un ouvrage intitulé : *la Comédie de l'Enfer, du Purgatoire et du Paradis.*

JACQUES. Voilà un singulier sujet de comédie !

LE MAÎTRE. Il y a, pardieu, de belles choses, surtout dans son enfer. Il enferme les hérésiarques dans des tombeaux de feu, dont
5790 la flamme s'échappe et porte le ravage au loin ; les ingrats, dans des niches où ils versent des larmes qui se glacent sur leurs visages ; et les paresseux, dans d'autres niches ; et il dit de ces derniers que le sang s'échappe de leurs veines, et qu'il est recueilli par des vers dédaigneux... Mais à quel propos ta sortie contre notre mépris
5795 d'une vie que nous craignons de perdre ?

JACQUES. À propos de ce que le secrétaire du marquis des Arcis m'a raconté du mari de la jolie femme au cabriolet[1].

LE MAÎTRE. Elle est veuve !

JACQUES. Elle a perdu son mari dans un voyage, qu'elle a fait à
5800 Paris ; et le diable d'homme ne voulait pas entendre parler des sacrements. Ce fut la dame du château où Richard rencontra l'abbé Hudson qu'on chargea de le réconcilier avec le béguin[2].

LE MAÎTRE. Que veux-tu dire avec ton béguin ?

JACQUES. Le béguin est la coiffure qu'on met aux enfants
5805 nouveau-nés !

LE MAÎTRE. Je l'entends. Et comment s'y prit-elle pour l'embéguiner[3] ?

---

1. **Cabriolet :** voiture légère à capote mobile tirée par un cheval.
2. **Béguin :** coiffe qui s'attache sous le menton par une bride.
3. **Embéguiner :** néologisme dont le sens est ici d'amener à assez de naïveté pour accepter les derniers sacrements.

JACQUES. On fit cercle autour du feu. Le médecin, après avoir tâté le pouls du malade, qu'il trouva bien bas, vint s'asseoir à côté des autres. La dame dont il s'agit s'approcha de son lit, et lui fit plusieurs questions ; mais sans élever la voix plus qu'il ne le fallait pour que cet homme ne perdît pas un mot de ce qu'on avait à lui faire entendre ; après quoi la conversation s'engagea entre la dame, le docteur et quelques-uns des autres assistants, comme je vais vous la rendre.

LA DAME. Eh bien ! docteur, nous direz-vous des nouvelles de Mme de Parme ?

LE DOCTEUR. Je sors d'une maison où l'on m'a assuré qu'elle était si mal qu'on n'en espérait plus rien.

LA DAME. Cette princesse a toujours donné des marques de piété. Aussitôt qu'elle s'est sentie en danger, elle a demandé à se confesser et à recevoir ses sacrements.

LE DOCTEUR. Le curé de Saint-Roch lui porte aujourd'hui une relique à Versailles ; mais elle arrivera trop tard.

LA DAME. Madame Infante n'est pas la seule qui donne de ces exemples. M. le duc de Chevreuse, qui a été bien malade, n'a pas attendu qu'on lui proposât les sacrements, il les a appelés de lui-même : ce qui a fait grand plaisir à sa famille.

LE DOCTEUR. Il est beaucoup mieux.

UN DES ASSISTANTS. Il est certain que cela ne fait pas mourir ; au contraire.

LA DAME. En vérité, dès qu'il y a du danger on devrait satisfaire à ces devoirs-là. Les malades ne conçoivent pas apparemment combien il est dur pour ceux qui les entourent, et combien cependant il est indispensable de leur en faire la proposition !

LE DOCTEUR. Je sors de chez un malade qui me dit, il y a deux jours : « Docteur, comment me trouvez-vous ?
– Monsieur, la fièvre est forte, et les redoublements fréquents.
– Mais croyez-vous qu'il en survienne un bientôt ?
– Non, je le crains seulement pour ce soir.
– Cela étant, je vais faire avertir un certain homme avec lequel j'ai une petite affaire particulière, afin de la terminer pendant que j'ai encore toute ma tête… » Il se confessa, il reçut tous ses sacre-

ments. Je revins le soir, point de redoublement. Hier il était mieux ; aujourd'hui il est hors d'affaire. J'ai vu beaucoup de fois dans le 5845 courant de ma pratique cet effet-là des sacrements.

LE MALADE, *à son domestique.* Apportez-moi mon poulet.

JACQUES. On le lui sert, il veut le couper et n'en a pas la force ; on lui en dépèce l'aile en petits morceaux ; il demande du pain, se jette dessus, fait des efforts pour en mâcher une bouchée, qu'il 5850 ne saurait avaler, et qu'il rend dans sa serviette ; il demande du vin pur ; il y mouille les bords de ses lèvres, et dit « Je me porte bien… » Oui, mais une demi-heure après il n'était plus.

LE MAÎTRE. Cette dame s'y était pourtant bien prise… et tes amours ?

5855 **JACQUES.** Et la condition que vous avez acceptée ?

LE MAÎTRE. J'entends… Tu es installé au château de Desglands, et la vieille commissionnaire Jeanne a ordonné à sa jeune fille Denise de te visiter quatre fois le jour, et de te soigner. Mais avant que d'aller en avant, dis-moi, Denise avait-elle son pucelage ?

5860 **JACQUES,** *en toussant.* Je le crois.

LE MAÎTRE. Et toi ?

JACQUES. Le mien, il y avait beaux jours qu'il courait les champs.

LE MAÎTRE. Tu n'en étais donc pas à tes premières amours ?

JACQUES. Pourquoi donc ?

5865 **LE MAÎTRE.** C'est qu'on aime celle à qui on le donne, comme on est aimé de celle à qui on le ravit.

JACQUES. Quelquefois oui, quelquefois non.

LE MAÎTRE. Et comment le perdis-tu ?

JACQUES. Je ne le perdis pas ; je le troquai bel et bien.

5870 **LE MAÎTRE.** Dis-moi un mot de ce troc-là.

JACQUES. Ce sera le premier chapitre de saint Luc[1], une kyrielle de *genuit*[2] à ne point finir, depuis la première jusqu'à Denise la dernière.

---

1. **Premier chapitre de saint Luc :** en fait, les quarante *genuit* (voir note suivante) sont de saint Mathieu.
2. *Genuit :* génuflexions.

LE MAÎTRE. Qui crut l'avoir et qui ne l'eut point.

JACQUES. Et avant Denise, les deux voisines de notre chaumière.

5875 **LE MAÎTRE.** Qui crurent l'avoir et qui ne l'eurent point.

JACQUES. Non.

LE MAÎTRE. Manquer un pucelage à deux, cela n'est pas trop adroit.

JACQUES. Tenez, mon maître, je devine, au coin de votre lèvre
5880 droite qui se relève, et à votre narine gauche qui se crispe, qu'il
vaut autant que je fasse la chose de bonne grâce, que d'en être
prié ; d'autant que je sens augmenter mon mal de gorge, que la
suite de mes amours sera longue, et que je n'ai guère de courage
que pour un ou deux petits contes.

5885 **LE MAÎTRE.** Si Jacques voulait me faire un grand plaisir…

JACQUES. Comment s'y prendrait-il ?

LE MAÎTRE. Il débuterait par la perte de son pucelage. Veux-
tu que je te le dise ? J'ai toujours été friand du récit de ce grand
événement.

5890 **JACQUES.** Et pourquoi, s'il vous plaît ?

LE MAÎTRE. C'est que de tous ceux du même genre, c'est le seul
qui soit piquant ; les autres n'en sont que d'insipides et communes
répétitions. De tous les péchés d'une jolie pénitente, je suis sûr que
le confesseur n'est attentif qu'à celui-là.

5895 **JACQUES.** Mon maître, mon maître, je vois que vous avez la tête
corrompue, et qu'à votre agonie le diable pourrait bien se montrer
à vous sous la même forme de parenthèse qu'à *Ferragus*[1].

LE MAÎTRE. Cela se peut. Mais tu fus déniaisé, je gage, par quelque
vieille impudique de ton village ?

5900 **JACQUES.** Ne gagez pas, vous perdriez.

LE MAÎTRE. Ce fut par la servante de ton curé ?

JACQUES. Ne gagez pas, vous perdriez encore.

---

1. **Ferragus :** personnage du *Ricciardetto*, de Forti-Guerra. Transformé en eunuque par
un rival, il vit le diable lui présenter le couteau de sa mutilation, lors de son agonie.

LE MAÎTRE. Ce fut donc par sa nièce ?

JACQUES. Sa nièce crevait d'humeur et de dévotion, deux qualités
5905 qui vont fort bien ensemble, mais qui ne me vont pas.

LE MAÎTRE. Pour cette fois, je crois que j'y suis.

JACQUES. Moi, je n'en crois rien.

LE MAÎTRE. Un jour de foire ou de marché…

JACQUES. Ce n'était ni un jour de foire, ni un jour de marché.

5910 **LE MAÎTRE.** Tu allas à la ville.

JACQUES. Je n'allai point à la ville.

LE MAÎTRE. Et il était écrit là-haut que tu rencontrerais dans
une taverne quelqu'une de ces créatures obligeantes ; que tu
t'enivrerais…

5915 **JACQUES.** J'étais à jeun ; et ce qui était écrit là-haut, c'est qu'à
l'heure qu'il est vous vous épuiseriez en fausses conjectures ; et
que vous gagneriez un défaut dont vous m'avez corrigé, la fureur
de deviner, et toujours de travers. Tel que vous me voyez, monsieur, j'ai été une fois baptisé.

5920 **LE MAÎTRE.** Si tu te proposes d'entamer la perte de ton pucelage
au sortir des fonts baptismaux, nous n'y serons pas si tôt.

JACQUES. J'eus donc un parrain et une marraine. Maître Bigre, le
plus fameux charron[1] du village, avait un fils. Bigre le père fut mon
parrain, et Bigre le fils était mon ami. À l'âge de dix-huit à dix-neuf
5925 ans nous nous amourachâmes tous les deux à la fois d'une petite
couturière appelée Justine. Elle ne passait pas pour autrement
cruelle ; mais elle jugea à propos de se signaler par un premier
dédain, et son choix tomba sur moi.

LE MAÎTRE. Voilà une de ces bizarreries des femmes auxquelles
5930 on ne comprend rien.

JACQUES. Tout le logement du charron maître Bigre, mon parrain,
consistait en une boutique et une soupente. Son lit était au fond
de la boutique. Bigre le fils, mon ami, couchait sur la soupente,

---

1. **Charron :** celui qui fabrique des chariots, des charrettes, et les roues de ces
véhicules.

à laquelle on grimpait par une petite échelle, placée à peu près à égale distance du lit de son père et de la porte de la boutique.

Lorsque Bigre mon parrain était bien endormi, Bigre mon ami ouvrait doucement la porte, et Justine montait à la soupente par la petite échelle. Le lendemain, dès la pointe du jour, avant que Bigre le père fût éveillé, Bigre le fils descendait de la soupente, rouvrait la porte, et Justine s'évadait comme elle était entrée.

LE MAÎTRE. Pour aller ensuite visiter quelque soupente, la sienne ou une autre.

JACQUES. Pourquoi non ? Le commerce de Bigre et de Justine était assez doux ; mais il fallait qu'il fût troublé : cela était écrit là-haut ; il le fut donc.

LE MAÎTRE. Par le père ?

JACQUES. Non.

LE MAÎTRE. Par la mère ?

JACQUES. Non, elle était morte.

LE MAÎTRE. Par un rival ?

JACQUES. Eh ! non, non, de par tous les diables ! non. Mon maître, il est écrit là-haut que vous en avez pour le reste de vos jours ; tant que vous vivrez vous devinerez, je vous le répète, et vous devinerez de travers.

Un matin, que mon ami Bigre, plus fatigué qu'à l'ordinaire ou du travail de la veille, ou du plaisir de la nuit, reposait doucement entre les bras de Justine, voilà une voix formidable qui se fait entendre au pied du petit escalier : « Bigre ! Bigre ! maudit paresseux ! l'*Angelus* est sonné, il est près de cinq heures et demie, et te voilà encore dans ta soupente ! As-tu résolu d'y rester jusqu'à midi ? Faut-il que j'y monte et que je t'en fasse descendre plus vite que tu ne voudrais ? Bigre ! Bigre !

– Mon père ?

– Et cet essieu après lequel ce vieux bourru de fermier attend ; veux-tu qu'il revienne encore ici recommencer son tapage ?

– Son essieu est prêt, et avant qu'il soit un quart d'heure il l'aura… »

Je vous laisse à juger des transes de Justine et de mon pauvre ami Bigre le fils.

5970 **LE MAÎTRE.** Je suis sûr que Justine se promit bien de ne plus se retrouver sur la soupente, et qu'elle y était le soir même. Mais comment en sortira-t-elle ce matin ?

JACQUES. Si vous vous mettez en devoir de le deviner, je me tais... Cependant Bigre le fils s'était précipité du lit, jambes nues, sa culotte
5975 à la main, et sa veste sur son bras. Tandis qu'il s'habille, Bigre le père grommelle entre ses dents : « Depuis qu'il s'est entêté de cette petite coureuse, tout va de travers. Cela finira ; cela ne saurait durer ; cela commence à me lasser. Encore si c'était une fille qui en valût la peine ; mais une créature ! Dieu sait quelle créature ! Ah ! si la pauvre
5980 défunte, qui avait de l'honneur jusqu'au bout des ongles, voyait cela, il y a longtemps qu'elle eût bâtonné l'un, et arraché les yeux à l'autre au sortir de la grand'messe sous le porche, devant tout le monde ; car rien ne l'arrêtait : mais si j'ai été trop bon jusqu'à présent, et qu'ils s'imaginent que je continuerai, ils se trompent. »

5985 **LE MAÎTRE.** Et ces propos, Justine les entendait de la soupente ?

JACQUES. Je n'en doute pas. Cependant Bigre le fils s'en était allé chez le fermier, avec son essieu sur l'épaule, et Bigre le père s'était mis à l'ouvrage. Après quelques coups de doloire[1], son nez lui demande une prise de tabac ; il cherche sa tabatière dans ses
5990 poches, au chevet de son lit, il ne la trouve point. « C'est ce coquin, dit-il, qui s'en est saisi comme de coutume ; voyons s'il ne l'aura point laissée là-haut... » Et le voilà qui monte à la soupente. Un moment après il s'aperçoit que sa pipe et son couteau lui manquent ; et il remonte à la soupente.

5995 **LE MAÎTRE.** Et Justine ?

JACQUES. Elle avait ramassé ses vêtements à la hâte, et s'était glissée sous le lit, où elle était étendue à plat ventre, plus morte que vive.

LE MAÎTRE. Et ton ami Bigre le fils ?

JACQUES. Son essieu rendu, mis en place et payé, il était accouru
6000 chez moi, et m'avait exposé le terrible embarras où il se trouvait. Après m'en être un peu amusé, « écoute, lui dis-je, Bigre, va te

---

1. **Doloire :** instrument du tonnelier qui sert à travailler le bois, ou instrument de maçon pour préparer la chaux et le sable.

promener par le village, où tu voudras, je te tirerai d'affaire. Je ne te demande qu'une chose c'est de m'en laisser le temps... » Vous souriez, monsieur, qu'est-ce qu'il y a ?

6005 **LE MAÎTRE.** Rien.

JACQUES. Mon ami Bigre sort. Je m'habille, car je n'étais pas encore levé. Je vais chez son père, qui ne m'eut pas plus tôt aperçu, que poussant un cri de surprise et de joie, il me dit : « Eh ! filleul, te voilà ! d'où sors-tu et que viens-tu faire ici de si grand matin ?... »

6010 Mon parrain Bigre avait vraiment de l'amitié pour moi ; aussi lui répondis-je avec franchise : « Il ne s'agit pas de savoir d'où je sors, mais comment je rentrerai chez nous.

– Ah ! filleul, tu deviens libertin ; j'ai bien peur que Bigre et toi ne fassiez la paire. Tu as passé la nuit dehors.

6015 – Et mon père n'entend pas raison sur ce point.

– Ton père a raison, filleul, de ne pas entendre raison là-dessus. Mais commençons par déjeuner, la bouteille nous avisera. »

LE MAÎTRE. Jacques, cet homme était dans les bons principes.

JACQUES. Je lui répondis que je n'avais ni besoin ni envie de boire
6020 ou de manger, et que je tombais de lassitude et de sommeil. Le vieux Bigre, qui de son temps n'en cédait pas à son camarade, ajouta en ricanant : « Filleul, elle était jolie, et tu t'en es donné. Écoute : Bigre est sorti ; monte à la soupente, et jette-toi sur son lit... Mais un mot avant qu'il revienne. C'est ton ami ; lorsque
6025 vous vous trouverez tête à tête, dis-lui que je suis mécontent, très mécontent. C'est une petite Justine que tu dois connaître (car quel est le garçon du village qui ne la connaisse pas ?) qui me l'a débauché ; tu me rendrais un vrai service, si tu le détachais de cette créature. Auparavant c'était ce qu'on appelle un joli garçon ;
6030 mais depuis qu'il a fait cette malheureuse connaissance... Tu ne m'écoutes pas ; tes yeux se ferment ; monte, et va te reposer. » Je monte, je me déshabille, je lève la couverture et les draps, je tâte partout, point de Justine. Cependant Bigre, mon parrain, disait : « Les enfants ! les maudits enfants ! n'en voilà-t-il pas encore un qui désole
6035 son père ? » Justine n'étant pas dans le lit, je me doutai qu'elle était dessous. Le bouge était tout à fait obscur. Je me baisse, je promène mes mains, je rencontre un de ses bras, je la saisis, je la tire à moi ; elle sort de dessous la couchette en tremblant. Je l'embrasse, je la rassure,

je lui fais signe de se coucher. Elle joint ses deux mains, elle se jette
6040 à mes pieds, elle serre mes genoux. Je n'aurais peut-être pas résisté à
cette scène muette, si le jour l'eût éclairée ; mais lorsque les ténèbres
ne rendent pas timide, elles rendent entreprenant. D'ailleurs j'avais
ses anciens mépris sur le cœur. Pour toute réponse je la poussai vers
l'escalier qui conduisait à la boutique. Elle en poussa un cri de frayeur.
6045 Bigre qui l'entendit, dit : « Il rêve... » Justine s'évanouit ; ses genoux se
dérobent sous elle ; dans son délire elle disait d'une voix étouffée : « Il
va venir... il vient... je l'entends qui monte... je suis perdue !... Non,
non, lui répondis-je d'une voix étouffée, remettez-vous, taisez-vous, et
couchez-vous... » Elle persiste dans son refus ; je tiens ferme : elle se
6050 résigne : et nous voilà l'un à côté de l'autre.

LE MAÎTRE. Traître ! scélérat ! sais-tu quel crime tu vas commettre ? Tu vas violer cette fille, sinon par la force, du moins par la
terreur. Poursuivi au tribunal des lois, tu en éprouverais toute la
rigueur réservée aux ravisseurs.

6055 **JACQUES.** Je ne sais si je la violai, mais je sais bien que je ne lui fis pas
de mal, et qu'elle ne m'en fit point. D'abord en détournant sa bouche
de mes baisers, elle l'approcha de mon oreille et me dit tout bas : « Non,
non, Jacques, non... » À ce mot, je fais semblant de sortir du lit, et de
m'avancer vers l'escalier. Elle me retint, et me dit encore à l'oreille : « Je
6060 ne vous aurais jamais cru si méchant ; je vois qu'il ne faut attendre de
vous aucune pitié ; mais du moins, promettez-moi, jurez-moi...
– Quoi ?
– Que Bigre n'en saura rien. »

LE MAÎTRE. Tu promis, tu juras, et tout alla fort bien.

6065 **JACQUES.** Et puis très bien encore.

LE MAÎTRE. Et puis encore très bien ?

JACQUES. C'est précisément comme si vous y aviez été. Cependant,
Bigre mon ami, impatient, soucieux et las de rôder autour de la
maison sans me rencontrer, rentre chez son père, qui lui dit avec
6070 humeur : « Tu as été bien longtemps pour rien... » Bigre lui répondit
avec plus d'humeur encore : « Est-ce qu'il n'a pas fallu allégir[1] par
les deux bouts ce diable d'essieu qui s'est trouvé trop gros.

---

1. **Allégir :** rapetisser.

– Je t'en avais averti ; mais tu n'en veux jamais faire qu'à ta tête.

– C'est qu'il est plus aisé d'en ôter que d'en remettre.

6075 – Prends cette jante, et va la finir à la porte.

– Pourquoi à la porte ?

– C'est que le bruit de l'outil réveillerait Jacques, ton ami.

– Jacques !...

– Oui, Jacques, il est là-haut sur la soupente, qui repose. Ah !
6080 que les pères sont à plaindre ; si ce n'est d'une chose, c'est d'une
autre ! Eh bien ! te remueras-tu ? Tandis que tu restes là comme
un imbécile, la tête baissée, la bouche béante, et les bras pendants,
la besogne ne se fait pas... » Bigre mon ami, furieux, s'élance vers
l'escalier ; Bigre mon parrain le retient en lui disant : « Où vas-
6085 tu ? laisse dormir ce pauvre diable, qui est excédé de fatigue. À sa
place, serais-tu bien aise qu'on troublât ton repos ? »

LE MAÎTRE. Et Justine entendait encore tout cela ?

JACQUES. Comme vous m'entendez.

LE MAÎTRE. Et que faisais-tu ?

6090 JACQUES. Je riais.

LE MAÎTRE. Et Justine ?

JACQUES. Elle avait arraché sa cornette[1] ; elle se tirait par les cheveux ; elle levait les yeux au ciel, du moins je le présume ; elle se
tordait les bras.

6095 LE MAÎTRE. Jacques, vous êtes un barbare ; vous avez un cœur de
bronze.

JACQUES. Non, monsieur, non, j'ai de la sensibilité ; mais je la
réserve pour une meilleure occasion. Les dissipateurs de cette
richesse en ont tant prodigué lorsqu'il en fallait être économe,
6100 qu'ils ne s'en trouvent plus quand il faudrait en être prodigue...
Cependant je m'habille, et je descends. Bigre le père me dit : « Tu
avais besoin de cela, cela t'a bien fait ; quand tu es venu, tu avais
l'air d'un déterré ; et te voilà vermeil et frais comme l'enfant qui
vient de téter. Le sommeil est une bonne chose !... Bigre, descends
6105 à la cave, et apporte une bouteille, afin que nous déjeunions. À pré-

---

1. **Cornette :** léger bonnet de dentelle.

sent, filleul, tu déjeuneras volontiers ? – Très volontiers… » La bouteille est arrivée et placée sur l'établi ; nous sommes debout autour.
Bigre le père remplit son verre et le mien, Bigre le fils, en écartant
le sien, dit d'un ton farouche : « Pour moi, je ne suis pas altéré de
6110 si matin.

– Tu ne veux pas boire ?

– Non.

– Ah ! je sais ce que c'est ; tiens, filleul, il y a de la Justine là-
dedans ; il aura passé chez elle, ou il ne l'aura pas trouvée, ou il
6115 l'aura surprise avec un autre ; cette bouderie contre la bouteille
n'est pas naturelle : c'est ce que je te dis.

MOI. Mais vous pourriez bien avoir deviné juste.

BIGRE LE FILS. Jacques, trêve de plaisanteries, placées ou dépla-
cées, je ne les aime pas.

6120 **BIGRE LE PÈRE.** Puisqu'il ne veut pas boire, il ne faut pas que cela
nous en empêche. À ta santé, filleul.

MOI. À la vôtre, parrain ; Bigre, mon ami, bois avec nous. Tu te
chagrines trop pour peu de chose.

BIGRE LE FILS. Je vous ai déjà dit que je ne buvais pas.

6125 **MOI.** Eh bien ! si ton père a rencontré, que diable, tu la reverras,
vous vous expliquerez, et tu conviendras que tu as tort.

BIGRE LE PÈRE. Eh ! laisse-le faire ; n'est-il pas juste que cette
créature le châtie de la peine qu'il me cause ? Çà, encore un coup,
et venons à ton affaire. Je conçois qu'il faut que je te mène chez
6130 ton père ; mais que veux-tu que je lui dise ?

MOI. Tout ce que vous voudrez, tout ce que vous lui avez entendu
dire cent fois lorsqu'il vous a ramené votre fils.

BIGRE LE PÈRE. Allons… »

Il sort, je le suis, nous arrivons à la porte de la maison ; je le laisse
6135 entrer seul. Curieux de la conversation de Bigre le père et du mien,
je me cache dans un recoin, derrière une cloison, d'où je ne perdis
pas un mot.

BIGRE LE PÈRE. « Allons, compère, il faut encore lui pardonner
cette fois.

6140 – Lui pardonner, et de quoi ?

– Tu fais l'ignorant.

– Je ne le fais point, je le suis.

– Tu es fâché, et tu as raison de l'être.

– Je ne suis point fâché.

6145 – Tu l'es, te dis-je.

– Si tu veux que je le sois, je ne demande pas mieux ; mais que je sache auparavant la sottise qu'il a faite.

– D'accord, trois fois, quatre fois ; mais ce n'est pas coutume. On se trouve une bande de jeunes garçons et de jeunes filles, on boit, on 6150 rit, on danse ; les heures se passent vite ; et cependant la porte de la maison se ferme…

Bigre, en baissant la voix, ajouta : « Ils ne nous entendent pas ; mais, de bonne foi, est-ce que nous avons été plus sages qu'eux à leur âge ? Sais-tu qui sont les mauvais pères ? ce sont ceux qui ont 6155 oublié les fautes de leur jeunesse. Dis-moi, est-ce que nous n'avons jamais découché ?

– Et toi, Bigre, mon compère, dis-moi, est-ce que nous n'avons jamais pris d'attachement qui déplaisait à nos parents ?

– Aussi je crie plus haut que je ne souffre. Fais de même.

6160 – Mais Jacques n'a point découché, du moins cette nuit, j'en suis sûr.

– Eh bien ! si ce n'est pas celle-ci, c'est une autre. Tant y a que tu n'en veux point à ton garçon ?

– Non.

6165 – Et quand je serai parti tu ne le maltraiteras pas ?

– Aucunement.

– Tu m'en donnes ta parole ?

– Je te la donne.

– Ta parole d'honneur ?

6170 – Ma parole d'honneur.

– Tout est dit, et je m'en retourne… »

Comme mon parrain Bigre était sur le seuil, mon père, lui frappant doucement sur l'épaule, lui disait : Bigre, mon ami, il y a ici quelque anguille sous roche ; ton garçon et le mien sont deux futés matois ; 6175 et je crains bien qu'ils ne nous en aient donné d'une à garder aujourd'hui ; mais avec le temps cela se découvrira. Adieu, compère.

LE MAÎTRE. Et quelle fut la fin de l'aventure entre Bigre ton ami et Justine ?

JACQUES. Comme elle devait être. Il se fâcha, elle se fâcha plus
fort que lui ; elle pleura, il s'attendrit ; elle lui jura que j'étais le
meilleur ami qu'il eût ; je lui jurai qu'elle était la plus honnête fille
du village. Il nous crut, nous demanda pardon, nous en aima et
nous en estima davantage tous deux. Et voilà le commencement,
le milieu et la fin de la perte de mon pucelage. À présent, monsieur, je voudrais bien que vous m'apprissiez le but moral de cette
impertinente histoire.

LE MAÎTRE. À mieux connaître les femmes.

JACQUES. Et vous aviez besoin de cette leçon ?

LE MAÎTRE. À mieux connaître les amis.

JACQUES. Et vous avez jamais cru qu'il y en eût un seul qui tînt
rigueur à votre femme ou à votre fille, si elle s'était proposé sa
défaite ?

LE MAÎTRE. À mieux connaître les pères et les enfants.

JACQUES. Allez, monsieur, ils ont été de tout temps, et seront à
jamais, alternativement dupes les uns des autres.

LE MAÎTRE. Ce que tu dis là sont autant de vérités éternelles, mais
sur lesquelles on ne saurait trop insister. Quel que soit le récit que
tu m'as promis après celui-ci, sois sûr qu'il ne sera vide d'instruction que pour un sot ; et continue.

Lecteur, il me vient un scrupule, c'est d'avoir fait honneur à Jacques
ou à son maître de quelques réflexions qui vous appartiennent de
droit ; si cela est, vous pouvez les reprendre sans qu'ils s'en for-
malisent. J'ai cru m'apercevoir que le mot *Bigre*[1] vous déplaisait. Je
voudrais bien savoir pourquoi. C'est le vrai nom de la famille de
mon charron ; les extraits baptistaires, extraits mortuaires, contrats
de mariage en sont signés Bigre. Les descendants de Bigre, qui
occupent aujourd'hui la boutique, s'appellent Bigre. Quand leurs
enfants, qui sont jolis, passent dans la rue, on dit : « Voilà les petits
Bigres. » Quand vous prononcez le nom de *Boule*[2], vous vous rap-

---

1. ***Bigre*** : bigre est une forme adoucie du juron « bougre », signifiant « type » (terme
péjoratif issu de *bulgarus,* « bulgare »), et parfois « homosexuel ».
2. ***Boule*** : ou André-Charles Boulle (1642-1732), célèbre ébéniste.

6210 pelez le plus grand ébéniste que vous ayez eu. On ne prononce point encore dans la contrée de Bigre le nom de Bigre sans se rappeler le plus grand charron dont on ait mémoire. Le Bigre, dont on lit le nom à la fin de tous les livres d'offices pieux du commencement de ce siècle, fut un de ses parents. Si jamais un arrière-neveu

6215 de Bigre se signale par quelque grande action, le nom personnel de Bigre ne sera pas moins imposant pour vous que celui de César ou de Condé. C'est qu'il y a Bigre et Bigre, comme Guillaume et Guillaume. Si je dis Guillaume tout court, ce ne sera ni le conquérant de la Grande-Bretagne, ni le marchand de drap de l'*Avocat*

6220 *Patelin* ; le nom de Guillaume tout court ne sera ni héroïque ni bourgeois : ainsi de Bigre. Bigre tout court n'est ni le fameux charron ni quelqu'un de ses plats ancêtres ou de ses plats descendants. En bonne foi, un nom personnel peut-il être de bon ou de mauvais goût ? Les rues sont pleines de mâtins[1] qui s'appellent Pompée.

6225 Défaites-vous donc de votre fausse délicatesse, ou j'en userai avec vous comme milord Chatham[2] avec les membres du parlement ; il leur dit : « Sucre, Sucre, Sucre ; qu'est-ce qu'il y a de ridicule là dedans ?... » Et moi, je vous dirai : « Bigre, Bigre, Bigre ; pourquoi ne s'appellerait-on pas Bigre ? » C'est, comme le disait un officier

6230 à son général le grand Condé, qu'il y a un fier Bigre, comme Bigre le charron ; un bon Bigre, comme vous et moi ; de plats Bigres, comme une infinité d'autres.

JACQUES. C'était un jour de noces ; frère Jean avait marié la fille d'un de ses voisins. J'étais garçon de fête. On m'avait placé à table

6235 entre les deux goguenards[3] de la paroisse ; j'avais l'air d'un grand nigaud, quoique je ne le fusse pas tant qu'ils le croyaient. Ils me firent quelques questions sur la nuit de la mariée ; j'y répondis assez bêtement, et les voilà qui éclatent de rire, et les femmes de ces deux plaisants à crier de l'autre bout : « Qu'est-ce qu'il y a

---

1. **Mâtins :** le mâtin est un gros chien de garde.
2. **Milord Chatham :** William Pitt (1708-1778), homme politique anglais, devenu comte de Chatham en 1766. Il fit en 1759 un discours aux Communes à l'occasion d'une crise entre l'Angleterre et la colonie d'Amérique, crise relative à la taxation du sucre.
3. **Goguenards :** plaisantins, hommes qui aiment à se moquer.

6240 donc ? vous êtes bien joyeux là-bas ? – C'est que c'est par trop drôle, répondit un de nos maris à sa femme ; je te conterai cela ce soir. » L'autre, qui n'était pas moins curieuse, fit la même question à son mari, qui lui fit la même réponse. Le repas continue, et les questions et mes balourdises, et les éclats de rire et la surprise des femmes.

6245 Après le repas, la danse ; après la danse, le coucher des époux, le don de la jarretière, moi dans mon lit, et mes goguenards dans les leurs, racontant à leurs femmes la chose incompréhensible, incroyable, c'est qu'à vingt-deux ans, grand et vigoureux comme je l'étais, assez bien de figure, alerte et point sot, j'étais aussi neuf, mais aussi

6250 neuf qu'au sortir du ventre de ma mère, et les deux femmes de s'en émerveiller ainsi que leurs maris. Mais, dès le lendemain, Suzanne me fit signe et me dit : « Jacques, n'as-tu rien à faire ?

– Non, voisine ; qu'est-ce qu'il y a pour votre service ?

– Je voudrais... je voudrais... » et en disant je voudrais, elle me

6255 serrait la main et me regardait si singulièrement ; « je voudrais que tu prisses notre serpe et que tu vinsses dans la commune m'aider à couper deux ou trois bourrées[1], car c'est une besogne trop forte pour moi seule.

– Très volontiers, madame Suzanne... »

6260 Je prends la serpe, et nous allons. Chemin faisant, Suzanne se laissait tomber la tête sur mon épaule, me prenait le menton, me tirait les oreilles, me pinçait les côtés. Nous arrivons. L'endroit était en pente. Suzanne se couche à terre tout de son long à la place la plus élevée, les pieds éloignés l'un de l'autre et les bras passés par-dessus

6265 la tête. J'étais au-dessous d'elle, jouant de la serpe sur le taillis, et Suzanne repliait ses jambes, approchant ses talons de ses fesses ; ses genoux élevés rendaient ses jupons fort courts, et je jouais toujours de la serpe sur le taillis, ne regardant guère où je frappais et frappant souvent à côté. Enfin, Suzanne me dit : « Jacques, est-ce

6270 que tu ne finiras pas bientôt ?

– Quand vous voudrez, madame Suzanne.

– Est-ce que tu ne vois pas, dit-elle à demi-voix, que je veux que tu finisses ?... » Je finis donc, je repris haleine, et je finis encore ; et Suzanne...

---

1. **Bourrées :** fagots de petites branches.

6275 **LE MAÎTRE.** T'ôtait ton pucelage que tu n'avais pas ?

JACQUES. Il est vrai ; mais Suzanne ne s'y méprit pas, et de sourire et de me dire : « Tu en as donné d'une bonne à garder à notre homme ; et tu es un fripon.

– Que voulez-vous dire, madame Suzanne ?

6280 – Rien, rien ; tu m'entends de reste. Trompe-moi encore quelquefois de même, et je te le pardonne… » Je reliai ses bourrées, je les pris sur mon dos ; et nous revînmes, elle à sa maison, moi à la nôtre.

LE MAÎTRE. Sans faire une pause en chemin ?

6285 **JACQUES.** Non.

LE MAÎTRE. Il n'y avait donc pas loin de la commune au village ?

JACQUES. Pas plus loin que du village à la commune.

LE MAÎTRE. Elle ne valait que cela ?

JACQUES. Elle valait peut-être davantage pour un autre, pour un
6290 autre jour : chaque moment a son prix.
À quelque temps de là, dame Marguerite, c'était la femme de notre autre goguenard, avait du grain à faire moudre et n'avait pas le temps d'aller au moulin ; elle vint demander à mon père un de ses garçons qui y allât pour elle. Comme j'étais le plus grand, elle
6295 ne doutait pas que le choix de mon père ne tombât sur moi, ce qui ne manqua pas d'arriver. Dame Marguerite sort ; je la suis ; je charge le sac sur son âne et je le conduis seul au moulin. Voilà son grain moulu, et nous nous en revenions, l'âne et moi, assez tristes, car je pensais que j'en serais pour ma corvée. Je me trompais. Il y
6300 avait entre le village et le moulin un petit bois à passer ; ce fut là que je trouvai dame Marguerite assise au bord de la voie. Le jour commençait à tomber. « Jacques, me dit-elle, enfin te voilà ! Sais-tu qu'il y a plus d'une mortelle heure que je t'attends ?… »

Lecteur, vous êtes aussi trop pointilleux. D'accord, la mortelle
6305 heure est des dames de la ville ; et la grande heure, de dame Marguerite.

JACQUES. C'est que l'eau était basse, que le moulin allait lentement, que le meunier était ivre et que, quelque diligence que j'ai faite, je n'ai pu revenir plus tôt.

6310 **MARGUERITE.** Assieds-toi là, et jasons un peu.

JACQUES. Dame Marguerite, je le veux bien…
Me voilà assis à côté d'elle pour jaser, et cependant nous gardions
le silence tous deux. Je lui dis donc : Mais, dame Marguerite, vous
ne me dites mot et nous ne jasons pas.

6315 **MARGUERITE.** C'est que je rêve à ce que mon mari m'a dit de toi.

JACQUES. Ne croyez rien de ce que votre mari vous a dit ; c'est un
gausseur[1].

MARGUERITE. Il m'a assuré que tu n'as jamais été amoureux.

JACQUES. Oh ! pour cela il a dit vrai.

6320 **MARGUERITE.** Quoi ! jamais de ta vie ?

JACQUES. De ma vie.

MARGUERITE. Comment ! à ton âge, tu ne saurais pas ce que c'est
qu'une femme ?

JACQUES. Pardonnez-moi, dame Marguerite.

6325 **MARGUERITE.** Et qu'est-ce que c'est qu'une femme ?

JACQUES. Une femme ?

MARGUERITE. Oui, une femme.

JACQUES. Attendez… C'est un homme qui a un cotillon[2], une cornette[3] et de gros tétons.

6330 **LE MAÎTRE.** Ah ! scélérat !

JACQUES. L'autre ne s'y était pas trompée ; et je voulais que celle-
ci s'y trompât. À ma réponse, dame Marguerite fit des éclats de
rire qui ne finissaient point ; et moi, tout ébahi, je lui demandai ce
qu'elle avait tant à rire. Dame Marguerite me dit qu'elle riait de ma
6335 simplicité. « Comment ! grand comme tu es, vrai, tu n'en saurais
pas davantage ?
– Non, dame Marguerite. »
Là-dessus dame Marguerite se tut, et moi aussi. Mais, dame
Marguerite, lui dis-je encore, nous nous sommes assis pour jaser

---

1. **Gausseur :** moqueur.
2. **Cotillon :** jupon.
3. **Cornette :** bonnet en dentelle.

6340 et voilà que vous ne dites mot et que nous ne jasons pas. Dame Marguerite, qu'avez-vous ? vous rêvez.

MARGUERITE. Oui, je rêve… je rêve… je rêve…

En prononçant ces je rêve, sa poitrine s'élevait, sa voix s'affaiblissait, ses membres tremblaient, ses yeux s'étaient fermés, sa bouche
6345 était entr'ouverte ; elle poussa un profond soupir ; elle défaillit, et je fis semblant de croire qu'elle était morte, et me mis à crier du ton de l'effroi : Dame Marguerite ! dame Marguerite ! parlez-moi donc ; dame Marguerite, est-ce que vous vous trouvez mal ?

MARGUERITE. Non, mon enfant ; laisse-moi un moment en
6350 repos… Je ne sais ce qui m'a pris… Cela m'est venu subitement.

LE MAÎTRE. Elle mentait.

JACQUES. Oui, elle mentait.

MARGUERITE. C'est que je rêvais.

JACQUES. Rêvez-vous comme cela la nuit à côté de votre mari ?

6355 **MARGUERITE.** Quelquefois.

JACQUES. Cela doit l'effrayer.

MARGUERITE. Il y est fait…

Marguerite revint peu à peu de sa défaillance, et dit : Je rêvais qu'à la noce, il y a huit jours, notre homme et celui de la Suzanne se sont moqués de
6360 toi ; cela m'a fait pitié, et je me suis trouvée toute je ne sais comment.

JACQUES. Vous êtes trop bonne.

MARGUERITE. Je n'aime pas qu'on se moque. Je rêvais qu'à la première occasion ils recommenceraient de plus belle, et que cela me fâcherait encore.

6365 **JACQUES.** Mais il ne tiendrait qu'à vous que cela n'arrivât plus.

MARGUERITE. Et comment ?

JACQUES. En m'apprenant…

MARGUERITE. Et quoi ?

JACQUES. Ce que j'ignore, et ce qui faisait tant rire votre homme
6370 et celui de la Suzanne, qui ne riraient plus.

MARGUERITE. Oh ! non, non. Je sais bien que tu es un bon garçon, et que tu ne le dirais à personne ; mais je n'oserais.

JACQUES. Et pourquoi ?

MARGUERITE. C'est que je n'oserais.

6375 **JACQUES.** Ah ! dame Marguerite, apprenez-moi, je vous prie, je vous en aurai la plus grande obligation, apprenez-moi… En la suppliant ainsi, je lui serrais les mains et elle me les serrait aussi ; je lui baisais les yeux, et elle me baisait la bouche. Cependant il faisait tout à fait nuit. Je lui dis donc : Je vois bien, dame Marguerite, que

6380 vous ne me voulez pas assez de bien pour m'apprendre ; j'en suis tout à fait chagrin. Allons, levons-nous ; retournons-nous-en… Dame Marguerite se tut ; elle reprit une de mes mains, je ne sais où elle la conduisit, mais le fait est que je m'écriai : « Il n'y a rien ! il n'y a rien ! »

6385 **LE MAÎTRE.** Scélérat, double scélérat !

JACQUES. Le fait est qu'elle était fort déshabillée, et que je l'étais beaucoup aussi. Le fait est que j'avais toujours la main où il n'y avait rien chez elle, et qu'elle avait placé sa main où cela n'était pas tout à fait de même chez moi. Le fait est que je me trouvai sous

6390 elle et par conséquent elle sur moi. Le fait est que, ne la soulageant d'aucune fatigue, il fallait bien qu'elle la prît tout entière. Le fait est qu'elle se livrait à mon instruction de si bon cœur, qu'il vint un instant où je crus qu'elle en mourrait. Le fait est qu'aussi troublé qu'elle, et ne sachant ce que je disais, je m'écriai : « Ah ! dame

6395 Suzanne, que vous me faites aise ! »

LE MAÎTRE. Tu veux dire dame Marguerite.

JACQUES. Non, non. Le fait est que je pris un nom pour un autre ; et qu'au lieu de dire dame Marguerite, je dis dame Suzon. Le fait est que j'avouai à dame Marguerite que ce qu'elle croyait m'apprendre

6400 ce jour-là, dame Suzon me l'avait appris, un peu diversement, à la vérité, il y avait trois ou quatre jours. Le fait est qu'elle me dit : « Quoi ! c'est Suzon et non pas moi ?… » Le fait est que je lui répondis : « Ce n'est ni l'une ni l'autre. » Le fait est que, tout en se moquant d'elle-même, de Suzon, des deux maris, et qu'en me

6405 disant de petites injures, je me trouvai sur elle, et par conséquent elle sous moi, et qu'en m'avouant que cela lui avait fait bien du plaisir, mais pas autant que de l'autre manière, elle se retrouva sur moi, et par conséquent moi sous elle. Le fait est qu'après quelque temps de repos et de silence, je ne me trouvai ni elle dessous, ni moi dessus, ni elle dessus, ni moi dessous ; car nous étions l'un et l'autre sur le côté ; qu'elle avait la tête penchée en devant et les deux fesses collées contre mes deux cuisses. Le fait est que, si j'avais été moins savant, la bonne dame Marguerite m'aurait appris tout ce qu'on peut apprendre. Le fait est que nous eûmes bien de la peine à regagner le village. Le fait est que mon mal de gorge est fort augmenté, et qu'il n'y a pas d'apparence que je puisse parler de quinze jours.

LE MAÎTRE. Et tu n'as pas revu ces femmes ?

JACQUES. Pardonnez-moi, plus d'une fois.

LE MAÎTRE. Toutes deux ?

JACQUES. Toutes deux.

LE MAÎTRE. Elles ne se sont pas brouillées ?

JACQUES. Utiles l'une à l'autre, elles s'en sont aimées davantage.

LE MAÎTRE. Les nôtres en auraient bien fait autant, mais chacune avec son chacun... Tu ris.

JACQUES. Toutes les fois que je me rappelle le petit homme criant, jurant, écumant, se débattant de la tête, des pieds, des mains, de tout le corps, et prêt à se jeter du haut du fenil[1] en bas, au hasard de se tuer, je ne saurais m'empêcher d'en rire.

LE MAÎTRE. Et ce petit homme, qui est-il ? Le mari de la dame Suzon ?

JACQUES. Non.

LE MAÎTRE. Le mari de la dame Marguerite ?

JACQUES. Non... Toujours le même : il en a, pour tant qu'il vivra.

LE MAÎTRE. Qui est-il donc ?

Jacques ne répondit point à cette question, et le maître ajouta :

Dis-moi seulement qui était le petit homme.

JACQUES. Un jour un enfant, assis au pied du comptoir d'une lingère, criait de toute sa force. La marchande importunée de ses cris, lui dit : « Mon ami, pourquoi criez-vous ?

---

1. **Fenil** : grenier où l'on met le foin.

6440   – C'est qu'ils veulent me faire dire A.

– Et pourquoi ne voulez-vous pas dire A ?

– C'est que je n'aurai pas si tôt dit A, qu'ils voudront me faire dire B... »

C'est que je ne vous aurai pas si tôt dit le nom du petit homme, 6445 qu'il faudra que je vous dise le reste.

LE MAÎTRE. Peut-être.

JACQUES. Cela est sûr.

LE MAÎTRE. Allons, mon ami Jacques, nomme-moi le petit homme. Tu t'en meurs d'envie, n'est-ce pas ? Satisfais-toi.

6450 JACQUES. C'était une espèce de nain, bossu, crochu, bègue, borgne, jaloux, paillard, amoureux et peut-être aimé de Suzon. C'était le vicaire du village.

Jacques ressemblait à l'enfant de la lingère comme deux gouttes d'eau, avec cette différence que, depuis son mal de gorge, on avait 6455 de la peine à lui faire dire A, mais une fois en train, il allait de lui-même jusqu'à la fin de l'alphabet.

J'étais dans la grange de Suzon, seul avec elle.

LE MAÎTRE. Et tu n'y étais pas pour rien ?

JACQUES. Non. Lorsque le vicaire arrive, il prend de l'humeur, il 6460 gronde, il demande impérieusement à Suzon ce qu'elle faisait en tête à tête avec le plus débauché des garçons du village, dans l'endroit le plus reculé de la chaumière.

LE MAÎTRE. Tu avais déjà de la réputation, à ce que je vois.

JACQUES. Et assez bien méritée. Il était vraiment fâché ; à ce pro-6465 pos il en ajouta d'autres encore moins obligeants. Je me fâche de mon côté. D'injure en injure nous en venons aux mains. Je saisis une fourche, je la lui passe entre les jambes, fourchon[1] d'ici, fourchon de là, et le lance sur le fenil, ni plus ni moins, comme une botte de paille.

6470 LE MAÎTRE. Et ce fenil était haut ?

---

1. **Fourchon** : coup de fourche.

JACQUES. De dix pieds au moins, et le petit homme n'en serait pas descendu sans se rompre le cou.

LE MAÎTRE. Après ?

JACQUES. Après, j'écarte le fichu de Suzon, je lui prends la gorge,
6475 je la caresse ; elle se défend comme cela. Il y avait là un bât d'âne dont la commodité nous était connue ; je la pousse sur ce bât.

LE MAÎTRE. Tu relèves ses jupons ?

JACQUES. Je relève ses jupons.

LE MAÎTRE. Et le vicaire voyait cela ?

6480 **JACQUES.** Comme je vous vois.

LE MAÎTRE. Et il se taisait ?

JACQUES. Non pas, s'il vous plaît. Ne se contenant plus de rage, il se mit à crier : « Au meu… meu… meurtre ! au feu… feu… feu !… au vo… au vo… au voleur !… » Et voilà le mari que nous croyions
6485 loin qui accourt.

LE MAÎTRE. J'en suis fâché : je n'aime pas les prêtres.

JACQUES. Et vous auriez été enchanté que sous les yeux de celui-ci…

LE MAÎTRE. J'en conviens.

6490 **JACQUES.** Suzon avait eu le temps de se relever ; je me rajuste, me sauve, et c'est Suzon qui m'a raconté ce qui suit. Le mari qui voit le vicaire perché sur le fenil, se met à rire. Le vicaire lui disait : « Ris… ris… ris bien… so… so… sot que tu es… » Le mari de lui obéir, de rire de plus belle, et de lui demander qui est-ce qui l'a
6495 niché là. – Le vicaire : « Met… met… mets-moi à te… te… terre. » Le mari de rire encore, et de lui demander comment il faut qu'il s'y prenne. – Le vicaire : « Co… co… comme j'y… j'y… j'y… suis mon… mon… monté, a… a… avec la fou… fou… fourche… – Par sauguienne, vous avez raison ; voyez ce que c'est que d'avoir
6500 étudié ?… » Le mari prend la fourche, la présente au vicaire ; celui-ci s'enfourche comme je l'avais enfourché ; le mari lui fait faire un ou deux tours de grange au bout de l'instrument de basse-cour, accompagnant cette promenade d'une espèce de chant en faux-bourdon ; et le vicaire criait : « Dé… dé… descends-moi, ma…
6505 ma… maraud, me… me dé… dé… descendras… dras-tu ?… » Et le

mari lui disait : « À quoi tient-il, monsieur le vicaire, que je ne vous montre ainsi dans toutes les rues du village ? On n'y aurait jamais vu une aussi belle procession... » Cependant le vicaire en fut quitte pour la peur, et le mari le mit à terre. Je ne sais ce qu'il dit alors
6510 au mari, car Suzon s'était évadée ; mais j'entendis : « Ma... ma... malheureux ! tu... tu... fra... fra... frappes un... un... prê... prê... prêtre ; je... je... t'e... t'e... t'ex... co... co... communie ; tu... tu... se... seras da... da... damné... » C'était le petit homme qui parlait : et c'était le mari qui le pourchassait à coups de fourche. J'arrive
6515 avec beaucoup d'autres ; d'aussi loin que le mari m'aperçut, mettant sa fourche en arrêt : « Approche, approche », me dit-il.

LE MAÎTRE. Et Suzon ?

JACQUES. Elle s'en tira.

LE MAÎTRE. Mal ?

6520 JACQUES. Non ; les femmes s'en tirent toujours bien quand on ne les a pas surprises en flagrant délit... De quoi riez-vous ?

LE MAÎTRE. De ce qui me fera rire, comme toi, toutes les fois que je me rappellerai le petit prêtre au bout de la fourche du mari.

JACQUES. Ce fut peu de temps après cette aventure, qui vint aux
6525 oreilles de mon père et qui en rit aussi, que je m'engageai, comme je vous ai dit...

Après quelques moments de silence ou de toux de la part de Jacques, disent les uns, ou après avoir encore ri, disent les autres, le maître s'adressant à Jacques, lui dit : « Et l'histoire de tes
6530 amours ? » – Jacques hocha de la tête et ne répondit pas.
Comment un homme de sens, qui a des mœurs, qui se pique de philosophie, peut-il s'amuser à débiter des contes de cette obscénité ? – Premièrement, lecteur, ce ne sont pas des contes, c'est une histoire, et je ne me sens pas plus coupable, et peut-être moins,
6535 quand j'écris les sottises de Jacques, que Suétone[1] quand il nous transmet les débauches de Tibère[2]. Cependant vous lisez Suétone, et vous ne lui faites aucun reproche. Pourquoi ne froncez-vous pas

---

1. **Suétone** : historien latin (70-128), auteur des *Vies des douze Césars*.
2. **Tibère** : empereur romain de 14 à 37 apr. J.-C.

215

le sourcil à Catulle[1], à Martial[2], à Horace[3], à Juvénal[4], à Pétrone[5], à La Fontaine[6] et à tant d'autres ? Pourquoi ne dites-vous pas au
6540 stoïcien Sénèque[7] : Quel besoin avons-nous de la crapule de votre esclave aux miroirs concaves[8] ? Pourquoi n'avez-vous de l'indulgence que pour les morts ? Si vous réfléchissiez un peu à cette partialité, vous verriez qu'elle naît de quelque principe vicieux. Si vous êtes innocent, vous ne me lirez pas ; si vous êtes corrompu,
6545 vous me lirez sans conséquence. Et puis, si ce que je vous dis là ne vous satisfait pas, ouvrez la préface de Jean-Baptiste Rousseau[9], et vous y trouverez mon apologie. Quel est celui d'entre vous qui osât blâmer Voltaire d'avoir composé *La Pucelle*[10] ? Aucun. Vous avez donc deux balances pour les actions des hommes ? Mais,
6550 dites-vous, *La Pucelle* de Voltaire est un chef-d'œuvre ! – Tant pis, puisqu'on ne l'en lira que davantage. – Et votre *Jacques* n'est qu'une insipide rapsodie de faits les uns réels, les autres imaginés, écrits sans grâce et distribués sans ordre. – Tant mieux, mon *Jacques* en sera moins lu. De quelque côté que vous vous tourniez, vous avez
6555 tort. Si mon ouvrage est bon, il vous fera plaisir ; s'il est mauvais,

---

1. **Catulle** : poète latin (87-54 av. J.-C.) auteur, entre autres, de textes érotiques.
2. **Martial** : poète latin (40-104), ami de Pline et de Juvénal ; lui aussi a écrit des textes érotiques.
3. **Horace** : poète latin (65-8 av. J.-C.), auteur des *Satires*, d'un célèbre *Art poétique* et de textes érotiques.
4. **Juvénal** : poète latin satirique (v. 60 - v. 130). Célèbre pour ses *Satires*, il est ici évoqué pour ses œuvres érotiques.
5. **Pétrone** : écrivain latin et grand seigneur épicurien, mort en 66 apr. J.-C., auteur du *Satiricon*.
6. **La Fontaine** : l'auteur des Fables (1621-1695) est évoqué ici pour ses *Contes* qui appartiennent à la veine égrillarde.
7. **Sénèque** : homme politique et philosophe latin stoïcien (v. 4 av. J.-C. - 65 apr. J.-C.). Il est l'auteur de plusieurs tragédies et traités de philosophie.
8. **Esclave aux miroirs concaves** : les miroirs concaves ont une surface en creux. Dans ses *Questiones naturales*, Sénèque évoque un certain esclave, Hostius Quadra, qui userait de miroirs grossissants pour des pratiques homosexuelles.
9. **Jean-Baptiste Rousseau** : poète français (1671-1741), considéré comme le continuateur de Malherbe et de Boileau. Accusé d'avoir écrit des poèmes obscènes, il dut s'exiler en 1707.
10. *La Pucelle* : poème héroï-comique et anti-religieux écrit par Voltaire en 1762.

il ne fera point de mal. Point de livre plus innocent qu'un mauvais livre. Je m'amuse à écrire sous des noms empruntés les sottises que vous faites ; vos sottises me font rire ; mon écrit vous donne de l'humeur. Lecteur, à vous parler franchement, je trouve que le plus méchant de nous deux, ce n'est pas moi. Que je serais satisfait s'il m'était aussi facile de me garantir de vos noirceurs, qu'à vous de l'ennui ou du danger de mon ouvrage ! Vilains hypocrites, laissez-moi en repos. F...tez comme des ânes débâtés ; mais permettez-moi que je dise f...tre ; je vous passe l'action, passez-moi le mot. Vous prononcez hardiment tuer, voler, trahir, et l'autre vous ne l'oseriez qu'entre les dents ! Est-ce que moins vous exhalez de ces prétendues impuretés en paroles, plus il vous en reste dans la pensée ? Et que vous a fait l'action génitale, si naturelle, si nécessaire et si juste, pour en exclure le signe de vos entretiens, et pour imaginer que votre bouche, vos yeux et vos oreilles en seraient souillés ? Il est bon que les expressions les moins usitées, les moins écrites, les mieux tues soient les mieux sues et les plus généralement connues ; aussi cela est ; aussi le mot *futuo*[1] n'est-il pas moins familier que le mot pain ; nul âge ne l'ignore, nul idiome n'en est privé ! il a mille synonymes dans toutes les langues, il s'imprime en chacune sans être exprimé, sans voix, sans figure, et le sexe qui le fait le plus, a usage de le taire le plus. Je vous entends encore, vous vous écriez : « Fi, le cynique ! Fi, l'impudent ! Fi, le sophiste !... » Courage, insultez bien un auteur estimable que vous avez sans cesse entre les mains, et dont je ne suis ici que le traducteur. La licence de son style m'est presque un garant de la pureté de ses mœurs ; c'est Montaigne[2]. *Lasciva est nobis pagina, vita proba*[3].

Jacques et son maître passèrent le reste de la journée sans desserrer les dents. Jacques toussait, et son maître disait : « Voilà une cruelle toux ! » regardait à sa montre l'heure qu'il était sans le savoir, ouvrait sa tabatière sans s'en douter, et prenait sa prise de tabac sans le sentir ; ce qui me le prouve, c'est qu'il faisait ces choses

---

1. *Futuo* : du verbe latin *futuere* : « avoir des rapports avec une femme ».

2. **Montaigne** : écrivain français (1533-1592), auteur des *Essais*.

3. *Lasciva est nobis pagina, vita proba* : « Ma page est lascive, mais ma vie est pure » (Citation empruntée à Martial, *Épigrammes*).

trois ou quatre fois de suite et dans le même ordre. Un moment
après, Jacques toussait encore, et son maître disait : « Quelle diable
6590 de toux ! Aussi tu t'en es donné du vin de l'hôtesse jusqu'au nœud
de la gorge. Hier au soir, avec le secrétaire, tu ne t'es pas ménagé
davantage ; quand tu remontas tu chancelais, tu ne savais ce que
tu disais ; et aujourd'hui tu as fait dix haltes, et je gage qu'il ne te
reste pas une goutte de vin dans ta gourde ?... » Puis il grommelait
6595 entre ses dents, regardait à sa montre, et régalait ses narines.

J'ai oublié de vous dire, lecteur, que Jacques n'allait jamais sans
une gourde remplie du meilleur ; elle était suspendue à l'arçon de
sa selle. À chaque fois que son maître interrompait son récit par
quelque question un peu longue, il détachait sa gourde, en buvait
6600 un coup à la régalade[1], et ne la remettait à sa place que quand son
maître avait cessé de parler. J'avais encore oublié de vous dire que,
dans les cas qui demandaient de la réflexion, son premier mouvement était d'interroger sa gourde. Fallait-il résoudre une question
de morale, discuter un fait, préférer un chemin à un autre, enta-
6605 mer, suivre ou abandonner une affaire, peser les avantages ou les
désavantages d'une opération de politique, d'une spéculation de
commerce ou de finance, la sagesse ou la folie d'une loi, le sort
d'une guerre, le choix d'une auberge, dans une auberge le choix
d'un appartement, dans un appartement le choix d'un lit, son
6610 premier mot était : « Interrogeons la gourde. » Son dernier était :
« C'est l'avis de la gourde et le mien. » Lorsque le destin était muet
dans sa tête, il s'expliquait par sa gourde, c'était une espèce de
Pythie[2] portative, silencieuse aussitôt qu'elle était vide. À Delphes,
la Pythie, ses cotillons retroussés, assise à cul nu sur le trépied,
6615 recevait son inspiration de bas en haut ; Jacques, sur son cheval, la
tête tournée vers le ciel, sa gourde débouchée et le goulot incliné
vers sa bouche, recevait son inspiration de haut en bas. Lorsque
la Pythie et Jacques prononçaient leurs oracles, ils étaient ivres
tous les deux. Il prétendait que l'Esprit-Saint était descendu sur

---

1. **À la régalade :** boire à la régalade, c'est boire en renversant la tête en arrière, sans
toucher le bord du récipient.
2. **Pythie :** prêtresse d'Apollon à Delphes, qui transmettait les oracles du dieu par des
paroles incohérentes.

6620 les apôtres dans une gourde ; il appelait la Pentecôte la fête des gourdes. Il a laissé un petit traité[1] de toutes sortes de divinations, traité profond dans lequel il donne la préférence à la divination de Bacbuc[2] ou par la gourde. Il s'inscrit en faux, malgré toute la vénération qu'il lui portait, contre le curé de Meudon qui interro-
6625 geait la dive Bacbuc par le choc de la panse. « J'aime Rabelais, dit-il, mais j'aime mieux la vérité que Rabelais. » Il l'appelle hérétique *Engastrimute*[3], et il prouve par cent raisons, meilleures les unes que les autres, que les vrais oracles de Bacbuc ou de la gourde ne se faisaient entendre que par le goulot. Il compte au rang des
6630 sectateurs distingués de Bacbuc, des vrais inspirés de la gourde dans ces derniers siècles, Rabelais, La Fare[4], Chapelle[5], Chaulieu[6], La Fontaine, Molière, Panard[7], Gallet[8], Vadé[9]. Platon et Jean-Jacques Rousseau, qui prônèrent le bon vin sans en boire, sont à son avis de faux frères de la gourde. La gourde eut autrefois quelques sanc-
6635 tuaires célèbres ; la Pomme-de-pin, le Temple de la Guinguette[10], sanctuaires dont il écrit l'histoire séparément. Il fait la peinture la plus magnifique de l'enthousiasme, de la chaleur, du feu dont les

---

1. **Petit traité :** Diderot pense peut-être à son article « Divination » de l'*Encyclopédie*.
2. **Bacbuc :** en hébreux, signifie « bouteille » ; on la trouve dans le *Pantagruel* de Rabelais.
3. *Engastrimute :* ou engastrimythe (de *gaster* : ventre et *muthos* : parole), c'est-à-dire : ventriloque.
4. **La Fare :** écrivain français (1644-1713), épicurien, connu pour ses mémoires et quelques vers agréables.
5. **Chapelle :** écrivain français (1626-1686), auteur d'un récit de voyage en Languedoc qu'il fit avec Bachaumont *(Voyage de Chapelle et de Bachaumont)*, où il se moque des précieuses de Montpellier. Il aurait inspiré Molière avec lequel il était lié. Connu aussi pour être épicurien.
6. **Chaulieu :** écrivain français (1636-1720). Ses œuvres étaient généralement édi-tées avec celles de La Fare. C'était aussi un épicurien.
7. **Panard :** chansonnier des Foires, auteur de parodies, et bon vivant.
8. **Gallet :** chansonnier des Foires (1700-1757), vantant les plaisirs de la vie.
9. **Vadé :** chansonnier et auteur dramatique (1720-1757). Il a écrit des opéras-comi-ques et des parodies.
10. **La Pomme-de-pin, le Temple de la Guinguette :** tavernes littéraires parisiennes que fréquentaient les écrivains énumérés ci-dessus.

Bacbuciens ou Périgourdins[1] étaient et furent encore saisis de nos jours, lorsque sur la fin du repas, les coudes appuyés sur la table, la
6640 dive Bacbuc ou la gourde sacrée leur apparaissait, était déposée au milieu d'eux, sifflait, jetait sa coiffe loin d'elle, et couvrait ses adorateurs de son écume prophétique. Son manuscrit est décoré de deux portraits, au bas desquels on lit : *Anacréon*[2] *et Rabelais, l'un parmi les anciens, l'autre parmi les modernes, souverains pontifes de*
6645 *la gourde.*
Et Jacques s'est servi du terme engastrimute ?... Pourquoi pas, lecteur ? Le capitaine de Jacques était Bacbucien ; il a pu connaître cette expression, et Jacques, qui recueillait tout ce qu'il disait, se la rappeler ; mais la vérité, c'est que l'*Engastrimute* est de moi, et
6650 qu'on lit sur le texte original : *Ventriloque.*
Tout cela est fort beau, ajoutez-vous ; mais les amours de Jacques ? – Les amours de Jacques, il n'y a que Jacques qui les sache ; et le voilà tourmenté d'un mal de gorge qui réduit son maître à sa montre et à sa tabatière ; indigence qui l'afflige autant
6655 que vous. – Qu'allons-nous donc devenir ? – Ma foi, je n'en sais rien. Ce serait bien ici le cas d'interroger la dive Bacbuc ou la gourde sacrée ; mais son culte tombe, ses temples sont déserts. Ainsi qu'à la naissance de notre divin Sauveur, les oracles du paganisme cessèrent ; à la mort de Gallet[3], les oracles de Bacbuc furent
6660 muets ; aussi plus de grands poèmes, plus de ces morceaux d'une éloquence sublime ; plus de ces productions marquées au coin de l'ivresse et du génie ; tout est raisonné, compassé, académique et plat. Ô dive Bacbuc ! ô gourde sacrée ! ô divinité de Jacques ! Revenez au milieu de nous !... Il me prend envie, lecteur, de vous
6665 entretenir de la naissance de la dive Bacbuc, des prodiges qui l'accompagnèrent et qui la suivirent, des merveilles de son règne et des désastres de sa retraite ; et si le mal de gorge de notre ami Jacques dure, et que son maître s'opiniâtre à garder le silence, il

---

1. **Périgourdins :** selon Yvon Belaval, c'est un calembour, « périgourdins » pouvant par fausse étymologie se comprendre comme « autour de la gourde ».
2. **Anacréon :** poète grec (VIe siècle av. J.-C.) qui a célébré le plaisir dans ses *Odes.*
3. **À la mort de Gallet :** à la mort de son ami Gallet, Panard aurait dit : « Je ne boirai plus avec lui. »

faudra bien que vous vous contentiez de cet épisode, que je tâche-
rai de pousser jusqu'à ce que Jacques guérisse et reprenne l'histoire de ses amours…

Il y a ici une lacune vraiment déplorable dans la conversation de
Jacques et de son maître. Quelque jour un descendant de Nodot,
du président de Brosses, de Freinshémius, ou du père Brottier[1], la
remplira peut-être : et les descendants de Jacques ou de son maître, propriétaires du manuscrit, en riront beaucoup.

Il paraît que Jacques, réduit au silence par son mal de gorge, sus-
pendit l'histoire de ses amours ; et que son maître commença l'histoire des siennes. Ce n'est ici qu'une conjecture que je donne pour
ce qu'elle vaut. Après quelques lignes ponctuées qui annoncent
la lacune, on lit : « Rien n'est plus triste dans ce monde que d'être
un sot… » Est-ce Jacques qui profère cet apophtegme[2] ? Est-ce son
maître ? Ce serait le sujet d'une longue et épineuse dissertation. Si
Jacques était assez insolent pour adresser ces mots à son maître,
celui-ci était assez franc pour se les adresser à lui-même. Quoi
qu'il en soit, il est évident, il est très évident que c'est le maître qui
continue.

LE MAÎTRE. C'était la veille de sa fête, et je n'avais point d'argent.
Le chevalier de Saint-Ouin, mon intime ami, n'était jamais embarrassé de rien. « Tu n'as point d'argent, me dit-il ?
– Non.
– Eh bien ! il n'y a qu'à en faire.
– Et tu sais comme on en fait ?
– Sans doute. » Il s'habille, nous sortons, et il me conduit à travers
plusieurs rues détournées dans une petite maison obscure, où
nous montons par un petit escalier sale, à un troisième, où j'entre
dans un appartement assez spacieux et singulièrement meublé. Il y
avait entre autres choses trois commodes de front, toutes trois de
formes différentes ; par derrière celle du milieu, un grand miroir à
chapiteau trop haut pour le plafond, en sorte qu'un bon demi-pied
de ce miroir était caché par la commode ; sur ces commodes des

---

1. **Nodot** [...] **Brosses** [...] **Freinshémius** [...] **Brottier** : érudits, traducteurs et com-
mentateurs de textes latins.
2. **Apophtegme** : sentence, proverbe.

marchandises de toute espèce ; deux trictracs[1] ; autour de l'appartement, des chaises assez belles, mais pas une qui eût sa pareille ; au pied d'un lit sans rideaux une superbe duchesse[2] ; contre une des fenêtres une volière sans oiseaux, mais toute neuve ; à l'autre fenêtre un lustre suspendu par un manche à balai, et le manche à balai portant des deux bouts sur les dossiers de deux mauvaises chaises de paille ; et puis de droite et de gauche des tableaux, les uns attachés aux murs, les autres en pile.

6710 **JACQUES.** Cela sent le faiseur d'affaires d'une lieue à la ronde.

LE MAÎTRE. Tu l'as deviné. Et voilà le chevalier et M. Le Brun (c'est le nom de notre brocanteur et courtier d'usure[3]) qui se précipitent dans les bras l'un de l'autre... « Eh ! c'est vous, monsieur le chevalier ?

6715 — Et oui, c'est moi, mon cher Le Brun.

— Mais que devenez-vous donc ? Il y a une éternité qu'on ne vous a vu. Les temps sont bien tristes ; n'est-il pas vrai ?

— Très tristes, mon cher Le Brun. Mais il ne s'agit pas de cela ; écoutez-moi, j'aurais un mot à vous dire... » Je m'assieds. Le chevalier et Le Brun se retirent dans un coin, et se parlent. Je ne puis te rendre de leur conversation que quelques mots que je surpris à la volée...

« Il est bon ?
— Excellent.
— Majeur ?
6725 — Très majeur.
— C'est le fils ?
— Le fils.
— Savez-vous que nos deux dernières affaires ?...
— Parlez plus bas.
6730 — Le père ?
— Riche.

---

1. **Trictracs :** jeu qui se joue avec des dames et des dés sur un tableau à deux compartiments comptant chacun six cases triangulaires. C'est l'ancêtre du jacquet.
2. **Duchesse :** lit de repos à dossier.
3. **Courtier d'usure :** qui fait profession de s'entremettre pour prêter de l'argent à des taux très élevés.

222

– Vieux ?

– Et caduc[1]. »

Le Brun à haute voix : « Tenez, monsieur le chevalier, je ne veux plus
6735 me mêler de rien, cela a toujours des suites fâcheuses. C'est votre ami, à
la bonne heure ! Monsieur a tout à fait l'air d'un galant homme ; mais…

– Mon cher Le Brun !

– Je n'ai point d'argent.

– Mais vous avez des connaissances !

6740 – Ce sont tous des gueux, de fieffés fripons. Monsieur le chevalier,
n'êtes-vous point las de passer par ces mains-là ?

– Nécessité n'a point de loi.

– La nécessité qui vous presse est une plaisante nécessité, une
bouillotte[2], une partie de la belle[3], quelque fille.

6745 – Cher ami !…

– C'est toujours moi, je suis faible comme un enfant ; et puis vous,
je ne sais pas à qui vous ne feriez pas fausser un serment. Allons,
sonnez donc, afin que je sache si Fourgeot est chez lui… Non, ne
sonnez pas, Fourgeot vous mènera chez Merval.

6750 – Pourquoi pas vous ?

– Moi ! j'ai juré que cet abominable Merval ne travaillerait jamais
ni pour moi ni pour mes amis. Il faudra que vous répondiez pour
monsieur, qui peut-être, qui sans doute est un honnête homme ;
que je réponde pour vous à Fourgeot, et que Fourgeot réponde
6755 pour moi à Merval… »

Cependant la servante était entrée en disant : « C'est chez
M. Fourgeot ? »

Le Brun à sa servante : « Non, ce n'est chez personne… Monsieur le
chevalier, je ne saurais absolument, je ne saurais.

6760 Le chevalier l'embrasse, le caresse : « Mon cher Le Brun ! mon cher
ami !… » Je m'approche, je joins mes instances à celles du chevalier : « Monsieur Le Brun ! mon cher Monsieur !… »

---

1. **Caduc :** qui touche à sa fin.
2. **Bouillotte :** la bouillotte a remplacé le jeu du brelan (voir note 1, p. 168), lorsque
ce dernier a été interdit par Louis XIV.
3. **La belle :** « Jeu de hasard que l'on joue en tirant des numéros qui correspondent
avec ceux d'un tableau. » (Littré.)

Le Brun se laisse persuader.

La servante qui souriait de cette momerie[1] part, et dans un clin
d'œil reparaît avec un petit homme boiteux, vêtu de noir, canne à
la main, bègue, le visage sec et ridé, l'œil vif. Le chevalier se tourne
de son côté et lui dit : « Allons, monsieur Mathieu de Fourgeot,
nous n'avons pas un moment à perdre, conduisez-nous vite… »
Fourgeot, sans avoir l'air de l'écouter, déliait une petite bourse de
chamois.

Le chevalier à Fourgeot : « Vous vous moquez, cela nous regarde… »
Je m'approche, je tire un petit écu que je glisse au chevalier qui
le donne à la servante en lui passant la main sous le menton.
Cependant Le Brun disait à Fourgeot : « Je vous le défends ; ne
conduisez point là ces messieurs.

FOURGEOT. Monsieur Le Brun, pourquoi donc ?

LE BRUN. C'est un fripon, c'est un gueux.

FOURGEOT. Je sais bien que M. de Merval… mais à tout péché
miséricorde ; et puis, je ne connais que lui qui ait de l'argent pour
le moment.

LE BRUN. Monsieur Fourgeot, faites comme il vous plaira ; messieurs, je m'en lave les mains.

FOURGEOT, *à Le Brun.* Monsieur Le Brun, est-ce que vous ne
venez pas avec nous ?

LE BRUN. Moi ! Dieu m'en préserve. C'est un infâme que je ne
reverrai de ma vie.

FOURGEOT. Mais, sans vous, nous ne finirons rien.

LE CHEVALIER. Il est vrai. Allons, mon cher Le Brun, il s'agit
de me servir, il s'agit d'obliger un galant homme qui est dans la
presse[2] ; vous ne me refuserez pas ; vous viendrez.

LE BRUN. Aller chez un Merval ! moi ! moi !

LE CHEVALIER. Oui, vous, vous viendrez pour moi… »

---

1. **Momerie :** farce, mascarade, bouffonnerie.
2. **Dans la presse :** dans une situation urgente.

À force de sollicitations Le Brun se laisse entraîner, et nous voilà, lui Le Brun, le chevalier, Mathieu de Fourgeot, en chemin, le chevalier frappant amicalement dans la main de Le Brun et me disant : « C'est le meilleur homme, l'homme du monde le plus officieux, la meilleure connaissance…

LE BRUN. Je crois que M. le chevalier me ferait faire de la fausse monnaie. »

Nous voilà chez Merval.

JACQUES. Mathieu de Fourgeot…

LE MAÎTRE. Eh bien ! qu'en veux-tu dire ?

JACQUES. Mathieu de Fourgeot… Je veux dire que M. le chevalier de Saint-Ouin connaît ces gens-là par nom et surnom : et que c'est un gueux, d'intelligence avec toute cette canaille-là.

LE MAÎTRE. Tu pourrais bien avoir raison… Il est impossible de connaître un homme plus doux, plus civil, plus honnête, plus poli, plus humain, plus compatissant, plus désintéressé que M. de Merval. Mon âge de majorité et ma solvabilité bien constatée, M. de Merval prit un air tout à fait affectueux et triste et nous dit avec le ton de la componction qu'il était au désespoir ; qu'il avait été dans cette même matinée obligé de secourir un de ses amis pressé des besoins les plus urgents, et qu'il était tout à fait à sec. Puis s'adressant à moi, il ajouta : « Monsieur, n'ayez point de regret de ne pas être venu plus tôt ; j'aurais été affligé de vous refuser, mais je l'aurais fait ; l'amitié passe avant tout… »

Nous voilà tous bien ébahis ; voilà le chevalier, Le Brun même et Fourgeot aux genoux de Merval, et M. de Merval qui leur disait : « Messieurs, vous me connaissez tous ; j'aime à obliger et tâche de ne pas gâter les services que je rends en les faisant solliciter ; mais, foi d'homme d'honneur, il n'y a pas quatre louis dans la maison… » Moi, je ressemblais, au milieu de ces gens-là, à un patient qui a entendu sa sentence. Je disais au chevalier : « Chevalier, allons-nous-en, puisque ces messieurs ne peuvent rien… » Et le chevalier me tirant à l'écart : « Tu n'y penses pas, c'est la veille de sa fête. Je l'ai prévenue, je t'en avertis ; et elle s'attend à une galanterie de ta part. Tu la connais : ce n'est pas qu'elle soit intéressée ; mais elle est comme toutes les autres, qui n'aiment pas à être trompées dans leur attente. Elle s'en sera déjà vantée à son père, à sa mère, à ses tantes, à ses amies ; et, après cela, n'avoir rien à leur montrer, cela est mortifiant... » Et puis le voilà revenu à Merval, et le pressant plus vivement encore. Merval, après s'être bien fait tirailler, dit : « J'ai la plus sotte âme du monde ; je ne saurais voir les gens en peine. Je rêve ; et il me vient une idée.

LE CHEVALIER. Et quelle idée ?

MERVAL. Pourquoi ne prendriez-vous pas des marchandises ?

LE CHEVALIER. En avez-vous ?

MERVAL. Non ; mais je connais une femme qui vous en fournira ; une brave femme, une honnête femme.

LE BRUN. Oui, mais qui nous fournira des guenilles, qu'elle nous vendra au poids de l'or, et dont nous ne retirerons rien.

MERVAL. Point du tout, ce seront de très belles étoffes, des bijoux en or et en argent, des soieries de toute espèce, des perles, quelques pierreries ; il y aura très peu de chose à perdre sur ces effets[1]. C'est une bonne créature à se contenter de peu, pourvu qu'elle ait ses sûretés ; ce sont des marchandises d'affaires qui lui reviennent à très bon prix. Au reste, voyez-les, la vue ne vous en coûtera rien... »

Je représentai à Merval et au chevalier, que mon état n'était pas de vendre ; et que, quand cet arrangement ne me répugnerait pas, ma position ne me laisserait pas le temps d'en tirer parti. Les officieux Le Brun et Mathieu de Fourgeot dirent tous à la fois : « Qu'à cela ne tienne, nous vendrons pour vous ; c'est l'embarras d'une demi-journée... » Et la séance fut remise à l'après-midi chez M. de Merval, qui, me frappant doucement sur l'épaule, me disait d'un ton onctueux et pénétré : « Monsieur, je suis charmé de vous obliger ; mais, croyez-moi, faites rarement de pareils emprunts ; ils finissent toujours par ruiner. Ce serait un miracle, dans ce pays-ci, que vous eussiez encore à traiter une fois avec d'aussi honnêtes gens que MM. Le Brun et Mathieu de Fourgeot... »

---

1. **Effets :** le mot signifie ici « marchandises ».

Le Brun et Fourgeot de Mathieu, ou Mathieu de Fourgeot, le remercièrent en s'inclinant, et lui disant qu'il avait bien de la bonté, qu'ils avaient tâché jusqu'à présent de faire leur petit commerce en conscience, et qu'il n'y avait pas de quoi les louer.

6865 **MERVAL.** Vous vous trompez, messieurs, car qui est-ce qui a de la conscience à présent ? Demandez à M. le chevalier de Saint-Ouin, qui doit en savoir quelque chose.

Nous voilà sortis de chez Merval, qui nous demande, du haut de son escalier, s'il peut compter sur nous et faire avertir sa
6870 marchande. Nous lui répondons que oui ; et nous allons tous quatre dîner dans une auberge voisine, en attendant l'heure du rendez-vous.

Ce fut Mathieu de Fourgeot qui commanda le dîner, et qui le commanda bon. Au dessert, deux marmottes[1] s'approchèrent de notre
6875 table avec leurs vielles[2] ; Le Brun les fit asseoir. On les fit boire, on les fit jaser, on les fit jouer. Tandis que mes trois convives s'amusaient à en chiffonner une, sa compagne, qui était à côté de moi, me dit tout bas : « Monsieur, vous êtes là en bien mauvaise compagnie : il n'y a pas un de ces gens-là qui n'ait son nom sur le livre
6880 rouge[3]. »

Nous quittâmes l'auberge à l'heure indiquée, et nous nous rendîmes chez Merval. J'oubliais de te dire que ce dîner épuisa la bourse du chevalier et la mienne, et qu'en chemin Le Brun dit au chevalier, qui me le redit, que Mathieu de Fourgeot exigeait dix louis
6885 pour sa commission, que c'était le moins qu'on pût lui donner ; que s'il était satisfait de nous, nous aurions les marchandises à meilleur prix, et que nous retrouverions aisément cette somme sur la vente.

Nous voilà chez Merval, où sa marchande nous avait précédés avec
6890 ses marchandises. Mlle Bridoie (c'est son nom) nous accabla de politesses et de révérences, et nous étala des étoffes, des toiles, des

---

1. **Marmottes :** en langage familier, une marmotte (féminin de marmot) désigne un enfant ou une personne laide ; mais le terme désigne aussi la coiffe des Savoyardes et, par extension, les femmes savoyardes.
2. **Vielles :** la vielle est un instrument à cordes.
3. **Livre rouge :** livre de la police.

dentelles, des bagues, des diamants, des boîtes d'or. Nous prîmes de tout. Ce furent Le Brun, Mathieu de Fourgeot et le chevalier, qui mirent le prix aux choses ; et c'est Merval qui tenait la plume.

6895 Le total se monta à dix-neuf mille sept cent soixante et quinze livres, dont j'allais faire mon billet, lorsque Mlle Bridoie me dit, en faisant une révérence (car elle ne s'adressait jamais à personne sans le révérencier[1]) : « Monsieur, votre dessein est de payer vos billets à leurs échéances ?

6900 – Assurément, lui répondis-je.

– En ce cas, me répliqua-t-elle, il vous est indifférent de me faire des billets ou des lettres de change[2]. »

Le mot de lettre de change me fit pâlir. Le chevalier s'en aperçut et dit à Mlle Bridoie : « Des lettres de change, mademoiselle ! mais

6905 ces lettres de change courront, et l'on ne sait en quelles mains elles pourraient aller.

– Vous vous moquez, monsieur le chevalier ; on sait un peu les égards dus aux personnes de votre rang... » Et puis une révérence... « On tient ces papiers-là dans son portefeuille ; on ne les

6910 produit qu'à temps. Tenez, voyez... » Et puis une révérence... Elle tire son portefeuille de sa poche ; elle lit une multitude de noms de tout état et de toutes conditions. Le chevalier s'était approché de moi, et me disait : « Des lettres de change ! cela est diablement sérieux ! Vois ce que tu veux faire. Cette femme me paraît honnête,

6915 et puis, avant l'échéance, tu seras en fonds ou j'y serai. »

JACQUES. Et vous signâtes les lettres de change ?

LE MAÎTRE. Il est vrai.

JACQUES. C'est l'usage des pères, lorsque leurs enfants partent pour la capitale, de leur faire un petit sermon. Ne fréquentez point

6920 mauvaise compagnie ; rendez-vous agréable à vos supérieurs, par de l'exactitude à remplir vos devoirs ; conservez votre religion ; fuyez les filles de mauvaise vie, les chevaliers d'industrie[3], et surtout ne signez jamais de lettres de change.

---

1. **Révérencier :** faire la révérence.
2. **Lettre de change :** la lettre de change, à la différence du billet, tombe sous la protection de lois de commerce très rigoureuses.
3. **Chevaliers d'industrie :** escrocs.

LE MAÎTRE. Que veux-tu, je fis comme les autres ; la première
6925 chose que j'oubliai, ce fut la leçon de mon père. Me voilà pourvu
de marchandises à vendre, mais c'est de l'argent qu'il nous fallait.
Il y avait quelques paires de manchettes à dentelle, très belles : le
chevalier s'en saisit au prix coûtant, en me disant : « Voilà déjà une
partie de tes emplettes, sur laquelle tu ne perdras rien. » Mathieu
6930 de Fourgeot prit une montre et deux boîtes d'or, dont il allait sur-
le-champ m'apporter la valeur ; Le Brun prit en dépôt le reste chez
lui. Je mis dans ma poche une superbe garniture avec les manchettes ; c'était une des fleurs du bouquet que j'avais à donner.
Mathieu de Fourgeot revint en un clin d'œil avec soixante louis :
6935 il en retint dix pour lui, et je reçus les cinquante autres. Il me dit
qu'il n'avait vendu ni la montre ni les deux boîtes, mais qu'il les
avait mises en gage.

JACQUES. En gage ?

LE MAÎTRE. Oui.

6940 **JACQUES.** Je sais où.

LE MAÎTRE. Où ?

JACQUES. Chez la demoiselle aux révérences, la Bridoie.

LE MAÎTRE. Il est vrai. Avec la paire de manchettes et sa garniture,
je pris encore une jolie bague, avec une boîte à mouches, doublée
6945 d'or. J'avais cinquante louis dans ma bourse ; et nous étions, le chevalier et moi, de la plus belle gaieté.

JACQUES. Voilà qui est fort bien. Il n'y a dans tout ceci qu'une
chose qui m'intrigue : c'est le désintéressement du sieur Le Brun ;
est-ce que celui-là n'eut aucune part à la dépouille ?

6950 **LE MAÎTRE.** Allons donc, Jacques, vous vous moquez ; vous ne
connaissez pas M. Le Brun. Je lui proposai de reconnaître ses bons
offices ; il se fâcha, il me répondit que je le prenais apparemment
pour un Mathieu de Fourgeot ; qu'il n'avait jamais tendu la main.
« Voilà mon cher Le Brun, s'écria le chevalier, c'est toujours lui-
6955 même ; mais nous rougirions qu'il fût plus honnête que nous... »
Et à l'instant il prit parmi nos marchandises deux douzaines de
mouchoirs, une pièce de mousseline, qu'il lui fit accepter pour sa
femme et pour sa fille. Le Brun se mit à considérer les mouchoirs
qui lui parurent si beaux, la mousseline qu'il trouva si fine, cela lui

6960 était offert de si bonne grâce, il avait une si prochaine occasion de prendre sa revanche avec nous par la vente des effets qui restaient entre ses mains, qu'il se laissa vaincre ; et nous voilà partis, et nous acheminant à toutes jambes de fiacre vers la demeure de celle que j'aimais, et à qui la garniture, les manchettes et la bague étaient 6965 destinées. Le présent réussit à merveille. On fut charmante. On essaya sur-le-champ la garniture et les manchettes ; la bague semblait avoir été faite pour le doigt. On soupa, et gaiement comme tu penses bien.

JACQUES. Et vous couchâtes là.

6970 **LE MAÎTRE.** Non.

JACQUES. Ce fut donc le chevalier ?

LE MAÎTRE. Je le crois.

JACQUES. Du train dont on vous menait, vos cinquante louis ne durèrent pas longtemps.

6975 **LE MAÎTRE.** Non. Au bout de huit jours nous nous rendîmes chez Le Brun pour voir ce que le reste de nos effets avait produit.

JACQUES. Rien, ou peu de chose. Le Brun fut triste, il se déchaîna contre le Merval et la demoiselle aux révérences, les appela gueux, infâmes, fripons, jura derechef de n'avoir jamais rien à démêler 6980 avec eux, et vous remit sept à huit cents francs.

LE MAÎTRE. À peu près ; huit cent soixante et dix livres.

JACQUES. Ainsi, si je sais un peu calculer, huit cent soixante et dix livres de Le Brun, cinquante louis de Merval ou de Fourgeot, la garniture, les manchettes et la bague, allons, encore cinquante 6985 louis, et voilà ce qui vous est rentré de vos dix-neuf mille sept cent soixante et quinze livres, en marchandises. Diable ! cela est honnête. Merval avait raison, on n'a pas tous les jours à traiter avec d'aussi dignes gens.

LE MAÎTRE. Tu oublies les manchettes prises au prix coûtant par 6990 le chevalier.

JACQUES. C'est que le chevalier ne vous en a jamais parlé.

LE MAÎTRE. J'en conviens. Et les deux boîtes d'or et la montre mises en gage par Mathieu, tu n'en dis rien.

JACQUES. C'est que je ne sais qu'en dire.

6995 **LE MAÎTRE.** Cependant l'échéance des lettres de change arriva.

JACQUES. Et vos fonds ni ceux du chevalier n'arrivèrent point.

LE MAÎTRE. Je fus obligé de me cacher. On instruisit mes parents ; un de mes oncles vint à Paris. Il présenta un mémoire à la police contre tous ces fripons. Ce mémoire fut renvoyé à un des com-7000 mis ; ce commis était un protecteur gagé de Merval. On répondit que, l'affaire étant en justice réglée, la police n'y pouvait rien. Le prêteur sur gages à qui Mathieu avait confié les deux boîtes fit assigner Mathieu. J'intervins dans ce procès. Les frais de justice furent si énormes, qu'après la vente de la montre et des boîtes, il 7005 s'en manquait encore cinq ou six cents francs qu'il n'y eût de quoi tout payer.

Vous ne croirez pas cela, lecteur. Et si je vous disais qu'un limona-dier, décédé il y a quelque temps dans mon voisinage, laissa deux pauvres orphelins en bas âge. Le commissaire se transporte chez 7010 le défunt ; on appose un scellé. On lève ce scellé, on fait un inven-taire, une vente ; la vente produit huit à neuf cents francs. De ces neuf cents francs, les frais de justice prélevés, il reste deux sous pour chaque orphelin ; on leur met à chacun ces deux sous dans la main, et on les conduit à l'hôpital[1].

7015 **LE MAÎTRE.** Cela fait horreur.

JACQUES. Et cela dure.

LE MAÎTRE. Mon père mourut dans ces entrefaites. J'acquittai les lettres de change, et je sortis de ma retraite, où, pour l'honneur du chevalier et de mon amie, j'avouerai qu'ils me tinrent assez fidèle 7020 compagnie.

JACQUES. Et vous voilà tout aussi féru qu'auparavant du chevalier et de votre belle ; votre belle vous tenant la dragée plus haute[2] que jamais.

---

1. **Hôpital :** lieu de charité où l'on accueille les pauvres.
2. **Tenant la dragée haute :** « dragée » signifie « blé sarrasin » ; l'expression « tenir la dragée haute » signifie « faire cher payer » (on mettait la dragée plus ou moins haut devant les bêtes à qui elle était destinée).

LE MAÎTRE. Et pourquoi cela, Jacques ?

7025 **JACQUES.** Pourquoi ? C'est que maître de votre personne et possesseur d'une fortune honnête, il fallait faire de vous un sot complet, un mari.

LE MAÎTRE. Ma foi, je crois que c'était leur projet ; mais il ne leur réussit pas.

7030 **JACQUES.** Vous êtes bien heureux, ou ils ont été bien maladroits.

LE MAÎTRE. Mais il me semble que ta voix est moins rauque, et que tu parles plus librement.

JACQUES. Cela vous semble, mais cela n'est pas.

LE MAÎTRE. Tu ne pourrais donc pas reprendre l'histoire de tes
7035 amours ?

JACQUES. Non.

LE MAÎTRE. Et ton avis est que je continue l'histoire des miennes ?

JACQUES. C'est mon avis de faire une pause et de hausser la
7040 gourde.

LE MAÎTRE. Comment ! avec ton mal de gorge tu as fait remplir ta gourde ?

JACQUES. Oui ; mais, de par tous les diables, c'est de tisane ; aussi je n'ai point d'idées, je suis bête ; et tant qu'il n'y aura dans la
7045 gourde que de la tisane, je serai bête.

LE MAÎTRE. Que fais-tu ?

JACQUES. Je verse la tisane à terre ; je crains qu'elle ne nous porte malheur.

LE MAÎTRE. Tu es fou.

7050 **JACQUES.** Sage ou fou, il n'en restera pas la valeur d'une larme dans la gourde.

Tandis que Jacques vide à terre sa gourde, son maître regarde à sa montre, ouvre sa tabatière, et se dispose à continuer l'histoire de ses amours. Et moi, lecteur, je suis tenté de lui fermer
7055 la bouche en lui montrant de loin ou un vieux militaire sur son cheval, le dos voûté, et s'acheminant à grands pas ; ou une jeune paysanne en petit chapeau de paille, en cotillons rouges, faisant

son chemin à pied ou sur un âne. Et pourquoi le vieux militaire ne serait-il pas ou le capitaine de Jacques ou le camarade de son capitaine ? – Mais il est mort. – Vous le croyez ?... Pourquoi la jeune paysanne ne serait-elle pas ou la dame Suzon, ou la dame Marguerite, ou l'hôtesse du Grand-Cerf, ou la mère Jeanne, ou même Denise, sa fille ? Un faiseur de roman n'y manquerait pas ; mais je n'aime pas les romans, à moins que ce ne soient ceux de Richardson[1]. Je fais l'histoire, cette histoire intéressera ou n'intéressera pas ; c'est le moindre de mes soucis. Mon projet est d'être vrai, je l'ai rempli. Ainsi, je ne ferai point revenir frère Jean de Lisbonne ; ce gros prieur qui vient à nous dans un cabriolet, à côté d'une jeune et jolie femme, ce ne sera point l'abbé Hudson. – Mais l'abbé Hudson est mort ? – Vous le croyez ? Avez-vous assisté à ses obsèques ? – Non. – Vous ne l'avez point vu mettre en terre ? – Non. – Il est donc mort ou vivant, comme il me plaira. Il ne tiendrait qu'à moi d'arrêter ce cabriolet, et d'en faire sortir avec le prieur et sa compagne de voyage une suite d'événements en conséquence desquels vous ne sauriez ni les amours de Jacques, ni celles de son maître ; mais je dédaigne toutes ces ressources-là, je vois seulement qu'avec un peu d'imagination et de style, rien n'est plus aisé que de filer un roman. Demeurons dans le vrai, et en attendant que le mal de gorge de Jacques se passe, laissons parler son maître.

LE MAÎTRE. Un matin, le chevalier m'apparut fort triste ; c'était le lendemain d'un jour que nous avions passé à la campagne, le chevalier, son amie ou la mienne, ou peut-être de tous les deux, le père, la mère, les tantes, les cousines et moi. Il me demanda si je n'avais commis aucune indiscrétion qui eût éclairé les parents sur ma passion. Il m'apprit que le père et la mère, alarmés de mes assiduités, avaient fait des questions à leur fille ; que si j'avais des vues honnêtes, rien n'était plus simple que de les avouer ; qu'on se ferait honneur de me recevoir à ces conditions ; mais que si je ne m'expliquais pas nettement sous quinzaine, on me prierait de cesser des visites qui se remarquaient, sur lesquelles on tenait des

---

1. **Richardson :** romancier anglais (1689-1761) que Diderot appréciait particulièrement et dont il a écrit l'éloge.

propos, et qui faisaient tort à leur fille en écartant d'elle des partis avantageux qui pouvaient se présenter sans la crainte d'un refus.

JACQUES. Eh bien ! mon maître, Jacques a-t-il du nez ?

7095 **LE MAÎTRE.** Le chevalier ajouta : « Dans quinzaine ! le terme est assez court. Vous aimez, on vous aime ; dans quinze jours que ferez-vous ? » Je répondis net au chevalier que je me retirerais.

« Vous vous retirerez ! Vous n'aimez donc pas ?

– J'aime, et beaucoup ; mais j'ai des parents, un nom, un état, des
7100 prétentions, et je ne me résoudrai jamais à enfouir tous ces avantages dans le magasin d'une petite bourgeoise.

– Et leur déclarerai-je cela ?

– Si vous le voulez. Mais, chevalier, la subite et scrupuleuse délicatesse de ces gens-là m'étonne. Ils ont permis à leur fille d'accepter
7105 mes cadeaux ; ils m'ont laissé vingt fois en tête à tête avec elle ; elle court les bals, les assemblées, les spectacles, les promenades aux champs et à la ville, avec le premier qui a un bon équipage à lui offrir ; ils dorment profondément tandis qu'on fait de la musique ou la conversation chez elle ; tu fréquentes dans la maison tant
7110 qu'il te plaît ; et, entre nous, chevalier, quand tu es admis dans une maison, on peut y en admettre un autre. Leur fille est notée[1]. Je ne croirai pas, je ne nierai pas tout ce qu'on en dit ; mais tu conviendras que ces parents-là auraient pu s'aviser plus tôt d'être jaloux de l'honneur de leur enfant. Veux-tu que je te parle vrai ? On m'a
7115 pris pour une espèce de benêt qu'on se promettait de mener par le nez aux pieds du curé de la paroisse. Ils se sont trompés. Je trouve Mlle Agathe charmante ; j'en ai la tête tournée : et il y paraît, je crois, aux effroyables dépenses que j'ai faites pour elle. Je ne refuse pas de continuer, mais encore faut-il que ce soit avec la certitude
7120 de la trouver un peu moins sévère à l'avenir.

Mon projet n'est pas de perdre éternellement à ses genoux un temps, une fortune et des soupirs que je pourrais employer plus utilement ailleurs. Tu diras ces derniers mots à Mlle Agathe, et tout ce qui les a précédés à ses parents… Il faut que notre liaison cesse,
7125 ou que je sois admis sur un nouveau pied, et que Mlle Agathe fasse

---

1. **Notée :** inscrite sur un registre de police.

de moi quelque chose de mieux que ce qu'elle en a fait jusqu'à présent. Lorsque vous m'introduisîtes chez elle, convenez, chevalier, que vous me fîtes espérer des facilités que je n'ai point trouvées. Chevalier, vous m'en avez un peu imposé[1].

7130 LE CHEVALIER. Ma foi, je m'en suis un peu imposé le premier à moi-même. Qui diable aurait jamais imaginé qu'avec l'air leste, le ton libre et gai de cette jeune folle, ce serait un petit dragon de vertu ? »

JACQUES. Comment, diable ! monsieur, cela est bien fort. Vous avez donc été brave une fois dans votre vie ?

7135 LE MAÎTRE. Il y a des jours comme cela. J'avais sur le cœur l'aventure des usuriers, ma retraite à Saint-Jean-de-Latran[2], devant la demoiselle Bridoie, et plus que tout, les rigueurs de Mlle Agathe. J'étais un peu las d'être lanterné[3].

JACQUES. Et, après ce courageux discours, adressé à votre cher
7140 ami le chevalier de Saint-Ouin, que fîtes-vous ?

LE MAÎTRE. Je tins parole, je cessai mes visites.

JACQUES. *Bravo ! Bravo ! mio caro maestro !*

LE MAÎTRE. Il se passa une quinzaine sans que j'entendisse parler de rien, si ce n'était par le chevalier qui m'instruisait fidèlement
7145 des effets de mon absence dans la famille, et qui m'encourageait à tenir ferme. Il me disait : « On commence à s'étonner, on se regarde, on parle ; on se questionne sur les sujets de mécontentement qu'on a pu te donner. La petite fille joue la dignité ; elle dit avec une indifférence affectée à travers laquelle on voit aisément
7150 qu'elle est piquée : On ne voit plus ce monsieur ; c'est qu'apparemment il ne veut plus qu'on le voie ; à la bonne heure, c'est son affaire... Et puis elle fait une pirouette, elle se met à chantonner, elle va à la fenêtre, elle revient, mais les yeux rouges ; tout le monde s'aperçoit qu'elle a pleuré.

---

1. **Vous m'en avez un peu imposé :** vous m'avez trompé, abusé.
2. **Saint-Jean-de-Latran :** église en dehors de la juridiction de l'archevêque de Paris ; d'où l'expression « faire retraite à Saint-Jean-de-Latran », c'est-à-dire, se mettre hors d'atteinte des lois.
3. **Las d'être lanterné :** las qu'on me fasse attendre, qu'on me fasse vainement miroiter ce qu'on me refuse.

7155 – Qu'elle a pleuré !

– Ensuite, elle s'assied ; elle prend son ouvrage ; elle veut travailler, mais elle ne travaille pas. On cause, elle se tait ; on cherche à l'égayer, elle prend de l'humeur ; on lui propose un jeu, une promenade, un spectacle : elle accepte ; et lorsque tout est prêt, c'est

7160 une autre chose qui lui plaît et qui lui déplaît le moment d'après… Oh ! ne voilà-t-il pas que tu te troubles ! Je ne te dirai plus rien.

– Mais, chevalier, vous croyez donc que, si je reparaissais…

– Je crois que tu serais un sot. Il faut tenir bon, il faut avoir du courage. Si tu reviens sans être rappelé, tu es perdu. Il faut apprendre à

7165 vivre à ce petit monde-là.

– Mais si l'on ne me rappelle pas ?

– On te rappellera.

– Si l'on tarde beaucoup à me rappeler ?

– On te rappellera bientôt. Peste ! un homme comme toi ne se rem-

7170 place pas aisément. Si tu reviens de toi-même, on te boudera, on te fera payer chèrement ton incartade, on t'imposera la loi qu'on voudra t'imposer ; il faudra t'y soumettre ; il faudra fléchir le genou. Veux-tu être le maître ou l'esclave, et l'esclave le plus malmené ? Choisis. À te parler vrai, ton procédé a été un peu leste ; on n'en

7175 peut pas conclure un homme bien épris ; mais ce qui est fait est fait ; et s'il est possible d'en tirer bon parti, il n'y faut pas manquer.

– Elle a pleuré !

– Eh bien ! elle a pleuré. Il vaut encore mieux qu'elle pleure que toi.

7180 – Mais si l'on ne me rappelle pas ?

– On te rappellera, te dis-je. Lorsque j'arrive, je ne parle pas plus de toi que si tu n'existais pas. On me tourne, je me laisse tourner ; enfin on me demande si je t'ai vu ; je réponds indifféremment, tantôt oui, tantôt non ; puis on parle d'autre chose ; mais on ne tarde

7185 pas de revenir à ton éclipse. Le premier mot vient, ou du père, ou de la mère, ou de la tante, ou d'Agathe, et l'on dit : Après tous les égards que nous avons eus pour lui ! l'intérêt que nous avons tous pris à sa dernière affaire ! les amitiés que ma nièce lui a faites ! les politesses dont je l'ai comblé ! tant de protestations d'attachement

7190 que nous en avons reçues ! et puis fiez-vous aux hommes !… Après cela, ouvrez votre maison à ceux qui se présentent !… Croyez aux amis !

– Et Agathe ?

– La consternation y est, c'est moi qui t'en assure.

7195 – Et Agathe ?

– Agathe me tire à l'écart, et dit : Chevalier, concevez-vous quelque chose à votre ami ? Vous m'avez assurée tant de fois que j'en étais aimée ; vous le croyiez, sans doute, et pourquoi ne l'auriez-vous pas cru ? Je le croyais bien, moi… Et puis elle s'interrompt, sa voix

7200 s'altère, ses yeux se mouillent… Eh bien ! ne voilà-t-il pas que tu en fais autant ! Je ne te dirai plus rien, cela est décidé. Je vois ce que tu désires, mais il n'en sera rien, absolument rien. Puisque tu as fait la sottise de te retirer sans rime ni raison, je ne veux pas que tu la doubles en allant te jeter à leur tête. Il faut tirer parti de cet

7205 incident pour avancer tes affaires avec Mlle Agathe ; il faut qu'elle voie qu'elle ne te tient pas si bien qu'elle ne puisse te perdre, à moins qu'elle ne s'y prenne mieux pour te garder. Après ce que tu as fait, en être encore à lui baiser la main ! Mais là, chevalier, la main sur la conscience, nous sommes amis ; et tu peux, sans indis-

7210 crétion, t'expliquer avec moi ; vrai, tu n'en as jamais rien obtenu ?

– Non.

– Tu mens, tu fais le délicat.

– Je le ferais peut-être, si j'en avais raison ; mais je te jure que je n'ai pas le bonheur de mentir.

7215 – Cela est inconcevable, car enfin tu n'es pas maladroit. Quoi ! on n'a pas eu le moindre petit moment de faiblesse ?

– Non.

– C'est qu'il sera venu, que tu ne l'auras pas aperçu, et que tu l'auras manqué. J'ai peur que tu n'aies été un peu benêt ; les gens

7220 honnêtes, délicats et tendres comme toi, y sont sujets.

– Mais vous, chevalier, lui dis-je, que faites-vous là ?

– Rien.

– Vous n'avez point eu de prétentions ?

– Pardonnez-moi, s'il vous plaît, elles ont même duré assez long-

7225 temps ; mais tu es venu, tu as vu et tu as vaincu. Je me suis aperçu qu'on te regardait beaucoup, et qu'on ne me regardait plus guère ; je me le suis tenu pour dit. Nous sommes restés bons amis ; on me confie ses petites pensées, on suit quelquefois mes conseils ; et faute de mieux, j'ai accepté le rôle de subalterne auquel tu m'as

7230 réduit. »

JACQUES. Monsieur, deux choses : l'une c'est que je n'ai jamais pu suivre mon histoire sans qu'un diable ou un autre m'interrompît, et que la vôtre va tout de suite. Voilà le train de la vie ; l'un court à travers les ronces sans se piquer ; l'autre a beau regarder où il met le pied, il trouve des ronces dans le plus beau chemin, et arrive au gîte écorché tout vif.

LE MAÎTRE. Est-ce que tu as oublié ton refrain ; et le grand rouleau, et l'écriture d'en haut ?

JACQUES. L'autre chose, c'est que je persiste dans l'idée que votre chevalier de Saint-Ouin est un grand fripon ; et qu'après avoir partagé votre argent avec les usuriers Le Brun, Merval, Mathieu de Fourgeot ou Fourgeot de Mathieu, la Bridoie, il cherche à vous embâter[1] de sa maîtresse, en tout bien et tout honneur s'entend, par-devant notaire et curé, afin de partager encore avec vous votre femme... Ahi ! la gorge !...

LE MAÎTRE. Sais-tu ce que tu fais là ? une chose très commune et très impertinente.

JACQUES. J'en suis bien capable.

LE MAÎTRE. Tu te plains d'avoir été interrompu, et tu interromps.

JACQUES. C'est l'effet du mauvais exemple que vous m'avez donné. Une mère veut être galante, et veut que sa fille soit sage ; un père veut être dissipateur, et veut que son fils soit économe ; un maître veut...

LE MAÎTRE. Interrompre son valet, l'interrompre tant qu'il lui plaît, et n'en pas être interrompu.

Lecteur, est-ce que vous ne craignez pas de voir se renouveler ici la scène de l'auberge où l'un criait : « Tu descendras » ; l'autre : « Je ne descendrai pas » ? À quoi tient-il que je ne vous fasse entendre : « J'interromprai ; tu n'interrompras pas » ? Il est certain que, pour peu que j'agace Jacques ou son maître, voilà la querelle engagée ; et si je l'engage une fois, qui sait comment elle finira ? Mais la vérité est que Jacques répondit modestement à son maître :

---

1. **Embâter :** « mettre sous le bât », le bât étant une selle grossière, un harnais qu'on place sur les bêtes de somme pour le transport de leur charge.

Monsieur, je ne vous interromps pas ; mais je cause avec vous, comme vous m'en avez donné la permission.

7265 **LE MAÎTRE.** Passe ; mais ce n'est pas tout.

JACQUES. Quelle autre incongruité puis-je avoir commise ?

LE MAÎTRE. Tu vas anticipant sur le raconteur, et tu lui ôtes le plaisir qu'il s'est promis de ta surprise ; en sorte qu'ayant, par une ostentation de sagacité très déplacée, deviné ce qu'il avait à te dire, 7270 il ne lui reste plus qu'à se taire, et je me tais.

JACQUES. Ah ! mon maître !

LE MAÎTRE. Que maudits soient les gens d'esprit !

JACQUES. D'accord ; mais vous n'aurez pas la cruauté…

LE MAÎTRE. Conviens du moins que tu le mériterais.

7275 **JACQUES.** D'accord ; mais avec tout cela vous regarderez à votre montre l'heure qu'il est, vous prendrez votre prise de tabac, votre humeur cessera, et vous continuerez votre histoire.

LE MAÎTRE. Ce drôle-là fait de moi tout ce qu'il veut…

Quelques jours après cet entretien avec le chevalier, il reparut chez 7280 moi ; il avait l'air triomphant. « Eh bien ! l'ami, me dit-il, une autre fois croirez-vous à mes almanachs[1] ? Je vous l'avais bien dit, nous sommes les plus forts, et voici une lettre de la petite ; oui, une lettre, une lettre d'elle… »
Cette lettre était fort douce ; des reproches, des plaintes et cætera ; 7285 et me voilà réinstallé dans la maison.
Lecteur, vous suspendez ici votre lecture ; qu'est-ce qu'il y a ? Ah ! je crois vous comprendre, vous voudriez voir cette lettre. Mme Riccoboni[2] n'aurait pas manqué de vous la montrer. Et celle que Mme de La Pommeraye dicta aux deux dévotes, je suis sûr que 7290 vous l'avez regrettée. Quoiqu'elle fût autrement difficile à faire que celle d'Agathe, et que je ne présume pas infiniment de mon talent, je crois que je m'en serais tiré, mais elle n'aurait pas été originale ;

---

1. **Mes almanachs :** mes prédictions.
2. **Mme Riccoboni :** actrice et romancière (1686-1771). Elle eut une correspondance avec Diderot et aimait insérer des lettres dans ses romans.

ç'aurait été comme ces sublimes harangues de Tite-Live, dans son *Histoire de Rome*, ou du cardinal Bentivoglio[1] dans ses *Guerres de Flandre*. On les lit avec plaisir, mais elles détruisent l'illusion. Un historien, qui suppose à ses personnages des discours qu'ils n'ont pas tenus, peut aussi leur supposer des actions qu'ils n'ont pas faites. Je vous supplie donc de vouloir bien vous passer de ces deux lettres, et de continuer votre lecture.

LE MAÎTRE. On me demanda raison de mon éclipse, je dis ce que je voulus ; on se contenta de ce que je dis, et tout reprit son train accoutumé.

JACQUES. C'est-à-dire que vous continuâtes vos dépenses, et que vos affaires amoureuses n'en avançaient pas davantage.

LE MAÎTRE. Le chevalier m'en demandait des nouvelles, et avait l'air de s'en impatienter.

JACQUES. Et il s'en impatientait peut-être réellement.

LE MAÎTRE. Et pourquoi cela ?

JACQUES. Pourquoi ? parce qu'il…

LE MAÎTRE. Achève donc.

JACQUES. Je m'en garderai bien ; il faut laisser au conteur.

LE MAÎTRE. Mes leçons te profitent, je m'en réjouis… Un jour le chevalier me proposa une promenade en tête à tête. Nous allâmes passer la journée à la campagne. Nous partîmes de bonne heure. Nous dînâmes à l'auberge ; nous y soupâmes ; le vin était excellent, nous en bûmes beaucoup, causant de gouvernement, de religion et de galanterie. Jamais le chevalier ne m'avait marqué tant de confiance, tant d'amitié ; il m'avait raconté toutes les aventures de sa vie, avec la plus incroyable franchise, ne me célant ni le bien ni le mal. Il buvait, il m'embrassait, il pleurait de tendresse ; je buvais, je l'embrassais, je pleurais à mon tour. Il n'y avait dans toute sa conduite passée qu'une seule action qu'il se reprochât ; il en porterait le remords jusqu'au tombeau.

---

1. **Cardinal Bentivoglio :** écrivain italien (1579-1644). Dans son *Histoire des guerres civiles des Flandres* (publiée en 1620 et traduite en français en 1769), les discours des personnages alternent avec le récit. Chez Tite-Live, historien latin (59-17 av. J.-C.), il en va de même.

« Chevalier, confessez-vous-en à votre ami, cela vous soulagera. Eh bien ! de quoi s'agit-il ? de quelque peccadille dont votre délica-
7325 tesse vous exagère la valeur ?

– Non, non, s'écriait le chevalier en penchant sa tête sur ses deux mains, et se couvrant le visage de honte ; c'est une noirceur, une noirceur impardonnable. Le croirez-vous ? Moi, le chevalier de Saint-Ouin, a une fois trompé, trompé, oui, trompé son ami !

7330 – Et comment cela s'est-il fait ?

– Hélas ! nous fréquentions l'un et l'autre dans la même maison, comme vous et moi. Il y avait une jeune fille comme Mlle Agathe ; il en était amoureux, et moi j'en étais aimé ; il se ruinait en dépenses pour elle, et c'est moi qui jouissais de ses faveurs. Je n'ai jamais eu
7335 le courage de lui en faire l'aveu ; mais si nous nous retrouvons ensemble, je lui dirai tout. Cet effroyable secret que je porte au fond de mon cœur l'accable, c'est un fardeau dont il faut absolument que je me délivre.

– Chevalier, vous ferez bien.

7340 – Vous me le conseillez ?

– Assurément, je vous le conseille.

– Et comment croyez-vous que mon ami prenne la chose ?

– S'il est votre ami, s'il est juste, il trouvera votre excuse en lui-même ; il sera touché de votre franchise et de votre repentir ; il jet-
7345 tera ses bras autour de votre cou ; il fera ce que je ferais à sa place.

– Vous le croyez ?

– Je le crois.

– Et c'est ainsi que vous en useriez ?

– Je n'en doute pas… »

7350 À l'instant le chevalier se lève, s'avance vers moi, les larmes aux yeux, les deux bras ouverts, et me dit :

« Mon ami, embrassez-moi donc.

– Quoi ! chevalier, lui dis-je, c'est vous ? c'est moi ? c'est cette coquine d'Agathe ?

7355 – Oui, mon ami ; je vous rends encore votre parole, vous êtes le maître d'en agir avec moi comme il vous plaira. Si vous pensez, comme moi, que mon offense soit sans excuse, ne m'excusez point ; levez-vous, quittez-moi, ne me revoyez jamais qu'avec mépris, et abandonnez-moi à ma douleur et à ma honte. Ah ! mon
7360 ami, si vous saviez tout l'empire que la petite scélérate avait pris

sur mon cœur ! Je suis né honnête ; jugez combien j'ai dû souffrir du rôle indigne auquel je me suis abaissé. Combien de fois j'ai détourné mes yeux de dessus elle, pour les attacher sur vous, en gémissant de sa trahison et de la mienne. Il est inouï que vous ne 7365 vous en soyez jamais aperçu… »

Cependant j'étais immobile comme un Terme[1] pétrifié ; à peine entendais-je le discours du chevalier. Je m'écriai : « Ah ! l'indigne ! Ah ! chevalier ! vous, vous, mon ami !

– Oui, je l'étais, et je le suis encore, puisque je dispose, pour vous 7370 tirer des liens de cette créature, d'un secret qui est plus le sien que le mien. Ce qui me désespère, c'est que vous n'en ayez rien obtenu qui vous dédommage de tout ce que vous avez fait pour elle. » *(Ici Jacques se met à rire et à siffler.)*

Mais c'est *La vérité dans le vin*, de Collé[2]… Lecteur, vous ne savez 7375 ce que vous dites ; à force de vouloir montrer de l'esprit, vous n'êtes qu'une bête. C'est si peu la vérité dans le vin, que tout au contraire, c'est la fausseté dans le vin. Je vous ai dit une grossièreté, j'en suis fâché, et je vous en demande pardon.

LE MAÎTRE. Ma colère tomba peu à peu. J'embrassai le chevalier ; 7380 il se remit sur sa chaise, les coudes appuyés sur la table, les poings fermés sur les yeux ; il n'osait me regarder.

JACQUES. Il était si affligé ! et vous eûtes la bonté de le consoler ?… *(Et Jacques de siffler encore.)*

LE MAÎTRE. Le parti qui me parut le meilleur, ce fut de tourner la 7385 chose en plaisanterie. À chaque propos gai, le chevalier confondu me disait : « Il n'y a point d'homme comme vous ; vous êtes unique ; vous valez cent fois mieux que moi. Je doute que j'eusse eu la générosité ou la force de vous pardonner une pareille injure, et vous en plaisantez ; cela est sans exemple. Mon ami, que ferai-je

---

1. **Terme :** dans la mythologie romaine, dieu protecteur des bornes et des limites de champs, représenté par une borne, un terme, bloc de pierre surmonté d'une tête ou d'un buste.

2. **Collé :** auteur dramatique et chansonnier (1709-1783). Dans son *Journal et Mémoires*, il vante les mérites de Diderot philosophe et encyclopédiste, mais il est moins admiratif du Diderot dramaturge. Il a écrit une comédie intitulée *La Vérité dans le vin* (1747), dans laquelle un personnage avoue la vérité en feignant d'être ivre.

7390 jamais qui puisse réparer ?... Ah ! non, non, cela ne se répare pas.
Jamais, jamais je n'oublierai ni mon crime ni votre indulgence ;
ce sont deux traits profondément gravés là. Je me rappellerai l'un
pour me détester, l'autre pour vous admirer, pour redoubler d'attachement pour vous.

7395 – Allons, chevalier, vous n'y pensez pas, vous vous surfaites votre
action et la mienne. Buvons à votre santé. Chevalier, à la mienne
donc, puisque vous ne voulez pas que ce soit à la vôtre... » Le chevalier peu à peu reprit courage. Il me raconta tous les détails de sa
trahison, s'accablant lui-même des épithètes les plus dures ; il mit
7400 en pièces, et la fille, et la mère, et le père, et les tantes, et toute la
famille qu'il me montra comme un ramas[1] de canailles indignes de
moi, mais bien dignes de lui ; ce sont ses propres mots.

JACQUES. Et voilà pourquoi je conseille aux femmes de ne jamais
coucher avec des gens qui s'enivrent. Je ne méprise guère moins
7405 votre chevalier pour son indiscrétion en amour que pour sa
perfidie en amitié. Que diable ! il n'avait qu'à... être un honnête
homme, et vous parler d'abord... Mais tenez, monsieur, je persiste,
c'est un gueux, c'est un fieffé gueux. Je ne sais plus comment cela
finira ; j'ai peur qu'il ne vous trompe encore en vous détrompant.
7410 Tirez-moi, tirez-vous bien vite vous-même de cette auberge et de
la compagnie de cet homme-là...
Ici Jacques reprit sa gourde, oubliant qu'il n'y avait ni tisane ni vin.
Son maître se mit à rire. Jacques toussa un demi-quart d'heure de
suite. Son maître tira sa montre et sa tabatière, et continua son his-
7415 toire que j'interromprai, si cela vous convient ; ne fût-ce que pour
faire enrager Jacques, en lui prouvant qu'il n'était pas écrit là-haut,
comme il le croyait, qu'il serait toujours interrompu et que son
maître ne le serait jamais.

LE MAÎTRE, *au chevalier.* « Après ce que vous m'en dites là, j'espère
7420 que vous ne les reverrez plus.

– Moi, les revoir !... Mais ce qui est désespérant c'est de s'en aller
sans se venger. On aura trahi, joué, bafoué, dépouillé un galant
homme ; on aura abusé de la passion et de la faiblesse d'un autre

---

1. **Ramas :** ramassis.

galant homme, car j'ose encore me regarder comme tel, pour l'enga-
7425 ger dans une suite d'horreurs ; on aura exposé deux amis à se haïr
et peut-être à s'entr'égorger, car enfin, mon cher, convenez que, si
vous eussiez découvert mon indigne menée, vous êtes brave, vous
en eussiez peut-être conçu un tel ressentiment…

– Non, cela n'aurait pas été jusque-là. Et pourquoi donc ? et pour
7430 qui ? pour une faute que personne ne saurait se répondre de ne
pas commettre ? Est-ce ma femme ? Et quand elle le serait ? Est-ce
ma fille ? Non, c'est une petite gueuse ; et vous croyez que pour
une petite gueuse… Allons, mon ami, laissons cela et buvons.
Agathe est jeune, vive, blanche, grasse, potelée ; ce sont les chairs
7435 les plus fermes, n'est-ce pas ? et la peau la plus douce ? La jouissance en doit être délicieuse, et j'imagine que vous étiez assez heureux entre ses bras pour ne guère penser à vos amis.

– Il est certain que si les charmes de la personne et le plaisir pouvaient
atténuer la faute, personne sous le ciel ne serait moins coupable que moi.
7440 – Ah çà, chevalier, je reviens sur mes pas ; je retire mon indulgence, et je veux mettre une condition à l'oubli de votre trahison.

– Parlez, mon ami, ordonnez, dites ; faut-il me jeter par la fenêtre,
me pendre, me noyer, m'enfoncer ce couteau dans la poitrine ?… »
Et à l'instant le chevalier saisit un couteau qui était sur la table, détache
7445 son col, écarte sa chemise, et, les yeux égarés, se place la pointe du
couteau de la main droite à la fossette de la clavicule gauche, et
semble n'attendre que mon ordre pour s'expédier à l'antique.

« Il ne s'agit pas de cela, chevalier, laissez là ce mauvais couteau.

– Je ne le quitte pas, c'est ce que je mérite ; faites signe.
7450 – Laissez là ce mauvais couteau, vous dis-je, je ne mets pas votre
expiation à si haut prix… » Cependant la pointe du couteau était toujours suspendue sur la fossette de la clavicule gauche ; je lui saisis la
main, je lui arrachai son couteau que je jetai loin de moi, puis approchant la bouteille de son verre, et versant plein, je lui dis : « Buvons
7455 d'abord ; et vous saurez ensuite à quelle terrible condition j'attache
votre pardon. Agathe est donc bien succulente, bien voluptueuse ?

– Ah ! mon ami, que ne le savez-vous comme moi !

– Mais attends, il faut qu'on nous apporte une bouteille de champagne, et puis tu me feras l'histoire d'une de tes nuits. Traître
7460 charmant, ton absolution est à la fin de cette histoire. Allons, commence : est-ce que tu ne m'entends pas ?

– Je vous entends.

– Ma sentence te paraît-elle trop dure ?

– Non.

7465 – Tu rêves ?

– Je rêve !

– Que t'ai-je demandé ?

– Le récit d'une de mes nuits avec Agathe.

– C'est cela. »

7470 Cependant le chevalier me mesurait de la tête aux pieds, et se disait à lui-même : « C'est la même taille, à peu près le même âge ; et quand il y aurait quelque différence, point de lumière, l'imagination prévenue que c'est moi, elle ne soupçonnera rien…

– Mais, chevalier, à quoi penses-tu donc ? ton verre reste plein, et
7475 tu ne commences pas !

– Je pense, mon ami, j'y ai pensé, tout est dit : embrassez-moi, nous serons vengés, oui, nous le serons. C'est une scélératesse de ma part ; si elle est indigne de moi, elle ne l'est pas de la petite coquine. Vous me demandez l'histoire d'une de mes nuits ?

7480 – Oui : est-ce trop exiger ?

– Non ; mais, si au lieu de l'histoire, je vous procurais la nuit ?

– Cela vaudrait un peu mieux. » *(Jacques se met à siffler.)*
Aussitôt le chevalier tire deux clefs de sa poche, l'une petite et l'autre grande. « La petite, me dit-il, est le passe-partout de la rue,
7485 la grande est celle de l'antichambre d'Agathe ; les voilà, elles sont toutes deux à votre service. Voici ma marche de tous les jours, depuis environ six mois ; vous y conformerez la vôtre. Ses fenêtres sont sur le devant, comme vous le savez. Je me promène dans la rue tant que je les vois éclairées. Un pot de basilic mis en dehors
7490 est le signal convenu ; alors je m'approche de la porte d'entrée, je l'ouvre, j'entre, je la referme, je monte le plus doucement que je peux, je tourne par le petit corridor qui est à droite ; la première porte à gauche dans ce corridor est la sienne, comme vous savez. J'ouvre cette porte avec cette grande clef, je passe dans la petite
7495 garde-robe[1] qui est à droite, là je trouve une petite bougie de nuit,

---

1. **Garde-robe :** petite pièce attenante à la chambre à coucher, dans laquelle on range les vêtements.

à la lueur de laquelle je me déshabille à mon aise. Agathe laisse la porte de sa chambre entr'ouverte ; je passe, et je vais la trouver dans son lit. Comprenez-vous cela ?

– Fort bien !

7500 – Comme nous sommes entourés, nous nous taisons.

– Et puis je crois que vous avez mieux à faire que de jaser.

– En cas d'accident, je puis sauter de son lit et me renfermer dans la garde-robe, cela n'est pourtant jamais arrivé. Notre usage ordinaire est de nous séparer sur les quatre heures du matin. Lorsque

7505 le plaisir ou le repos nous mène plus loin, nous sortons du lit ensemble ; elle descend, moi je reste dans la garde-robe, je m'habille, je lis, je me repose, j'attends qu'il soit heure de paraître. Je descends, je salue, j'embrasse comme si je ne faisais que d'arriver.

– Cette nuit-ci, vous attend-on ?

7510 – On m'attend toutes les nuits.

– Et vous me céderiez votre place ?

– De tout mon cœur. Que vous préfériez la nuit au récit, je n'en suis pas en peine ; mais ce que je désirerais, c'est que…

– Achevez ; il y a peu de chose que je ne me sente le courage d'entre-

7515 prendre pour vous obliger.

– C'est que vous restassiez entre ses bras jusqu'au jour ; j'arriverais, je vous surprendrais.

– Oh ! non, chevalier, cela serait trop méchant.

– Trop méchant ? Je ne le suis pas tant que vous pensez.

7520 Auparavant je me déshabillerais dans la garde-robe.

– Allons, chevalier, vous avez le diable au corps. Et puis cela ne se peut : si vous me donnez les clefs, vous ne les aurez plus.

– Ah ! mon ami, que tu es bête !

– Mais, pas trop, ce me semble.

7525 – Et pourquoi n'entrerions-nous pas tous les deux ensemble ? Vous iriez trouver Agathe ; moi je resterais dans la garde-robe jusqu'à ce que vous fissiez un signal dont nous conviendrions.

– Ma foi, cela est si plaisant, si fou, que peu s'en faut que je n'y consente. Mais, chevalier, tout bien considéré, j'aimerais mieux

7530 réserver cette facétie pour quelqu'une des nuits suivantes.

– Ah ! j'entends, votre projet est de nous venger plus d'une fois.

– Si vous l'agréez ?

– Tout à fait. »

JACQUES. Votre chevalier bouleverse toutes mes idées. J'imaginais…

7535 **LE MAÎTRE.** Tu imaginais ?

JACQUES. Non, monsieur, vous pouvez continuer.

LE MAÎTRE. Nous bûmes, nous dîmes cent folies et sur la nuit qui s'approchait, et sur les suivantes, et sur celle où Agathe se trouverait entre le chevalier et moi. Le chevalier était redevenu

7540 d'une gaieté charmante, et le texte de notre conversation n'était pas triste. Il me prescrivait des préceptes de conduite nocturne qui n'étaient pas tous également faciles à suivre ; mais après une longue suite de nuits bien employées, je pouvais soutenir l'honneur du chevalier à ma première, quelque merveilleux qu'il se prétendît,

7545 et ce furent des détails qui ne finissaient point sur les talents, perfections, commodités d'Agathe. Le chevalier ajoutait avec un art incroyable l'ivresse de la passion à celle du vin. Le moment de l'aventure ou de la vengeance nous paraissait arriver lentement ; cependant nous sortîmes de table. Le chevalier paya ; c'est la

7550 première fois que cela lui arrivait. Nous montâmes dans notre voiture ; nous étions ivres ; notre cocher et nos valets l'étaient encore plus que nous.

Lecteur, qui m'empêcherait de jeter ici le cocher, les chevaux, la voiture, les maîtres et les valets dans une fondrière[1] ? Si la fon-

7555 drière vous fait peur, qui m'empêcherait de les amener sains et saufs dans la ville où j'accrocherais leur voiture à une autre, dans laquelle je renfermerais d'autres jeunes gens ivres ? Il y aurait des mots offensants de dits, une querelle, des épées tirées, une bagarre dans toutes les règles. Qui m'empêcherait, si vous n'aimez pas les

7560 bagarres, de substituer à ces jeunes gens Mlle Agathe, avec une de ses tantes ? Mais il n'y eut rien de tout cela. Le chevalier et le maître de Jacques arrivèrent à Paris. Celui-ci prit les vêtements du chevalier. Il est minuit, ils sont sous les fenêtres d'Agathe ; la lumière s'éteint ; le pot de basilic est à sa place. Ils font encore un tour d'un

7565 bout à l'autre de la rue, le chevalier recordant[2] à son ami sa leçon. Ils approchent de la porte, le chevalier l'ouvre, introduit le maître

---

1. **Fondrière** : trou, ornière dans un chemin contenant de la boue.
2. **Recordant** : faisant répéter.

de Jacques, garde le passe-partout de la rue, lui donne la clef du corridor, referme la porte d'entrée, s'éloigne, et après ce petit détail fait avec laconisme, le maître de Jacques reprit la parole et dit :

7570 « Le local m'était connu. Je monte sur la pointe des pieds, j'ouvre la porte du corridor, je la referme, j'entre dans la garde-robe, où je trouvai la petite lampe de nuit ; je me déshabille ; la porte de la chambre était entr'ouverte, je passe ; je vais à l'alcôve, où Agathe ne dormait pas. J'ouvre les rideaux ; et à l'instant je sens deux bras

7575 nus se jeter autour de moi et m'attirer ; je me laisse aller, je me couche, je suis accablé de caresses, je les rends. Me voilà le mortel le plus heureux qu'il y ait au monde ; je le suis encore lorsque... »

Lorsque le maître de Jacques s'aperçut que Jacques dormait ou faisait semblant de dormir : « Tu dors, lui dit-il, tu dors, maroufle,

7580 au moment le plus intéressant de mon histoire !... » et c'est à ce moment même que Jacques attendait son maître. « Te réveilleras-tu ?

– Je ne le crois pas.

– Et pourquoi ?

7585 – C'est que si je me réveille, mon mal de gorge pourra bien se réveiller aussi, et que je pense qu'il vaut mieux que nous reposions tous deux... »

Et voilà Jacques qui laisse tomber sa tête en devant.

« Tu vas te rompre le cou.

7590 – Sûrement, si cela est écrit là-haut. N'êtes-vous pas entre les bras de Mlle Agathe ?

– Oui.

– Ne vous y trouvez-vous pas bien ?

– Fort bien.

7595 – Restez-y.

– Que j'y reste, cela te plaît à dire.

– Du moins jusqu'à ce que je sache l'histoire de l'emplâtre[1] de Desglands.

LE MAÎTRE. Tu te venges, traître.

7600 **JACQUES.** Et quand cela serait, mon maître, après avoir coupé l'histoire de mes amours par mille questions, par autant de fan-

---

1. **Emplâtre :** préparation pharmaceutique destinée à être appliquée sur la peau.

taisies, sans le moindre murmure de ma part, ne pourrais-je pas vous supplier d'interrompre la vôtre, pour m'apprendre l'histoire de l'emplâtre de ce bon Desglands, à qui j'ai tant d'obligations, qui m'a tiré de chez le chirurgien au moment où, manquant d'argent, je ne savais plus que devenir, et chez qui j'ai fait connaissance avec Denise, Denise sans laquelle je ne vous aurais pas dit un mot de tout ce voyage ? Mon maître, mon cher maître, l'histoire de l'emplâtre de Desglands ; vous serez si court qu'il vous plaira, et cependant l'assoupissement qui me tient, et dont je ne suis pas maître, se dissipera, et vous pourrez compter sur toute mon attention.

LE MAÎTRE *dit en haussant les épaules.* Il y avait dans le voisinage de Desglands une veuve charmante, qui avait plusieurs qualités communes avec une célèbre courtisane[1] du siècle passé. Sage par raison, libertine par tempérament, se désolant le lendemain de la sottise de la veille, elle a passé toute sa vie en allant du plaisir au remords et du remords au plaisir, sans que l'habitude du plaisir ait étouffé le remords, sans que l'habitude du remords ait étouffé le goût du plaisir. Je l'ai connue dans ses derniers instants ; elle disait qu'enfin elle échappait à deux grands ennemis. Son mari, indulgent pour le seul défaut qu'il eût à lui reprocher, la plaignit pendant qu'elle vécut, et la regretta longtemps après sa mort. Il prétendait qu'il eût été aussi ridicule à lui d'empêcher sa femme d'aimer, que de l'empêcher de boire. Il lui pardonnait la multitude de ses conquêtes en faveur du choix délicat qu'elle y mettait. Elle n'accepta jamais l'hommage d'un sot ou d'un méchant : ses faveurs furent toujours la récompense du talent ou de la probité. Dire d'un homme qu'il était ou qu'il avait été son amant, c'était assurer qu'il était homme de mérite. Comme elle connaissait sa légèreté, elle ne s'engageait point à être fidèle. « Je n'ai fait, disait-elle, qu'un faux serment en ma vie, c'est le premier. » Soit qu'on perdît le sentiment qu'on avait pris pour elle, soit qu'elle perdît celui qu'on lui avait inspiré, on restait son ami. Jamais il n'y eut d'exemple plus frappant de la différence de la probité et des mœurs. On ne pouvait pas dire

---

1. **Courtisane :** il s'agit de Ninon de Lenclos (1616-1705). Célèbre femme de lettres, elle tenait un salon fréquenté par les libres-penseurs et eut des liaisons avec les hommes les plus illustres de son époque.

7635 qu'elle eût des mœurs ; et l'on avouait qu'il était difficile de trouver une plus honnête créature. Son curé la voyait rarement au pied des autels ; mais en tout temps il trouvait sa bourse ouverte pour les pauvres. Elle disait plaisamment de la religion et des lois, que c'était une paire de béquilles qu'il ne fallait pas ôter à ceux qui
7640 avaient les jambes faibles. Les femmes qui redoutaient son commerce pour leurs maris le désiraient pour leurs enfants.

JACQUES, *après avoir dit entre ses dents* : *« Tu me le payeras ce maudit portrait »*, ajouta : Vous avez été fou de cette femme-là ?

LE MAÎTRE. Je le serais certainement devenu, si Desglands ne
7645 m'eût gagné de vitesse. Desglands en devint amoureux...

JACQUES. Monsieur, est-ce que l'histoire de son emplâtre et celle de ses amours sont tellement liées l'une à l'autre qu'on ne saurait les séparer ?

LE MAÎTRE. On peut les séparer ; l'emplâtre est un incident, l'his-
7650 toire est le récit de tout ce qui s'est passé pendant qu'ils s'aimaient.

JACQUES. Et s'est-il passé beaucoup de choses ?

LE MAÎTRE. Beaucoup.

JACQUES. En ce cas, si vous donnez à chacune la même étendue qu'au portrait de l'héroïne, nous n'en sortirons pas d'ici à la
7655 Pentecôte, et c'est fait de vos amours et des miennes.

LE MAÎTRE. Aussi, Jacques, pourquoi m'avez-vous dérouté ?... N'as-tu pas vu chez Desglands un petit enfant ?

JACQUES. Méchant, têtu, insolent et valétudinaire[1] ? Oui, je l'ai vu.

LE MAÎTRE. C'est un fils naturel de Desglands et de la belle veuve.

7660 **JACQUES.** Cet enfant-là lui donnera bien du chagrin. C'est un enfant unique, bonne raison pour n'être qu'un vaurien ; il sait qu'il sera riche, autre bonne raison pour n'être qu'un vaurien.

LE MAÎTRE. Et comme il est valétudinaire, on ne lui apprend rien ; on ne le gêne, on ne le contredit sur rien, troisième bonne raison
7665 pour n'être qu'un vaurien.

---

1. **Valétudinaire :** de santé fragile, maladif.

JACQUES. Une nuit le petit fou se mit à pousser des cris inhumains. Voilà toute la maison en alarmes ; on accourt. Il veut que son papa se lève.

« Votre papa dort.

7670 – N'importe, je veux qu'il se lève, je le veux, je le veux…

– Il est malade.

– N'importe, il faut qu'il se lève, je le veux, je le veux… »

On réveille Desglands ; il jette sa robe de chambre sur ses épaules, il arrive.

7675 « Eh bien ! mon petit, me voilà, que veux-tu ?

– Je veux qu'on les fasse venir.

– Qui ?

– Tous ceux qui sont dans le château. »

On les fait venir : maîtres, valets, étrangers, commensaux[1] ; Jeanne,
7680 Denise, moi avec mon genou malade, tous, excepté une vieille concierge impotente, à laquelle on avait accordé une retraite dans une chaumière à près d'un quart de lieue du château. Il veut qu'on l'aille chercher.

« Mais, mon enfant, il est minuit.

7685 – Je le veux, je le veux.

– Vous savez qu'elle demeure bien loin.

– Je le veux, je le veux.

– Qu'elle est âgée et qu'elle ne saurait marcher.

– Je le veux, je le veux. »

7690 Il faut que la pauvre concierge vienne ; on l'apporte, car pour venir elle aurait plutôt mangé le chemin. Quand nous sommes tous rassemblés, il veut qu'on le lève et qu'on l'habille. Le voilà levé et habillé. Il veut que nous passions tous dans le grand salon et qu'on le place au milieu dans le grand fauteuil de son papa. Voilà qui est
7695 fait. Il veut que nous nous prenions tous par la main. Il veut que nous dansions tous en rond, et nous nous mettons tous à danser en rond. Mais c'est le reste qui est incroyable…

LE MAÎTRE. J'espère que tu me feras grâce du reste ?

---

1. **Commensaux :** personnes qui mangent habituellement à la même table.

JACQUES. Non, non, monsieur, vous entendrez le reste… Il croit
7700 qu'il m'aura fait impunément un portrait de la mère, long de quatre
aunes…

LE MAÎTRE. Jacques, je vous gâte.

JACQUES. Tant pis pour vous.

LE MAÎTRE. Vous avez sur le cœur le long et ennuyeux portrait
7705 de la veuve ; mais vous m'avez, je crois, bien rendu cet ennui par
la longue et ennuyeuse histoire de la fantaisie de son enfant.

JACQUES. Si c'est votre avis, reprenez l'histoire du père ; mais plus
de portraits, mon maître ; je hais les portraits à la mort.

LE MAÎTRE. Et pourquoi haïssez-vous les portraits ?

7710 **JACQUES.** C'est qu'ils ressemblent si peu, que, si par hasard on
vient à rencontrer les originaux, on ne les reconnaît pas. Racontez-
moi les faits, rendez-moi fidèlement les propos, et je saurai bientôt
à quel homme j'ai affaire. Un mot, un geste m'en ont quelquefois
plus appris que le bavardage de toute une ville.

7715 **LE MAÎTRE.** Un jour Desglands…

JACQUES. Quand vous êtes absent, j'entre quelquefois dans votre
bibliothèque, je prends un livre, et c'est ordinairement un livre
d'histoire.

LE MAÎTRE. Un jour Desglands…

7720 **JACQUES.** Je lis du pouce tous les portraits.

LE MAÎTRE. Un jour Desglands…

JACQUES. Pardon, mon maître, la machine était montée, et il fallait
qu'elle allât jusqu'à la fin.

LE MAÎTRE. Y est-elle ?

7725 **JACQUES.** Elle y est.

LE MAÎTRE. Un jour Desglands invita à dîner la belle veuve avec
quelques gentilshommes d'alentour. Le règne de Desglands était
sur son déclin ; et parmi ses convives il y en avait un vers lequel
son inconstance commençait à la pencher. Ils étaient à table,
7730 Desglands et son rival placés l'un à côté de l'autre et en face de la
belle veuve. Desglands employait tout ce qu'il avait d'esprit pour
animer la conversation ; il adressait à la veuve les propos les plus

galants ; mais elle, distraite, n'entendait rien, et tenait les yeux attachés sur son rival. Desglands avait un œuf frais à la main ; un mouvement convulsif, occasionné par la jalousie, le saisit, il serre les poings, et voilà l'œuf chassé de sa coque et répandu sur le visage de son voisin. Celui-ci fit un geste de la main. Desglands lui prend le poignet, l'arrête et lui dit à l'oreille : « Monsieur, je le tiens pour reçu… » Il se fait un profond silence ; la belle veuve se trouve mal. Le repas fut triste et court. Au sortir de table, elle fit appeler Desglands et son rival dans un appartement séparé ; tout ce qu'une femme peut faire décemment pour les réconcilier, elle le fit ; elle supplia, elle pleura, elle s'évanouit, mais tout de bon ; elle serrait les mains à Desglands, elle tournait ses yeux inondés de larmes sur l'autre. Elle disait à celui-ci : « Et vous m'aimez !… » à celui-là : « Et vous m'avez aimée… » à tous les deux : « Et vous voulez me perdre, et vous voulez me rendre la fable, l'objet de la haine et du mépris de toute la province ! Quel que soit celui des deux qui ôte la vie à son ennemi, je ne le reverrai jamais ; il ne peut être ni mon ami ni mon amant ; je lui voue une haine qui ne finira qu'avec ma vie… » Puis elle retombait en défaillance, et en défaillant elle disait : « Cruels, tirez vos épées et enfoncez-les dans mon sein ; si en expirant je vous vois embrassés, j'expirerai sans regret !… » Desglands et son rival restaient immobiles ou la secouraient, et quelques pleurs s'échappaient de leurs yeux. Cependant il fallut se séparer. On remit la belle veuve chez elle plus morte que vive.

JACQUES. Eh bien ! monsieur, qu'avais-je besoin du portrait que vous m'avez fait de cette femme ? Ne saurais-je pas à présent tout ce que vous en avez dit ?

LE MAÎTRE. Le lendemain Desglands rendit visite à sa charmante infidèle ; il y trouva son rival. Qui fut bien étonné ? Ce fut l'un et l'autre de voir à Desglands la joue droite couverte d'un grand rond de taffetas noir.

« Qu'est-ce que cela ? lui dit la veuve.

DESGLANDS. Ce n'est rien.

SON RIVAL. Un peu de fluxion ?

DESGLANDS. Cela se passera. »

Après un moment de conversation, Desglands sortit, et, en sortant, il fit à son rival un signe qui fut très bien entendu. Celui-ci descendit,

253

ils passèrent, l'un par un des côtés de la rue, l'autre par le côté
opposé ; ils se rencontrèrent derrière les jardins de la belle veuve,
se battirent, et le rival de Desglands demeura étendu sur la place,
grièvement, mais non mortellement blessé. Tandis qu'on l'emporte
chez lui, Desglands revient chez sa veuve, il s'assied, ils s'entretiennent encore de l'accident de la veille. Elle lui demande ce que
signifie cette énorme et ridicule mouche qui lui couvre la joue. Il
se lève, il se regarde au miroir. « En effet, lui dit-il, je la trouve un
peu trop grande... » Il prend les ciseaux de la dame, il détache son
rond de taffetas, le rétrécit tout autour d'une ligne[1] ou deux, le
replace et dit à la veuve : « Comment me trouvez-vous à présent ?
– Mais d'une ligne ou deux moins ridicule qu'auparavant.
– C'est toujours quelque chose. »

Le rival de Desglands guérit. Second duel où la victoire resta à
Desglands : ainsi cinq à six fois de suite ; et Desglands à chaque
combat rétrécissant son rond de taffetas d'une petite lisière, et
remettant le reste sur sa joue.

JACQUES. Quelle fut la fin de cette aventure ? Quand on me porta
au château de Desglands, il me semble qu'il n'avait plus son rond
noir.

LE MAÎTRE. Non. La fin de cette aventure fut celle de la belle
veuve. Le long chagrin qu'elle en éprouva acheva de ruiner sa
santé faible et chancelante.

JACQUES. Et Desglands ?

LE MAÎTRE. Un jour que nous nous promenions ensemble,
il reçoit un billet, il l'ouvre, il dit : « C'était un très brave homme,
mais je ne saurais m'affliger de sa mort... » Et à l'instant il
arrache de sa joue le reste de son rond noir, presque réduit par ses
fréquentes rognures à la grandeur d'une mouche ordinaire. Voilà
l'histoire de Desglands. Jacques est-il satisfait ; et puis-je espérer
qu'il écoutera l'histoire de mes amours, et qu'il reprendra l'histoire
des siennes ?

---

1. **Ligne :** ancienne mesure de longueur, représentant la douzième partie du pouce,
soit environ 2,25 mm.

JACQUES. Ni l'un, ni l'autre.

LE MAÎTRE. Et la raison ?

JACQUES. C'est qu'il fait chaud, que je suis las, que cet endroit est charmant, que nous serons à l'ombre sous ces arbres, et qu'en prenant le frais au bord de ce ruisseau nous nous reposerons.

LE MAÎTRE. J'y consens ; mais ton rhume ?

JACQUES. Il est de chaleur ; et les médecins disent que les contraires se guérissent par les contraires.

LE MAÎTRE. Ce qui est vrai au moral comme au physique. J'ai remarqué une chose assez singulière ; c'est qu'il n'y a guère de maximes de morale dont on ne fît un aphorisme de médecine, et réciproquement peu d'aphorismes de médecine dont on ne fît une maxime de morale.

JACQUES. Cela doit être.

Ils descendent de cheval, ils s'étendent sur l'herbe. Jacques dit à son maître : « Veillez-vous ? dormez-vous ? Si vous veillez, je dors ; si vous dormez je veille. »
Son maître lui dit : « Dors, dors.
– Je puis donc compter que vous veillerez ? C'est que cette fois-ci nous y pourrions perdre deux chevaux. »
Le maître tira sa montre et sa tabatière ; Jacques se mit en devoir de dormir ; mais à chaque instant il se réveillait en sursaut, et frappait en l'air ses deux mains l'une contre l'autre. Son maître lui dit :
À qui diable en as-tu ?

JACQUES. J'en ai aux mouches et aux cousins[1]. Je voudrais bien qu'on me dît à quoi servent ces incommodes bêtes-là ?

LE MAÎTRE. Et parce que tu l'ignores, tu crois qu'elles ne servent à rien ? La nature n'a rien fait d'inutile et de superflu.

JACQUES. Je le crois ; car puisqu'une chose est, il faut qu'elle soit.

LE MAÎTRE. Quand tu as ou trop de sang ou du mauvais sang, que fais-tu ? Tu appelles un chirurgien, qui t'en ôte deux ou trois

---

1. **Cousins :** moustiques.

palettes[1]. Eh bien ! ces cousins, dont tu te plains, sont une nuée de petits chirurgiens ailés qui viennent avec leurs petites lancettes te piquer et te tirer du sang goutte à goutte.

7835 **JACQUES.** Oui, mais à tort et à travers, sans savoir si j'en ai trop ou trop peu. Faites venir ici un étique[2], et vous verrez si les petits chirurgiens ailés ne le piqueront pas. Ils songent à eux ; et tout dans la nature songe à soi et ne songe qu'à soi. Que cela fasse du mal aux autres, qu'importe, pourvu qu'on s'en trouve bien ?...

7840 Ensuite, il refrappait en l'air de ses deux mains, et il disait : Au diable les petits chirurgiens ailés !

LE MAÎTRE. Jacques, connais-tu la fable de Garo[3] ?

JACQUES. Oui.

LE MAÎTRE. Comment la trouves-tu ?

7845 **JACQUES.** Mauvaise.

LE MAÎTRE. C'est bientôt dit.

JACQUES. Et bientôt prouvé. Si au lieu de glands, le chêne avait porté des citrouilles, est-ce que cette bête de Garo se serait endormi sous un chêne ? Et s'il ne s'était pas endormi sous un 7850 chêne, qu'importait au salut de son nez qu'il en tombât des citrouilles ou des glands ? Faites lire cela à vos enfants.

LE MAÎTRE. Un philosophe de ton nom ne le veut pas.

JACQUES. C'est que chacun a son avis, et que Jean-Jacques[4] n'est pas Jacques.

7855 **LE MAÎTRE.** Et tant pis pour Jacques.

JACQUES. Qui sait cela avant que d'être arrivé au dernier mot de la dernière ligne de la page qu'on remplit dans le grand rouleau ?

---

1. **Palettes :** en chirurgie, la palette désigne une petite écuelle de capacité déterminée servant à recevoir et à mesurer le sang des saignées.
2. **Étique :** homme très maigre.
3. **Garo :** personnage d'une fable de La Fontaine, *Le Gland et la Citrouille*, livre IX, fable 4.
4. **Jean-Jacques :** il s'agit de Jean-Jacques Rousseau qui, dans le livre II de *L'Émile*, déconseillait la lecture des *Fables* de La Fontaine aux enfants.

LE MAÎTRE. À quoi penses-tu ?

JACQUES. Je pense que, tandis que vous me parliez et que je vous répondais, vous me parliez sans le vouloir, et que je vous répondais sans le vouloir.

LE MAÎTRE. Après ?

JACQUES. Après ? Et que nous étions deux vraies machines vivantes et pensantes.

LE MAÎTRE. Mais à présent que veux-tu ?

JACQUES. Ma foi, c'est encore tout de même. Il n'y a dans les deux machines qu'un ressort de plus en jeu.

LE MAÎTRE. Et ce ressort-là… ?

JACQUES. Je veux que le diable m'emporte si je conçois qu'il puisse jouer sans cause. Mon capitaine disait : « Posez une cause, un effet s'ensuit ; d'une cause faible, un faible effet ; d'une cause momentanée, un effet d'un moment ; d'une cause intermittente, un effet intermittent ; d'une cause contrariée, un effet ralenti ; d'une cause cessante, un effet nul. »

LE MAÎTRE. Mais il me semble que je sens au dedans de moi-même que je suis libre, comme je sens que je pense.

JACQUES. Mon capitaine disait : « Oui, à présent que vous ne voulez rien ; mais veuillez vous précipiter de votre cheval ? »

LE MAÎTRE. Eh bien ! je me précipiterai.

JACQUES. Gaiement, sans répugnance, sans effort, comme lorsqu'il vous plaît d'en descendre à la porte d'une auberge ?

LE MAÎTRE. Pas tout à fait ; mais qu'importe, pourvu que je me précipite, et que je prouve que je suis libre ?

JACQUES. Mon capitaine disait : « Quoi ! vous ne voyez pas que sans ma contradiction il ne vous serait jamais venu en fantaisie de vous rompre le cou ? C'est donc moi qui vous prends par le pied, et qui vous jette hors de selle. Si votre chute prouve quelque chose, ce n'est donc pas que vous soyez libre, mais que vous êtes fou. » Mon capitaine disait encore que la jouissance d'une liberté qui pourrait s'exercer sans motif serait le vrai caractère d'un maniaque.

LE MAÎTRE. Cela est trop fort pour moi ; mais, en dépit de ton capitaine et de toi, je croirai que je veux quand je veux.

JACQUES. Mais si vous êtes et si vous avez toujours été le maître de vouloir, que ne voulez-vous à présent aimer une guenon ; et que n'avez-vous cessé d'aimer Agathe toutes les fois que vous l'avez voulu ? Mon maître, on passe les trois quarts de sa vie à vouloir, sans faire.

LE MAÎTRE. Il est vrai.

JACQUES. Et à faire sans vouloir.

LE MAÎTRE. Tu me démontreras celui-ci ?

JACQUES. Si vous y consentez.

LE MAÎTRE. J'y consens.

JACQUES. Cela se fera, et parlons d'autre chose...

Après ces balivernes et quelques autres propos de la même importance, ils se turent ; et Jacques, relevant son énorme chapeau, parapluie dans les mauvais temps, parasol dans les temps chauds, couvre-chef en tout temps, le ténébreux sanctuaire sous lequel une des meilleures cervelles qui aient encore existé consultait le destin dans les grandes occasions ;... les ailes de ce chapeau relevées lui plaçaient le visage à peu près au milieu du corps ; rabattues, à peine voyait-il à dix pas devant lui : ce qui lui avait donné l'habitude de porter le nez au vent ; et c'est alors qu'on pouvait dire de son chapeau :

Os illi sublime dedit, cœlumque tueri
Jussit, et erectos ad sidera tollere vultus[1].
Ovide, Metam., lib. I, v. 85

Jacques, donc, relevant son énorme chapeau et promenant ses regards au loin, aperçut un laboureur qui rouait inutilement de coups un des deux chevaux qu'il avait attelés à sa charrue. Ce cheval, jeune et vigoureux, s'était couché sur le sillon, et le laboureur avait beau le secouer par la bride, le prier, le caresser, le menacer, jurer, frapper, l'animal restait immobile et refusait opiniâtrement de se relever.

---

1. *Os illi [...] vultus* : citation inexacte d'Ovide (*Métamorphoses*, I, 85-86) : « Il donna à l'homme un visage en haut de son corps, lui prescrit de contempler le ciel et d'élever ses regards vers les astres. »

Jacques, après avoir rêvé quelque temps à cette scène, dit à son
maître, dont elle avait aussi fixé l'attention : Savez-vous, monsieur,
ce qui se passe là ?

LE MAÎTRE. Et que veux-tu qui se passe autre chose que ce que je
vois ?

JACQUES. Vous ne devinez rien ?

LE MAÎTRE. Non. Et toi, que devines-tu ?

JACQUES. Je devine que ce sot, orgueilleux, fainéant animal est un
habitant de la ville, qui, fier de son premier état de cheval de selle,
méprise la charrue ; et pour vous dire tout, en un mot, que c'est
votre cheval, le symbole de Jacques que voilà, et de tant d'autres
lâches coquins comme lui, qui ont quitté les campagnes pour venir
porter la livrée dans la capitale, et qui aimeraient mieux mendier
leur pain dans les rues, ou mourir de faim, que de retourner à
l'agriculture, le plus utile et le plus honorable des métiers.

Le maître se mit à rire ; et Jacques, s'adressant au laboureur qui
ne l'entendait pas, disait : « Pauvre diable, touche, touche tant
que tu voudras : il a pris son pli, et tu useras plus d'une mèche à
ton fouet, avant que d'inspirer à ce maraud-là un peu de véritable
dignité et quelque goût pour le travail... » Le maître continuait de
rire. Jacques, moitié d'impatience, moitié de pitié, se lève, s'avance
vers le laboureur, et n'a pas fait deux cents pas que, se retournant
vers son maître, il se met à crier : « Monsieur, arrivez, arrivez ; c'est
votre cheval, c'est votre cheval. »

Ce l'était en effet. À peine l'animal eut-il reconnu Jacques et son
maître, qu'il se releva de lui-même, secoua sa crinière, hennit, se
cabra, et approcha tendrement son mufle du mufle de son camarade. Cependant Jacques, indigné, disait entre ses dents : « Gredin,
vaurien, paresseux, à quoi tient-il que je ne te donne vingt coups
de bottes ?... » Son maître, au contraire, le baisait, lui passait une
main sur le flanc, lui frappait doucement la croupe de l'autre, et
pleurant presque de joie, s'écriait : « Mon cheval, mon pauvre cheval,
je te retrouve donc ! »

Le laboureur n'entendait rien à cela. « Je vois, messieurs, leur
dit-il, que ce cheval vous a appartenu ; mais je ne l'en possède
pas moins légitimement ; je l'ai acheté à la dernière foire. Si vous
vouliez le reprendre pour les deux tiers de ce qu'il m'a coûté, vous

me rendriez un grand service, car je n'en puis rien faire. Lorsqu'il faut le sortir de l'écurie, c'est le diable ; lorsqu'il faut l'atteler, c'est pis encore ; lorsqu'il est arrivé sur le champ, il se couche, et il se laisserait plutôt assommer que de donner un coup de collier ou que de souffrir un sac sur son dos. Messieurs, auriez-vous la charité de me débarrasser de ce maudit animal-là ? Il est beau, mais il n'est bon à rien qu'à piaffer sous un cavalier, et ce n'est pas là mon affaire… » On lui proposa un échange avec celui des deux autres qui lui conviendrait le mieux ; il y consentit, et nos deux voyageurs revinrent au petit pas à l'endroit où ils s'étaient reposés, et d'où ils virent, avec satisfaction, le cheval qu'ils avaient cédé au laboureur se prêter sans répugnance à son nouvel état.

JACQUES. Eh bien ! monsieur ?

LE MAÎTRE. Eh bien ! rien n'est plus sûr que tu es inspiré ; est-ce de Dieu, est-ce du diable ? Je l'ignore. Jacques, mon cher ami, je crains que vous n'ayez le diable au corps.

JACQUES. Et pourquoi le diable ?

LE MAÎTRE. C'est que vous faites des prodiges, et que votre doctrine est fort suspecte.

JACQUES. Et qu'est-ce qu'il y a de commun entre la doctrine que l'on professe et les prodiges qu'on opère ?

LE MAÎTRE. Je vois que vous n'avez pas lu dom la Taste[1].

JACQUES. Et ce dom la Taste que je n'ai pas lu, que dit-il ?

LE MAÎTRE. Il dit que Dieu et le diable font également des miracles.

JACQUES. Et comment distingue-t-il les miracles de Dieu des miracles du diable ?

LE MAÎTRE. Par la doctrine. Si la doctrine est bonne, les miracles sont de Dieu ; si elle est mauvaise, les miracles sont du diable.

---

1. **Dom la Taste** : bénédictin, évêque de Bethléem, mort en 1754. Il a soutenu dans ses *Lettres théologiques* (1733) que les diables peuvent faire des guérisons miraculeuses pour introduire l'erreur et le vice. Il a combattu les « convulsionnaires » du cimetière de Saint-Médard, qui se livraient à des scènes d'hystérie collective sur la tombe du diacre janséniste Pâris (surtout vers 1730-1731).

7990 **JACQUES.** *Ici Jacques se mit à siffler, puis il ajouta* : Et qui est-ce qui m'apprendra à moi, pauvre ignorant, si la doctrine du faiseur de miracles est bonne ou mauvaise ? Allons, monsieur, remontons sur nos bêtes. Que vous importe que ce soit de par Dieu ou de par Béelzébuth que votre cheval se soit retrouvé ? En ira-t-il moins 7995 bien ?

LE MAÎTRE. Non. Cependant, Jacques, si vous étiez possédé...

JACQUES. Quel remède y aurait-il à cela ?

LE MAÎTRE. Le remède ! ce serait, en attendant l'exorcisme... ce serait de vous mettre à l'eau bénite pour toute boisson.

8000 **JACQUES.** Moi, monsieur, à l'eau ! Jacques à l'eau bénite ! J'aimerais mieux que mille légions de diables me restassent dans le corps, que d'en boire une goutte, bénite ou non bénite. Est-ce que vous ne vous êtes pas aperçu que j'étais hydrophobe[1] ?...

Ah ! *hydrophobe ?* Jacques a dit *hydrophobe ?*... Non, lecteur, non ; 8005 je confesse que le mot n'est pas de lui. Mais avec cette sévérité de critique-là, je vous défie de lire une scène de comédie ou de tragédie, un seul dialogue, quelque bien qu'il soit fait, sans surprendre le mot de l'auteur dans la bouche de son personnage. Jacques a dit : « Monsieur, est-ce que vous ne vous êtes pas encore aperçu 8010 qu'à la vue de l'eau, la rage me prend ?... » Eh bien ? en disant autrement que lui, j'ai été moins vrai, mais plus court.

Ils remontèrent sur leurs chevaux ; et Jacques dit à son maître : « Vous en étiez de vos amours au moment où, après avoir été heureux deux fois, vous vous disposiez peut-être à l'être une 8015 troisième. »

LE MAÎTRE. Lorsque tout à coup la porte du corridor s'ouvre. Voilà la chambre pleine d'une foule de gens qui marchent tumultueusement ; j'aperçois des lumières, j'entends des voix d'hommes et de femmes qui parlaient tous à la fois. Les rideaux sont violem-8020 ment tirés ; et j'aperçois le père, la mère, les tantes, les cousins, les cousines et un commissaire qui leur disait gravement : « Messieurs, mesdames, point de bruit ; le délit est flagrant ; monsieur est

---

1. **Hydrophobe :** qui a peur de l'eau.

un galant homme : il n'y a qu'un moyen de réparer le mal ; et monsieur aimera mieux s'y prêter de lui-même que de s'y faire contraindre par les lois... »

À chaque mot il était interrompu par le père et par la mère qui m'accablaient de reproches ; par les tantes et par les cousines qui adressaient les épithètes les moins ménagées à Agathe, qui s'était enveloppée la tête dans les couvertures. J'étais stupéfait, et je ne savais que dire. Le commissaire s'adressant à moi, me dit ironiquement : « Monsieur, vous êtes fort bien ; il faut cependant que vous ayez pour agréable de vous lever et de vous vêtir... » Ce que je fis, mais avec mes habits qu'on avait substitués à ceux du chevalier. On approcha une table ; le commissaire se mit à verbaliser. Cependant la mère se faisait tenir à quatre[1] pour ne pas assommer sa fille et le père lui disait : « Doucement, ma femme, doucement ; quand vous aurez assommé votre fille, il n'en sera ni plus ni moins. Tout s'arrangera pour le mieux... » Les autres personnages étaient dispersés sur des chaises, dans les différentes attitudes de la douleur, de l'indignation et de la colère. Le père, gourmandant sa femme par intervalles, lui disait : « Voilà ce que c'est que de ne pas veiller à la conduite de sa fille... » La mère lui répondait : « Avec cet air si bon et si honnête, qui l'aurait cru de monsieur ?... » Les autres gardaient le silence. Le procès-verbal dressé, on m'en fit lecture ; et comme il ne contenait que la vérité, je le signai et je descendis avec le commissaire, qui me pria très obligeamment de monter dans une voiture qui était à la porte, d'où l'on me conduisit avec un assez nombreux cortège droit au For-l'Évêque[2].

JACQUES. Au For-l'Évêque ! en prison !

LE MAÎTRE. En prison ; et puis voilà un procès abominable. Il ne s'agissait de rien moins que d'épouser Mlle Agathe ; les parents ne voulaient entendre à aucun accommodement. Dès le matin, le chevalier m'apparut dans ma retraite. Il savait tout. Agathe était désolée ; ses parents étaient enragés ; il avait essuyé les plus

---

1. **Se faisait tenir à quatre :** se faisait tenir fortement.
2. **For-l'Évêque :** siège de l'archevêché de Paris, puis prison, à partir de 1780, pour les gens qui s'étaient endettés.

8055 cruels reproches sur la perfide connaissance qu'il leur avait donnée ; c'était lui qui était la première cause de leur malheur et du
déshonneur de leur fille ; ces pauvres gens faisaient pitié. Il avait
demandé à parler à Agathe en particulier ; il ne l'avait pas obtenu
sans peine. Agathe avait pensé lui arracher les yeux, elle l'avait
8060 appelé des noms les plus odieux. Il s'y attendait ; il avait laissé
tomber ses fureurs ; après quoi il avait tâché de l'amener à quelque
chose de raisonnable ; mais cette fille disait une chose à laquelle,
ajoutait le chevalier, je ne sais point de réplique : « Mon père et
ma mère m'ont surprise avec votre ami ; faut-il leur apprendre
8065 que, en couchant avec lui, je croyais coucher avec vous ?... » Il lui
répondait : « Mais en bonne foi, croyez-vous que mon ami puisse
vous épouser ?... – Non, disait-elle, c'est vous, indigne, c'est vous,
infâme, qui devriez y être condamné. »

« Mais, dis-je au chevalier, il ne tiendrait qu'à vous de me tirer
8070 d'affaire.

– Comment cela ?

– Comment ? en déclarant la chose comme elle est.

– J'en ai menacé Agathe ; mais certes, je n'en ferai rien. Il est incertain que ce moyen nous servît utilement ; et il est très certain qu'il
8075 vous couvrirait d'infamie. Aussi c'est votre faute.

– Ma faute ?

– Oui, votre faute. Si vous eussiez approuvé l'espièglerie que je
vous proposais, Agathe aurait été surprise entre deux hommes,
et tout ceci aurait fini par une dérision. Mais cela n'est point, et il
8080 s'agit de se tirer de ce mauvais pas.

– Mais, chevalier pourriez-vous m'expliquer un petit incident ?
C'est mon habit repris et le vôtre remis dans la garde-robe ; ma foi,
j'ai beau y rêver, c'est un mystère qui me confond. Cela m'a rendu
Agathe un peu suspecte ; il m'est venu dans la tête qu'elle avait
8085 reconnu la supercherie, et qu'il y avait entre elle et ses parents je
ne sais quelle connivence.

– Peut-être vous aura-t-on vu monter ; ce qu'il y a de certain, c'est
que vous fûtes à peine déshabillé, qu'on me renvoya mon habit et
qu'on me redemanda le vôtre.

8090 – Cela s'éclaircira avec le temps... »

Comme nous étions en train, le chevalier et moi, de nous affliger,
de nous consoler, de nous accuser, de nous injurier et de nous

demander pardon, le commissaire entra ; le chevalier pâlit et sortit brusquement. Ce commissaire était un homme de bien, comme il en est quelques-uns, qui, relisant chez lui son procès-verbal, se rappela qu'autrefois il avait fait ses études avec un jeune homme qui portait mon nom ; il lui vint en pensée que je pourrais bien être le parent ou même le fils de son ancien camarade de collège : et le fait était vrai. Sa première question fut de me demander qui était l'homme qui s'était évadé quand il était entré.

« Il ne s'est point évadé, lui dis-je, il est sorti ; c'est mon intime ami, le chevalier de Saint-Ouin.

– Votre ami ! vous avez là un plaisant ami ! Savez-vous, monsieur, que c'est lui qui m'est venu avertir ? Il était accompagné du père et d'un autre parent.

– Lui !

– Lui-même.

– Êtes-vous bien sûr de votre fait ?

– Très sûr ; mais comment l'avez-vous nommé ?

– Le chevalier de Saint-Ouin.

– Oh ! le chevalier de Saint-Ouin, nous y voilà. Et savez-vous ce que c'est que votre ami, votre intime ami le chevalier de Saint-Ouin ? Un escroc, un homme noté par cent mauvais tours. La police ne laisse la liberté du pavé à cette espèce d'hommes-là, qu'à cause des services qu'elle en tire quelquefois. Ils sont fripons et délateurs des fripons ; et on les trouve apparemment plus utiles par le mal qu'ils préviennent ou qu'ils révèlent, que nuisibles par celui qu'ils font… »

Je racontai au commissaire ma triste aventure, telle qu'elle s'était passée. Il ne la vit pas d'un œil beaucoup plus favorable ; car tout ce qui pouvait m'absoudre ne pouvait ni s'alléguer ni se démontrer au tribunal des lois. Cependant il se chargea d'appeler le père et la mère, de serrer les pouces[1] à la fille, d'éclairer le magistrat, et de ne rien négliger de ce qui servirait à ma justification ; me prévenant toutefois que, si ces gens étaient bien conseillés, l'autorité y pourrait très peu de chose.

---

1. **Serrer les pouces** : interroger. L'expression signifie au sens propre : interroger et au besoin torturer pour obtenir une réponse.

« Quoi ! monsieur le commissaire, je serais forcé d'épouser ?

– Épouser ! cela serait bien dur, aussi ne l'appréhendé-je pas ; mais il y aura des dédommagements, et dans ce cas ils sont considé-
8130 rables... » Mais, Jacques, je crois que tu as quelque chose à me dire.

JACQUES. Oui ; je voulais vous dire que vous fûtes en effet plus malheureux que moi, qui payai et qui ne couchai pas. Au demeu-rant, j'aurais, je crois, entendu votre histoire tout courant, si Agathe avait été grosse.

8135 **LE MAÎTRE.** Ne te dépars pas encore de ta conjecture ; c'est que le commissaire m'apprit, quelque temps après ma détention, qu'elle était venue faire chez lui sa déclaration de grossesse.

JACQUES. Et vous voilà père d'un enfant...

LE MAÎTRE. Auquel je n'ai pas nui.

8140 **JACQUES.** Mais que vous n'avez pas fait.

LE MAÎTRE. Ni la protection du magistrat, ni toutes les démarches du commissaire ne purent empêcher cette affaire de suivre le cours de la justice ; mais comme la fille et ses parents étaient mal famés, je n'épousai pas entre les deux guichets. On me condamna
8145 à une amende considérable, aux frais de gésine[1], et à pourvoir à la subsistance et à l'éducation d'un enfant provenu des faits et gestes de mon ami le chevalier de Saint-Ouin, dont il était le portrait en miniature. Ce fut un gros garçon, dont Mlle Agathe accoucha très heureusement entre le septième et le huitième mois, et auquel on
8150 donna une bonne nourrice, dont j'ai payé les mois jusqu'à ce jour.

JACQUES. Quel âge peut avoir monsieur votre fils ?

LE MAÎTRE. Il aura bientôt dix ans. Je l'ai laissé tout ce temps à la campagne, où le maître d'école lui a appris à lire, à écrire et à compter. Ce n'est pas loin de l'endroit où nous allons ; et je profite de la cir-
8155 constance pour payer à ces gens ce qui leur est dû, le retirer, et le mettre en métier.

Jacques et son maître couchèrent encore une fois en route. Ils étaient trop voisins du terme de leur voyage, pour que Jacques reprît l'histoire de ses amours ; d'ailleurs il s'en manquait beau-

---

1. **Gésine** : accouchement.

8160 coup que son mal de gorge fût passé. Le lendemain ils arrivèrent… – Où ? D'honneur je n'en sais rien. – Et qu'avaient-ils à faire
où ils allaient ? – Tout ce qu'il vous plaira. Est-ce que le maître de
Jacques disait ses affaires à tout le monde ? Quoi qu'il en soit, elles
n'exigeaient pas au-delà d'une quinzaine de séjour. Se terminèrent-
8165 elles bien, se terminèrent-elles mal ? C'est ce que j'ignore encore.
Le mal de gorge de Jacques se dissipa, par deux remèdes qui lui
étaient antipathiques, la diète et le repos.

Un matin le maître dit à son valet : « Jacques, bride et selle les chevaux et remplis ta gourde ; il faut aller où tu sais. » Ce qui fut aus-
8170 sitôt fait que dit. Les voilà s'acheminant vers l'endroit où l'on nour-
rissait depuis dix ans, aux dépens du maître de Jacques, l'enfant du
chevalier de Saint-Ouin. À quelque distance du gîte qu'ils venaient
de quitter, le maître s'adressa à Jacques dans les mots suivants :
Jacques, que dis-tu de mes amours ?

8175 **JACQUES.** Qu'il y a d'étranges choses écrites là-haut. Voilà un
enfant de fait, Dieu sait comment ! Qui sait le rôle que ce petit
bâtard jouera dans le monde ? Qui sait s'il n'est pas né pour le bonheur ou le bouleversement d'un empire ?

LE MAÎTRE. Je te réponds que non. J'en ferai un bon tourneur ou
8180 un bon horloger. Il se mariera ; il aura des enfants qui tourneront à
perpétuité des bâtons de chaise dans ce monde.

JACQUES. Oui, si cela est écrit là-haut. Mais pourquoi ne sortirait-il
pas un Cromwell[1] de la boutique d'un tourneur ? Celui qui fit couper
la tête à son roi, n'était-il pas sorti de la boutique d'un brasseur, et
8185 ne dit-on pas aujourd'hui ?…

LE MAÎTRE. Laissons cela. Tu te portes bien, tu sais mes amours ; en
conscience tu ne peux te dispenser de reprendre l'histoire des tiennes.

JACQUES. Tout s'y oppose. Premièrement, le peu de chemin qui
nous reste à faire ; secondement, l'oubli de l'endroit où j'en étais ;
8190 troisièmement, un diable de pressentiment que j'ai là… que cette
histoire ne doit pas finir ; que ce récit nous portera malheur, et que

---

1. **Cromwell :** Oliver Cromwell (1599-1658). Chef de l'opposition au pouvoir royal
anglais, il instaura une dictature en Angleterre en devenant lord protecteur en 1653
après avoir fait exécuter le roi Charles Ier en 1649.

je ne l'aurai pas sitôt repris qu'il sera interrompu par une catastrophe[1] heureuse ou malheureuse.

LE MAÎTRE. Si elle est heureuse, tant mieux !

8195 **JACQUES.** D'accord ; mais j'ai là... qu'elle sera malheureuse.

LE MAÎTRE. Malheureuse ! soit ; mais que tu parles ou que tu te taises, arrivera-t-elle moins ?

JACQUES. Qui sait cela ?

LE MAÎTRE. Tu es né trop tard de deux ou trois siècles.

8200 **JACQUES.** Non, monsieur, je suis né à temps comme tout le monde.

LE MAÎTRE. Tu aurais été un grand augure.

JACQUES. Je ne sais pas bien précisément ce que c'est qu'un augure, ni ne me soucie de le savoir.

8205 **LE MAÎTRE.** C'est un des chapitres importants de ton traité de la divination.

JACQUES. Il est vrai ; mais il y a si longtemps qu'il est écrit, que je ne m'en rappelle pas un mot. Monsieur, tenez, voilà qui en sait plus que tous les augures, oies fatidiques et poulets sacrés[2] de la 8210 république ; c'est la gourde. Interrogeons la gourde.

Jacques prit sa gourde, et la consulta longuement. Son maître tira sa montre et sa tabatière, vit l'heure qu'il était, prit sa prise de tabac, et Jacques dit : Il me semble à présent que je vois le destin moins noir. Dites-moi où j'en étais.

8215 **LE MAÎTRE.** Au château de Desglands, ton genou un peu remis, et Denise chargée par sa mère de te soigner.

JACQUES. Denise fut obéissante. La blessure de mon genou était presque refermée ; j'avais même pu danser en rond la nuit de l'enfant ; cependant j'y souffrais par intervalles des douleurs inouïes. Il 8220 vint en tête au chirurgien du château qui en savait un peu plus long que son confrère, que ces souffrances, dont le retour était si

---

1. **Catastrophe :** dénouement.
2. **Oies fatidiques et poulets sacrés :** allusion aux procédés pour lire l'avenir dans la Rome antique.

opiniâtre, ne pouvaient avoir pour cause que le séjour d'un corps étranger qui était resté dans les chairs, après l'extraction de la balle. En conséquence, il arriva dans la chambre de grand matin ; il
8225 fit approcher une table de mon lit ; et lorsque mes rideaux furent ouverts, je vis cette table couverte d'instruments tranchants ; Denise assise à mon chevet, et pleurant à chaudes larmes ; sa mère debout, les bras croisés, et assez triste ; le chirurgien dépouillé de sa casaque, les manches de sa veste retroussées, et sa main droite
8230 armée d'un bistouri.

LE MAÎTRE. Tu m'effrayes.

JACQUES. Je le fus aussi. « L'ami, me dit le chirurgien, êtes-vous las de souffrir ?

– Fort las.

8235 – Voulez-vous que cela finisse et conserver votre jambe ?

– Certainement.

– Mettez-la donc hors du lit, et que j'y travaille à mon aise. »

J'offre ma jambe. Le chirurgien met le manche de son bistouri entre ses dents, passe ma jambe sous son bras gauche, l'y fixe fortement,
8240 reprend son bistouri, en introduit la pointe dans l'ouverture de ma blessure, et me fait une incision large et profonde. Je ne sourcillai pas, mais Jeanne détourna la tête, et Denise poussa un cri aigu et se trouva mal…

Ici, Jacques fit halte à son récit, et donna une nouvelle atteinte à
8245 sa gourde. Les atteintes étaient d'autant plus fréquentes que les distances étaient courtes, ou comme disent les géomètres, en raison inverse des distances. Il était si précis dans ses mesures, que, pleine en partant, elle était toujours exactement vide en arrivant. Messieurs des ponts et chaussées en auraient fait un excellent odo-
8250 mètre[1], et chaque atteinte avait communément sa raison suffisante. Celle-ci était pour faire revenir Denise de son évanouissement, et se remettre de la douleur de l'incision que le chirurgien lui avait faite au genou. Denise revenue, et lui réconforté, il continua.

JACQUES. Cette énorme incision mit à découvert le fond de la
8255 blessure, d'où le chirurgien tira, avec ses pinces, une très petite

---

1. **Odomètre :** instrument pour mesurer mécaniquement les distances.

pièce de drap de ma culotte qui y était restée, et dont le séjour causait mes douleurs et empêchait l'entière cicatrisation de mon mal. Depuis cette opération, mon état alla de mieux en mieux, grâce aux soins de Denise ; plus de douleurs, plus de fièvre ; de l'appétit, du sommeil, des forces. Denise me pansait avec exactitude et avec une délicatesse infinie. Il fallait voir la circonspection et la légèreté de main avec lesquelles elle levait mon appareil ; la crainte qu'elle avait de me faire la moindre douleur ; la manière dont elle baignait ma plaie ; j'étais assis sur le bord de mon lit ; elle avait un genou en terre, ma jambe était posée sur sa cuisse, que je pressais quelquefois un peu : j'avais une main sur son épaule, et je la regardais faire avec un attendrissement que je crois qu'elle partageait. Lorsque mon pansement était achevé, je lui prenais les deux mains, je la remerciais, je ne savais que lui dire, je ne savais comment je lui témoignerais ma reconnaissance ; elle était debout, les yeux baissés, et m'écoutait sans mot dire. Il ne passait pas au château un seul porteballe, que je ne lui achetasse quelque chose ; une fois c'était un fichu, une autre fois c'était quelques aunes[1] d'indienne[2] ou de mousseline, une croix d'or, des bas de coton, une bague, un collier de grenat[3]. Quand ma petite emplette était faite, mon embarras était de l'offrir, le sien de l'accepter. D'abord je lui montrais la chose ; si elle la trouvait bien, je lui disais : « Denise, c'est pour vous que je l'ai achetée... » Si elle l'acceptait, ma main tremblait en la lui présentant, et la sienne en la recevant. Un jour, ne sachant plus que lui donner, j'achetai des jarretières ; elles étaient de soie, chamarrées de blanc, de rouge et de bleu, avec une devise. Le matin, avant qu'elle arrivât, je les mis sur le dossier de la chaise qui était à côté de mon lit. Aussitôt que Denise les aperçut, elle dit : « Oh ! les jolies jarretières !

– C'est pour mon amoureuse, lui répondis-je.

– Vous avez donc une amoureuse, monsieur Jacques ?

– Assurément ; est-ce que je ne vous l'ai pas encore dit ?

– Non. Elle est bien aimable, sans doute ?

---

1. **Aunes :** ancienne mesure de longueur, d'environ 1,20 m.

2. **Indienne :** tissu de coton.

3. **Un collier de grenat :** un collier fait de pierres précieuses rouges.

– Très aimable.

8290 – Et vous l'aimez bien ?

– De tout mon cœur.

– Et elle vous aime de même ?

– Je n'en sais rien. Ces jarretières sont pour elle, et elle m'a promis une faveur qui me rendra fou, je crois, si elle me l'accorde.

8295 – Et quelle est cette faveur ?

– C'est que de ces deux jarretières-là j'en attacherai une de mes mains... »

Denise rougit, se méprit à mon discours, crut que les jarretières étaient pour une autre, devint triste, fit maladresse sur maladresse,
8300 cherchait tout ce qu'il fallait pour mon pansement, l'avait sous les yeux et ne le trouvait pas ; renversa le vin qu'elle avait fait chauffer, s'approcha de mon lit pour me panser, prit ma jambe d'une main tremblante, délia mes bandes tout de travers, et quand il fallut étuver ma blessure, elle avait oublié tout ce qui était nécessaire ;
8305 elle l'alla chercher, me pansa, et en me pansant je vis qu'elle pleurait.

« Denise, je crois que vous pleurez, qu'avez-vous ?

– Je n'ai rien.

– Est-ce qu'on vous a fait de la peine ?

8310 – Oui.

– Et qui est le méchant qui vous a fait de la peine ?

– C'est vous.

– Moi ?

– Oui.

8315 – Et comment est-ce que cela m'est arrivé ?... »

Au lieu de me répondre, elle tourna les yeux sur les jarretières.

« Eh quoi ! lui dis-je, c'est cela qui vous a fait pleurer ?

– Oui.

– Eh ! Denise, ne pleurez plus, c'est pour vous que je les ai
8320 achetées.

– Monsieur Jacques, dites-vous bien vrai ?

– Très vrai ; si vrai, que les voilà. » En même temps je les lui présentai toutes deux, mais j'en retins une ; à l'instant il s'échappa un souris à travers ses larmes. Je la pris par le bras, je l'approchai de
8325 mon lit, je pris un de ses pieds que je mis sur le bord ; je relevai ses jupons jusqu'à son genou, où elle les tenait serrés avec ses deux

mains ; je baisai sa jambe, j'y attachai la jarretière que j'avais retenue ;
et à peine était-elle attachée, que Jeanne sa mère entra.

LE MAÎTRE. Voilà une fâcheuse visite.

8330   **JACQUES.** Peut-être que oui, peut-être que non. Au lieu de s'apercevoir de notre trouble, elle ne vit que la jarretière que sa fille
avait entre ses mains. « Voilà une jolie jarretière, dit-elle : mais où
est l'autre ?

– À ma jambe, lui répondit Denise. Il m'a dit qu'il les avait achetées
8335   pour son amoureuse, et j'ai jugé que c'était pour moi. N'est-il pas vrai,
maman, que puisque j'en ai mis une, il faut que je garde l'autre ?

– Ah ! monsieur Jacques, Denise a raison, une jarretière ne va pas
sans l'autre, et vous ne voudriez pas lui reprendre ce qu'elle a.

– Pourquoi non ?

8340   – C'est que Denise ne le voudrait pas, ni moi non plus.

– Mais arrangeons-nous, je lui attacherai l'autre en votre présence.

– Non, non, cela ne se peut pas.

– Qu'elle me les rende donc toutes deux.

– Cela ne se peut pas non plus. »

8345   Mais Jacques et son maître sont à l'entrée du village où ils allaient
voir l'enfant et les nourriciers de l'enfant du chevalier de Saint-
Ouin. Jacques se tut ; son maître lui dit : « Descendons, et faisons
ici une pause.

– Pourquoi ?

8350   – Parce que, selon toute apparence, tu touches à la conclusion de
tes amours.

– Pas tout à fait.

– Quand on est arrivé au genou, il y a peu de chemin à faire.

– Mon maître, Denise avait la cuisse plus longue qu'une autre.

8355   – Descendons toujours. »

Ils descendent de cheval, Jacques le premier, et se présentant avec
célérité à la botte de son maître, qui n'eut pas plus tôt posé le pied
sur l'étrier que les courroies se détachent et que mon cavalier, renversé en arrière, allait s'étendre rudement par terre si son valet ne
8360   l'eût reçu entre ses bras.

LE MAÎTRE. Eh bien ! Jacques, voilà comme tu me soignes ! Que
s'en est-il fallu que je me sois enfoncé un côté, cassé le bras, fendu
la tête, peut-être tué ?

JACQUES. Le grand malheur !

LE MAÎTRE. Que dis-tu, maroufle ? Attends, attends, je vais t'apprendre à parler...

Et le maître, après avoir fait faire au cordon de son fouet deux tours sur le poignet, de poursuivre Jacques, et Jacques de tourner autour du cheval en éclatant de rire ; et son maître de jurer, de sacrer, d'écumer de rage, et de tourner aussi autour du cheval en vomissant contre Jacques un torrent d'invectives ; et cette course de durer jusqu'à ce que tous deux, traversés de sueur et épuisés de fatigue, s'arrêtèrent l'un d'un côté du cheval, l'autre de l'autre, Jacques haletant et continuant de rire ; son maître haletant et lui lançant des regards de fureur. Ils commençaient à reprendre haleine, lorsque Jacques dit à son maître : Monsieur mon maître en conviendra-t-il à présent ?

LE MAÎTRE. Et de quoi veux-tu que je convienne, chien, coquin, infâme, sinon que tu es le plus méchant de tous les valets, et que je suis le plus malheureux de tous les maîtres ?

JACQUES. N'est-il pas évidemment démontré que nous agissons la plupart du temps sans vouloir ? Là, mettez la main sur la conscience : de tout ce que vous avez dit ou fait depuis une demi-heure, en avez-vous rien voulu ? N'avez-vous pas été ma marionnette, et n'auriez-vous pas continué d'être mon polichinelle pendant un mois, si je me l'étais proposé ?

LE MAÎTRE. Quoi ! c'était un jeu ?

JACQUES. Un jeu.

LE MAÎTRE. Et tu t'attendais à la rupture des courroies ?

JACQUES. Je l'avais préparée.

LE MAÎTRE. Et c'était le fil d'archal[1] que tu attachais au-dessus de ma tête pour me démener à ta fantaisie ?

JACQUES. À merveille !

LE MAÎTRE. Et ta réponse impertinente était préméditée ?

JACQUES. Préméditée.

---

1. **Fil d'archal :** fil de laiton.

8395   **LE MAÎTRE.** Tu es un dangereux vaurien.

JACQUES. Dites, grâce à mon capitaine qui se fit un jour un pareil passe-temps à mes dépens, que je suis un subtil raisonneur.

LE MAÎTRE. Si pourtant je m'étais blessé ?

JACQUES. Il était écrit là-haut et dans ma prévoyance que cela
8400   n'arriverait pas.

LE MAÎTRE. Allons, asseyons-nous ; nous avons besoin de repos.

Ils s'asseyent, Jacques disant : Peste soit du sot !

LE MAÎTRE. C'est de toi que tu parles apparemment.

JACQUES. Oui, de moi, qui n'ai pas réservé un coup de plus dans
8405   la gourde.

LE MAÎTRE. Ne regrette rien, je l'aurais bu, car je meurs de soif.

JACQUES. Peste soit encore du sot de n'en avoir pas réservé deux !

Le maître le suppliant, pour tromper leur lassitude et leur soif, de continuer son récit, Jacques s'y refusant, son maître boudant,
8410   Jacques se laissant bouder ; enfin Jacques, après avoir protesté contre le malheur qui en arriverait, reprenant l'histoire de ses amours, dit :
« Un jour de fête que le seigneur du château était à la chasse... » Après ces mots il s'arrêta tout court, et dit :
8415   « Je ne saurais ; il m'est impossible d'avancer ; il me semble que j'aie derechef la main du destin à la gorge, et que je me la sente serrer ; pour Dieu, monsieur, permettez que je me taise.
– Eh bien ! tais-toi, et va demander à la première chaumière que voilà la demeure du nourricier... »
8420   C'était à la porte plus bas ; ils y vont, chacun d'eux tenant son cheval par la bride. À l'instant la porte du nourricier s'ouvre, un homme se montre ; le maître de Jacques pousse un cri et porte la main à son épée ; l'homme en question en fait autant. Les deux chevaux s'effrayent du cliquetis des armes, celui de Jacques casse
8425   sa bride et s'échappe, et dans le même instant le cavalier contre lequel son maître se bat est étendu mort sur la place. Les paysans du village accourent. Le maître de Jacques se remet prestement en selle et s'éloigne à toutes jambes. On s'empare de Jacques, on lui lie les mains sur le dos, et on le conduit devant le juge du lieu, qui

8430 l'envoie en prison. L'homme tué était le chevalier de Saint-Ouin, que le hasard avait conduit précisément ce jour-là avec Agathe chez la nourrice de leur enfant. Agathe s'arrache les cheveux sur le cadavre de son amant. Le maître de Jacques est déjà si loin qu'on l'a perdu de vue. Jacques, en allant de la maison du juge à la prison,
8435 disait : « Il fallait que cela fût, cela était écrit là-haut… »

Et moi, je m'arrête, parce que je vous ai dit de ces deux personnages tout ce que j'en sais. – Et les amours de Jacques ? Jacques a dit cent fois qu'il était écrit là-haut qu'il n'en finirait pas l'histoire, et je vois que Jacques avait raison. Je vois, lecteur, que cela vous
8440 fâche ; eh bien, reprenez son récit où il l'a laissé, et continuez-le à votre fantaisie ou bien faites une visite à Mlle Agathe, sachez le nom du village où Jacques est emprisonné ; voyez Jacques, questionnez-le : il ne se fera pas tirer l'oreille pour vous satisfaire ; cela le désennuiera. D'après des mémoires que j'ai de bonnes raisons de
8445 tenir pour suspects, je pourrais peut-être suppléer ce qui manque ici ; mais à quoi bon ? on ne peut s'intéresser qu'à ce qu'on croit vrai. Cependant comme il y aurait de la témérité à prononcer sans un mûr examen sur les entretiens de Jacques le Fataliste et de son maître, ouvrage le plus important qui ait paru depuis le *Pantagruel*
8450 de maître François Rabelais, et la vie et les aventures du *Compère Mathieu*[1], je relirai ces mémoires avec toute la contention d'esprit et toute l'impartialité dont je suis capable ; et sous huitaine je vous en dirai mon jugement définitif, sauf à me rétracter lorsqu'un plus intelligent que moi me démontrera que je me suis trompé.

8455 L'éditeur ajoute : La huitaine est passée. J'ai lu les mémoires en question ; des trois paragraphes que j'y trouve de plus que dans le manuscrit dont je suis le possesseur, le premier et le dernier me paraissent originaux, et celui du milieu évidemment interpolé. Voici le premier, qui suppose une seconde lacune dans l'entretien
8460 de Jacques et de son maître.

---

1. **Compère Mathieu :** *Le Compère Mathieu ou les Bigarrures de l'esprit humain* est un roman picaresque écrit par l'abbé Dulaurens, publié de 1766 à 1773. Il fut longtemps attribué à Voltaire parce qu'il avait été publié anonymement, et que Voltaire avait emprunté le nom de Dulaurens pour sa *Relation du bannissement des jésuites de la Chine* (1768).

Un jour de fête que le seigneur du château était à la chasse et que le reste de ses commensaux étaient allés à la messe de la paroisse, qui en était éloignée d'un bon quart de lieue, Jacques était levé, Denise était assise à côté de lui. Ils gardaient le silence,
8465 ils avaient l'air de se bouder, et ils boudaient en effet. Jacques avait tout mis en œuvre pour résoudre Denise à le rendre heureux, et Denise avait tenu ferme. Après ce long silence, Jacques, pleurant à chaudes larmes, lui dit d'un ton dur et amer : « C'est que vous ne m'aimez pas... » Denise, dépitée, se lève, le prend par le bras,
8470 le conduit brusquement vers le bord du lit, s'y assied, et lui dit : « Eh bien ! monsieur Jacques, je ne vous aime donc pas ? Eh bien ! monsieur Jacques, faites de la malheureuse Denise tout ce qu'il vous plaira... » Et en disant ces mots, la voilà fondant en pleurs et suffoquée par ses sanglots.
8475 Dites-moi, lecteur, ce que vous eussiez fait à la place de Jacques ? Rien. Eh bien ! c'est ce qu'il fit. Il reconduisit Denise sur sa chaise, se jeta à ses pieds, essuya les pleurs qui coulaient de ses yeux, lui baisa les mains, la consola, la rassura, crut qu'il en était tendrement aimé, et s'en remit à sa tendresse sur le moment qu'il lui plairait de
8480 récompenser la sienne. Ce procédé toucha sensiblement Denise.
On objectera peut-être que Jacques, aux pieds de Denise, ne pouvait guère lui essuyer les yeux... à moins que la chaise ne fût fort basse. Le manuscrit ne le dit pas ; mais cela est à supposer.
Voici le second paragraphe, copié de la vie de *Tristram Shandy*[1], à
8485 moins que l'entretien de Jacques le Fataliste et de son maître ne soit antérieur à cet ouvrage, et que le ministre Sterne ne soit le plagiaire, ce que je ne crois pas, mais par une estime toute particulière de M. Sterne, que je distingue de la plupart des littérateurs de sa nation, dont l'usage assez fréquent est de nous voler et de
8490 nous dire des injures.
Une autre fois, c'était le matin, Denise était venue panser Jacques. Tout dormait encore dans le château, Denise s'approcha en tremblant. Arrivée à la porte de Jacques, elle s'arrêta, incertaine si elle entrerait ou non. Elle entra en tremblant ; elle demeura assez long-

---

1. **Tristram Shandy** : *Vie et opinions de Tristram Shandy* est le roman de Laurence Sterne qui a inspiré Diderot pour *Jacques le Fataliste*.

8495 temps à côté du lit de Jacques sans oser ouvrir les rideaux. Elle les
entr'ouvrit doucement ; elle dit bonjour à Jacques en tremblant ;
elle s'informa de sa nuit et de sa santé en tremblant ; Jacques lui
dit qu'il n'avait pas fermé l'œil, qu'il avait souffert, et qu'il souffrait
encore d'une démangeaison cruelle à son genou. Denise s'offrit
8500 à le soulager ; elle prit une petite pièce de flanelle[1] ; Jacques mit
sa jambe hors du lit, et Denise se mit à frotter avec sa flanelle
au-dessous de la blessure, d'abord avec un doigt, puis avec deux,
avec trois, avec quatre, avec toute la main. Jacques la regardait
faire, et s'enivrait d'amour. Puis Denise se mit à frotter avec sa
8505 flanelle sur la blessure même, dont la cicatrice était encore rouge,
d'abord avec un doigt, ensuite avec deux, avec trois, avec quatre,
avec toute la main. Mais ce n'était pas assez d'avoir éteint la
démangeaison au-dessous du genou, sur le genou, il fallait encore
l'éteindre au-dessus, où elle ne se faisait sentir que plus vivement.
8510 Denise posa sa flanelle au-dessus du genou, et se mit à frotter là
assez fermement, d'abord avec un doigt, avec deux, avec trois,
avec quatre, avec toute la main. La passion de Jacques, qui n'avait
cessé de la regarder, s'accrut à un tel point, que, n'y pouvant plus
résister, il se précipita sur la main de Denise... et la baisa.

8515 Mais ce qui ne laisse aucun doute sur le plagiat, c'est ce qui suit.
Le plagiaire ajoute : « Si vous n'êtes pas satisfait de ce que je vous
révèle des amours de Jacques, lecteur, faites mieux, j'y consens.
De quelque manière que vous vous y preniez, je suis sûr que vous
finirez comme moi. – Tu te trompes, insigne calomniateur, je ne
8520 finirai point comme toi. Denise fut sage. – Et qui est-ce qui vous dit
le contraire ? Jacques se précipita sur sa main, et la baisa, sa main.
C'est vous qui avez l'esprit corrompu, et qui entendez ce qu'on ne
vous dit pas. – Eh bien ! il ne baisa donc que sa main ? – Certainement : Jacques avait trop de sens pour abuser de celle dont il
8525 voulait faire sa femme, et se préparer une méfiance qui aurait pu
empoisonner le reste de sa vie. – Mais il est dit, dans le paragraphe
qui précède, que Jacques avait mis tout en œuvre pour déterminer
Denise à le rendre heureux. – C'est qu'apparemment il n'en voulait
pas encore faire sa femme.

---

1. **Flanelle :** tissu de laine très doux.

8530 Le troisième paragraphe nous montre Jacques, notre pauvre Fataliste, les fers aux pieds et aux mains, étendu sur la paille au fond d'un cachot obscur, se rappelant tout ce qu'il avait retenu des principes de la philosophie de son capitaine, et n'étant pas éloigné de croire qu'il regretterait peut-être un jour cette demeure humide,
8535 infecte, ténébreuse, où il était nourri de pain noir et d'eau, et où il avait ses pieds et ses mains à défendre contre les attaques des souris et des rats. On nous apprend qu'au milieu de ses méditations les portes de sa prison et de son cachot sont enfoncées ; qu'il est mis en liberté avec une douzaine de brigands, et qu'il se trouve enrôlé
8540 dans la troupe de Mandrin[1]. Cependant la maréchaussée[2], qui suivait son maître à la piste, l'avait atteint, saisi et constitué dans une autre prison. Il en était sorti par les bons offices du commissaire qui l'avait si bien servi dans sa première aventure, et il vivait retiré depuis deux ou trois mois dans le château de Desglands, lorsque
8545 le hasard lui rendit un serviteur presque aussi essentiel à son bonheur que sa montre et sa tabatière. Il ne prenait pas une prise de tabac, il ne regardait pas une fois l'heure qu'il était, qu'il ne dît en soupirant : « Qu'es-tu devenu, mon pauvre Jacques !… » Une nuit le château de Desglands est attaqué par les Mandrins ; Jacques
8550 reconnaît la demeure de son bienfaiteur et de sa maîtresse ; il intercède et garantit le château du pillage. On lit ensuite le détail pathétique de l'entrevue inopinée de Jacques, de son maître, de Desglands, de Denise et de Jeanne.

« C'est toi, mon ami !
8555 – C'est vous, mon cher maître !
– Comment t'es-tu trouvé parmi ces gens-là ?
– Et vous, comment se fait-il que je vous rencontre ici ?
– C'est vous, Denise ?

---

1. **Mandrin :** célèbre chef de brigands (1724-1755). Marchand ruiné, Louis Mandrin organisa un réseau de contrebande de marchandises importées de l'étranger. Pour vendre ses produits, il conduisait avec ses troupes des raids armés sur les marchés, à travers le Languedoc, le Forez, la Bresse, le Lyonnais, la Bourgogne, le Rouergue, la Franche-Comté et l'Auvergne. Les fermiers de l'impôt, dont il tarissait les recettes, le firent arrêter. Il fut exécuté en 1755.
2. **Maréchaussée :** corps de cavaliers chargé des fonctions de la gendarmerie actuelle.

– C'est vous, monsieur Jacques ? Combien vous m'avez fait
8560 pleurer !... »

Cependant Desglands criait : « Qu'on apporte des verres et du vin ;
vite, vite : c'est lui qui nous a sauvé la vie à tous... »

Quelques jours après, le vieux concierge du château décéda ;
Jacques obtient sa place et épouse Denise, avec laquelle il s'occupe
8565 à susciter des disciples à Zénon[1] et à Spinoza[2], aimé de Desglands,
chéri de son maître et adoré de sa femme ; car c'est ainsi qu'il était
écrit là-haut.

On a voulu me persuader que son maître et Desglands étaient
devenus amoureux de sa femme. Je ne sais ce qui en est, mais je
8570 suis sûr qu'il se disait le soir à lui-même : « S'il est écrit là-haut que
tu seras cocu, Jacques, tu auras beau faire, tu le seras ; s'il est écrit
au contraire que tu ne le seras pas, ils auront beau faire, tu ne le
seras pas ; dors donc, mon ami... » et qu'il s'endormait.

---

1. **Zénon :** Zénon de Citium (v. 335-v. 264 av. J.-C.), philosophe grec, fondateur de
l'école stoïcienne.
2. **Spinoza :** philosophe hollandais (1632-1677).

Jacques et son maître, de Milan Kundera. Mise en scène de Nicolas Briançon,
Théâtre 14 Jean-Marie Serreau, septembre 1998.
Avec Yves Pignot et Nicolas Briançon.

Jacques et son maître, de Milan Kundera.
Mise en scène de Nicolas Briançon,
Théâtre 14 Jean-Marie Serreau, septembre 1998.

Jacques et son maître, de Milan Kundera. Mise en scène de Nicolas Briançon,
Théâtre 14 Jean-Marie Serreau, septembre 1998.
Avec Selma Kouchy et Nicolas Briançon.

Jacques le Fataliste et son maître, téléfilm de Claude Santelli, 1984.
Avec Patrick Chesnais et Guy Tréjean.

POUR
APPROFONDIR

Clefs de lecture

Compréhension

Un dialogue ou un roman ?

- Observer la manière dont le texte commence.
- Chercher qui est censé poser ces questions et qui est censé y répondre.
- Relever les renseignements nous permettant de nous situer dans l'espace et dans le temps.
- Commenter l'entrée en matière, son aspect attendu ou déroutant.

Analyse

Un incipit insolite

- Observer la présentation des deux personnages principaux.
- Définir l'esthétique romanesque qui se met ainsi en place.
- Observer dans quel dialogue s'emboîte le dialogue entre Jacques et son maître.
- Distinguer les passages narratifs et ceux qui relèvent du dialogue.
- Voir si narration et dialogue sont toujours clairement dissociés.

Le fatalisme de Jacques

- Relever et commenter la construction de la dernière phrase du premier paragraphe.
- Dire quelle est la thématique essentielle du dialogue.
- Relever une comparaison destinée à illustrer la thèse du fatalisme que soutient Jacques.

Pour approfondir

À retenir :

Fatalisme ou liberté ? la question hante la philosophie comme notre roman. Cette question est d'abord l'enjeu d'un débat théologique : comment admettre que Dieu sait tout et qu'il ignore si je fais faire le mal ou le bien. Le mot « fatalisme » est un néologisme formé par le père Castel dans un texte polémique où il s'oppose aux théories de Leibniz. Le père Castel défend la doctrine chrétienne qui fait de la liberté de l'homme un mystère sacré, face à Leibniz et à sa théorie de l'harmonie préétablie.

L'allégorie du château

De « Et les voilà embarqués... » à « Ne voilà-t-il pas que j'ai laissé... »

p. 41 à 43

Compréhension

Une nouvelle dispute

- Donner la raison de la dispute entre Jacques et son maître.
- Observer l'arrivée au château.
- Définir le ton qu'utilise le narrateur.

Analyse

L'allégorie du château

- Observer le frontispice du château.
- Dire en quoi ce château peut passer pour une allégorie.
- Chercher ce qu'allégorise le château.

Une allégorie philosophique

- Dire à quel problème philosophique renvoie sans doute l'allégorie du château.
- Décrire la société qui vit dans le château.

Pour approfondir

Clefs de lecture

- Dire quel enseignement il est possible de tirer de cette allégorie du château.

La mise à distance du romanesque

- Chercher quelle relation (distance ?) Diderot a avec l'illusion romanesque qu'il crée.
- Définir la relation que noue Diderot avec son lecteur.

> **À retenir :**
>
> *L'allégorie est une image qui se développe pour acquérir une portée symbolique. Elle est faite de plusieurs images mises en cohérence les unes avec les autres pour illustrer une notion souvent abstraite, philosophique ou morale.*

Le poète de Pondichéry

De « Telle fut la lettre… » à « C'est bien mon projet ».

p. 54 à 56

Compréhension

Mise en place de l'histoire

- Expliquer le rejet de la « vérité ».
- Préciser qui raconte l'histoire du poète de Pondichéry.
- Relever et justifier les interventions de l'auteur dans l'histoire de Jacques et de son maître.
- Définir le ton de Diderot dans son face-à-face avec le poète et dans son face-à-face avec son lecteur.

Analyse

Le génie, fondement de l'art

- Dire quelle conception de l'art peut illustrer l'histoire du poète de Pondichéry.

Pour approfondir

- Relier l'histoire du poète de Pondichéry avec l'opposition que faisait Diderot entre génie et talent.
- Relier aussi ce passage avec l'activité de critique d'art dans laquelle s'est beaucoup investi Diderot.

Une morale du profit

- Dire pourquoi le poète doit aller chercher fortune.
- Observer le rapport fait dans le texte entre la réussite financière et la réussite artistique.
- Dire quelle importance a l'argent aux yeux de Diderot, fils d'un coutelier de Langres, appartenant, par ses origines, à la moyenne bourgeoisie.

À retenir :

Le poète de Pondichéry ressemble au neveu de Rameau, car c'est un raté, un génie avorté incapable de libérer et d'épanouir les capacités artistiques qu'il porte en lui. Pour être un grand artiste, il ne suffit pas de le vouloir. Encore faut-il être génial, posséder un don inné. Le travail ne fait pas tout. Cette vision de l'art que défend Diderot rompt avec la conception classique de l'artiste bon artisan qu'on trouvait notamment chez Boileau : elle met le génie bien au-dessus du talent.

L'histoire du pâtissier

De « Tandis que Jacques et son maître reposent » à « qu'en pensez-vous ? »

p. 102 à 105

Pour approfondir

Compréhension

Entrée en scène d'un nouveau narrateur

- Observer où sont Jacques et son maître à ce moment du roman.
- Dire qui prend en charge la narration.

Clefs de lecture

- Dire qui est le sieur Gousse.
- Observer la manière dont la parole est déléguée à Gousse.
- Voir si l'essentiel du passage est occupé par la narration ou par le dialogue.

Analyse

▌ *Une narration complète*

- Analyser la manière dont se développe l'histoire du pâtissier, de la pâtissière et de l'exempt.
- Examiner la façon dont l'exempt interroge son ami pâtissier.
- Relever l'expression qui trahit qu'il a des doutes sur la fidélité de la pâtissière.
- Dire à quoi servent les nombreux connecteurs temporels.

▌ *Une critique des mœurs*

- Définir la catégorie sociale des personnages de cette histoire.
- Observer comment fonctionne la justice au XVIIIe siècle.
- Examiner le trio à la base de l'histoire (la femme, son mari, son amant) ; dire s'il est promis à un bel avenir théâtral, et lequel.
- Relever l'épithète qui est en permanence attachée au pâtissier.
- Dire sur quoi repose le comique de la relation de cause exprimée par « car » dans : « car le pâtissier est celui qui couche avec la pâtissière » (p. 105).

> **À retenir :**
>
> *Jacques le Fataliste recourt à des conteurs secondaires pour mettre en question la narration : qu'est-ce qui en fait la véridicité, la vraisemblance ? Comment narrer pour captiver le lecteur : faut-il le frustrer pour entretenir le suspense ? L'anecdote que relate Gousse pose aussi la question du destin : le pâtissier aurait pu sombrer dans le malheur... mais un ami ou sa bonté l'ont sauvé.*

Dispute entre Jacques et son maître

De « Jacques expliqua la chose » à « dans le grand livre ».

p. 171 à 174

Compréhension

▎ *Nouvelle dispute entre Jacques et son maître*

- Noter s'il y a déjà eu une dispute entre Jacques et son maître.
- Observer qui arbitre le conflit.
- Dire pourquoi la relation entre Jacques et son maître peut s'inverser.
- Donner le sens de « chose » dans : « Il fut arrêté que vous auriez les titres, et que j'aurais la chose » (p. 173).

Analyse

▎ *La dialectique du maître et de l'esclave*

- Observer le dépassement du conflit d'autorité entre Jacques et son maître.
- Définir la relation qui est ici posée entre Jacques et son maître.
- Dire quel sentiment éprouve le maître pour son valet.

▎ *Le thème du fatalisme*

- Commenter l'utilité de l'argument de la nature : « Si vous vouliez vous opposer à la nature, vous n'y feriez que de l'eau claire » (p. 173).
- Relever les expressions qui renvoient au fatalisme dans cet extrait.

▎ *Une réflexion sur la justice*

- Montrer la parodie du style des magistrats.
- Donner sa finalité.

Pour approfondir

289

> **À retenir :**
>
> *La dialectique est l'art de raisonner avec méthode. Chez Kant (1724-1804) et surtout chez Hegel (1770-1831), la dialectique vise la confrontation d'une thèse et d'une antithèse. La dialectique du maître et de l'esclave que l'on trouve chez Hegel (lecteur de Diderot) pose que toute relation entre un maître et son esclave est destinée à s'inverser. Depuis 1753, les relations entre le pouvoir royal et les parlements sont dégradées : peut-être avons-nous aussi dans le renversement de l'ordre hiérarchique une allusion politique.*

L'hommage à Rabelais

De « *J'ai oublié de vous dire* » à « *souverains pontifes de la gourde* ».

p. 218 à 220

Pour approfondir

Compréhension

La dive bouteille

- Observer qui prend en charge le discours.
- Nommer le destinataire de ce discours.
- Chercher ce qu'ont en commun tous les écrivains cités.
- Relever les expressions renvoyant à la « dive bouteille ».
- Commenter l'analogie entre la gourde et la Pythie.
- Dire quel écrivain inspire plus particulièrement ce passage.

Analyse

L'hommage à Rabelais

- Préciser à quelle œuvre de Rabelais ce texte fait surtout allusion.
- Relever les expressions appartenant au comique rabelaisien.

- Chercher si d'autres épisodes du roman s'inscriraient dans la veine rabelaisienne.
- Relever un rapprochement blasphématoire.

Épicurisme et paillardise

- Dire ce qui rapproche Diderot de Rabelais.
- Définir les positions philosophiques de Diderot qui conduisent à l'épicurisme.
- Préciser la symbolique de la « gourde ».

> **À retenir :**
>
> *Diderot ne pouvait qu'admirer Rabelais, libre-penseur conscient par son métier de médecin de l'importance du corps et de ses plaisirs. Notre extrait renvoie au traité de la divination du Tiers Livre, et à l'exaltation de l'ivresse du Quart Livre. Rabelais préconisait un bonheur selon la nature, procédant d'un harmonieux équilibre entre le corps et l'esprit. Sa truculence s'allie à une extraordinaire érudition pour libérer la pensée des préjugés.*

Le maître, victime d'une machination

De « Lorsque tout à coup la porte du corridor s'ouvre » à « Cela s'éclaircira avec le temps ».

p. 261 à 263

Compréhension

L'histoire du maître

- Observer qui prend en charge la narration.
- Préciser qui est le héros des aventures narrées.
- Observer à quel moment intervient Jacques.
- Dire quel est le coup de théâtre sur lequel se fonde ici la narration.

Clefs de lecture

- Relever le discours narrativisé (longs échanges réduits en événements narrés).

Analyse

▌ *Une scène tragi-comique*

- Rapprocher cette scène d'une scène de théâtre.
- Commenter : « Les rideaux sont violemment tirés ».
- Justifier le silence du narrateur.
- Préciser à quoi sert le détail de l'habit mystérieusement échangé.

▌ *Innocence et perversité*

- Rappeler les épisodes opposant pareillement naïf et manipulateur.
- Dire à quoi conduit ce leitmotiv de la mystification de l'autre.

> **À retenir :**
>
> *Dans* Jacques le Fataliste, *on note la présence obsédante des méchants, de manipulateurs machiavéliques qui changent la destinée de leurs victimes. Le destin n'est peut-être que le résultat de cet éternel combat du Bien contre le Mal, dont nul ne sait jamais comment il va finir. Pour Diderot philosophe, le possible n'est qu'un fantôme, le monde est ce qu'il est et il ne pouvait être différent de ce qu'il est.*

Pour approfondir

Genre, action, personnages

Genre et action

Au premier abord, *Jacques* apparaît comme un ensemble touffu et labyrinthique : pas de division en chapitres, même si le voyage se déroule sur cinq journées. L'errance romanesque est aussi une errance textuelle, et son mouvement est sans cesse interrompu, renoué : on dénombre vingt et une histoire, cent quatre-vingts cassures, une soixantaine de personnages.

▌ *Une progression par digressions*

La structure de cet insolite dialogue qui est aussi un roman ou un conte semble obéir à la logique du disparate, de la bigarrure, de la rhapsodie. Le dialogue donne naissance à des récits toujours oralisés et de toutes tailles faits par divers énonciateurs et imbriqués les uns dans les autres. La narration procède d'un complexe enchâssement énonciatif, et chaque récit est en permanence interrompu, souvent reporté, tandis que c'est un autre qui commence, s'interrompant à son tour. À ces interruptions et digressions viennent s'ajouter les interventions de l'auteur s'adressant au lecteur pour mieux railler son innocente curiosité et la déjouer. L'auteur interpelle son lecteur, s'amuse de ses attentes et de ses frustrations, l'oblige à sortir de la fiction pour la mettre à distance et entrer dans la critique des procédés narratifs usités comme des topiques romanesques parodiées.

Cependant, en devenant le principe même de la composition du texte, les multiples interruptions et digressions l'unifient pour finir par en faire un ensemble cohérent. Cette technique narrative paradoxale qui fait de la digression réitérée un principe de progression a d'ailleurs été empruntée au *Tristram Shandy* de Sterne. Celui-ci commentait en ces termes son invention :

« Cet ingénieux dispositif donne à la machinerie de mon ouvrage une qualité unique : deux mouvements inverses s'y combinent et s'y réconcilient quand on les croit prêts à se contrarier. Bref mon ouvrage digresse mais progresse en même temps. » (S. Soupe, *Vie et opinions de Tristram Shandy*, éd. G.F. Flammarion, 1982, p. 82.)

Genre, action, personnages

La structuration du texte est donc paradoxale : la narration progresse par la digression, elle trouve sa continuité par la multiplication systématique des discontinuités. Ce faisant, elle joue avec les attentes du lecteur, en permanence surpris et désappointé, et qui devra s'armer de patience pour connaître les dénouements des histoires qui ne sont jamais que provisoirement laissées en suspens. Diderot ne se contente pas de mettre à mal l'illusion romanesque, il gouverne et fait en permanence renaître le désir du lecteur, un désir que les frustrations ne cessent d'accroître. En même temps cette discontinuité pleine de rebondissements et de foucades reproduit les hasards de la vie, ses coups du sort inopinés en même temps que déterminés : le hasard n'étant peut-être que le masque de la nécessité.

La chronologie interne du roman semble d'ailleurs peu cohérente : l'action démarre vingt ans après la bataille de Fontenoy en 1765 et pourtant Jacques retrouve la jeune femme qui l'avait soigné, Denise, au terme de ses aventures.

▌Un roman de la route

Diderot s'amuse des traditions romanesques qu'il parodie, à commencer par celle du roman picaresque. Ce genre s'est développé en Espagne au XVIe et au XVIIe siècle, et il a été remis à la mode par Lesage au début du XVIIIe siècle (*Gil Blas de Santillane* date de 1715-1735). Il met en scène un picaro, aventurier pauvre, qui vit d'expédients, multiplie les ruses, et peu à peu évolue, se forme au fil de ses aventures. La trame narrative qu'offre la veine picaresque est extrêmement souple : c'est celle du voyage, de la route et de ses aventures. Les scènes de brigandages et les rencontres dans les auberges sont des topoï du roman picaresque. On les trouve surtout dans la première moitié du roman. La première nuit dans une auberge pleine de brigands dont Jacques triomphe révèle la parodie de ce genre.

▌Un thème unifiant : le fatalisme

La cohérence procède aussi du thème philosophique présent dès le titre, le fatalisme, le déterminisme philosophique, doctrine à laquelle croit Jacques et qu'il réaffirme, ce fatalisme devenant un leitmotiv de l'œuvre ; il y est métaphorisé par le grand rouleau, la gourmette, la chaînette. Le récit est ponctué par le même refrain : « tout ce qui nous arrive de bien ou de mal ici-bas était écrit là-haut ». L'homme est soumis à un déterminisme et n'a pas réellement de prise sur les événements de son existence. Pour Diderot, ce déterminisme est indissolublement lié au matérialisme auquel il croit : Diderot pense que le monde n'a pas besoin d'un dieu pour être ce qu'il est. Une nécessité universelle régit la nature et l'homme en son sein. Tout dans la nature obéit à un mouvement des causes et des effets que la science découvre peu à peu. Mais ce fatalisme matérialiste n'empêche pas l'action et la croyance en sa propre liberté de pensée ; elle entre par conséquent en tension avec l'action individuelle. Diderot se sent libre, tout en adhérant au principe du déterminisme de la nature. Dans son *Jacques*, il fait dialoguer déterminisme et liberté.

La technique de l'enchâssement narratif

La cohérence du roman tient également à deux récits-cadres, le voyage sans but de Jacques et de son maître, et l'histoire principale des amours de Jacques qui fournissent le début et le dénouement du roman. L'histoires des amours de Jacques, en permanence interrompue, domine les autres histoires qui peuvent alors être considérées comme des récits à tiroir. On suit Jacques blessé à Fontenoy, hébergé et soigné chez des paysans, opéré, transporté chez son chirurgien, attaqué par des brigands et enfin recueilli dans le château où il rencontre Denise, son amour. Trois récits enchâssés se détachent des autres par leur relief et leur longueur, d'abord celui de la vengeance de Mme de La Pommeraye qui forme une nouvelle au sein du roman et qui est raconté par l'hôtesse de l'auberge du Grand Cerf, puis l'histoire du père Hudson, racontée par le marquis des Arcis, enfin l'histoire des amours du maître pour Agathe, relatée par le maître lui-même. Ces trois récits ont en commun le thème de la tromperie, et ils mettent en scène des personnages qui ont le génie de la manipulation, des hypocrites sans morale. Les autres récits pris dans la trame narrative ont aussi en commun ce thème de la mystification.

Pour approfondir

Genre, action, personnages

Le dialogue entre l'auteur et son lecteur enchâsse celui de Jacques et de son maître qui en enchâsse d'autres en enchâssant d'autres encore : *Jacques* est d'abord un dialogue gigogne. Il est une mise en abyme du dialogique par lequel les vérités se confrontent.

Les personnages et la conduite de la narration

On a dénombré dans l'œuvre pas moins d'une soixantaine de personnages, d'où l'impression de foisonnement, de vie qui se dégage de l'enchevêtrement des récits. Les personnages se tiennent à plusieurs niveaux de la narration en même temps que de l'énonciation.

– **Au premier niveau,** on trouve l'auteur censé prendre en charge l'ensemble de l'énonciation de l'œuvre.

– **Au deuxième niveau,** on trouve Jacques et son maître qui dialoguent.

– **Au troisième niveau** se situent deux narrateurs délégués, à qui nos deux protagonistes (Jacques et son maître) donnent la parole et qui narrent des récits qui forment une nouvelle dans le roman, se présentant de manière continue, massive.

– **Au quatrième niveau** se trouvent des narrateurs plus occasionnels à qui un narrateur des trois premiers niveaux donne provisoirement la parole : l'histoire de la jolie femme au cabriolet serait due à Richard même si elle est rapportée par Jacques, Gousse à qui l'auteur narrateur délègue sa parole raconte l'histoire du pâtissier. Jacques donne aussi, par exemple, la parole à « l'orateur du coin », un barbier, pour qu'il rapporte le dialogue entre Aubertot et Le Pelletier, « homme pénétré d'une profonde commisération pour les malheureux » et qui mendie pour eux chez les riches.

L'auteur narrateur

Il intervient dans sa narration, surtout pour faire enrager le lecteur qu'il frustre de la suite des aventures, qu'il abandonne en plein suspense. La liberté de ton, le goût pour les paradoxes et la provocation, l'amour des idées peu communes forment le caractère de ce narrateur qui ressemble à Diderot. Ces qualités trouvent leur prolongement naturel dans le texte, puisque l'auteur, par ses interruptions, en se mettant lui-même au sein de son texte, nous contraint à nous interroger sur la narration au lieu de n'en être que les dupes. Il nous pousse vers la liberté, jetant le débat sur le romanesque au sein même de son roman. Il choisit la démystification alors que les narrations nous présentent souvent de sombres mystifications ; il se place du côté de la vérité quand tant d'hommes mentent, comme il nous le montre dans ces divers récits enchâssés, pour spolier ceux qui les entourent et leur font confiance. L'auteur narrateur prend aussi en charge des narrations de moindre importance : l'histoire de Gousse (qui est lui-même l'auteur de l'histoire du pâtissier), l'histoire du poète de Pondichéry.

Jacques

Il peut être considéré comme le principal héros, puisqu'il est éponyme de l'œuvre (il lui donne son nom) et apparaît en tête dans le titre. Il a préséance sur son maître, lequel est d'ailleurs réduit à sa seule fonction sociale face à lui, d'où l'importance que revêt l'adjectif possessif « son ». On peut d'abord l'inscrire dans la lignée des valets bavards tels Sganarelle de Molière, Gil Blas de Lesage, Arlequin de Marivaux et dans celle des picaros, toujours prêts à ruser pour obtenir quelque avantage de leurs maîtres ; Jacques annonce aussi le Figaro de Beaumarchais par son insolence et sa virtuosité verbale. Ce valet hors normes ne reste pas à la place que lui assigne la société. Il accepte d'être battu la première nuit, puis se révolte la deuxième fois où son maître lève la main sur lui et menace son maître de s'en aller. Le maître prend alors conscience de son attachement à son valet et la relation de servitude s'inverse. Jacques est traité en ami (amitié affirmée le deuxième jour du récit) plus encore qu'en égal, et plus est manifeste son talent de conteur, plus il prend clairement l'avantage sur son maître, contraint à se reconnaître soumis à Jacques.

Le prénom donné à ce héros évoque le monde paysan : un *Jacques* est en effet un paysan. Et notre valet fataliste vient en effet de ce petit peuple des campagnes obligé pour survivre à devenir soldat ou domestique. Ce prénom pourrait aussi évoquer le fait d'aimer jacasser : une étymologie populaire le rattacherait au geai, à un oiseau bavard. Mais le personnage a d'autres caractéristiques : il est fataliste, pense que tout est déjà programmé ; il incarne le déterminisme issu de Spinoza et Leibniz. Il est aussi bon vivant, grand buveur surtout, et volontiers grivois. La paillardise croise d'ailleurs le thème de l'inconstance amoureuse que vient illustrer, outre l'histoire de Mme de La Pommeraye, le fabliau de la Gaine et du Coutelet : la nature ne nous a pas déterminés à demeurer éternellement fidèles. Jacques sait aussi se montrer courageux face aux brigands, et rusé, notamment face aux deux femmes qui en veulent à son pucelage sans savoir qu'il l'a déjà perdu.

▌ Son maître

Au simple prénom de *Jacques* vient dans le titre se confronter la position sociale du maître. Le maître est d'abord celui qui écoute, qui se met en colère parfois sans raison, mais qui le plus souvent se montre bon avec son valet. Son caractère se révèle surtout lorsqu'il devient le narrateur de l'un des récits enchâssés les plus importants. Le mal de gorge de Jacques lui permet de devenir le narrateur en même temps que le héros d'un conte par lequel il révèle toute sa naïveté. Il a été grugé par le chevalier de Saint-Ouin et par la jeune fille qu'il aimait, Agathe, ainsi que par la famille de celle-ci. C'est vers la fin du texte en se vengeant de Saint-Ouin rencontré fortuitement qu'il précipite le dénouement : son valet est emmené en prison à sa place pour le crime de Saint-Ouin. Mais il finira par retrouver Jacques dont il ne peut se passer. Le maître est un homme sincère, comme Jacques, et comme l'ensemble des narrateurs. Tous se tiennent du côté de la vérité. Diderot ne donne pas le statut de narrateur, il ne laisse pas la parole être déléguée aux mystificateurs que ses récits mettent en scène. La narration reste sous l'égide de la vérité.

▌ L'hôtesse de l'auberge du Grand-Cerf

Bavarde impénitente, elle entre en concurrence avec Jacques, et parviendra à triompher de celui-ci en l'enivrant. Sa sagesse lui permet d'arbitrer un conflit entre Jacques et son maître. Elle partage avec Jacques une grande connaissance des humains et de leur vie (raison pour laquelle elle s'est autant attachée à sa chienne Nicole ?), ce qui la rend naturellement méfiante. Généreuse quand elle fait couler à flots son vin de champagne, sans préjugés lorsqu'elle relate l'histoire de la vengeance de Mme de La Pommeraye : elle évite de prendre parti pour le marquis des Arcis ou pour Mme de La Pommeraye.

▌ *Le marquis des Arcis*

Abusé par Mme de La Pommeraye qui se venge atrocement de son inconstance, il est capable de s'élever au-dessus des préjugés de la société et surtout de sa caste pour pardonner à sa femme son ancienne vie de prostituée. Cette générosité, cette hauteur d'esprit lui permettent d'accéder au rang des principaux narrateurs. Il raconte l'histoire du père Hudson, liée à celle de son accompagnateur et secrétaire, Richard, un ancien religieux prémontré ayant servi sous les ordres du père Hudson.

Les autres personnages

Trois catégories sont objets de réflexion, les femmes, les mystificateurs (certaines femmes étant d'ailleurs des mystificatrices hors pair) et les originaux. En fait, c'est la nature humaine qui apparaît complexe, de sorte qu'on peut discuter de morale aussi longuement que de métaphysique, et sans davantage parvenir à la vérité. Ainsi Mme de La Pommeraye, dont la vengeance est atroce, est-elle défendue par l'auteur dans l'une de ses interventions. Que faut-il en déduire ? Qu'il n'est pas toujours aisé de clairement distinguer le bien du mal, d'opposer les hommes ou femmes vertueux à ceux moralement condamnables.

▌ *Les femmes*

Une première approche distinguerait celles a priori vertueuses, telle Mme de La Pommeraye, pour les opposer aux femmes vénales comme la mère et la fille d'Aisnon. Mais l'histoire de la vengeance amène les auditeurs de l'hôtesse de l'auberge du Grand-Cerf à

Pour approfondir

dépasser ces catégories : Mme de La Pommeraye est menteuse, manipulatrice, égoïstement repliée sur sa propre jalousie, alors que la fille d'Aisnon, devenue Mme des Arcis, se montre, par son repentir sincère et sa vertu paradoxalement intacte, digne de son époux : elle est restée pure dans les désordres auxquels la vie l'a contrainte.

Le personnage féminin le plus sombre est celui d'Agathe, vénale et manipulatrice, sans vertu ni foi. Elle est le pendant féminin d'Hudson et l'opposée de la douce Denise, sensible sans être paillarde, vertueuse sans rigidité, attentive à celui qu'elle aime. Denise est la femme idéale. On croise aussi dans le roman des femmes un peu lestes, comme la Justine que Jacques emprunte au fils Bigre, ou comme Suzanne et Marguerite, les deux épouses des « goguenards » auxquelles Jacques fait croire qu'il est encore puceau. D'autres jeunes femmes se montrent trop naïves, trop aisément manipulables, comme la confiseuse dont abuse Hudson, d'autres sont aussi sombrement machiavéliques qu'Agathe, comme la pâtissière dans l'histoire racontée par Gousse.

▌ Les mystificateurs

Pour approfondir

Les deux mystificateurs principaux sont le père Hudson et le chevalier de Saint-Ouin. Ce sont deux excellents comédiens, qui gardent le cœur froid tout en jouant les grands sentiments. Ils illustrent par conséquent les théories du *Paradoxe sur le comédien* : pour Diderot en effet, le comédien ne doit pas ressentir les émotions qu'il joue, pour parfaitement les imiter. Ainsi le chevalier de Saint-Ouin jure-t-il à plusieurs reprises une amitié des plus passionnées au maître de Jacques, toujours dans le but de l'abuser davantage. De même Hudson est-il capable de feindre la dévotion la plus zélée, en nouveau Tartuffe. Ces personnages de libertins sans foi ni loi, mais dotés d'une immense énergie, et qui se hissent au-dessus de toutes les lois morales pour assouvir leurs désirs, exercent peut-être une certaine fascination, telle celle qu'inspirent les roués des *Liaisons dangereuses* de Choderlos de Laclos.

▌*Les originaux*

Diderot aime les personnages qui échappent à la norme, tel le neveu de Rameau. Parce qu'ils cheminent sans but, hors de la société, Jacques et son maître peuvent être considérés comme des extravagants. Du reste, la relation d'égalité qu'ils ont fini par nouer échappe aux usages qu'impose la société. Mais les duellistes, mortellement inséparables, sont aussi des originaux, comme le bourreau, comme Gousse surtout, comme le poète de Pondichéry, ou même Le Pelletier, « regardé comme une espèce de fou » par les riches parce qu'il a donné sa fortune aux pauvres.

Pour approfondir

L'œuvre : origines et prolongements

Premières ébauches

ON NE SAIT quand exactement Diderot a entrepris *Jacques le Fataliste*. L'allusion au *Bourru bienfaisant* (voir note 1 p. 111) de Goldoni, dont la première avait eu lieu le 4 novembre 1771, peut être un indice. La première ébauche de l'œuvre semble pouvoir être datée de 1771 : Diderot lit alors pendant deux heures au père de Jacques-Henri Meister, à Bodmer, les premiers états de *Jacques le Fataliste*, deux heures de lecture, environ 125 pages, qui correspondent aux épisodes directement imités de Sterne. On en trouve la preuve dans une lettre de Meister père datée du 12 septembre 1771 : « Diderot a fait un conte charmant, *Jacques le Fataliste*, l'auteur en a lu l'autre jour à notre homme pendant deux heures. » Le fils de Meister, Jacques-Henri, était ami de Diderot et de Grimm. La fille de Diderot, madame de Vandeul, propose toutefois une autre date dans ses *Mémoires* : « C'est pendant son séjour en Hollande et en Russie (entre juin 1773 et octobre 1774) que Diderot a écrit ce livre. » Sans doute y travaille-t-il en effet à Saint-Pétersbourg. En fait, l'écriture s'est probablement étendue sur plusieurs années, avec des rajouts multiples.

L'IDÉE de l'œuvre est bien antérieure à ces dates, car Diderot avoue lui-même s'être inspiré de *Tristram Shandy*, roman de l'ironiste Laurence Sterne, qu'il appelait « le Rabelais des Anglais ». Diderot avait fait sa connaissance chez le baron d'Holbach, alors qu'il était passé à Paris en janvier 1762. Il avait montré à Diderot les tomes V et VI de *Tristram Shandy*. Il les avait fait ensuite parvenir en août à Diderot. Ce dernier écrit à ce propos à Sophie Volland : « Je me suis enfourné depuis quelques jours dans la lecture du plus fou, du plus sage, du plus gai de tous les livres » (lettre du 26 septembre 1762). Puis, en 1765, Diderot prend connaissance des tomes VII et VIII, sans doute par l'intermédiaire du baron d'Holbach, tomes qui contiennent des scènes qu'il pastiche à l'ouverture et à la clôture du roman. Pour P. Vernière, une première étape dans la rédaction s'étend de 1765 à 1771, moment de la lecture à Meister. Puis l'œuvre se serait étoffée de multiples anecdotes que relate à cette époque la *Correspondance littéraire* de 1771 à 1773 (les allusions au

Bourru bienfaisant de Goldoni de 1771, au Ventriloque de la Chapelle de 1772, à Piron mort en 1773 semblent provenir de la *Correspondance littéraire*).

De la publication par feuilletons à la publication posthume

Le texte de *Jacques* est d'abord publié par feuilletons, par livraisons mensuelles dans la *Correspondance littéraire*. Cette gazette dirigée par Meister et Grimm était manuscrite et très confidentielle : elle n'était adressée qu'à quelques princes d'Europe, parmi lesquels Catherine II et la duchesse de Saxe-Gotha. Les quinze premières livraisons de *Jacques* s'étendent de novembre 1778 à juin 1780 (avec des interruptions, en décembre 1778, en août-septembre 1779, en janvier 1780, mai 1780). La longueur de ces parties publiées allait de 6 à 19 pages. Dès juillet 1780 sont publiées des « Additions faites à *Jacques le Fataliste* depuis la copie que nous avons eu l'honneur de vous envoyer ». C'est à cette même époque qu'il a le projet d'éditer ses œuvres complètes et qu'il commande au meilleur de ses copistes une version de *Jacques* avec toutes ses additions à laquelle il ajoute le dernier paragraphe. Cette version est toujours en Russie. Les variantes entre les différentes copies témoignent du fait que le texte a été repris plusieurs fois. C'est en effet d'abord à l'état de copie, une vingtaine environ (puis sous la forme fragmentaire du feuilleton publié par la *Correspondance littéraire* dirigée par Meister et Grimm), que le texte rencontre son public. En 1786 sont enfin publiées par la Correspondance littéraire des « lacunes », passages supprimés auparavant par Meister : notamment les plus lestes, mais aussi les interventions de l'auteur, soit au total un quart du texte.

C'est sous forme de copie qu'il est lu en Allemagne de 1778 à 1780 (comme aussi *La Religieuse, Le Neveu de Rameau, Le Rêve de D'Alembert, Le Voyage de Hollande*). Ces copies sont lues notamment par Goethe et par Schiller. Ce dernier commence par traduire et publier en 1793 dans la *Rheinische Thalia* l'épisode de Mme de La Pommeraye, retraduit ensuite en français en 1793 et intitulé : *La*

Pour approfondir

L'œuvre : origines et prolongements

Vengeance d'une femme. En 1792, Mylius donne, en entier, *Jacob und sein Herr. Jacques le Fataliste* comme *Le Neveu de Rameau* sont parus en Allemagne avant d'être publiés en France. C'est que les libraires français avaient peur. *Jacques le Fataliste* n'est publié en France, par le libraire Buisson, qu'en septembre 1796, publication largement posthume.

Diderot « plagiaire » de Sterne

Tristram Shandy est donc indéniablement à l'origine de *Jacques le Fataliste* : et on peut dire que Jacques est à son maître ce que Trim est au capitaine Tobie. Certaines aventures, initiales et finales, qui offrent un cadre à notre œuvre, semblent avoir été recopiées dans *Tristram Shandy* : Trim est blessé au genou à la bataille de Landen (le roi Guillaume disait que chaque balle avait son billet), mis dans une charrette avec d'autres blessés pour être amené à l'hôpital ; il est ensuite recueilli dans une maison de paysans, réconforté ; il paie avec l'argent que son frère lui avait donné en partant pour Lisbonne ; une jeune femme le soigne, panse sa blessure. La manière dont cette jeune femme frotte la blessure et allume l'amour du blessé se retrouve à la fin de *Jacques le Fataliste*, lorsque Diderot consent enfin à nous narrer les amours de Jacques. À cette occasion, alors que le texte touche à sa fin, Diderot s'amuse avec l'accusation de plagiat qu'il a prévue : « Voici le second paragraphe, copié de la vie de *Tristram Shandy*, à moins que l'entretien de Jacques le Fataliste et de son maître ne soit antérieur à cet ouvrage, et que le ministre Sterne ne soit le plagiaire, ce que je ne crois pas, mais par une estime toute particulière de M. Sterne, que je distingue de la plupart des littérateurs de sa nation, dont l'usage assez fréquent est de nous voler et de nous dire des injures. » Cette indication malicieuse précède la révélation tant attendue des amours de Jacques et de Denise, épisode en effet repris à Sterne. On trouve dans *Tristram Shandy* une allusion aux auteurs de drames : « Dites-moi, je vous prie, si vous ne devinez pas pourquoi la troupe entière de nos fabricants de Drames a pris pour modèle l'exemple de Trim et de mon oncle Tobie ?

Ariston et Pacavins, Le Bossu et Riccobon, Did... et tant d'autres graves Précepteurs du Théâtre, sont des Messieurs, grâce à Dieu, que je n'ai jamais lus, et je m'inquiète peu de ce qu'ils disent ou ne disent pas ». Diderot a pu vouloir malicieusement se venger.

STERNE pratiquait aussi l'interruption continuelle, le récit se voulant à la fois progressif et digressif. Pourtant les deux narrations ne fonctionnent pas de la même façon : Tristram Shandy nous narre ses aventures et nous adoptons son seul point de vue, un point de vue mémorialiste : nous suivons le cours de son existence. Cependant Jacques n'est pas le seul conteur, l'auteur intervient aussi pour raconter. Il nous introduit dans une nouvelle dimension : la structuration du récit. C'est ce repli de la narration sur sa source énonciative qui est novateur.

Le Compère Mathieu et l'origine picaresque

JACQUES ET SON MAÎTRE voyagent à cheval, d'auberge en auberge, sans but précis. Ils causent sur le chemin, rencontrent parfois des brigands, et vivent, au gré de leur route, des aventures qui s'entre-croisent avec celles que raconte Jacques. Chemin faisant, ils progressent dans leur connaissance des hommes et de la vie. La trame de *Jacques le Fataliste* est donc globalement empruntée au roman picaresque. Le *Gil Blas de Santillane* de Lesage (1715-1735) emprunte lui aussi sa structure narrative à la tradition picaresque. Mais c'est moins Lesage qui a influencé Diderot qu'un autre grand roman picaresque que Diderot évoque à la p. 274, *Le Compère Mathieu* de l'abbé Dulaurens. Diderot présente en effet à cette page *Jacques le Fataliste* comme l'« ouvrage le plus important qui ait paru depuis le *Pantagruel* de François Rabelais et la vie et les aventures du *Compère Mathieu* ». *Le Compère Mathieu ou les Bigarrures de l'esprit humain* est un immense roman foisonnant, hétéroclite, traversant tous les lieux de réflexion importants au XVIIIᵉ siècle. Il a été écrit par un abbé libre-penseur, mais non athée, animé au contraire d'une foi profonde : Henri-Joseph Dulaurens. Ce roman a été publié de 1766 à 1773. On l'a longtemps attribué à Voltaire, parce que ce dernier avait utilisé

L'œuvre : origines et prolongements

le nom de Dulaurens pour publier sa *Relation du bannissement des jésuites de la Chine*, en 1768. Ennemi des jésuites, l'abbé Dulaurens avait passé quelques mois à la Bastille. Il avait dû fuir à Amsterdam, Liège, Francfort. Dénoncé par la Chambre ecclésiastique de Mayence pour publications antireligieuses, il a passé ses vingt dernières années en prison dans une forteresse près de Mayence où il est mort. L'influence du *Compère Mathieu* ne se fait pas seulement sentir sur la structure globalement picaresque de l'œuvre : le caractère foisonnant de la narration, la liberté d'esprit qui y règne, la bigarrure qui y prévaut ont pu inspirer Diderot. Il y a en tout cas une indéniable affinité entre l'abbé Dulaurens et Diderot.

Pour approfondir

L'œuvre : son courant, ses tendances

Jacques *et la crise du roman au* XVIIIe *siècle*

Le XVIIIe siècle s'interroge sur les genres et le roman y est plus particulièrement mis sur la sellette : on l'accuse de frivolité, et d'invraisemblance, quand ce n'est pas d'immoralité. On l'accuse de détourner les lecteurs du réel et d'amollir les mœurs ; il a la réputation de flatter l'imagination plutôt que la raison, d'être une lecture de femme oisive plutôt que d'homme sage. Il faut dire que les romans de divertissement prolifèrent : romans d'amour à l'eau de rose, de chevalerie à l'ancienne mode, ou encore d'aventures en des contrées lointaines. *Jacques*, au contraire, qui se présente de prime abord comme un récit picaresque du XVIIIe siècle, est « comique » de sujet et de style « bas », parce qu'il cherche, par la dérision, à démystifier les romans à la mode en son temps.

Au Siècle des lumières, la situation du roman devient paradoxale : jamais on n'a tant écrit de romans, et jamais pourtant on n'en a tant vilipendé le genre. Bien souvent, les romans paraissent « sous X », ils sont loin d'être considérés par leurs auteurs comme menant à la gloire. Face à cette « crise » du roman, certains écrivains choisissent de masquer la fiction derrière l'affirmation de véridicité et font le pari du « réalisme » (avant la lettre) ; d'autres renchérissent sur l'invraisemblance et choisissent le merveilleux, écrivant des contes d'une fantaisie totalement débridée ; d'autres encore, comme Diderot, intègrent leur questionnement sur le romanesque à l'avancée de leur narration, amalgamant plusieurs traditions pour toutes les mettre ironiquement à distance.

Le « réalisme » et le farfelu, deux façons opposées de sortir de la crise du roman

Au XVIIIe siècle fleurissent les faux mémoires et les fausses correspondances prétendument retrouvés par celui qui ne s'avoue que l'éditeur du texte. C'est le procédé choisi par Montesquieu pour ses *Lettres persanes* : « Si l'on savait qui je suis, on dirait : "Son livre jure avec son caractère ; il devrait employer son temps à quelque chose de mieux ; cela n'est pas digne d'un homme grave." »

L'œuvre : son courant, ses tendances

Montesquieu, alors président à mortier, n'assume pas la paternité d'un roman oriental contenant quelques lettres un peu lestes censées provenir du sérail... Laclos reprend ce procédé dans l'avant-texte de ses *Liaisons dangereuses*. Mais, comme il sait que dans la deuxième moitié du XVIIIe siècle, plus personne n'en est dupe, il présente deux discours préfaciels, l'un posant la fiction du manuscrit retrouvé, l'autre la démentant. *La Vie de Marianne* (1731-1741) de Marivaux se fait passer pour un manuscrit destiné à rester secret, fortuitement découvert et édité. Pour accréditer cette fable du manuscrit retrouvé se développe une esthétique du « naturel », du « parler vrai », du sans apprêt.

Aux antipodes de ce désir de vraisemblance se développe une littérature merveilleusement loufoque qui franchit toutes les bornes du réel. Les *Contes des Mille et Une Nuits* traduits par Galland au tout début du XVIIIe siècle, l'orientalisme inspirent des histoires à dormir debout, comme *L'Écumoire*, dont le premier titre était *Tanzaï et Néadarné* de Crébillon fils, conte japonisant dans lequel une écumoire prend, la nuit de noces, la place du membre viril du jeune mari, l'empêchant de consommer son mariage. Tout aussi saugrenu est l'argument d'un autre conte de Crébillon plus connu, son *Sopha, Conte moral* (1745), appartenant à la catégorie du « roman-liste », constitué d'une suite d'histoires à coloration érotique plutôt que sentimentale. Dans la même veine folâtre s'inscrivent les fameux *Bijoux indiscrets* de Diderot (publié en 1748), où les bijoux ne sont autres que des sexes doués de parole. Les *Contes philosophiques* de Voltaire reculent pareillement les bornes du réel, même si ce n'est pas pour jouer avec le tabou de la sexualité. Dans *Candide*, l'utopique contrée de l'Eldorado où les cailloux sont des pierres précieuses, et où la terre est d'or, Voltaire met à distance le pouvoir de l'argent et mène une réflexion sur tout ce qui précipite notre société dans l'injustice et la barbarie. Cette fois, l'imagination est moins au service d'un jeu piquant et salace qu'au service de la raison. Dans les deux cas toutefois, il s'agit de traquer les préjugés qui tiennent la pensée sous leur joug et, par des voies différentes, d'entraîner le progrès de l'humanité. Il arrive que ces ouvrages merveilleux et parfaitement irréalistes reprennent ironiquement le procédé du manuscrit retrouvé. C'est évidemment pour s'en moquer : c'est ce que fait Voltaire dans la préface de son *Candide* : l'œuvre se présente comme « traduit de l'allemand par le docteur Ralph, "avec les additions que l'on a trouvées dans la poche du docteur, lorsqu'il mourut à Minden en l'an de grâce 1759" ». Et c'est bien la preuve que le roman a désormais un regard ironique sur lui-même, et que les romanciers ne sont plus dupes, ni leurs lecteurs, des procédés dont ils usent.

Le roman comme genre expérimental

Le roman apparaît comme un genre à réinventer. Habilement, les romanciers du XVIIIe siècle jouent sur l'illusion romanesque, la détruisant de temps en temps pour mieux la recréer ensuite, nouant avec le lecteur une relation faite de lucidité et de connivence, et fondée sur l'ironie et l'humour, sur la mise à distance ludique et critique. Bien avant le XVIIIe siècle, certains romans entretiennent une relation ironique à l'intertextualité : c'est le cas du *Don Quichotte de la Manche* de Miguel Cervantès (1605-1615) qui montre où mène la démesure romanesque, vers quelle folie peuvent glisser ceux qui ont trop lu de romans de chevalerie. Dans *Gil Blas de Santillane* (1715-1735), Lesage s'amuse de la tradition picaresque qui lui fournit une trame générale, mais aussi des romans d'amour, d'aventures, et de leurs topiques. Crébillon fils pratique pareillement une écriture romanesque en permanence distanciée, s'amusant des clichés et détournant les conventions dans tous ses romans.

Avec *Jacques le Fataliste,* Diderot a composé un roman qui est en même temps une réflexion critique sur le romanesque et ses procédés les plus ordinaires. La remise en cause des conventions génériques s'intègre à l'avancée du roman, un roman paradoxal, parce qu'il progresse à force de digressions. C'est d'ailleurs autant cette allure capricieuse de la narration qui a séduit Diderot dans le *Tristram Shandy* de Sterne, que le thème du fatalisme et tel épisode des amours de Jacques qu'il lui emprunte. L'œuvre qui a inspiré *Jacques*

Pour approfondir

le Fataliste est bien un roman ironique, pratiquant la parodie et l'auto-réflexion – que Diderot poussera à leurs dernières limites –, brouillant à plaisir les catégories du réel et de l'imaginaire, effaçant celles entre récit et discours, entre conversation et narration, ou encore entre héros et narrateurs, et même celles entre les catégories éthiques du bien et du mal. Il pousse l'autocritique assez loin lorsqu'il écrit : « Et votre *Jacques* n'est qu'une insipide rhapsodie de faits, les uns réels, les autres imaginés, écrits sans grâce et distribués sans ordre. » (p. 216). Cette volonté de déjouer les conventions romanesques est telle dans *Jacques* qu'on a pu qualifier l'œuvre d'antiroman.

En brisant sans cesse la narration, en semant le désordre et l'insolite, Diderot vise une autre forme de véridicité : l'imitation de ce flux capricieux et imprévisible qui fait la vie. En interrompant la linéarité du récit, Diderot l'ouvre aux caprices du hasard que sont pour Jacques les arrêts du destin et pour le philosophe le reflet de sa propre liberté d'esprit.

Diderot s'interroge sur l'objectif que se donne tout récit. Si les événements les plus attendus sont parfois décevants, c'est que l'essentiel n'est pas dans l'histoire. Selon Diderot, le bon roman aide au progrès de celui qui le lit. D'où son admiration pour Richardson en qui il salue le triomphe de la sensibilité et de la vertu. Dans son *Éloge à Richardson*, Diderot formule une esthétique novatrice du roman, annonciatrice du mouvement réaliste du siècle suivant, parce qu'elle donne la première place à la recherche de la vérité.

Jacques le Fataliste, *un roman philosophique qui pose la question du déterminisme*

Sommes-nous libres ou déterminés ? La vie obéit-elle au hasard ou à la nécessité ? Avons-nous un destin ? Tout est-il déjà écrit ? Telles sont les questions que posent Diderot mais aussi Voltaire dans *Zadig ou la Destinée* et *Candide ou l'Optimisme*, ainsi que La Morlière dans *Le Fatalisme ou Collection d'anecdotes pour prouver l'influence du sort sur l'histoire du cœur humain*. Poser ces questions revient à s'interroger sur l'existence de Dieu et de sa providence, sur la réalité de la liberté et de la responsabilité humaines. Plus les hommes raisonnent, moins ils parviennent à concilier liberté humaine et toute-puissance divine. Pour sortir de cette aporie, certains théologiens affirment la prescience infinie de Dieu au détriment de la liberté véritable des hommes, pensant que chaque homme est prédestiné à faire le bien ou le mal. Telle est notamment la position des jansénistes qui croient l'homme prédestiné à recevoir la grâce alors que les catholiques affirment que l'homme acquiert la grâce par ses actes méritoires. Le mot « fatalisme » est un néologisme venu sous la plume du père Castel dans un texte polémique s'opposant aux théories de Leibniz. Homme de science, Leibniz parvient à concilier la prescience de Dieu et la liberté de l'homme par une théorie de *l'optimum* (se distinguant du *maximum*), le fameux « tout est pour le mieux dans le meilleur des mondes possibles » qui devient le refrain du *Candide* voltairien. Dans sa *Monadologie*, il conçoit l'univers comme formé d'une hiérarchie de monades, émanations de Dieu, « Monade des monades ». Entre toutes les monades il existe une « harmonie préétablie », chaque monade étant à l'image de l'univers entier. De la sorte, Dieu lui-même est assujetti à l'ordre rationnel du monde, ce que conteste farouchement le père Castel, lequel défend la doctrine chrétienne qui fait de la liberté de l'homme un mystère sacré, qu'il faut penser en même temps que l'infinie prescience de Dieu. Mystère sacré que vient toutefois heurter la causalité rationaliste issue du cartésianisme, et que beaucoup de philosophes remettent en question. Outre Leibniz, Spinoza pose un causalisme radical qui rejoint l'athéisme. Parce qu'il est opposé à toute conception anthropomorphique de Dieu, Spinoza affirme l'unité de la substance infinie, cause d'elle-même. Aussi la véritable sagesse est-elle dans l'acceptation profonde de l'ordre immuable de la nature, dans l'assentiment à l'idée vraie de Dieu. Spinoza et Leibniz conçoivent un univers régi par une universelle causalité à laquelle Dieu n'échappe pas plus que l'homme. L'homme sage accepte cette nécessité absolue qui fait son destin. Mais, si tout est nécessaire, il faut excepter le jugement afin de sauver la morale, ce que fait Spinoza, mais pas Diderot pour qui le jugement résulte de la sensation et se fait de lui-même.

Pour approfondir

L'interrogation d'un philosophe des Lumières : fatalisme et matérialisme

C'est en réfléchissant aux notions de cause et de nécessité mises au jour par l'avancée des sciences que Diderot en vient à postuler un déterminisme indissociable de son matérialisme philosophique. Dans sa *Lettre sur les aveugles* de 1749, Diderot donne la parole au mathématicien et géomètre aveugle Saunderson, qui, sur le point de mourir, décrit l'homme comme un fruit accidentel de la matière en évolution. Ce matérialisme élimine l'idée de l'homme comme créature de Dieu douée d'une âme. Une fois affirmée l'unité de la substance, toute vie, même intellectuelle, affective, spirituelle n'est que le résultat complexe de la matière. Son fatalisme ne procède pas de la reconnaissance de la toute-puissance de Dieu. Diderot est secrètement athée : pour lui, la nécessité ordonne l'univers et l'homme ne procède d'aucun Grand Architecte, d'aucune cause transcendantale, la nécessité naturelle régit toute chose, l'univers étant soumis aux seules lois de la physique et de la biologie. La science découvre peu à peu ces lois universelles auxquelles tout, dans la nature comme en l'homme, obéit. L'univers et l'homme en son sein se trouvent pris dans des séries de causes et d'effets auxquels il ne peut échapper. « Regardez-y de près, et vous verrez que le mot "liberté" est un mot vide de sens ; qu'il n'y a point, et qu'il ne peut y avoir d'êtres libres ; que nous ne sommes que ce qui convient à l'ordre général, à l'organisation, à l'éducation, et à la chaîne des événements. Voilà ce qui dispose de nous invinciblement » (Diderot, lettre à Landois, 1756).

De ce fait, on ne peut admirer l'homme vertueux ni mépriser l'homme méchant : chacun ne fait que suivre son tempérament. Ce qui ne signifie pas qu'il faille abandonner toute prédication de vertu. Diderot a la passion de la morale, et croit en l'éducation qui doit amener les hommes à faire coïncider leur bonheur avec la recherche de celui des autres.

Le fatalisme de Jacques n'est sans doute pas de la même eau que le matérialisme déterministe de Diderot. Le valet ne raisonne pas en scientifique. Il pose le fatalisme comme une croyance au destin, à un « grand rouleau » où tout serait déjà écrit : conception naïve, foi sans raisonnement, par laquelle l'homme se voit comme la proie d'un destin, parfois même comme un héros tragique. Or Diderot met à distance cette représentation de l'homme prisonnier de son destin, écrasé par la fatalité. Certaines histoires montrent un homme qui choisit librement sa vie. Pour contrecarrer plaisamment la thèse du valet fataliste, Diderot accumule les coïncidences, les retournements, les aléas les plus inopinés. Certes on naît homme de génie ou pas, et le poète de Pondichéry ne fera jamais que de mauvais vers. Mais ces déterminismes tant physiologiques que sociaux n'empêchent pas l'homme de faire usage de sa liberté, ni Diderot d'apprécier plus particulièrement les originaux, les marginaux, tous ceux qui vivent en dehors des règles communes et laissent leur individualité s'exprimer librement.

Jacques le Fataliste, *un roman unissant libre-pensée et libre narration*

« Comment s'étaient-ils rencontrés ? Par hasard, comme tout le monde. » Tels sont les premiers mots du roman. Et rien ensuite n'est prévisible dans le texte qui nous est donné à lire pour sans cesse nous déconcerter. Le « grand rouleau » semble par conséquent étrangement absent du déroulement du roman. Sans doute ce hasard omniprésent n'est-il que l'apparence que revêtent les déterminismes qui s'enchevêtrent en des nœuds dont la complexité est irréductible et semble toujours inouïe.

Jacques lui-même dément, par son attitude volontariste, la philosophie qu'il professe. Il est loin d'avoir cette patience face aux événements de la vie que le fatalisme aurait dû lui inspirer. Quant à son maître, pourtant partisan de la liberté, il avoue sa dépendance à l'égard de son valet ; abusé par le chevalier de Saint-Ouin, par Agathe et sa famille, il a connu l'aliénation.

Si le roman semble davantage illustrer l'amour de la liberté que la croyance au déterminisme, c'est parce que la narration semble

L'œuvre : son courant, ses tendances

n'obéir à aucune règle préétablie, mais avancer librement et sans la moindre contrainte, comme si le texte s'improvisait sous nos yeux. Les deux héros cheminent librement, sans préjugés face à la religion, à la morale, aux autres hommes. Toute l'œuvre baigne dans un scepticisme qui dissout les pensées toutes faites et incite chacun à s'exprimer et à penser hardiment. En refusant de soumettre le lecteur à la fiction, l'auteur le libère de sa propre emprise et la dialectique inversant la relation entre Jacques et son maître inverse aussi celle entre l'auteur et son lecteur. Nul ne reste prisonnier ; Jacques échappera même à la prison où on l'avait emmené à la place de son maître. C'est en fait à l'émancipation de chacun que conduit *Jacques*. La place faite dans l'œuvre à l'épicurisme et à la grivoiserie témoigne d'une autre façon de cette liberté de pensée qui anime le roman.

Jacques le Fataliste et son maître font dialoguer le hasard et la nécessité, le déterminisme et la liberté. L'enchâssement des dialogues témoigne de la volonté de confronter les vérités, sans en arrêter aucune définitivement. Le maître à Jacques : « Il n'y a peut-être pas sous le ciel une autre tête qui contienne autant de paradoxes que la tienne ». Diderot répond par la bouche de Jacques : « Et quel mal y aurait-il à cela ? Un paradoxe n'est pas toujours une fausseté. » L'œuvre de Diderot est composée de dialogues animés où la vérité s'essaie. Le philosophe lui-même n'a jamais contesté sa versatilité intellectuelle, parce qu'il aime les émotions fortes, se laisse guider par sa sensibilité et entraîner par ses passions. « Notre véritable sentiment n'est pas celui dans lequel nous n'avons jamais vacillé, mais celui auquel nous sommes le plus habituellement revenus » *(Entretiens avec D'Alembert)*.

Pour approfondir

Vers le bac

Objet d'étude : le roman
et ses personnages, vision de l'homme
et du monde

À l' **écrit**

Le roman « philosophique » au XVIIIe siècle

TEXTE 1

Montesquieu, *Lettres persanes*, Lettre XLVI.

USBEK À RHÉDI, À VENISE

Je vois ici des gens qui disputent sans fin sur la religion ; mais il me semble qu'ils combattent en même temps à qui l'observera le moins.

Non seulement ils ne sont pas meilleurs chrétiens, mais même meilleurs citoyens, et c'est ce qui me touche : car, dans quelque religion qu'on vive, l'observation des lois, l'amour pour les hommes, la pitié envers les parents, sont toujours les premiers actes de religion.

En effet, le premier objet d'un homme religieux ne doit-il pas être de plaire à la divinité, qui a établi la religion qu'il professe ? Mais le moyen le plus sûr pour y parvenir est sans doute d'observer les règles de la société et les devoirs de l'humanité ; car, en quelque religion qu'on vive, dès qu'on en suppose une, il faut bien que l'on suppose aussi que Dieu aime les hommes, puisqu'il établit une religion pour les rendre heureux ; que s'il aime les hommes, on est assuré de lui plaire en les aimant aussi, c'est-à-dire en exerçant envers eux tous les devoirs de la charité et de l'humanité, et en ne violant point les lois sous lesquelles ils vivent.

Par là, on est bien plus sûr de plaire à Dieu qu'en observant telle ou telle cérémonie : car les cérémonies n'ont point un degré de bonté par elles-mêmes ; elles ne sont bonnes qu'avec égard et dans la supposition que Dieu les a commandées. Mais c'est la matière d'une grande discussion : on peut facilement s'y tromper ; car il faut choisir les cérémonies d'une religion entre celles de deux mille.

De Paris, le 8 de la lune de Chahban, 1713.

TEXTE 2

▌ Voltaire, *L'Ingénu*, Chapitre VI.

L'Ingénu court chez sa maîtresse, et devient furieux.

À peine l'Ingénu était arrivé, qu'ayant demandé à une vieille servante où était la chambre de sa maîtresse, il avait poussé fortement la porte mal fermée et s'était élancé vers le lit. Mlle de Saint-Yves, se réveillant en sursaut, s'était écriée : « Quoi ! c'est vous ! ah ! c'est vous ! arrêtez-vous, que faites-vous ? » Il avait répondu : « Je vous épouse » ; et en effet il l'épousait, si elle ne s'était pas débattue avec toute l'honnêteté d'une personne qui a de l'éducation.

L'Ingénu n'entendait pas raillerie ; il trouvait toutes ces façons-là extrêmement impertinentes. « Ce n'était pas ainsi qu'en usait Mlle Abacaba, ma première maîtresse ; vous n'avez point de probité ; vous m'avez promis mariage, et vous ne voulez point faire mariage : c'est manquer aux premières lois de l'honneur ; je vous apprendrai à tenir votre parole, et je vous remettrai sur le chemin de la vertu. »

L'Ingénu possédait une vertu mâle et intrépide, digne de son patron Hercule, dont on lui avait donné le nom à son baptême ; il allait l'exercer dans toute son étendue, lorsqu'aux cris perçants de la demoiselle plus discrètement vertueuse accourut le sage abbé de Saint-Yves, avec sa gouvernante, un vieux domestique dévot et un prêtre de la paroisse. Cette vue modéra le courage de l'assaillant. « Eh, mon Dieu ! mon cher voisin, lui dit l'abbé, que faites-vous là ? – Mon devoir, répliqua le jeune homme ; je remplis mes promesses, qui sont sacrées. »

Mlle de Saint-Yves se rajusta en rougissant. On emmena l'Ingénu dans un autre appartement. L'abbé lui remontra l'énormité du procédé. L'Ingénu se défendit sur les privilèges de la loi naturelle, qu'il connaissait parfaitement. L'abbé voulut prouver que la loi positive devrait avoir tout l'avantage, et que sans les conventions faites entre les hommes, la loi de nature ne serait presque jamais qu'un brigandage naturel.

TEXTE 3

▌ Diderot, *Jacques le Fataliste et son maître*, l. 151 à 183, p. 28 à 29.

TEXTE 4

▌ Sade, *La Philosophie dans le boudoir*.

*Eugénie est une très jeune fille qui va être « formée » par des « roués »,
c'est-à-dire des libertins, parmi lesquels on trouve Dolmancé.*

EUGÉNIE. Mais il est des vertus de plus d'une espèce : que pensez-vous, par exemple, de la piété ?

DOLMANCÉ. Que peut être cette vertu pour qui ne croit pas à la religion ? Voyons, raisonnons avec ordre, Eugénie, n'appelez-vous pas religion le pacte qui lie l'homme à son Créateur, et qui l'engage à lui témoigner, par un culte, la reconnaissance qu'il a de l'existence reçue par ce sublime auteur ?

EUGÉNIE. On ne peut mieux le définir.

DOLMANCÉ. Eh bien ! s'il est démontré que l'homme ne doit son existence qu'aux plans irrésistibles de la nature ; s'il est prouvé qu'aussi ancien sur ce globe que le globe même, il n'est, comme le chêne, comme le lion, comme les minéraux qui se trouvent dans les entrailles de ce globe, qu'une production nécessitée par l'existence du globe, et qui ne doit la sienne à qui que ce soit ; s'il est démontré que ce Dieu, que les sots regardent comme auteur et fabricateur unique de tout ce que nous voyons, n'est que le *nec plus ultra* de la raison humaine, que le fantôme créé à l'instant où cette raison ne voit plus rien, afin d'aider à ses opérations ; s'il est prouvé que l'existence de ce Dieu est impossible, et que la nature, toujours en action, toujours en mouvement, tient d'elle-même ce qu'il plaît aux sots de lui donner gratuitement ; s'il est certain qu'à supposer que cet être inerte existât, ce serait assurément le plus ridicule de tous les êtres, puisqu'il n'aurait servi qu'un seul jour, et que depuis des millions de siècles il serait dans une inaction méprisable ; qu'à supposer qu'il existât, comme les religions nous le peignent, ce serait assurément le plus détestable des êtres, puisqu'il permettrait le mal sur la terre, tandis que sa toute-puissance pourrait l'empêcher ; si, dis-je, tout cela se trouvait prouvé, comme cela l'est incontestablement, croyez-vous alors, Eugénie, que la piété qui lierait l'homme à ce Créateur imbécile, insuffisant, féroce et méprisable, fût une vertu bien nécessaire ?

a. Question préliminaire (sur 4 points)

Comment interviennent les personnages dans ces quatre extraits de roman ? Quels sont les maîtres, quels sont leurs disciples, dans les dialogues qu'ils contiennent ? Pouvez-vous éventuellement, en certains cas, justifier l'identité ou le type qu'utilisent les romanciers pour ouvrir les yeux de leurs lecteurs ?

b. Travaux d'écriture (sur 16 points) - au choix

Sujet 1. Commentaire.

Vous ferez le commentaire du texte 2 (extrait de *L'Ingénu* de Voltaire).

Sujet 2. Dissertation.

Vous vous demanderez en quoi les quatre textes, par les interrogations qu'ils soulèvent, témoignent de la philosophie des Lumières, que Kant définissait de la sorte : « Les Lumières, c'est pour l'homme sortir d'une minorité qui n'est imputable qu'à lui. La minorité, c'est l'incapacité à se servir de son entendement sans la tutelle d'un autre. » *Qu'est-ce que les Lumières*, 1784.

Sujet 3. Écriture d'invention

Vous êtes un journaliste étranger, vous écrivez un article pour les lecteurs de votre pays dans lequel vous vous inquiétez du recul des Lumières dans la France actuelle.

Documentation et compléments d'analyse sur :
www.petitsclassiqueslarousse.com

Vers le bac

Vers le bac

Objet d'étude : convaincre, persuader et délibérer

À l' **oral**

Le discours de Mme des Arcis à son mari (pages 157-158, l. 4578 à 4612).

Sujet : Comment un discours argumentatif se transforme-t-il en scène de drame sérieux ?

> **RAPPEL**
>
> Une lecture analytique peut suivre les étapes suivantes :
>
> **I. situation du passage, puis lecture à haute voix**
>
> **II. projet de lecture**
>
> **III. composition du passage**
>
> **IV. analyse précise du passage**
>
> **V. conclusion – remarques à regrouper un jour d'oral en fonction de la question posée.**

I. Situation du passage

Mme de La Pommeraye, pour se venger de son amant inconstant, le marquis des Arcis, a décidé de précipiter ce dernier dans les bras d'une ancienne prostituée, Mlle d'Aisnon, à qui elle a fait endosser les habits d'une dévote. Elle pousse le machiavélisme jusqu'à entraîner le marquis à épouser une fille qui n'est pas de son monde, mais qu'il croit parfaitement pure. Lorsque le mariage a été célébré, Mme de la Pommeraye avoue tout à son ancien amant et se venge ainsi cruellement de lui. Le marquis écrit deux lettres, l'une à sa belle-mère, Mme d'Aisnon, qui s'est elle aussi prêtée à la sinistre comédie, l'autre à sa propre femme. Celle-ci prend alors la parole pour se défendre.

319

Vers le bac

II. Projet de lecture

Nous verrons au travers de cet extrait comment une argumentation destinée à persuader un mari qui se croit abusé et trahi se transforme, sous la plume de Diderot, en interrogation sur la loi morale. Le plaidoyer émouvant de la jeune femme dont nous étudierons les finesses révélatrices, non d'une habileté machiavélique, mais d'une grande noblesse de cœur, est digne d'un drame bourgeois. Diderot, dans ses drames bourgeois tels *Le Fils naturel, Est-il bon ? Est-il méchant ?*, essaie de fonder la morale sur la bonté du cœur, la pureté des intentions. Une prostituée peut rester pure lorsque c'est la misère qui l'a contrainte. Pour distinguer le bien du mal, mieux vaut se servir de sa sensibilité et de sa raison plutôt que de reprendre les préjugés de la société.

III. Composition du passage

Le texte commence par un portrait de la jeune fille. Ces notations descriptives sont assimilables à des indications scéniques ou didascalies (l. 4578 à 4582).

Le début de son discours (l'exorde de sa tirade) est paradoxal : à la fois elle demande le pardon et ne souhaite pas le recevoir immédiatement ; elle préfère le mériter (jusqu'à la l. 4588). Elle manifeste ensuite l'infini regret de ses actions coupables (jusqu'à la l. 4599). Elle insiste ensuite sur sa dignité, sa pureté de cœur (jusqu'à la l. 4603). Dans son épilogue, elle remet son sort entre les mains de son époux.

IV. Analyse précise du passage

▌ Une mise en scène de drame sérieux

Diderot, dans son théâtre, accorde une très grande importance à la gestuelle, aux attitudes et considère que le corps peut davantage que les mots dire l'émotion maximale. C'est donc sur une sorte de pantomime qui donne au corporel toute sa force de persuasion que le texte s'ouvre. La description de la jeune femme éplorée se fait par de courtes notations descriptives à l'imparfait qui rappellent, par leur densité lapidaire, l'écriture de didascalies. La phrase descriptive se découpe en propositions simples et brèves. La dernière proposition prend une structure énumérative : « le corps.. les bras... » afin de noter précisément une série d'attitudes exprimant toutes avec force l'émotion extrême. On peut relever une dernière didascalie, donnée juste avant la prise de parole : « un sanglot séparant chacun de ses mots ». Ces notations permettraient à un comédien de savoir comment interpréter le personnage de l'épouse.

Un exorde paradoxal

C'est avec une extraordinaire habileté que la jeune femme refuse le pardon qu'elle a pressenti que son mari allait lui donner. Si elle préfère surseoir ce pardon, c'est parce qu'elle veut auparavant s'en montrer digne, ce qu'exprime la négation restrictive couplée avec l'adverbe temporel « encore » : « je ne suis pas encore digne ». Cette quête de la dignité montre une réelle noblesse d'âme, confirmée par les mots employés. Ainsi utilise-t-elle le mot « miséricorde », qui a d'abord eu le sens religieux de «bonté que Dieu accorde aux hommes ». La miséricorde est une vertu chrétienne, une compassion noble. Son usage est le signe de la bonne éducation, sans doute chrétienne, qu'a reçue la jeune femme ; celle-ci est tombée dans la misère et s'est retrouvée très au-dessous de sa condition. La noblesse est donc dans les sentiments que révèle ici le choix lexical, plutôt que dans les titres : c'est ce que montrent les drames bourgeois dans lesquels pareille scène pourrait se trouver. L'exorde est paradoxal en cela qu'il prétend reculer dans le temps le pardon que pourtant il recherche activement (et qui sera immédiatement octroyé). On notera l'extrême subtilité qui consiste à demander sans demander, meilleure façon d'obtenir, car celui à qui l'on s'adresse demeure libre, ou du moins peut croire l'être. Elle n'impose rien, elle invente une exhortation au refus, respectueuse du libre-arbitre de celui à qui elle s'adresse : les impératifs (« de grâce, ne vous hâtez pas..., attendez, laissez-moi seulement l'espoir du pardon. Tenez-moi loin de vous... Marquez-moi ») et les futurs catégoriques (« vous verrez ma conduite ; vous la jugerez ».

La grandeur dans l'humilité

Tout en montrant sa distinction, la jeune femme use de l'impératif d'exhortation pour demander son humiliation. La demande est une fois encore paradoxale, puisqu'elle devance une punition, la réclame pour mieux l'empêcher. Ce qui chez une autre pourrait être de la vile stratégie est ici révélateur d'une grande noblesse qui rend la jeune femme en tout point digne du rang qu'elle occupe par le mariage qu'elle a contracté. Un certain nombre de procédés d'écriture convergent pour produire cet effet sur le lecteur : les modalisations enlèvent tout caractère péremptoire au discours : « il me semble », « que, peut-être avec le temps... », « que peut-être serai-je... ». L'acceptation de l'humilité s'inverse paradoxalement en démonstration de grandeur : « Marquez-moi le recoin obscur de votre maison...» C'est cette volonté d'humiliation qui clôt la tirade avec des subjonctifs se substituant à des impératifs : « qu'ils me dépouillent, qu'ils me jettent la nuit dans la rue ». Les images de l'humiliation sont toutes unies par le thème symbolique de l'obscurité : « recoin obscur », « la nuit dans la rue », « l'obscurité d'un cloître ».

La syntaxe pathétique : l'art de persuader, l'art de convaincre

Si les émotions sont communiquées au lecteur, si la jeune femme parvient à persuader, c'est parce qu'elle use à bon escient des ressources de la syntaxe. Les exclamatives expriment le remords hyperboliquement mais sobrement, en couplant le superlatif à l'hypothèse : « Trop heureuse, mille fois trop heureuse si vous daignez quelquefois m'appeler », « Ah ! si je pouvais m'arracher le nom et le titre qu'on m'a fait usurper », « Ah ! si vous pouviez lire au fond de mon cœur et voir combien mes fautes passées sont loin de moi, combien les mœurs de mes pareilles me sont étrangères ! », « Ah ! s'il m'eût été libre de vous voir ! » L'usage des hypothétiques est dans ces phrases remarquable : il place dans l'irréel les réactions qui concernent le destinataire du message, le mari, ce qu'il pense, ses faits et gestes à l'égard de l'énonciatrice. Là encore, la jeune femme suggère sans rien imposer, elle présente comme une simple hypothèse ce qu'elle souhaite ardemment et qu'elle sait sans doute être vrai ; elle préfère la logique conditionnelle, parce que celle-ci préserve davantage la liberté de pensée du destinataire.

On trouve cependant une causale introduite par « puisque » dans la bouche de l'énonciatrice. Or cette conjonction présuppose que l'événement qui sert de cause est déjà connu du destinataire : « mais, ne croyez pas, monsieur, que je sois méchante, je ne le suis pas, puisque je n'ai pas balancé à paraître devant vous quand vous m'avez appelée. » Tout argument introduit par « puisque » prend appui sur l'adhésion préalable du destinataire à la vérité de la cause : sa présence est la preuve de sa bonté, une preuve dès lors irréfutable. Le discours, par le fait même d'exister dans la confrontation courageuse, dans le face-à-face (et quel que soit son contenu), prouve la bonté de l'intention et réhabilite celle qui le profère. Le discours est un acte salvateur, alors que l'absence de mots, la fuite dans le silence serait une preuve de méchanceté et de culpabilité véritable. Ce n'est pas tant aux mots que Diderot fait confiance qu'au fait même, dans certaines circonstances, d'assumer ses actes en prenant la parole.

▍ L'avènement d'une nouvelle morale

Les drames sérieux auxquels, nous l'avons vu, ce discours pourrait appartenir fondent une nouvelle morale, en rupture avec l'éthique aristocratique qui prévalait dans les tragédies classiques. La grandeur morale, la noblesse de cœur ne sont plus liées à une caste, à une naissance, mais à des individus : « Tant de filles honnêtes sont devenues de malhonnêtes femmes, que peut-être serai-je un exemple contraire. » Le chiasme « filles honnêtes/malhonnêtes femmes » met en valeur la réversibilité de la moralité qui n'est pas innée, mais qui est attachée aux actes, au comportement, à tout ce qui est susceptible de changer avec l'être humain. Mais Diderot va plus loin encore dans la mise en question de la morale : qu'est-ce qui fait qu'une jeune fille est vertueuse ? Est-ce seulement sa virginité ? Peut-on, comme notre héroïne, demeurer pure dans la prostitution ? Et si c'est le cas, à quoi tient la pureté morale ? À la bonne intention plutôt qu'aux actes accomplis ? C'est en tout cas ce qui fonde la morale chez Kant, pour qui seule compte l'intention de faire le bien. Dans les *Fondements de la métaphysique des mœurs*, le bien est dans la volonté de bien faire, et non dans le résultat des actes. On peut supposer que la jeune fille s'est prostituée parce que sa misère était telle qu'elle n'avait pas d'autre solution, peut-être l'a-t-elle fait aussi pour sa mère, par amour filial. Au-delà, il se pourrait que Diderot remette en question la manière dont la société condamne la sexualité (ici couplée à la vénalité). Diderot veut libérer les mœurs et il l'exprime notamment dans le *Supplément au Voyage de Bougainville*.

V. Conclusion

Dans ce passage qui précipite le dénouement de l'histoire de Mme de La Pommeraye que conte l'hôtesse de l'auberge du Grand Cerf, nous assistons à un plaidoyer extrêmement habile, sans jamais être captieux ni retors. L'énonciatrice montre ses qualités d'âme, sa pureté d'intention, sa noblesse de cœur : elle persuade de sa bonté, elle convainc de sa distinction, elle se montre digne du mariage qu'elle a pourtant contracté de la pire des manières. La distorsion entre les actes qu'elle a été entraînée à accomplir et la pureté des intentions pose la question du fondement de la morale, et semble mettre l'action sur l'intention plutôt que sur les actes réalisés, ce qui n'est pas sans évoquer Kant, et sa volonté de fonder la morale, en allant bien au-delà de la variété des coutumes qui ne peut conduire qu'au relativisme, en matière d'éthique. Il n'est pas certain que Diderot, comme Kant, donne une réponse précise au problème du fondement de la loi morale. Sans doute veut-il surtout montrer que ce n'est pas par les préjugés d'une société qu'on peut évaluer la bonté d'un être. D'autre part, il faut souligner que le thème de la jeune fille vertueuse contrainte par la misère à la prostitution est en passe de devenir topique : Marivaux l'a traité dans *Le Spectateur français*, quatrième feuille, où une jeune fille est confrontée au dilemme de sauver sa mère en renonçant à sa vertu, ou de sauvegarder sa vertu en laissant mourir sa mère malade.

Pour mieux percevoir la qualité lyrique de l'écriture de Diderot, on pourra confronter cette page à sa réécriture par Jean Cocteau pour le film *Les Dames du bois de Boulogne*, directement inspiré par l'histoire de Mme de La Pommeraye ; il s'agit de la scène ultime :

Nuit. La voiture de Jean s'arrête devant le perron. Jean descend, traverse le vestibule, arrive à la porte de la chambre au moment où en sort Mme D.

Mme D. Elle est très mal. Elle a eu trois syncopes. Son cœur peut flancher d'une minute à l'autre. Je suis très inquiète. Il faut faire quelque chose...

Jean, Chère Madame, je vous en prie... je vous en prie, laissez-moi. Jean entre, dans la chambre, vient s'asseoir sans rien dire au chevet d'Agnès. Celle-ci parle d'une voix faible.

Agnès. Vous êtes là... Peut-être, avec le temps, vous me pardonnerez. Mais ne vous dépêchez pas... Tant de filles honnêtes deviennent des femmes malhonnêtes. Je serai peut-être un exemple du contraire... Je ne suis pas encore digne que vous vous

rapprochiezdemoi.Attendez.Laissez-moiseulementl'espoir...Vous jugerez ma conduite. Trop heureuse si vous acceptez un peu ma présence... Dites-moi le coin de votre maison où vous permettriez que j'habite. J'y resterai sans me plaindre... Je ne suis pas méchante... Je me connais... J'ai été faible... je vous aimais, c'est ma seule excuse... Je n'ai pas eu la force de vous ouvrir les yeux... Rappelez-vous la lettre que vous n'avez pas voulu lire. Ce n'était pas drôle... Vous pouvez m'oublier... Je ne vous dérangerai plus... c'est facile...
Elle ferme les yeux.

JEAN. Agnès... Agnès... Accroche-toi à la vie de toutes tes forces. Accroche-toi. Accroche-toi à moi... Je t'aime... Tu ne peux pas me quitter... Tu ne peux pas partir... Accroche-toi, fais un effort... Lutte...

AGNÈS. Je lutte.

JEAN. Tu es ma femme, Agnès, je t'aime. Reste avec moi, reste... C'est un ordre que je te donne. Tu ne peux pas me désobéir. Reste... reste avec moi... Reste.

AGNÈS. Je reste.
FIN.

Documentation et compléments d'analyse sur :
www.petitsclassiqueslarousse.com

Vers le bac

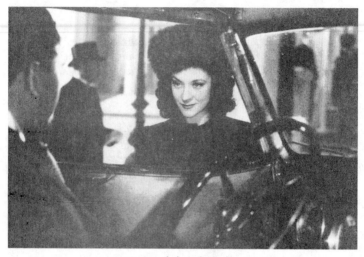

Les Dames du bois de Boulogne.
Film de Robert Bresson, 1945,
d'après un passage de *Jacques le Fataliste*.
Dialogues de Jean Cocteau. Avec Maria Casarès.

Les Dames du bois de Boulogne.
Film de Robert Bresson, 1945,
d'après un passage de *Jacques le Fataliste*.
Dialogues de Jean Cocteau.
Avec Maria Casarès et Paul Bernard.

Les Dames du bois de Boulogne.
Film de Robert Bresson, 1945.
Lucienne Bogaert

Les Dames du bois de Boulogne.
Film de Robert Bresson, 1945.

Outils de lecture

Allégorie
Composition symbolique faite de plusieurs éléments cohérents et renvoyant terme à terme au contenu signifié.

Antiphrase
Formulation qui transmet une information à l'opposé de l'expression littérale.

Antithèse
Opposition entre deux idées dont l'une met l'autre en relief.

Caractérisation
Procédé linguistique par lequel on énonce les qualités d'un être ou d'un objet.

Chiasme
Figure de construction qui consiste à juxtaposer ou à coordonner deux syntagmes ou deux propositions identiques par leur construction ou leur sens, mais disposés en ordre inverse.

Cliché
Expression banale et rebattue.

Connotation
Signification secondaire d'un terme, dont le caractère est plus subjectif et fluctuant que la signification du dictionnaire appelée « dénotation ».

Déictique
Termes qui renvoient à la situation d'énonciation, moi, ici, maintenant de l'énonciateur. A pour synonyme « embrayeur ».

Détermination
Processus linguistique qui permet de limiter le nombre de référents auxquels un nom s'applique.

Dialogisme
Procédé consistant à introduire un dialogue fictif ; plus largement, art de privilégier le dialogue.

Digression
Propos ou récit qui s'écarte du sujet initial.

Distanciation
C'est à l'origine un concept de Brecht qui désigne l'ensemble des procédés par lesquels un dramaturge met à distance l'illusion qu'il crée.

Éponyme
Dont le nom sert de titre à une œuvre.

Focalisation
Désigne, chez Genette, le point de vue adopté par le narrateur dans la conduite du récit.

Horizon d'attente
État de conscience et de culture des lecteurs qui conditionne la réception d'une œuvre.

Humour
Procédés qui permettent de présenter la réalité sous une forme plaisante, cocasse.

Hyperbole
Procédés d'exagération de l'expression.

Hypothétique
Subordonnée qui présente
une hypothèse dont la réalisation
est nécessaire à celle
de la principale. Elle est souvent
introduite par la conjonction
« si » : « Si j'étais libre, j'irais
au cinéma ».

Hypotypose
Description telle qu'elle permet
au lecteur de se représenter
la réalité d'un objet, d'un être…

Intertextualité
Ensemble des relations
qu'un texte entretient
avec les autres textes.

Ironie
Figure de pensée qui a pour
objectif la raillerie et qui
procède par dissociation
de ce qui est dit et de ce qui est
donné à comprendre.

Isotopie
Récurrence, homogénéité
sémantique.

Métaphore
Transfert de sens entre
des mots fondé sur un rapport
d'analogie.

Métonymie
Un terme se substitue
à un autre en raison
d'une relation de contiguïté.

Modalisation
Expression du jugement que
porte l'énonciateur
sur son propre énoncé
(peut-être, sans doute, je suis
sûr que…).

Modalités
Intentions que met le sujet parlant :
modalité assertive, interrogative,
exclamative, impérative.

Narrateur
Instance qui dirige la conduite
du récit, en est l'énonciateur.

Oxymore
Figure consistant à accoler
des termes qui se contredisent,
s'opposent.

Paradoxe
Idée qui contredit une opinion
communément admise.
Association de termes
contradictoires.

Parodie
Imitation railleuse d'une œuvre,
d'un genre, d'un style.

Paronomase
Figure qui associe deux
termes se ressemblant
phonétiquement.

Polyphonie
Désigne les différentes voix
qui se font entendre dans
un même discours.

Récit
Selon Benveniste, il s'oppose
au discours. Il apparaît alors
comme coupé de l'énonciateur
et de la situation d'énonciation
(ses marqueurs sont le passé
simple, la troisième personne) ;
plus généralement, il désigne
la narration d'une histoire.

Topos (pluriel topoï)
Lieu commun. L'adjectif
est « topique ».

Bibliographie et filmographie

Éditions

- S. Lecointre et J. Le Galliot, *Jacques le Fataliste et son maître*, éd. critique ; texte et variantes sur le manuscrit de Leningrad, Paris, Genève, Droz, 1976.

- P. Vernière, *Jacques le Fataliste et son maître*, présentation et commentaire, « Trésor des Lettres françaises », Paris, Imprimerie nationale, 1978, d'après le manuscrit de Leningrad.

- J. Proust, éd. critique et annotée, *Œuvres complètes*, tome XXIII, Paris, Hermann, 1981, d'après le manuscrit de Gotha de la *Correspondance littéraire*.

Ouvrages sur *Jacques le Fataliste*

- H. Cohen, *La Figure dialogique dans Jacques le Fataliste*, Nizet, 1976.

- H. Curial, *Jacques le Fataliste*, Hatier, 1992.

- B. Didier, *Jacques le Fataliste et son maître* de Diderot, Gallimard, Foliothèque, 1998.

- F. Pruner, *L'Unité secrète de Jacques le Fataliste*, Minard, 1977.

- A. Raymond, *La Genèse de Jacques le Fataliste* de Diderot, quelques clés nouvelles, Minard, 1977.

- J. Smietanski, *Le Réalisme dans Jacques le Fataliste*.

- E. Walter, *Jacques le Fataliste* de Diderot, Le Livre de poche critique, 1975.

Réécriture pour le théâtre

- Pièce en trois actes de M. Kundera, *Jacques et son maître*, *Hommage à Denis Diderot*, publiée chez Gallimard, 1981.

Filmographie

- *Les Dames du bois de Boulogne*, R. Bresson, avec Maria Casarès, dont le scénario est inspiré de l'Histoire de Mme de La Pommeraye et du marquis des Arcis, 1945.

- *Jacques le Fataliste et son maître*, téléfilm de Claude Santelli, co-production Antenne 2-INA, 1981.

Crédits photographiques

Direction de la collection : Yves GARNIER et Line KAROUBI

Direction éditoriale : Line KAROUBI,
avec le concours de Romain LANCREY-JAVAL

Édition : Marie-Hélène CHRISTENSEN

Lecture-correction : service lecture-correction LAROUSSE

Recherche iconographique : Valérie PERRIN, Marie-Annick REVEILLON

Direction artistique : Uli MEINDL

Couverture et maquette intérieure : Serge CORTESI, Sylvie SÉNÉCHAL,
Uli MEINDL

Responsable de fabrication : Marlène DELBEKEN

Photocomposition : CGI
Impression : Liberduplex en Espagne
Dépôt légal : février 2007
N° Projet : 11004673 – février 2007